KB109118

“I find myself saying briefly and prosaically that it is much more important to be oneself than anything else.”

“나는 그저 다른 무엇이 아닌 자기 자신이 되는 것이 훨씬 중요한 일이라고 간단하게 그리고 단조롭게 중얼거릴 뿐입니다.”

—버지니아 울프

버지니아 울프
#Virginia Woolf

디 에센셜
The essential

2

이미애

민음사

차례

유산

한 중년 남성이 갑작스러운 교통사고로 세상을 떠난 아내가 남긴 일기장을 발견하며 벌어지는 이야기. 남성 가부장의 시선으로 본 '완벽한 결혼'은 어떤 모습일까? 1944년 작가 사후 발표작.

유산

“시시 밀러에게.” 길버트 클랜던은 아내의 응접실에서 작은 탁자 위에 흩어져 있는 반지들과 브로치 사이에 있던 진주 브로치를 집어 올리며 메모를 읽었다. “시시 밀러에게, 사랑을 보내며.”

안젤라가 비서였던 시시 밀러까지 빼놓지 않았다는 것은 그녀다웠다. 하지만 아내가 모든 것을 그처럼 잘 정돈하고, 모든 친지에게 작은 선물을 남긴 것은 참으로 이상하다고 길버트 클랜던은 다시금 생각했다. 그녀는 마치 자신의 죽음을 예상한 것 같았다. 그렇지만 6주 전 그날 아침 집을 나섰을 때, 피커딜리 가의 연석에서 내려오다 차에 치여 죽었을 때, 그녀는 더할 나위 없이 건강한 상태였다.

그는 시시 밀러를 기다리는 중이었다. 그녀에게 이곳으로 와 달라고 했다. 자기 가족과 오랜 시간을 같이 지내 왔으므로 그녀에게 이 정도의 배려는 보여야 한다고 느꼈다. 그래, 안젤라가 모든 것을 그처럼 잘 정리하여 남긴 것은 참으로 이상한 일이라고, 그는 앉아서 기다리는 동안 생각했다. 그녀는 정말이지 모든 친구에게 작은 애정의 징표를 남겼던 것이다. 반지와 목걸이, 제각기 크기가 다른 상자들이 겹겹이 들어 있는 작은 상자 한 벌 — 그녀는 그런 상자들을 좋아했다 — 마다 이름이 붙어 있었다. 그에게는 추억이 어린 물건들이었다. 이것은 그가 아내에게 준 것이었다. 이것 — 루비 눈이 박힌 에나멜 돌고래 — 은 그녀가 어느 날 베니스의 뒷골목에서 별안간 달려들어 손에 넣은 것이었다. 그녀가 기뻐하며 작게 지르던 탄성을 그는 떠올릴 수 있었다. 하지만 그에게는 그녀가 특별히 남긴 것이 없었다. 이 일기를 남긴 것이 아니라면. 녹색 가죽으로 제본된 열다섯 권의 작은 일기장이 그의 뒷전에 있는 그녀의 책상에 놓여 있었다. 결혼한 뒤 그녀는 늘 일기를 써 왔다. 언쟁이라고까지는 할 수 없어도 어쩌다 그들이 사소한 말다툼을 벌였을 때 이 일기장과 관련된 경우도 있었다. 그가 방에 들어와 그녀가 일기를 쓰고 있는 것을 보면 그녀는 늘 일기장을 닫거나 그 위에 손을 올려놓았다. "아니, 안 돼요, 안 돼." 그녀는 이렇게 말하곤 했다. "내가 죽은 후에 — 어쩌면." 그러니 그녀는 일기장을 그에게 남긴 셈이었다. 유산으로.

그녀가 살아 있을 때 그와 공유하지 않았던 것은 오로지 그것뿐이었다. 하지만 그는 아내가 당연히 자기보다 더 오래 살 거라고 생각해 왔다. 그녀가 한순간 걸음을 멈춰 자기가 무엇을 하고 있는지 돌아보았더라면 지금도 살아 있을 텐데. 그러나 그녀는 연석에서 곧바로 걸어 나왔다고, 사고를 낸 차의 운전자가 조사를 받으며 말했다. 그에게 멈출 기회를 주지 않았다는 것이었다……. 현관에서 들리는 목소리에 생각이 멈췄다.

"밀러 양이 오셨어요." 하녀가 말했다.

그녀가 들어왔다. 그는 지금껏 밀러 양만 혼자 본 적이 없었고, 물론, 그녀가 눈물을 흘리는 것도 본 적이 없었다. 그녀는 몹시 슬퍼하고 있었는데 그것은 놀랍지 않은 일이었다. 안젤라는 그녀에게 고용주 이상의 존재였다. 둘은 친구였던 것이다. 그는 의자를 밀어 주고 앉으라고 말하며, 자신에게 밀러 양은 그녀와 비슷한 부류의 여자들과 별반 다를 바 없다고 생각했다. 시시 밀러처럼 검은 옷차림에 작은 서류 가방을 들고 다니는 생기 없고 자그마한 여자들은 수천 명이나 있었다. 하지만 안젤라는 놀라운 공감력으로 시시 밀러에게서 온갖 좋은 자질을 찾아냈다. 시시는 사려 깊고, 너무나 조용하며, 너무나 믿음직해서, 그녀에게는 무슨 이야기든 할 수 있다는, 그런 이야기를 했었다.

밀러 양은 처음에 아무 말도 꺼내지 못했다. 가만히 앉아서 손수건으로 눈을 살짝 눌렀다. 그러더니 애써 입을 열었다.

"죄송해요, 클랜던 씨." 그녀가 말했다.

그는 나지막이 중얼거렸다. 물론 그는 이해했다. 지극히 당연한 말이었다. 그의 아내가 그녀에게 어떤 존재였는지를 그는 짐작할 수 있었다.

"저는 여기서 무척 행복했어요." 그녀가 돌아보며 말했다. 그녀의 눈길은 그의 뒤쪽에 있는 책상에 머물렀다. 여기서 그녀와 안젤라가 함께 일했다. 안젤라에게는 으레 유망한 정치인의 아내에게 주어지는 자기 몫의 일이 있었던 것이다. 그가 경력을 쌓아가는 데 그녀는 더할 나위 없이 큰 도움을 주었다. 그녀와 시시가 저 책상에 앉아 그녀가 편지를 구술하면 시시가 타자로 받아 치는 것을 그는 종종 보았다. 틀림없이 밀러 양도 그것을 생각하고 있을 터였다. 이제 그가 해야 할 일은 아내가 남긴 브로치를 그녀에게 건네주는 것이었다. 하지만 그 선물은 조금 부적절해 보였다. 얼마간의 돈이나 타이프라이터를 남기는 편이 나았을 텐데. 그러나 거기 놓여 있는 것은 브로치였다. "시시에게, 사랑을 보내며." 그래서 그는 브로치를 집어 밀러 양에게 주면서 준비했던 말을 간략하게 전했다. 그녀가 그것을 소중하게 여길 것을 알고 있다고. 아내가 종종 달았던 브로치였으니까……. 그러자 그것을 받으면서 그녀 또한 할 말을 준비한 듯 보물처럼 간직하겠다고 대답했다……. 진주 브로치를 달아도 어색하게 보이지 않을 다른 옷들이 그녀에게도 있을 거라고 애써 그는 생각했다. 그녀는 그녀와 같은 직장 여성들이 제복처럼 입는 보잘것없는 검은색 코트와 스커트 차림이었다. 그러다가 그는 불현듯 기억을 떠올렸다 — 그래, 그녀는, 물론, 상중이었다. 그녀도 비극적인 사건을 겪었다 — 그녀가 무척 좋아한 오라버니가 안젤라보다 딱 일이 주일 전에 죽었던 것이다. 어떤 사고였더라? 그것은 기억나지 않았다. 안젤라가 말해 주었을 뿐이었다. 놀라운 공감력을 지닌 안젤라는 그 사건에 몹시 상심했었다. 시시 밀러가 자리에서 일어나 장갑을 끼었다. 그를 방해해서는 안 된다고 느꼈음이 분명했다. 하지만 그는 그녀의 장래에 대해 뭔가 묻지 않고는 그녀를 보낼 수 없었다. 앞으로 어떻게 할 계획이오? 내가 도울 수 있는 방법이 있겠소?

그녀는 책상을 응시하고 있었다. 그녀가 늘 앉아서 타이프라이터를 치던 그곳에 지금은 일기장이 놓여 있었다. 안젤라에 대한 회상에 빠져 있었기에 그녀는 도와주겠다는 그의 제안에 즉시 대답하지 않았다. 한순간 그의 말을 이해하지 못한 것 같았다. 그래서 그가 다시 물었다.

“앞으로 어떻게 할 계획이오, 밀러 양?”

“제 계획이요? 아, 괜찮습니다, 클랜던 씨.” 그녀가 크게 대답했다. “저에 대해 신경 쓰지 마세요.”

그는 그 말을 금전적 도움이 필요하지 않다는 뜻으로 이해했다. 그런 종류의 제안은 편지로 하는 편이 더 나을 거라고 생각했다. 지금 그가 할 수 있는 일은 그녀의 손을 꼭 쥐고 이렇게 말하는 것뿐이었다. “밀러 양, 혹시 내가 도울 수 있는 방법이 있다면, 그건 나에게도 기쁨일 거예요…….” 그러고 나서 그는 문을 열었다. 잠시 문지방 위에서 불현듯 어떤 생각이 떠오른 듯이 그녀가 걸음을 멈췄다.

“클랜던 씨.” 그녀가 처음으로 그의 눈을 똑바로 들여다보며 말했다. 눈빛으로 공감을 표하면서도 동시에 무언가를 살피는 듯한 표정에 그는 처음으로 깜짝 놀랐다. “언제라도 제가 도와드릴 일이 있다면, 당신의 부인을 위해서 기꺼이 하겠다는 걸 기억해 주세요.”

이렇게 말하고 그녀는 떠났다. 그 말과 그 말을 할 때의 표정은 예상치 못한 것이었다. 그가 언젠가 그녀를 필요로 할 것이라 믿고 있거나 그러기를 바라는 것 같았다. 다시 의자로 돌아가는 그의 머리에 희한한, 어쩌면 터무니없는 생각이 떠올랐다. 그가 그녀를 거의 주목하지 않았던 그 긴 세월 동안 그녀는, 소설가들이 말하듯, 그에 대한 열정을 품어 왔던 것일까? 그는 지나가면서 거울에 비친 자신의 모습을 흘끗 보았다. 그는 쉰 살이 넘었다. 하지만 거울이 보여 주듯 그는 아직도 매우 준수한 외모의 남자라는 것을 인정하지 않을 수 없었다.

"가엾은 시시 밀러!" 그는 반쯤 웃으며 말했다. 이 농담을 아내와 나눌 수 있으면 얼마나 좋았을까! 그는 본능적으로 그녀의 일기로 눈을 돌렸다. "길버트는," 그는 아무데나 펼쳐서 읽었다. "너무 멋지게 보였다……." 그녀가 마치 그의 질문에 답한 것 같았다. 물론 시시 밀러도 그렇게 느꼈을 것이다. 그는 계속 읽어 나갔다. "그의 아내가 되어 너무 자랑스럽다!" 그도 그녀의 남편이라는 것을 늘 자랑스러워했다. 어딘가에서 외식할 때 식탁 너머로 그녀를 바라보며 '내 아내가 여기서 가장 사랑스러운 여자야!'라고 생각했던 적이 얼마나 많았던가. 그는 계속 읽었다. 그가 처음 국회 의원이 된 해였다. 그는 아내와 함께 지역구를 돌았다. "길버트가 자리에 앉을 때 어마어마한 박수갈채가 쏟아졌다. 청중이 모두 일어서서 한목소리로 소리쳤다. '그는 정말 좋은 사람이니까.' 나는 완전히 압도되고 말았다." 그도 그 날을 기억했다. 그녀는 연단에서 그의 옆에 앉아 있었다. 그녀가 그를 바라보았을 때의 눈빛과 그 눈에 어린 눈물이 지금도 생생하게 떠올랐다. 그는 몇 페이지를 넘겼다. 그들은 베니스에 갔다. 선거가 끝난 후 그 행복했던 휴가를 그는 기억했다. "우리는 플로리안 카페에서 아이스크림을 먹었다." 그는 미소를 지었다. 그녀는 아직도 너무나 어린애 같았고, 아이스크림을 좋아했다. "길버트는 베니스의 역사를 아주 흥미롭게 들려주었다. 그가 말한 바로는 그 총독은……." 그녀는 여학생 같은 필체로 온갖 일을 시시콜콜히 써 내려갔다. 안젤라와 여행할 때 느꼈던 즐거움 중 하나는 그녀가 무언가를 아주 열심히 배우려 한다는 것이었다. 그녀는 자신이 몹시 무식하다고 말하곤 했다. 그것이 그녀의 매력 중 하나가 아닌 듯이. 그러고 나서 — 그는 다음 일기장을 펼쳤다 — 그들은 런던에 돌아왔다. "나는 좋은 인상을 주려고 안절부절못했다. 그래서 내 웨딩드레스를 꺼내 입었다." 그녀가 늙은 에드워드 경 옆에 앉아서 그 무시무시한 노인의 마음을 사로잡았던 일이 생생히 떠올랐다. 그는 재빨리 읽어 나가며 그녀가 기술한 단편적인 조각들에 여러 장면들을 하나씩 채워 나갔다. "하원에서 식사했다……. 러브그로브스 가에서 열린 이브닝 파티에 참석했다. 길버트의 아내로서 내 의무를 알고 있느냐고 레이디 L이 물었다." 그 다음에, 세월이 흐르면서 — 그는 책상에서 다른 일기장을 집어 들었다 — 그는 점점 더 자기 일에 몰두하게 되었다. 그래서 그녀는, 당연히, 혼자 지내는 일이 더 잦아졌다. "길버트에게 아들이 있으면 좋았을 텐데!" 어느 일기에는 이렇게 적혀 있었다. 희한하게도 그 자신은 그 점을 유감스럽게 여긴 적이 단 한 번도 없었다. 일상적인 생활을 있는 그대로 해 나가는 것만으로도 너무나 바쁘고 흥미진진한 날들이었다. 그해에 그는 정부의 그리 중요하지 않은 직책에 임명되었다. 작은 직책이었지만 그녀는 이렇게 언급했다. "길버트가 수상이 될 거라고 이제는 완전히 믿고 있다!" 글쎄, 상황이 다르게 풀렸더라면 그럴 수도 있었겠지. 그는 잠시 멈추고 어떤 일이 일어날 수 있었을지 생각해 보았다. 그는 정치가 도박과 같다고 생각했다. 하지만 그 게임은 아직 끝나지 않았다. 쉰 살에 끝낼 수는 없다. 그는 재빨리 여러 페이지를 훑어보았다. 그녀의 삶을 이룬 작고 하찮은 일들, 무의미하고 행복한 매일매일의 사소한 사연들로 가득 찬 일기였다.

그는 또 다른 일기장을 집어 아무 곳이나 펼쳤다. "난 얼마나 겁쟁이인지! 또다시 기회를 놓쳤으니. 그러나 가뜩이나 생각할 거리가 많은 남편에게 내 문제로 성가시게 한다면 너무 이기적인 것 같았다. 그런데 우리가 저녁 시간에 단 둘이 지내는 날이 너무 드물다." 이 말은 무슨 뜻일까? 아, 여기 그 설명이 있다. 그녀가 이스트

엔드[1]에서 하려던 일에 관한 이야기였다. “용기를 내서 마침내 길버트에게 얘기했다. 그는 아주 친절하게도 기꺼이 도와주었다. 조금도 반대하지 않았다.” 그는 그 대화를 떠올렸다. 그녀는 자신이 너무 나태하고, 너무 쓸모없다고 느낀다고 했다. 자신의 일을 갖고 싶다는 것이었다. 다른 사람들을 돕기 위해 무언가를 하고 싶다 — 바로 저 의자에 앉아 이 말을 하면서 아주 귀엽게 얼굴을 붉혔던 것이 기억났다. 그는 가벼운 농담을 건넸다. 당신이 나를 돌봐주고 가정을 꾸리는 것만으로도 할 일이 충분하지 않소? 그렇지만 당신에게 즐거움을 준다면 물론 반대하지 않겠소. 무슨 일이라고? 어느 구역에서? 어떤 위원회라고? 다만 당신이 아프지 않겠다고 약속해야 해요. 이렇게 되어 수요일마다 그녀는 화이트채플[2]에 가는 것 같았다. 그때마다 그녀가 입었던 옷이 몹시 마음에 들지 않았던 것이 생각났다. 하지만 그녀는 그 일을 아주 진지하게 받아들이는 듯했다. 이런 언급이 일기에 즐비했다. “존스 부인을 만났다……. 자녀가 열 명이었다……. 부인의 남편은 사고로 팔을 잃었다……. 릴리가 직업을 구하도록 최선을 다해 도왔다.”

1 런던 동부의 공업 지구.

2 런던 중부에 위치한 지역.

그는 건너뛰며 읽었다. 자신의 이름이 예전처럼 자주 등장하지는 않았다. 그의 흥미도 줄어들었다. 거기 적힌 몇 가지는 전혀 이해되지 않았다. 가령 이런 문장이 있었다. "사회주의에 관해 B.M.과 격한 논쟁을 벌였다." B.M.은 누구일까? 그 첫 글자들의 나머지를 채워 넣을 수 없었다. 아내가 어느 위원회에서 만난 여자일 것 같았다. "B.M.은 상류층을 맹렬하게 공격했다……. 그 회의가 끝난 후에 B.M.과 함께 돌아왔고 그를 설득하려고 애썼다. 그러나 그는 무척 편협하다." 그렇다면 B.M.은 남자이고 — 스스로를 지식인으로 여기는, 안젤라가 말했듯이, 아주 맹렬한 사람 중 하나임이 분명했다. 그녀는 그 남자에게 자기를 만나러 오라고 초대했던 모양이다. "B.M.이 정찬에 왔고, 미니와 악수했다!" 이 느낌표 때문에 그가 마음속으로 그렸던 이미지는 또다시 일그러졌다. B.M.은 하녀에 익숙하지 않은 인물 같았다. 미니와 악수를 나눈 것이다. 아마도 그는 숙녀들의 응접실에서 자기 견해를 토로하는, 순진한 노동자일 것이다. 길버트는 그런 유형을 알고 있었고, B.M.이 누구이든 간에 이 특정한 인물에 대해 호감을 느끼지 않았다. 여기 또다시 그가 등장했다. "B.M.과 런던 탑에 갔다……. 그는 혁명이 반드시 일어날 거라고 말했다……. 우리가 바보들의 천국에 살고 있다고 말했다." 이거야말로 B.M.이 할 법한 말이었다. 길버트는 그의 말을 생생히 들을 수 있었다. 또한 그의 모습을 또렷하게 그려 볼 수 있었다. 거친 턱수염에 붉은 넥타이를 매고 그런 사람들이 늘 그렇듯 트위드 재킷을 입은 작고 땅딸막한 남자, 평생 정직한 일이라고는 한 번도 해 본 적이 없는 남자일 것이다. 안젤라는 그런 남자를 꿰뚫어 볼 수 있는 분별력이 분명 있었겠지? 그는 계속 읽었다. "B.M.은 ……에 대해 매우 불쾌한 말을 했다." 그 이름은 조심스럽게 지워져 있었다. "……에 대한 비난은 더 이상 듣지 않겠다고 그에게 말했다." 또다시 이름이 지워져 있었다. 그것이 자신의 이름이었을까? 그래서 안젤라는 자신이 방에 들어서면 재빨리 일기장을 덮었던 것일까? 이런 생각이 들자 B.M.에 대한 혐오감이 더욱 커졌다. 바로 이 방에서 주제넘게 자신에 대해 떠들어 댔던 것이다. 안젤라는 왜 그 인간에 대해 말하지 않았을까? 무엇이든 숨기는 것은 그녀답지 않았다. 그녀는 정직하기 그지없는 영혼이었다. 그는 페이지를 넘기며 B.M.에 대한 언급을 찾아냈다. "B.M.은 어린 시절에 대한 이야기를 들려주었다. 그의 모친은 청소부로 일했다……. 그 생각을 하면 내가 이처럼 사치스럽게 살아가는 것을 참을 수 없다……. 모자 하나에 3기니[3]나 쓰다니!" 아내가

3 과거 영국에서 쓰이던 금화로, 1기니는 21실링에 해당한다.

이해하기에 너무나 어려운 문제들을 놓고 안쓰럽게 그 작은 머리를 쥐어짜지 말고 자신에게 상의하기만 했더라면! 그 남자는 아내에게 책도 빌려주었다. 『칼 마르크스』, 『다가오는 혁명』. 이름의 첫 글자 B.M., B.M., B.M.이 거듭거듭 등장했다. 그런데 왜 이름을 온전히 다 쓰지 않았을까? 첫 글자만 쓴 것은 허물없고 친밀한 느낌을 주었고 그것은 안젤라답지 않았다. 그녀는 그의 얼굴을 직접 볼 때도 B.M.이라고 불렀을까? 그는 계속 읽어 나갔다. "뜻밖에 B.M.이 저녁 식사 후에 찾아왔다. 다행히도 난 혼자 있었다." 바로 일 년 전이었다. "다행히도"라니. 왜 다행일까? "난 혼자 있었다." 그날 밤에 그는 어디 있었을까? 그는 자신의 약속 메모용 수첩에서 그 날짜를 찾아보았다. 런던 시장 공관에서 정찬 모임이 있던 날이었다. 그런데 B.M.과 안젤라는 저녁 시간을 단둘이 보냈던 것이다. 그는 그날 밤을 기억해 보려고 애썼다. 자신이 돌아왔을 때 그녀가 기다리고 있었던가? 방이 평소와 똑같이 보였던가? 탁자 위에 술잔들이 있었던가? 의자들이 가까이 끌어져 있었던가? 아무 기억도 나지 않았다. 시장 공관에서 자신이 했던 말 외에는 아무것도 생각나지 않았다. 그 상황이 그에게는 점점 더 이해할 수 없게 여겨졌다. 아내가 알지 못하는 남자를 홀로 집안에 들이다니. 다음 일기장에서 설명이 나올지 모른다. 조급히 그는 마지막 일기장을 집어 들었다. 아내가 죽었을 때 끝내지 않고 남겨 둔 일기장이었다. 거기, 바로 첫 장에 그 지긋지긋한 인간의 이름이 다시 적혀 있었다. "B.M.과 단 둘이 식사했다……. 그는 무척 흥분해 있었다. 우리가 서로를 이해할 때가 되었다고 말했다……. 나는 그가 내 말을 듣게 하려고 애썼다. 하지만 그는 들으려 하지 않았다. 그가 위협했다. 내가 만약 …… 하지 않으면……." 그 페이지의 나머지는 글자를 덧써서 지워져 있었다. 그녀가 그 페이지 전체에 "이집트, 이집트, 이집트"를 써 놓았던 것이다. 그는 한 단어도 알아볼 수 없었지만, 해석할 수 있는 방법은 하나뿐이었다. 그 악당이 그녀에게 정부가 되어 달라고 요구했던 것이다. 자신의 방에서 단 둘이! 길버트 클랜던의 얼굴에 피가 솟구쳤다. 그는 급히 페이지를 넘겼다 그녀는 뭐라고 대답했을까? 이름의 첫 글자만 쓰던 것이 중단되었다. 이제는 간단히 "그"였다. "그가 다시 왔다. 나는 어떤 결정도 내릴 수 없다고 말했다……. 나를 내버려 두라고 그에게 간청했다." 바로 이 집에서 그 작자가 그녀에게 강요했던 것이다. 그런데 왜 아내는 자신에게 말하지 않았을까? 어떻게 한순간이라도 망설일 수 있었을까? 그다음에 이런 문장이 나왔다. "그에게 편지를 보냈다." 그다음에는 몇 페이지가 비어 있었다. 그러고 나서 이런 문장이 있었다. "내 편지에 답장이 없다.” 그러고 나서 몇 페이지가 비어 있고 그런 다음에 이렇게 적혀 있었다. “그는 스스로 위협했던 일을 했다.” 그다음에 — 그다음에 무슨 일이 있었나? 그는 거듭거듭 페이지를 넘겼다. 모두 비어 있었다. 그러나 거기, 그녀가 죽기 바로 전날에, 이렇게 적혀 있었다. “나도 그렇게 할 용기가 있을까?” 그것이 끝이었다.

일기장이 길버트 클랜던의 손에서 바닥에 굴러떨어졌다. 그는 바로 눈앞에서 그녀를 그려 볼 수 있었다. 그녀가 피커딜리 가의 연석 위에 서 있었다. 눈을 동그랗게 뜨고 응시했고, 주먹을 꼭 쥐고 있었다. 여기 차가 왔다…….

그는 참을 수 없었다. 진실을 알아야 했다. 그는 성큼성큼 전화기로 걸어갔다.

“밀러 양!” 아무 말도 들리지 않았다. 그러다가 방에서 누군가 움직이는 소리가 들렸다.

“시시 밀러입니다.” 그녀의 목소리가 마침내 응답했다.

“B.M.이 누구요?” 그가 고함을 질렀다.

그녀의 벽난로 위에서 재깍거리는 값싼 시계 소리가 들렸고, 긴 한숨 소리가 들렸다. 그러고 나서 마침내 그녀가 대답했다.

“제 오라버니예요.”

그는 바로 그녀의 오라비, 자살했다는 오라비였다.

"제가 설명해 드릴 일이 있을까요?" 시시 밀러가 묻는 소리가 들렸다.

"없소!" 그는 소리쳤다. "전혀!"

그는 유산을 받았다. 아내가 진실을 말해 준 것이다. 그녀는 연인과 다시 결합하려고 연석에서 발을 내디뎠다. 그녀는 그에게서 벗어나려고 연석에서 발을 내디뎠다.

V 양의 미스터리한 일생

19세기 런던 최고의 지식인 계층에서 태어나 지적 문화를 향유했던 울프. 그와 달리 대다수의 여성은 자신의 생각과 감정을 숨기며 '보이지 않는' 삶을 살았다. 살아 있으면서도 살아 있지 않은 듯한, 그래서 흐릿하고 모호한 유령 같은 존재, 우리 곁의 V 양에 대하여. 1906년 발표작.

V 양의 미스터리한 일생

군중 속에서 혼자라고 느끼는 사람의 외로움처럼 절절한 것은 없다고 흔히들 말한다. 소설가들은 그런 말을 되풀이하고, 그럴 때의 비애감은 부정할 수 없다. 이제 V 양의 사례를 본 후로 나는 적어도 그 말을 믿게 되었다. 그녀의 일생이나 그 자매의 일생에 대한 이야기 — 그런데 희한하게도 그들에 대해 글을 쓸 때는 두 사람을 하나의 이름으로 지칭해도 괜찮다고 본능적으로 느낀다. 실은 한숨에 그런 자매들 열두 명을 언급할 수도 있다. 그런 자매들의 이야기는 런던이 아닌 곳에서는 거의 가능하지 않다. 시골에서는 푸주한이나 우편배달부 혹은 목사의 아내가 있어 누군가 눈에 띄지 않으면 금방 알아챈다. 그러나 고도로 문명화된 도시에서는 일상사의 예절도 가급적 좁은 곳에 제한되기 마련이다. 푸주한은 자기 구역에 고기를 떨어뜨려 주고, 우편배달부는 우체통에 편지를 아무렇게나 쑤셔 넣고, 목사의 아내는 똑같이 편리한 구멍에 목사의 공식 편지를 던져 넣는다고 한다. 시간을 낭비해서는 안 된다고 그들 모두 되풀이해서 말한다. 그래서 고기가 먹지 않은 채, 편지가 읽지 않은 채, 목사의 조언은 따르지 않은 채 남아 있어도 누구 하나 알지 못한다. 그러다가 마침내 이런 일을 하던 사람들이 16번지나 23번지에 더 이상 관심을 기울일 필요가 없다고 암묵적으로 결론을 내리는 날이 다가온다. 그들은 자신들의 구역을 한 바퀴 돌면서 그 집을 건너뛰고, 가엾은 J 양이나 V 양은 긴밀히 엮인 인간 삶의 고리에서 떨어져 나가 모든 사람에게서 영원히 제외된다.

그런 운명이 너무나 쉽게 일어날 수 있기에 그처럼 제외되지 않으려면 실로 자기 자신을 주장해야 한다는 생각이 든다. 만일 푸주한이나 우편배달부, 경찰이 당신의 존재를 인정하지 않기로 마음먹어 버린다면, 당신이 어떻게 다시 살아날 수 있겠는가? 이것은 끔찍한 운명이다. 나는 당장 의자를 넘어뜨려야겠다. 이제 아래층에 사는 사람은 내가 어떻든 살아 있다는 것을 알겠지.

그런데 V 양의 미스터리한 생애로 돌아가 보자. 그 이름의 첫 글자에 자넷 V 양이라는 사람도 감춰져 있음을 고려하도록 하자. 다만 한 글자를 두 부분으로 쪼갤 필요는 거의 없다.

그들은 약 십오 년간 런던을 살그머니 돌아다녔다. 어떤 응접실이나 화랑에 가면 그들을 볼 수 있었다. 그래서 마치 평생 매일 만나 온 사람이기라도 한 듯이 그들에게 "아, 안녕하세요, V 양?"이라고 말하면 그녀는 "쾌적한 날이지요?"라든가 "요즘 날씨가 너무 안 좋아요."라고 대답하곤 했다. 그러고 나서 그녀를 지나치면 그녀는 어떤 안락의자나 서랍장 속으로 녹아드는 것 같았다. 어떻든 그녀가 일 년쯤 지나 그 가구에서 떨어져 나올 때까지 우리는 그녀에 대해 일절 생각하지 않는다. 그러고 나서 똑같은 대화를 반복한다.

혈연이랄까 — V 양의 핏줄에 흐르는 액체가 무엇이든 간에 — 그런 연유로 나는 그녀와 누구보다도 더 끊임없이 부딪칠 특별한 운명에 놓이게 되었다. 아니, 그녀를 관통하여 지나가거나 혹은 그녀를 연기처럼 흩뜨려 사라지게 할 운명이었는데, 그것을 뭐라고 표현해도 좋다. 마침내 그 사소한 일은 습관이 되다시피 했다. 어느 파티나 음악회, 화랑에서도 그 익숙한 잿빛 그림자가 그 안에 있지 않으면 어딘가 완벽하지 않은 것 같았다. 그러다 얼마 전 그녀가 내 주위에서 어른거리지 않았을 때 나는 막연히 무언가 부족하다고 느꼈다. 그녀가 없다는 것을 알았다고 과장된 언사를 동원하지는 않겠다. 그러나 그녀 대신 그것이라는 중성적 용어를 사용하더라도 진실하지 못한 것은 아니다.

그래서 사람들이 가득한 방에서 나는 뭐라 말할 수 없이 불만스러운 기분으로 멍하니 주위를 돌아보고 있음을 알아차리게 되었다. 아니, 모두가 그곳에 있는 것 같았다. 그러나 분명 가구나 커튼에 뭔가 부족한 것이 있었다. 아니면, 벽에서 그림을 떼어 낸 것일까?

그러다 어느 날 아침 일찍, 실은 새벽에 잠에서 깨어나면서 나는 크게 소리쳤다. 메리 V 양, 메리 V 양! 누군가 그녀의 이름을 그처럼 확신에 차서 부른 것은 처음이었을 거라고 믿는다. 대체로 그 이름은 기껏해야 마침표를 마무리 짓기 위해 들어갈, 아무 특색도 없는 호칭 같았다. 하지만 내 목소리는 내가 얼마간 기대했듯이 V 양의 모습이나 그 비슷한 형상을 내 눈 앞에 불러오지 않았다. 방 안은 여전히 흐릿했다. 내가 외쳤던 소리가 온종일 머릿속에서 메아리쳤다. 그러다가 나는 틀림없이 어느 길모퉁이나 다른 곳에서 평소처럼 그녀와 마주칠 테고 희미하게 사라져 가는 그녀의 모습을 보고 안심할 거라고 마음을 달랬다. 그래도 그녀는 오지 않았다. 그래서 난 불만스러운 기분이었을 게다. 이렇게 밤에 잠을 이루지 못하고 누워 있을 때 어떤 기발하고 터무니없는 계획이 떠올랐다. 처음에는 변덕스러운 생각에 불과했지만 점점 진지해지고 흥미진진해졌다. 메리 V 양을 직접 찾아가

보리라.

아, 지금 그 일을 떠올려 보니 얼마나 터무니없고 이상야릇하고 우스꽝스러운 것이었는지! 그림자의 뒤를 쫓아서 그녀가 어디에 살고 있는지, 그녀가 과연 살고 있는지를 알아내고 마치 그녀가 우리와 같은 사람이기라도 한 듯이 그녀에게 말을 걸어 보겠다니!

해가 중천에 떠있을 때 큐 식물원에 피어 있는 어떤 초롱꽃의 그림자를 찾아 보려고 버스를 타고 출발하는 것이 어떨지 생각해 보라! 혹은 깜깜한 한밤중에 서리 주의 풀밭에서 민들레의 솜털을 붙잡으려고 하거나! 하지만 지금 제시한 것들보다 그 일은 더 어처구니없는 원정이었다. 집을 나서려고 옷을 갈아입으면서 나는 지금 하려는 일에 이런 실제적인 준비가 필요하다는 것을 생각하고는 웃고 또 웃었다. 메리 V 양을 찾아가기 위해 구두를 신고 모자를 써야 하다니! 도무지 믿을 수 없이 부조리한 느낌이었다.

마침내 나는 그녀가 사는 아파트에 도착했다. 현관의 알림판에는 그녀가 — 다른 사람들과 마찬가지로 — 외출했고 동시에 집안에 있다고 모호하게 표시되어 있었다. 그 건물의 맨 위층에 있는 그녀의 집 문 앞에 서서 나는 노크를 하고 벨을 누른 뒤 기다리면서 세심히 살펴보았다. 아무도 나오지 않았다. 그림자들도 죽을 수 있는지, 그러면 그림자를 어떻게 매장하는지 의아한 마음이 들기 시작했을 때 문이 조용히 열리더니 하녀 하나가 나왔다. 메리 V 양은 두 달간 병을 앓았고 어제 아침에 죽었다고 했다. 내가 그녀의 이름을 불렀던 바로 그 시간이었다. 그러니 나는 그녀의 그림자와 더는 마주칠 수 없을 것이다.

벽에 난 자국

1917년 울프가 남편 레너드와 호가스 출판사를 운영하기 시작한 뒤 수동 인쇄기로 출간한 첫 번째 소설. 벽에 난 자국이 무엇일지 추측하는 과정을 통해 화자의 의식 흐름을 보여 주는 이 작품은 전통적인 소설 기법에서 모더니즘으로 이행하는 전환기적 특징을 드러낸다.

벽에 난 자국

내가 고개를 들어 벽 위의 자국을 처음 본 것은 아마 올 1월 중순이었을 게다. 어떤 날짜를 확실히 하려면 그때 무엇을 보았는지 떠올릴 필요가 있다. 그래서 돌이켜 보니 난롯불, 책의 낱장 위에 얇은 막처럼 고르게 덮인 노란 빛, 벽난로 위에 놓인 둥근 유리 수반의 국화꽃 세 송이가 떠오른다. 그래, 겨울철이었음이 분명하다. 막 다과를 끝냈을 게다. 내가 고개를 들어 벽 위의 자국을 처음 보았을 때 담배를 피우고 있었던 기억이 나니까. 나는 담배 연기 너머로 올려다보다가 벽난로에서 불타고 있는 석탄 덩어리를 잠시 응시했다. 그러자 성의 탑 위에서 펄럭이는 진홍색 깃발의 옛 환상이 떠올랐고, 검은 바위 비탈을 오르는 붉은 기마대가 생각났다. 그러다 벽 위의 자국이 눈에 띄면서 그 환상이 사라지는 바람에 약간 안도감이 들었다. 아주 오래 전, 어린 시절에 생겨난 그 환상은 그

후로 습관적으로 떠올랐다. 벽난로 위로 15센티미터나 18센티미터쯤 떨어진 흰 벽에 까맣게 나 있는 그 자국은 작고 둥글었다.

어떤 새로운 사물을 보면 생각은 재빨리 떼 지어 몰려가서, 지푸라기 한 가닥을 열심히 옮기는 개미들처럼, 그것을 약간 들어 옮기고는 다시 내버려 둔다…….
그 자국이 못을 박아서 생긴 것이라면 큰 초상화를 위한 것이었을 리는 없고, 작은 세밀화를 걸기 위한 것이었음이 분명하다. 흰 곱슬머리에 파우더를 뿌리고 뺨에 분을 바른, 입술이 붉은 카네이션 같은 여자의 세밀화를. 물론 모사품이다. 우리보다 앞서 이 집에 살았던 사람들은 그런 식으로, 낡은 방에 낡은 그림을 골라 걸었을 테니까. 그들은 실로 그런 부류의 사람들이었고, 아주 흥미로운 사람들이었다. 그들을 다시 보지 못할 테고, 그 후 그들에게 어떤 일이 일어났는지 절대로 알 수 없겠기에 나는 그들을 아주 빈번히, 아주 기묘한 곳에서 떠올리곤 한다. 그들은 가구 스타일을 바꾸고 싶어 이사를 하려 한다고 그 남자가 말했다. 자기 생각으로는 예술 이면에 사상이 있어야 한다고, 그가 말하고 있을 때 우리는 그에게서 떨어져 나왔다. 기차를 타고 빠르게 지나가면서 교외 빌라의 뒤뜰에서 차를 막 따르려는 노부인과 테니스공을 막 치려는 젊은이에게서 떨어져 나오듯이.

그런데 벽 위의 저 자국이 무엇인지는 잘 모르겠다. 어떻든 못을 박아 만든 지국이라고는 생각할 수 없다. 그러기에는 너무 크고, 너무 둥글다. 내가 일어설 수도 있겠지만, 일어나서 보더라도 그것이 어떻게 생겨난 것인지를 분명히 알지 못할 게 거의 확실하다. 일단 어떤 일이 일어나고 나면, 그것이 어떻게 발생했는지 아무도 알지 못하니 말이다. 아! 맙소사, 삶의 불가사의란! 생각은 얼마나 부정확하고, 인간은 또 얼마나 무지한가! 우리는 우리가 소유한 물건조차 통제하지 못한다는 사실을, 이 인생이란 우리의 온갖 문명에도 불구하고 얼마나 우연적인 것인지를 예시하기 위해, 살아오는 동안 잃어버린 것을 몇 가지만 헤아려 보기로 하자. 우선, 어떻게 잃어버렸는지 도무지 이해할 수 없었던, 제본 장비가 든 연푸른색의 상자 세 개. 대체 어떤 고양이가 그것을 쏠아 대고, 어떤 쥐가 갉아 먹겠는가? 그다음으로는 새장과 띠쇠, 강철 스케이트, 앤 여왕 시대의 석탄 통, 핀볼 게임판, 손풍금을 들 수 있다. 이 모두가 사라졌고, 보석도 마찬가지다. 오팔과 에메랄드, 그것들은 순무 뿌리 주위에 흩어져 있다. 그 보석을 긁어내고 깎아 내는 것은 정말이지 얼마나 큰일인가! 놀라운 것은 내가 아직도 등에 옷을 걸치고 이 순간 단단한 가구에 둘러싸인 채 앉아 있다는 사실이다. 자, 인생을 무엇엔가 비교하고 싶다면,

지하철에서 시속 50마일로 휘날려가는 것에 비유할 수 있다. 저쪽 끝에 내리면 머리카락에 머리핀이 하나도 남아 있지 않다! 총알처럼 쏘아져 신의 발밑에 완전히 벌거벗은 채 떨어진다! 우체국에서 황급히 내동댕이쳐진 갈색 종이 꾸러미처럼 아스포델 꽃이 피어 있는 낙원에 떨어져 곤두박질친다! 경주마의 꼬리처럼 머리칼을 뒤로 휘날리며. 그래, 그것이 쏜살같이 지나가는 인생을, 끊임없이 벌어지는 파괴와 보수를 예시하는 듯하다. 너무나 되는 대로, 너무나 마구잡이식으로 일어나는…….

그러나 이 삶이 끝난 후에는. 두툼한 녹색 줄기들이 꽃받침을 서서히 잡아당기면 꽃받침이 뒤집어지며 자줏빛과 붉은빛이 물밀 듯이 밀려든다. 어쨌든, 여기에 태어나듯이 저기에 태어나면 안 될 이유라도 있을까? 무력하고, 말도 못 하고, 눈의 초점도 맞추지 못하고, 풀뿌리를 더듬거나 거인들의 발톱을 더듬으며. 어느 것이 나무이고, 어느 것이 남자이고 여자인지, 혹은 그런 것들이 과연 존재하는지 어떤지에 대해서도 약 오십 년간은 말할 수 없는 상태일지 모른다. 오직 빛과 어둠의 공간들이 있을 테고, 그 공간을 두꺼운 줄기들이 가로지를 것이며, 좀 높은 곳에서는 아마 모호한 색깔 — 흐릿한 분홍색과 푸른색 — 의 장미 모양 얼룩들이 보일 텐데, 시간이 지나면서 점점 더 선명해지고, 명확해지다가 — 무엇이 될지는 모르겠다…….

하지만 벽 위의 저 자국은 구멍이 아니다. 그것은 지난여름에 내버려 둔 작은 장미 잎처럼 둥글고 검은 물체 때문에 생겼을지 모른다. 나는 집안을 부지런히 청소하는 편이 아니기에 벽난로 위의 먼지를, 가령 트로이를 세 번이나 뒤덮은 먼지를, 그러나 소멸을 전적으로 거부하는 도자기의 파편에 불과하다고 여겨지는 그 먼지를 그저 바라본다.

창밖의 나무가 창유리를 살그머니 두드린다…….
나는 조용히, 평온하게, 광범위하게 생각하고 싶다. 절대 방해받지 않고, 절대로 의자에서 일어날 필요도 없고, 어떠한 반감이나 방해물도 느끼지 않고, 어떤 것에서 다른 것으로 쉽게 미끄러져 들어가고 싶다. 나는 표면의 단단하고 개별적인 사실들에서 멀어져 깊이, 더 깊이 가라앉고 싶다. 마음의 중심을 잡기 위해 스쳐 지나가는 첫 번째 생각을 움켜 잡아 보자…… 셰익스피어……
그래, 다른 사람과 마찬가지로 셰익스피어도 괜찮겠다.
안락의자에 깊숙이 앉아서 난롯불을 들여다본 사람 — 그래서 아주 높은 어느 하늘에서 기발한 생각들이 소낙비처럼 끊임없이 그의 마음에 쏟아져 내렸다. 그는 손으로 이마를 받치고 있고, 사람들은 열린 문으로 — 어느 여름날 저녁에 이런 광경이 있었다고 여겨지므로 — 들여다본다. 그러나 이것, 이 역사적 픽션은 얼마나 따분한가! 내게 조금도 흥미를 일으키지 못한다. 유쾌하게 이어지는 생각, 에둘러서 내 낯을 세워 주는 생각을 떠올릴 수 있으면 좋겠다. 왜냐하면 그런 생각이 가장 기분 좋고, 진정으로 자기 자신에 대한 찬사를 듣기 싫어한다고 믿는 겸손하고 우중충한 잿빛 사람들의 마음에도 빈번히 떠오르기 때문이다. 그런 생각을 하는 것만으로 스스로를 직접 칭찬하는 것은 아니다. 바로 그것이 아름다운 점인데, 가령 이와 같다.

'그러고 나서 난 방에 들어갔어. 사람들이 식물학에 대해 얘기하고 있었지. 내가 킹스웨이 가에 있는 낡은 집터의 쓰레기 더미에서 자라는 꽃을 보았다고 말했어. 그 씨앗은 찰스 1세 시절에 뿌려졌음에 틀림없다고. 찰스 1세 시대에 어떤 꽃들이 자랐죠? 내가 물었어. (그러나 그 대답은 기억나지 않아.) 자줏빛 꽃술이 달린 키 큰 꽃들일 거예요.' 이렇게 계속된다. 그러는 동안 나는 내내 마음속에서 은밀히 나의 모습을 사랑스럽게 꾸민다. 드러내 놓고 내 모습을 숭배하지는 않지만. 만일 그렇게 한다면, 그런 자신을 간파하고 당장 손을 뻗어 책을 집어 들고는 스스로를 보호할 것이다. 실로, 신기하게도 사람은 자신의 이미지를 우상처럼 숭배하지 않도록, 또는 그 이미지를 우스꽝스럽게 만들거나 더는 믿을 수 없을 만큼 실물과 너무 다르게 조작하지 않도록 본능적으로 막는다. 아니, 그건 결국 그리 신기한 일이 아닌가? 그것은 대단히 중요한 문제이다. 만일 그 거울이 박살나 버리면, 그 이미지는 사라지고, 깊은 숲속의 초록빛에 감싸인 그 낭만적 인물은 더 이상 존재하지 않고, 다른 사람들의 눈에 보이는 껍데기 인간만 남는다. 그러면 얼마나 답답하고, 피상적이고, 노골적이고, 눈에 잘 드러나는 세계가 되겠는가! 사람이 살 수 없는 세계이다. 우리는 버스와 지하철에서 서로를 대면할 때 거울 속을 들여다본다. 그래서 우리의 눈에는 흐리멍덩하고 유리처럼 멀건 빛이 감돈다. 미래의 소설가들은 거울에 비친 상의 중요성을 점점 더 깨닫게 될 것이다. 물론 그 상은 하나만이 아니라 거의 무한히 존재하기 때문이다. 바로 그것이 그들이 탐구할 오지이고, 그들이 뒤쫓을 환영이다. 그들은 그들의 작품에서 현실 묘사를 점점 더 빼 버릴 테고, 현실에 대한 인식을 당연한 일로 여길 것이다. 그리스인들이 그랬고 어쩌면 셰익스피어가 그랬듯이 — 하지만 이런 일반화는 매우 무가치한 일이다. 일반화라는 단어가 풍기는 군사적 어감만으로도 충분하다. 그 단어는 선도적 논문이라든지 장관들을 연상시키고 — 실로 우리가 어렸을 때 사물 그 자체라고 생각했던 것들의 총체, 표준적인 것, 진짜인 것을 연상시킨다. 거기서 벗어나려면 형언할 수 없이 무서운 저주를 받지 않을 수 없었다. 일반화라는 말은 왠지 몰라도 런던의 일요일, 일요일 오후의 산책, 일요일의 오찬을 연상시키고, 또한 죽은 자들에 대해 말하는 방식이나 의복, 또 누구도 좋아하지 않지만 모두들 한 방에 모여 어느 시간까지 앉아 있어야 하는 규범 같은 관습을 떠올리게 한다. 모든 것에 표준이 있었다. 그 특정한 시기에 식탁보의 표준은 왕궁의 복도에 깔린 카펫의 사진에서 볼 수 있듯이 작고 노란 부분들이 두드러진 태피스트리여야 한다는 것이었다. 다른 종류의 식탁보는 진짜 식탁보가 아니었다. 이런 진짜들, 일요일의 오찬과 일요일의 산책, 시골 대저택, 식탁보들이 순전히 진짜가 아니라 실은 절반쯤 환영이었고, 그것을 믿지 않는 사람들에게 내려지는 저주라는 것이 알고 보면 규칙을 벗어난 자가 누리는 자유로움일 뿐이라는 사실을 알게 된 것은 얼마나 큰 충격이었던가. 하지만 또 얼마나 경이로웠던가. 그런 것들, 그 진짜 표준적인 것들을 이제 무엇이 대체할 수 있을지 궁금하다. 남자들은 어쩌면 여자가 되어야 할 게다. 남성적 관점, 즉 우리의 생활을 통제하고, 표준을 정하고, 휘터커의 공직 서열표를 결정한 남성적 관점[1]은 전쟁

1 *Whitaker's Almanack*. 영국에서 1868년부터 매년 발행된 연감. 당대의 역사, 정치, 경제, 문화 등에 대한 정보와 개요를 포함한 안내 책자이며, 교육, 귀족 연감, 정부 부서, 보건, 환경 등 다양한 주제에

이후로 많은 남자와 여자들에게 절반은 환영이 되었을 테고, 마호가니 찬장과 랜드시어[2]의 그림들, 신과 악마, 지옥과 기타 등등의 환영들이 쓰레기통으로, 바라건대, 오래지 않아 조롱을 받으며 들어갈 것이며, 우리를 규칙에서 벗어난 자유로움에 취하게 만들 것이다. 만일 자유가 존재한다면…….

어떤 빛을 받으면 벽 위의 저 자국은 사실 벽에서 튀어나온 듯이 보인다. 완벽하게 둥글지도 않다. 확실하지는 않지만 그것의 그림자가 보이기도 한다. 손가락으로 벽의 그 부분을 쓸어 보면 어느 점에서 작은 봉분을 오르다가 내려갈 것 같다. 무덤이거나 막사라고들 하는 사우스 다운스의 고분들[3]처럼 매끄러운 봉분 말이다. 그 둘 중에서 나는 무덤이기를 바란다. 대부분의 영국인들처럼 나는 우울한 기분을 선호하고, 산책을 마칠 때 풀밭 밑에 흩어져 있을 뼈를 생각하는 것이 자연스럽다고 여기므로…… 그것에 관한 책이 있을 것이다. 어떤 고고학자가 틀림없이 그 뼈를 파 내어 이름을 붙였을 것이다……. 고고학자란 어떤 종류의 사람일지

관한 기사, 목록, 도표들로 구성되어 있다. 울프는 이 연감에 포함된 "영국의 귀족 계급"을 염두에 두고 있을 것이다.

2 에드윈 랜드시어(Edwin Landseer, 1802~1873). 영국의 동물 화가.

3 영국과 스칸디나비아에 흩어져 있는 선사 고분들.

궁금하다. 아마도 대부분은 퇴역한 대령으로 늙은 노동자들을 이끌고 여기 꼭대기로 올라와서 흙덩어리와 돌멩이를 조사하고 이웃 목사와 서신을 나눌 것이다. 아침 식사 시간에 개봉된 그 편지는 그들에게 자부심을 느끼게 해 줄 테고, 화살촉들을 비교하기 위해 나라를 가로질러 어떤 주의 수도에도 가 봐야 할 것이다. 이런 일은 그들뿐 아니라 그들의 나이든 아내들에게도 즐거운 일이다. 그 아내들은 자두 잼을 만들거나 서재를 청소하는 등, 그 봉분이 막사인지 무덤인지를 결정하는 중요한 문제가 계속 보류되기를 바랄 이유가 많이 있기 때문이다. 한편 대령 자신은 그 양쪽에 해당하는 증거를 축적하면서 철학자인 양 유쾌한 기분을 느낀다. 사실 그는 결국에 막사일 거라고 믿게 되는데, 그 주장에 대한 반박을 받고는 소논문의 초안을 작성한다. 그 논문을 지역 학회의 계간 모임에서 읽을 예정이었는데 그때 뇌졸중을 일으켜 자리에 눕고 만다. 그가 온전한 정신일 때 마지막으로 든 생각은 아내와 자식이 아니라 막사와 그곳의 화살촉에 대한 것이었다. 그 화살촉은 지금 지방 박물관의 상자에 들어 있고, 어떤 중국인 살인자의 발과 엘리자베스 시대의 못 한 줌, 튜더 시대의 사기 파이프, 로마 시대의 도자기 한 점, 그리고 넬슨이 썼던 포도주 잔과 함께 있다 — 이는 내가 실은 뭐가 뭔지 모른다는 것을 입증한다.

아니, 아니, 입증된 것도 없고, 알려진 것도 없다. 만일 내가 바로 이 순간에 일어서서 벽 위의 자국이 실은 — 뭐라고 말할까? — 엄청나게 큰 낡은 못대가리라는 것을 확인한다면, 이백 년 전에 박힌 못이 많은 세대에 걸쳐 끈기 있게 문질러 닦은 하녀들의 노고 덕분에 이제 페인트 칠 위로 대가리를 드러내고 흰 벽에 난롯불 빛이 비치는 방을 보면서 처음으로 현대의 삶을 감상하고 있다면, 내가 무엇을 얻게 될까? 지식을? 더 숙고할 문제를? 나는 일어서서 생각할 수 있을 뿐더러 가만히 앉아서도 생각할 수 있다. 그런데 지식이란 무엇인가? 우리 시대의 지식인이란 동굴과 숲속에 웅크리고 앉아서 약초를 달이고, 들쥐를 심문하고, 별들의 언어를 써 내린 마녀들과 은둔자들의 후예들이 아니라면 무엇인가? 우리의 미신이 줄어들고 아름답고 건강한 마음에 대한 존중심이 커질수록 지식인에 대한 존중은 줄어든다……. 그래, 우리는 매우 쾌적한 세상을 상상할 수 있다. 훤히 트인 들판에 새빨갛고 새파란 꽃들이 피어 있는 조용하고 드넓은 세상. 경찰관처럼 위압적인 교수나 전문가 혹은 가정주부가 없는 세상, 물고기가 수련 줄기를 스치고 바다 속 흰 알 둥지 위에 떠서 비늘로 물을 가르듯 생각으로 가를 수 있는 세상……. 이 밑에서 세상의 중심에 뿌리박은 채 갑자기 빛줄기가 어슴푸레 스며들고 그 빛을 반사하기도 하는 회색 물을 올려다보면 얼마나 평화로운가. 휘터커의 연감이 없다면, 공직 서열표가 없다면!

벌떡 일어나서 저 벽 위의 자국이 실로 무엇인지, 못인지, 장미 이파리인지, 나무판자의 갈라진 틈인지 직접 보아야 한다.

여기서 자연은 또다시 자기 보존의 낡은 수법을 구사한다. 이렇게 이어지는 생각이 순전히 힘을 낭비할 뿐이고 현실과 충돌할 조짐까지 보인다고 자연은 판단한다. 휘터커의 공직 서열표에 반대하겠다고 손가락 하나라도 까딱할 사람이 어디 있겠는가? 켄터베리 대주교 뒤에 대법관이 온다. 대법관 뒤에 요크 대주교가 온다. 모두들 누군가의 뒤에 나오는데, 그것이 휘터커의 지론이다. 누가 누구 뒤에 오는지를 아는 것이 중요하다. 휘터커는 알고 있으니, 그것에 격노할 것이 아니라 위안으로 삼으라고 자연은 충고한다. 위안을 얻을 수 없으면, 이 평화로운 시간을 산산이 부숴야겠다면, 벽 위의 자국을 생각하라.

나는 자연의 수법을 알고 있다. 흥분이나 고통을 일으킬 조짐이 있는 생각을 끝낼 방법으로 행동을 취하라고 자극하는 것 말이다. 이런 까닭에 우리는 행동가를 약간 경멸한다. 우리는 그들이 생각을 하지 않는다고 가정한다. 그래도, 벽 위의 자국을 살펴봄으로써 불쾌한 생각을 완전히 끝낼 수 있다면 해로울 일은 없다.

실로, 그것을 뚫어지게 응시하고 있으려니 바닷속에서 지지물을 움켜잡은 느낌이다. 내가 느끼는 만족스러운 실체감 덕분에 대주교 두 명과 대법관이 당장 더없이 허망한 그림자로 바뀌고 만다. 여기 명확한 무언가가 있다. 실재하는 무언가가. 그러므로 한밤중의 악몽에서 깨어난 사람은 급히 불을 켜고 잠자코 누워서 서랍장을 숭배하고, 견고함을 숭배하고, 우리가 아닌 다른 존재를 입증하는 비인격적 세계를 숭배한다. 그 세계를 우리는 확신하고 싶어 한다……. 목재에 대해 생각하면 기분 좋다. 그것은 나무에서 왔고, 나무는 자란다. 우리는 나무가 어떻게 자라는지 알지 못한다. 여러 해 동안 나무는 우리에게 아무 관심을 두지 않고 자란다. 목초지에서, 숲에서, 그리고 강가에서 — 우리는 이런 것들에 대해 생각하기를 좋아한다. 암소들은 뜨거운 오후에 나무들 밑에서 꼬리를 휙휙 흔들어 댄다. 강은 초록 일색이라서 뜸부기가 물속에 뛰어들었다가 다시 올라올 때 온통 초록색으로 물든 꼬리를 보게 되리라고 기대한다. 나는 바람에 나부끼는 깃발처럼 물결에 맞서 균형을 잡고 있는 물고기와 강바닥에서 천천히 둥글게 진흙 더미를 만드는 물방개를 생각하기 좋아한다. 나무 그 자체를 생각하는 것도 좋아한다. 우선 목재의 촘촘하고 메마른 느낌을, 그러고는 폭풍우의 맹렬한 회초리질을, 그 다음에는 천천히 분출하는 달콤한 수액을 생각하기 좋아한다. 또한 한겨울 밤에 이파리들이 바싹 오그라들고, 탄환처럼 내리쏘는 달빛을 받는 연약한 이파리 하나 없이, 벌거벗은 떡갈나무 열매가 땅 위에서 밤새 구르고 또 구르는 텅 빈 들판에 서서 나무를 생각하기 좋아한다. 6월이면 새들의 노래가 꽤 요란하고 이상하게 들릴 것이다. 주름진 나무껍질을 힘겹게 기어오르거나 혹은 얇은 자양처럼 뒤덮인 녹색 잎사귀들 위에서 햇볕을 쬐면서 다이아몬드처럼 생긴 붉은 눈으로 앞을 똑바로 바라보는 벌레들의 발은 얼마나 차갑게 느껴질까……. 땅의 엄청난 냉기에 눌려 섬유 조직이 하나씩 딱딱 끊어지고, 그런 다음에 마지막 폭풍우가 몰려와 덮치면서 가장 높이 뻗은 나뭇가지들을 다시 땅속 깊이 휘몰아 넣는다. 그렇더라도 삶은 끝나지 않는다. 온 세계에, 침실에, 배 위에, 보도에, 남자들과 여자들이 차를 마신 후 앉아서 담배를 피우는 거실에, 참을성을 갖고 계속 나무를 지켜보는 수백만의 생명이 있다. 그것은, 이 나무는, 평화로운 생각, 행복한 생각으로 가득하다. 나는 각각을 떼어 놓고 싶다 — 그런데 무언가 방해하고 있다……. 내가 어디 있었지? 그게 다 무엇에 관한 거였지? 나무? 강? 구릉? 휘터커의 연감? 아스포델 꽃이 만발한 들판? 하나도 기억나지 않는다. 모든 것이 움직이고, 무너지고, 미끄러지고, 사라진다……. 엄청난 격변이 일어난다. 누군가 내 위에 서서 말하고 있다.

"신문을 사러 나갈 거요."

"그래요?"

"신문을 사 봐야 소용없지만…… 아무 일도 일어나지 않으니. 이 지긋지긋한 전쟁, 빌어먹을 전쟁! ……그런데, 벽 위에 왜 달팽이가 있는지 모르겠네."

아, 벽 위의 자국! 그건 달팽이였다.

큐 식물원

1919년경 울프는 본격적으로 실험적인 소설을 다수 발표했다. 그중에서도 이 작품은 사실주의 기법에서 벗어나 주관적 개성을 추구했던 후기 인상파의 화법을 글로 표현했다는 평가를 받는다. 식물원을 오가는 다양한 인간 군상들의 모습과 풀밭을 기어가는 달팽이의 세계를 대조하여 보여 주는 흥미로운 작품.

큐 식물원

타원형의 꽃밭에 백여 개의 줄기가 솟아올라 중간쯤에서부터 하트 모양이나 혀 모양의 이파리들을 위로 내뻗고 그 끝에서 붉은색이나 푸른색, 노란색 꽃잎을 펼쳤다. 꽃잎의 표면에 얼룩진 곳들이 솟아 있었다. 붉은색, 푸른색, 노란색의 음영이 드리워진 목구멍에서 곧은 막대가 솟아났는데 금빛 먼지에 덮여 거칠고 끝은 곤봉 모양으로 약간 둥글었다. 아주 큰 꽃잎들이 여름날의 산들바람에 흔들렸고, 흔들릴 때마다 붉은빛과 푸른빛, 노란빛이 서로 교차하면서 그 밑의 손톱만 한 갈색 흙을 더없이 미묘한 색깔의 반점으로 물들였다. 그 빛은 매끄러운 잿빛 조약돌의 등이나 갈색 핏줄로 동그라미를 그린 달팽이 껍질에 내려앉았다. 혹은 빗방울 속으로 들어가 얇은 물방울 막을 아주 선명한 붉은색과 푸른색, 노란색으로 팽창시켜서 그 막이 터져 버릴 것 같았다. 그런데 그 물방울은 다시 은회색으로 남았고, 이제 빛은 잎사귀에 내려앉아 표피 아래 실처럼 뻗은 섬유 조직을 드러냈고, 다시 나아가 봉긋하게 솟은 하트 모양과 혀 모양의 이파리들 밑의 드넓은 녹색 공간을 환히 비추었다. 그때 산들바람이 머리 너머에서 제법 상쾌하게 살랑거리더니 그 위의 공중에서, 7월에 큐 식물원을 걷고 있는 남자들과 여자들의 눈 속에서 다채로운 색깔로 반짝였다.

이 남자들과 여자들은 희한하게도 제멋대로 움직이며 뿔뿔이 꽃밭을 지나갔다. 잔디밭을 지그재그로 가로질러 한 꽃밭에서 다른 꽃밭으로 날아다니는 희고 푸른 나비들과 다르지 않았다. 그 남자는 여자보다 15센티미터쯤 앞에서 무심히 걸음을 옮겼고, 반면에 여자는 더 확고한 목적이 있는 걸음걸이로 나아가며 아이들이 너무 뒤처지지 않았는지 보려고 이따금 고개를 돌릴 뿐이었다. 남자는 무심결에 그랬는지 몰라도 일부러 여자 앞에서 거리를 유지하고 있었다. 그는 자기 생각을 이어 가고 싶었기 때문이다.

'십오 년 전에 릴리와 여기 왔었지.' 그는 생각했다. '저 너머 호숫가에 앉았어. 그 뜨거운 오후 내내 그녀에게 결혼해 달라고 애걸했지. 잠자리가 우리 주위를 끝없이 맴돌았어. 그 잠자리와 발가락 부분에 각진 은빛 버클이 달린 그녀의 구두가 지금도 생생히 떠올라. 나는 말을 하면서 줄곧 그녀의 구두를 보았지. 짜증이 난 듯이 구두가 움직였을 때 고개를 들어 보지 않아도 그녀가 무슨 말을 하려는지 알았어. 그녀의 온 존재가 그 구두 속에 있는 것 같았어. 그리고 내 사랑, 내 욕망은 그 잠자리 속에 있었지. 왠지 몰라도 그 잠자리가 저기, 저 이파리에, 가운데 붉은 꽃이 핀 저 넓은 이파리에 내려앉으면, 저 이파리에 잠자리가 내려앉는다면, 그녀가 곧 승낙할 거라고 생각했지. 그러나 잠자리는 빙글빙글 돌기만 할 뿐 어디에도 내려앉지 않았어. 물론, 다행히도, 내려앉지 않았지. 그렇지 않았더라면 이렇게 오늘 엘리너와 아이들을 데리고 여기를 걷고 있지 않았을 테니.'

"그런데 엘리너, 지난 날들을 생각해 본 적 있어?"

"왜 그런 것을 묻는데, 사이먼?"

"방금 과거에 대해 생각해 보았거든. 릴리에 대해 생각했어. 내가 결혼할 수 있었던 여자……. 아니, 왜 아무 말도 없어? 내가 옛날 일을 생각하는 것이 마음에 걸려?"

"그럴 이유가 어디 있어, 사이먼? 남자와 여자들이 나무 아래 누워 있는 이런 정원에 오면 누구나 과거를 생각하지 않아? 사람의 과거이자 과거에서 남은 모든 것은 바로 그들, 저 남자들과 여자들, 나무 아래 누워 있는 저 유령들 아니야? ……사람의 행복이고 실체이고?"

"내게는 각진 은색 구두 버클과 잠자리……."

"내게는 키스였어. 이십 년 전에 저기 호숫가에 이젤을 앞에 놓고 앉아서 수련을 그리고 있는 꼬마 여자애들 여섯 명을 상상해 봐. 붉은 수련을 처음으로 봤어. 그런데 그때 갑자기 내 목 뒤에 입술이 닿았어. 오후 내내 손이 떨려서 그림을 그릴 수 없었지. 나는 시계를 꺼내서 딱 오 분만 그 키스에 대해 생각하도록 스스로에게 허락할 시간을 표시해 두었어. 그것이 너무 소중했거든. 콧등에 사마귀가 난 은발의 늙은 여자가 해 준 키스, 그게 내가 평생 나눈 키스의 근원이었어. 자, 가자, 캐롤라인, 가자, 허버트."

그들은 이제 넷이 나란히 서서 꽃밭을 지나 계속 걸어갔다. 오래지 않아 나무들 사이로 그들의 몸집이 작아졌고, 햇빛과 그림자가 그들의 등 위에서 흔들리는 큼직하고 불규칙한 조각들로 떠돌면서 그들은 반쯤 투명해 보였다.

그 타원형 꽃밭에서 달팽이가 이 분 남짓 붉은색과 푸른색, 노란색으로 물들었던 껍데기 속에서 아주 조금 움직이는 것 같았다. 그러더니 푸석푸석한 흙 부스러기에 올라가려고 애쓰기 시작했다. 달팽이가 흙 부스러기에 오르자 흙이 부서져 굴러 내렸다. 달팽이는 명확한 목적지를 앞에 둔 것 같았는데, 특이하게 다리를 높이 쳐든 말라빠진 녹색 곤충과 이 점에서 달랐다. 그 벌레는 앞으로 건너가려다 심사숙고하듯이 더듬이를 떨면서 잠시 기다리더니 기이하게도 반대 방향으로 재빨리 멀어져 가 버렸다. 누런 절벽들과 그 사이 구덩이의 깊은 녹색 호수들, 뿌리에서 꼭대기까지 흔들리는 편평한 칼날 같은 나무들, 둥근 잿빛 바위들, 사각거리는 얇은 질감의 쭈글쭈글한 방대한 표면. 이 온갖 물체들이 달팽이가 목적지를 향해 한 줄기에서 다른 줄기로 나아가는 길에 가로놓여 있었다. 달팽이가 아치 모양의 천막처럼 떨어져 있는 낙엽을 돌아갈 것인지 아니면 밀고 나아갈 것인지를 결정하기 전에 다른 인간들의 발길이 화단을 지나갔다.

이번에는 둘 다 남자였다. 그중 젊은 사람은 어딘지 어색하게 평온한 표정을 짓고 있었다. 옆 사람이 말하는 동안 그는 눈을 들어 한결같이 앞을 응시했다. 옆 사람이 말을 끝내면 즉시 다시 땅을 바라보았고, 때로 긴 침묵이 있은 뒤에야 입을 열었고 때로는 아예 열지 않았다. 연장자는 기이하게도 고르지 못한 걸음걸이로 휘청거리며 걸었는데 손을 휙 내밀거나 머리를 갑자기 쳐들었다. 마차 끄는 말이 집 밖에서 기다리는 데 지쳐 안달이 난 모습 같았다. 그러나 그 사람의 이런 몸짓은 우유부단하고 무의미했다. 그는 거의 쉬지 않고 말을 이어갔고, 혼자 미소를 짓고는 자기 미소가 답이라도 된 양 다시 말하기 시작했다. 그는 영혼에 대해 말하고 있었다. 죽은 자들의 영혼이 지금도 그에게 천국에서의 경험에 대해 온갖 기묘한 얘기를 들려준다는 것이었다.

"천국은 고대인들에게 테살리아[1]로 알려져 있었어, 윌리엄. 지금은 이 전쟁 때문에 혼령들이 산들 사이에서 천둥처럼 울리고 있지." 그는 말을 멈추었고 귀를 기울이는 듯하더니 미소를 짓고 고개를 휙 저은 후에 말을 이었다.

"작은 전기 배터리와 고무 조각을 갖고 전선을 절연할 수 있어. 분리인가? 절연인가? 글쎄, 자세한 내용은 그냥 넘어가기로 하지. 이해할 수 없는 것을 자세히 말해 봐야 소용없으니. 간단히 말해서 그 작은 장치를 침대 머리 옆의 편리한 곳에, 가령 말끔한 마호가니 스탠드에 둔다네. 내가 지시하는 대로 일꾼이 모든 장치를 고정시키면, 그 과부는 귀를 대고 미리 협의한 암호로 영혼을 불러내는 거야. 여자들은! 과부들은! 검은 상복을 입은 여자들은……."

이때 그는 멀리 있는 어떤 여자의 드레스를 흘끗 본 것 같았다. 그늘진 곳에서 그 드레스는 거무스레한 보라색으로 보였다. 그는 모자를 벗고 가슴에 손을 얹더니 열광적으로 뭐라 중얼거리고 몸짓을 하며 그녀를 향해 나아갔다. 그러나 윌리엄은 그의 소매를 붙잡았고

1 그리스 북부 에게해에 면하여 있는 지방. 다양한 신화와 전설이 전해진다.

그 노인의 관심을 돌리기 위해 지팡이를 들어 꽃 한 송이에 그 끝을 갖다 댔다. 좀 어리둥절한 채 잠시 꽃을 바라보던 노인은 꽃에 귀를 기울였고 거기서 흘러나오는 목소리에 대답하는 것 같았다. 수백 년 전에 유럽에서 가장 아름다운 젊은 여자와 함께 갔던 우루과이의 숲에 대해 말하기 시작했던 것이다. 윌리엄에게 이끌려 가면서 열대 장미의 밀랍 같은 꽃잎에 뒤덮인 우루과이의 숲과 나이팅게일, 바닷가, 인어, 바다에 빠져 죽은 여자들에 대해 중얼거리는 그의 목소리가 들려왔고, 의연하게 참아 내는 표정이 윌리엄의 얼굴에 서서히 더 깊이 스며들었다.

노인의 뒤를 따라가면서 그의 몸짓에 약간 어리둥절했던 두 노파는 중하층 출신으로 한 여자는 육중한 몸집에 퉁퉁했고, 다른 여자는 장밋빛 뺨에 몸피가 날렵했다. 그 계층의 사람들이 대부분 그렇듯이 그들은 정신 장애를 드러내는 기이한 행동에, 특히 부자들의 그런 행동에 노골적으로 흥미를 드러냈다. 그러나 그 몸짓이 단지 기벽에 불과한 것인지 진짜 미친 것인지를 확인할 수 없을 만큼 멀리 떨어져 있었다. 잠시 그들은 아무 말 없이 노인의 등을 뚫어지게 쳐다보고는 다 알고 있다는 듯한 묘한 눈빛을 주고받고 나서 매우 복잡한 그들의 대화를 활발히 엮어 갔다.

“넬, 버트, 롯, 세스, 필, 파. 그가 말했어. 내가 말했지. 그녀가 말했어. 내가 말했고, 내가 말했고, 내가 말했고…….”

“버트, 시스, 빌, 할아버지, 그 노인, 설탕, 설탕, 밀가루, 훈제 청어, 푸성귀, 설탕, 설탕, 설탕.”

반복해서 떨어지는 단어들 사이로 그 통통한 여자는 땅에 차분하고 확고하게 꼿꼿이 서 있는 꽃들을 바라보며 묘한 표정을 지었다. 깊은 잠에서 깨어난 사람이 빛을 이상하게 반사하는 놋쇠 촛대를 보고는 눈을 감았다가 다시 눈을 떠서 촛대를 다시 쳐다보고는 마침내 잠이 완전히 깨어서 온 힘을 다해 촛대를 응시하듯이 꽃들을 보았다. 이렇게 그 육중한 여자는 타원형의 꽃밭 맞은편에서 걸음을 멈추었고, 동행한 여자의 말을 듣는 척도 하지 않았다. 그녀는 거기 서서 그 단어들이 자기 몸 위에 떨어지도록 내버려 두고 상체를 천천히 앞뒤로 흔들면서 꽃들을 바라보았다. 그러고는 앉을 곳을 찾아서 차를 마시자고 제안했다.

달팽이는 이제 낙엽 주위를 돌아가거나 그 위로 넘어가지 않고 목적지에 도달할 방법을 모두 생각해 보았다. 이파리에 오르기 위해 필요한 노력은 말할 것도 없고, 촉수 끝에 닿기만 하면 놀랍게도 바스락거리며 떨리는 얇은 섬유 조직이 그의 무게를 견딜 수 있을지 의심스러웠다. 그래서 달팽이는 결국 낙엽 밑으로 기어가겠다고 결정했다. 이파리의 구부러진 한 부분이 땅에서 높이 벌어져 있었다. 달팽이가 그 벌어진 틈에 머리를 막 들이밀고 높은 갈색 지붕을 찬찬히 살펴보며 시원한 갈색 빛에 적응하고 있을 때, 밖에서는 두 사람이 잔디밭을 지나갔다. 이번에는 둘 다 젊은 남자와 여자였다. 둘 다 한창때의 청춘이었고, 아니 청춘의 절정에 이르기 직전의 나이였다. 매끄러운 분홍 꽃주름이 끈끈한 덮개를 터뜨리기 이전, 완전히 자랐어도 나비의 날개가 아직 펼쳐지지 않은 채 햇빛을 쐬고 있을 때였다.

"금요일이 아니라서 운이 좋군." 남자가 말했다.

"왜? 행운을 믿어?"

"금요일에는 6펜스를 내거든."

"어떻든 6펜스가 대수야? 그것은 6펜스의 가치가 있지 않아?"

"그것이라니, '그것'이 뭘 말하는 거야?"

"아, 뭐든지. 내 말은, 무슨 뜻인지 알잖아."

이 말들은 제각기 긴 침묵 후에 이어졌고, 생기 없이 단조로운 목소리로 흘러나왔다. 그들은 꽃밭 가장자리에 가만히 서서 함께 여자의 양산 끝을 부드러운 흙 속에 깊이 밀어 넣었다. 이 행동과 청년의 손이 여자의 손등에 머물렀다는 사실은 그들의 감정을 묘하게 표현했다.

그 짧고 무의미한 말들도 무언가를 표현했듯이. 그 말들은 그 묵직한 의미 덩어리에 비해 날개가 짧아 멀리 날아가기에는 미흡했기에, 그들을 둘러싼 아주 평범한 사물에 서툴게 내려앉았다. 경험 없는 그들의 감각에는 매우 거대하게 느껴지는 사물이었다. 그러나 그 안에 어떤 낭떠러지가 숨어 있지나 않은지 혹은 건너편에 얼음 깔린 비탈이 햇빛에 반짝이지 않을지 누가 알겠는가? (양산을 흙 속에 밀어 넣으며 그들은 이렇게 생각했다.) 누가 알겠는가? 누가 이것을 본 적이 있겠는가? 그녀가 큐 식물원에서 어떤 차를 제공하는지 궁금해하고 있을 때도 그 청년은 그녀의 말 이면에서 무언가 서서히 나타나 방대하고 굳건한 모습으로 서 있다고 느꼈다. 안개가 아주 천천히 걷히며 드러냈다 — 아, 맙소사, 저 형체들이 무엇이었지? — 작고 흰 탁자들, 먼저 그녀를 보고 그를 쳐다본 웨이트리스들을. 그리고 그가 진짜 2실링짜리 동전으로 지불할 계산서가 있었다. 그것은 진짜이고, 모두 다 진짜라고 그는 주머니 속의 동전을 만지작거리며 다짐했다. 그와 그녀를 제외한 모든 사람에게 진짜였다. 그에게도 진짜로 보이기 시작했다. 그러고 나서는 — 하지만 너무 흥분해서 더는 가만히 서서 생각할 수 없었다. 그는 양산을 흙 속에서 휙 끌어당기고는 조급하게 다른 사람들과, 다른 사람들처럼, 차를 마실 곳을 찾아가려 했다.

"가자, 트리시. 차를 마실 시간이야."

"어디서든 차를 마실 수 있어?" 그녀는 흥분해서 아주 묘하게 떨리는 목소리로 물었고, 막연히 주위를 돌아보며 이끄는 대로 풀밭을 내려갔다. 양산을 질질 끌면서 고개를 이리저리 돌렸고, 차 마실 것을 잊어버리고는 야생화들 사이에 있던 난초와 두루미들, 중국식 탑과 머리에 볏이 있는 진홍색 새를 기억하면서 저 아래로, 그리고 저 아래로 가고 싶었다. 그러나 그 청년은 그녀를 계속 이끌어갔다.

이렇게 한 쌍, 또 한 쌍의 사람들이 거의 똑같이 불규칙적으로 목적 없이 움직이며 꽃밭을 지나갔고 겹겹이 쌓인 녹청색 안개에 감싸였다. 처음에는 그들의 몸이 단단한 형체와 약간의 색깔을 갖고 있었으나 후에는 형체와 색깔이 녹청색 대기 안에서 녹아 버렸다. 얼마나 무더웠는지! 너무나 더워서 개똥지빠귀도 꽃들이 드리운 그늘에서 총총 뛰었는데, 기계로 만든 새처럼 한 동작을 하고는 오래 멈추었다가 다음 동작으로 넘어갔다. 흰 나비들은 막연히 떠돌지 않고 가장 큰 꽃들 위에 층층이 모여 춤을 추면서 펄럭이는 흰 날개로 부서진 대리석 기둥의 윤곽을 만들었다. 종려나무 온실의 유리 지붕이 반짝이는 녹색 우산들로 가득한 시장 전체가 햇빛 속에 문을 연 듯이 빛을 발했다. 비행기가 윙윙거리는 가운데 여름날 하늘의 목소리가 그 맹렬한 영혼을 나지막이 토해

냈다. 노랑과 검정, 분홍과 순백, 이 온갖 색깔을 띤 형체들, 남자들과 여자들, 아이들이 한순간 수평선 위에 나타났다. 그다음에 풀밭에 드넓게 깔린 노란색을 보고 그들은 망설이다가 나무 밑 그늘을 찾았고, 노란색과 초록색이 어우러진 대기 속에서 물방울들처럼 녹으며 그 대기를 붉은색과 푸른색으로 은은히 물들였다. 크고 육중한 몸집들이 열기에 맥없이 주저앉아 땅 위에 웅크리고 누워 움직이지 않았지만 그들의 목소리는 두툼한 양초 밀랍에서 늘어진 불꽃처럼 그들에게서 떨리며 흘러나오는 것 같았다. 목소리들. 그래, 목소리들. 말 없는 목소리들이 갑자기 깊은 만족감으로, 아주 강렬한 욕망으로 침묵을 깨뜨렸다. 아니, 아이들의 목소리로 신선하고 놀랍게 침묵을 깨뜨렸던가? 그러나 침묵은 없었다. 모터가 달린 버스들이 내내 바퀴를 돌리며 기어를 바꾸고 있었다. 강철로 만들어진 상자처럼, 도시는 커다란 상자가 그 안에 들어 있는 작은 상자들을 끊임없이 돌리는 듯 중얼거리는 소리를 냈다. 그 꼭대기에서 목소리들이 크게 소리쳤고, 수많은 꽃잎이 다채로운 색깔을 공중에 번뜩였다.

에세이

자기만의 방

런던 거리 헤매기

자기만의 방

케임브리지 대학교 내 여자 대학인 거턴과 뉴넘에서의 강연을 토대로 썼다. 여성이 자유로운 삶의 문을 열 수 있는 두 가지 열쇠로, 연간 500파운드의 '고정 수입'과 타인의 방해를 받지 않을 '자기만의 방'을 강조한 이 에세이는 제인 오스틴, 조지 엘리엇, 에밀리 브론테 등 여성 작가들을 문학사 안에 위치시킨 최초의 시도이자 여성 문학 비평의 정전으로 평가받는다. 1929년 발표.

자기만의 방

1장

하지만 '여성과 픽션'에 대해 이야기하라고 했는데 내가 자기만의 방이라는 말을 꺼낸다면 도대체 그게 무슨 관련이 있느냐고 말하겠지요. 설명해 보도록 하지요. '여성과 픽션'에 대해 강연하라는 요청을 받았을 때 나는 강둑에 앉아 그 단어들이 무엇을 의미하는지 생각하기 시작했습니다. 그것은 그저 패니 버니[1]에 대한 몇 마디 언급과 제인 오스틴에 관한 더 많은 논평, 브론테 자매에 대한 찬사와 눈 덮인 하워스 목사관[2]에 대한 묘사, 가능하다면 미트퍼드 양[3]에 대한 몇 마디 재담, 조지

1 Fanny Burney(1752~1840). 영국의 작가. 주로 여성을 주인공으로 한 풍자적인 세태 소설을 썼다.

2 요크셔에 있는 브론테 가족의 집.

3 메리 러셀 미트퍼드(Mary Russell Mitford, 1787~1855). 영국의 스케치 작가, 극작가, 시인.

엘리엇에 대한 경의에 찬 암시, 개스켈 부인[4]에 관한 언급을 의미하고 또 그것으로 충분할 수도 있겠지요. 그러나 다시 생각해 보니 그 단어들은 그리 단순해 보이지 않았습니다. '여성과 픽션'이라는 제목은 여성과, 여성이 과연 어떤 존재인가를 의미할 수도 있고, 어쩌면 여러분은 그런 의미를 생각하고 있었을 수도 있습니다. 아니면 여성과, 여성이 쓴 픽션을 의미할 수도 있지요. 혹은 여성과 여성에 관해 쓰인 픽션을 뜻할 수도 있겠지요. 또는 이 세 가지가 뒤섞여 있으므로 이 세 관점을 통틀어 이 문제에 접근하리라 기대했을 수도 있을 것입니다. 그러나 그중 가장 흥미롭게 보이는 이 마지막 방법으로 그 주제를 고찰하기 시작하자, 거기에는 치명적인 결함이 있다는 사실을 이내 알게 되었습니다. 나는 결코 결론에 도달할 수 없을 것입니다. 그러므로 강연자의 첫 번째 의무를 완수할 수 없으리라는 사실을 깨닫게 되었지요. 한 시간의 강연이 끝난 후 여러분의 공책 갈피 속에 숨겨진 채 벽난로 위 선반에 영원히 보관될, 순수한 진실의 알맹이를 전달해 주어야 하는 임무를 말입니다. 내가 할 수 있는 일이라고는 고작해야 별로 중요해 보이지

4 엘리자베스 개스켈(Elizabeth Gaskell, 1810~1865). 산업화되어 가는 영국 사회의 다양한 면모를 그려 낸 영국의 소설가.

않는 한 가지 의견, 즉 여성이 픽션을 쓰기 위해서는 돈과 자기만의 방이 있어야 한다는 의견을 제시하는 것입니다. 그리고 앞으로 알게 되겠지만 이러한 견해로는 여성의 진정한 본성과 픽션의 진정한 본질이라는 크나큰 문제를 해결하지 못한 채 남겨 둘 수밖에 없습니다. 나는 이 두 가지 문제의 결론에 도달해야 할 의무를 회피했고 따라서 나에게 여성과 픽션이라는 주제는 해결되지 않은 문제로 남는 셈입니다. 그러나 어느 정도라도 이를 보완하기 위해서 내가 어떻게 방과 돈에 대한 이러한 견해를 가지게 되었는지 최선을 다해 보여 주겠습니다. 나는 이런 생각을 하게 된 사고의 궤적을 여러분 앞에 될 수 있는 대로 충실하고 자유롭게 개진할 것입니다. 아마도 돈과 방에 관한 나의 이 진술의 이면에 숨어 있는 생각이나 편견을 여러분 앞에 드러내게 되면, 그 가운데 어떤 것은 여성이라는 주제와 또 어떤 것은 픽션이라는 주제와 맞닿아 있음을 여러분은 알게 될 것입니다. 어쨌든, 어떤 주제가 상당한 논쟁을 불러일으키는 것일 때 (성(性)에 관한 문제는 어느 것이나 그렇지요.) 진실을 밝히리라고 기대할 수는 없는 일이지요. 다만 자신이 주장하는 견해를 어떻게 가지게 되었는지는 보여 줄 수 있을 겁니다. 그리하여 청중이 강연자의 한계와 편견 그리고 특유한 성격을 관찰함으로써 그들 나름의 결론을 이끌어 낼 기회를 줄 수 있을 뿐입니다. 이런 점에서는 사실보다도 허구가 더 많은 진실을 내포할 것입니다. 그러므로 나는 소설가로서의 모든 자유와 파격을 이용하여 내가 여기 오기 전 이틀 동안의 이야기, 다시 말해 여러분이 내 어깨 위에 올려놓은 주제의 무게에 짓눌려 그 문제를 숙고하며 일상생활의 안팎에서 내 견해를 이끌어 낸 과정을 여러분에게 말할 것입니다. 앞으로 내가 묘사하려는 것이 실재하지 않는다는 것은 말할 필요도 없겠지요. 옥스브리지는 가공의 대학이며 펀엄도 마찬가지입니다. 여기서 '나'는 실재하는 존재라기보다는 누군가를 뜻하는 편리한 가칭일 뿐입니다. 내 입술에서 거짓말이 흘러나오겠지만 아마 거기엔 약간의 진실이 섞여 있겠지요. 이 진실을 찾아내고 그중 어떤 부분이 간직할 만한 가치가 있는가를 결정하는 것은 여러분의 몫입니다. 가치가 전혀 없다고 생각한다면 여러분은 물론 이야기를 통째로 휴지통에 던져 버리고 전부 잊겠지요.

자, 그러면 나는 (나를 메리 비턴이나 메리 시턴, 또는 메리 카마이클, 아니면 여러분이 좋을 대로 아무 이름으로나 불러도 상관없습니다.[5] 이것은 전혀 중요치 않은 문제니까요.) 한두 주일

5 여기서 울프는 「메리 네 명의 발라드(Ballad of the Four Marys)」라는 영국의 옛 발라드를 언급하고 있다. 이 노래에는 "어제저녁 왕비에게는 네 명의 메리가 있었지/ 오늘 밤에는

전 날씨가 맑은 10월의 어느 날 어느 강둑에 앉아 생각에 잠겨 있었습니다. '여성과 픽션'이라는 주제, 온갖 편견과 격정을 불러일으키는 이 주제에 결론을 내려야 할 필요성 때문에 고개를 숙이고 있었지요. 오른쪽과 왼쪽에는 황금빛과 진홍빛이 어우러진 수풀이 불빛으로 달아오르다 못해 그 열기로 타오르는 것 같았습니다. 저쪽 강둑에는 버드나무들이 어깨에 머리칼을 늘어뜨리고 끊임없이 비탄을 토하고 있었고, 하늘과 교각과 타오르는 나무들이 강물 위로 제각기 반사되고 있었습니다. 한 학부생이 물 위에 비친 그림자 사이로 보트를 저어 지나가자 곧 그 그림자들은 아무 일도 없었다는 듯 다시 온전한 제 모습을 찾았습니다. 그곳에서라면 생각에 잠긴 채 스물네 시간을 계속 앉아 있을 수도 있었을 겁니다. 사색(실제 그 값어치보다 조금 더 당당한 이름으로 부르자면)이 그 낚싯대를 강물 속에 드리웠습니다. 그것은 몇 분간 물 위에 비친 그림자와 수초 사이에서 이리저리 흔들리며 물결을 따라 오르락내리락했지요. 마침내 (아시다시피 미약하게 끌어당기는 힘이 느껴지자) 낚싯줄 끝에 어떤 생각이 갑작스럽게 응결되었습니다. 그래 그것을 조심스레 잡아당겨 살짝

세 명밖에 없을 거라네/ 메리 비턴과 메리 시턴/ 메리 카마이클과 내가 있었지."라는 후렴이 나온다. 이 노래의 화자는 메리 해밀턴이며 왕과의 정사로 사생아를 낳아 사형에 처해진 여성이다.

펼쳐 놓았지요. 아아, 풀밭 위에 내려놓자 나의 이 사고는 얼마나 작고 하찮게 보였는지요. 사려 깊은 어부라면 언젠가 살이 더 붙어 요리해 먹을 수 있을 만큼 자라도록 다시 물속에 놓아줄 만한 정도의 물고기였습니다. 그 생각이 어떤 것인가 하는 문제로 지금 여러분을 번거롭게 하지는 않겠습니다. 하지만 여러분이 신중하게 살펴본다면 내가 이야기하는 과정에서 여러분 스스로 그 생각을 찾아낼 수 있겠지요.

그러나 비록 작고 보잘것없더라도 그것은 그 나름의 신비스러운 속성을 가지고 있어서 다시 마음속에 집어넣자 이내 아주 흥미롭고 중요한 것이 되었습니다. 치솟았다가 가라앉고, 여기저기서 번뜩이며 물밀듯 요동치는 그 사고의 격정 때문에 더 이상 가만히 앉아 있을 수 없었지요. 그리하여 나도 모르는 사이에 잔디밭을 가로질러 재빨리 걷고 있었습니다. 그 순간 웬 남자의 모습이 솟아올라 갑작스럽게 나를 가로막았습니다. 처음에는 와이셔츠에 모닝코트를 걸친 기묘해 보이는 그 물체의 몸짓이 나를 겨냥하고 있다는 사실을 알아차리지 못했지요. 그의 얼굴은 경악과 분노를 담고 있었습니다. 그 순간 나를 도운 건 이성보다는 본능이었지요. 그 사람은 교구(教區) 관리였고 나는 여자였습니다. 이곳은 잔디밭이었고 인도는 저편에 있었습니다. 이곳은 대학의 특별 연구원이나 학자들에게만 허용된 장소였으며 내게 적합한 곳은 저 자갈길이었습니다. 이런 생각을 떠올리는 데는 채 한순간도 걸리지 않았지요. 내가 길로 접어들자 그 관리는 팔을 내리며 평상시의 평온한 표정을 되찾았습니다. 사실 걷기엔 자갈길보다는 잔디밭이 더 낫고, 그렇다고 잔디밭이 크게 손상된 것도 아니었지요. 이 대학이 어디건 간에 대학 연구원과 학자들에게 던질 수 있는 유일한 비난은, 삼백 년 동안이나 줄곧 물결치듯 펼쳐져 온 그들의 잔디밭을 보호한다는 구실로 내 작은 물고기를 숨어 버리게 했다는 사실입니다.

그토록 대담하게 잔디밭으로 침입하도록 나를 격동시킨 그 생각이 무엇이었는지 이제는 기억해 낼 수 없습니다. 평화의 정령이 하늘에서 구름처럼 내려앉았지요. 이 세상에 평화의 정령이 머무는 곳이 있다면 그곳은 맑은 10월 아침 옥스브리지의 교정일 겁니다. 오래된 강당을 지나 단과 대학 사이를 어슬렁거리다 보니 좀 전의 고약한 기분이 가라앉는 듯했지요. 몸은 어떤 소리도 꿰뚫을 수 없는 신기한 유리 상자 속에 들어가 있고, 마음은 현실과의 접촉에서 해방되어 (다시 잔디밭에 침입하지만 않는다면) 그 순간과 조화를 이루는 어떤 사색에라도 자유로이 안주할 수 있었습니다. 아주 우연히도, 찰스 램이 긴 방학 동안 옥스브리지를 방문하고 나서 썼다던 오래된 수필이 떠오르자 그를 생각하게 되었지요. 새커리는 램의 편지 한 통을 이마에 대면서 성(聖) 찰스라고 불렀다지요. 실제로 모든 죽은 이들 가운데서 (지금 나는 생각이 떠오르는 대로 이야기하고 있습니다.) 램은 나와 마음이 가장 잘 맞는 사람이고, 수필을 어떻게 썼는지 말해 달라고 묻고 싶은 사람입니다. 그의 수필들이 맥스 비어봄의 완벽한 수필보다 탁월한 것은, 거칠게 번뜩이는 상상력과 사이사이로 번개 치듯 빛나는 천재성이 그 수필들에 결함을 제공하고 또 불완전한 형식을 만들지만 동시에 그의 수필에 점점이 시(詩)를 뿌려 놓기 때문입니다. 램이 옥스브리지에 왔던 때는 아마 백 년쯤 전일 것입니다. 분명 그는 이곳에서 원고 상태인 밀턴의 시 한 편을 보고 그것에 관한 수필(그 제목은 생각이 나지 않는군요.)을 썼지요. 그 시가 아마 「리시다스」였을 겁니다.[6] 램은 「리시다스」에 나오는 어떤 단어라도 현재의 시와 달라질 수 있었다는 사실을 생각하고 자신이 얼마나 충격을 받았는지를 썼습니다. 밀턴이 그 시의 단어들을 바꾼다는 생각만으로도

6 울프는 옥스브리지를 가공의 대학으로 설정하고 있지만 여기서 어디를 염두에 두고 있었는지 분명히 드러난다. 「리시다스(Lycidas)」 원고는 케임브리지의 트리니티 대학에 소장되어 있다.

그에게는 일종의 신성 모독으로 여겨졌지요. 이런 생각을 하면서 나는 「리시다스」에서 기억할 수 있는 모든 것을 생각해 내고 밀턴이 고친 단어가 어느 것이었을까, 그리고 고친 이유가 무엇일까를 추측하게 되었습니다. 바로 그때, 램이 보았던 그 원고가 몇십 미터 떨어지지 않은 곳에 있으며, 뜰을 가로질러 램의 발자국을 따라 그 보물이 보관된 그 유명한 도서관으로 가 볼 수도 있으리라는 생각이 들었습니다. 게다가 새커리의 『헨리 에스먼드』 원고가 보관되어 있는 곳도 바로 그 유명한 도서관이라는 사실을 상기하면서 나는 이 계획을 실행에 옮겼습니다. 비평가들은 흔히 『헨리 에스먼드』가 새커리의 가장 완벽한 소설이라고 하지요. 그러나 내가 기억하기로는 18세기의 문체를 모방한 꾸밈이 많은 문체가 장애가 됩니다. 실제로 18세기의 문체가 그에게 자연스러운 것이 아니었다면 말이지요. 이것은 원고를 살펴봄으로써, 그리고 개작이 문체를 위한 것이었는지 아니면 의미를 위한 것이었는지를 판가름함으로써 입증할 수 있는 사실입니다. 그러나 그러려면 무엇이 문체이고 무엇이 의미인지를 결정해야 하겠지요. 이러한 질문은 — 그러나 실제로 여기서 나는 도서관으로 이르는 문 앞에 서 있었습니다. 그리고 틀림없이 문을 열었을 겁니다. 왜냐하면 흰 날개가 아닌 검은 가운을 펄럭이며 길을 가로막는 수호천사처럼 친절한 은발의 신사가 금세 나타났으니까요. 그는 미안한 표정으로 내게 돌아가라고 손짓하며 여성이 도서관에 들어가려면 대학 연구원을 동반하거나 소개장을 소지해야 한다고 유감스럽다는 듯 나지막이 말했습니다.

한 유명한 도서관이 한 사람의 여성에게 저주받았다는 사실쯤은 그곳 입장에서 보자면 전혀 괘념치 않을 일이겠지요. 모든 보물을 안전하게 가슴속에 간직한 채 그 장엄하고 고요한 도서관은 평온하게 잠자고 있었으며, 나와 관련해서 그것은 영원히 그렇게 잠잘 것입니다. 분노에 차서 계단을 내려오며 다시는 이 메아리들을 깨우지 않으리라, 다시는 호의적인 수락을 요청하지 않으리라고 맹세했으니까요. 아직도 오찬까지는 한 시간이 남아 있었습니다. 그러니 무엇을 해야 할까요? 강변의 풀밭을 걸어 다닐까요? 강둑에 앉아 있을까요? 정말로 아름다운 가을 아침이었습니다. 나뭇잎들이 붉은빛으로 퍼덕이며 땅에 떨어졌지요. 무엇을 하든지 큰 어려움은 없었습니다. 그런데 음악 소리가 내 귀에 와 닿았습니다. 예배나 축전이 거행되려는 것이지요. 교회당 문을 지나갈 때 오르간이 웅장한 소리로 하소연했습니다. 기독교의 비애조차 그 맑은 공기 속에서는 슬픔 그 자체라기보다 슬픔의 회상처럼 들렸습니다. 심지어 오래된 오르간의 신음 소리도 평화로움에 포근히 안겨 있는 듯이 들렸지요. 내게 그럴 권리가 있다 하더라도 들어가고 싶은 생각은 없었습니다. 이번에는 교회당 안내인이 나타나 나를 멈춰 세우고 아마 세례 증명서를 요구하거나 사제장의 소개장을 보여 달라고 하겠지요. 그러나 이 장엄한 대학 교회당 건물의 외부는 때로 내부만큼이나 아름답습니다. 게다가 사람들이 벌집 입구의 벌들처럼 떼 지어 들어오고 나가며 교회당 문 앞에서 분주하게 다니는 것을 지켜보는 일도 충분히 재미있었지요. 많은 사람들이 모자를 쓰고 가운을 입고 있었습니다. 어떤 이들은 어깨에 모피 술을 늘어뜨리고 있었고 어떤 이들은 휠체어로 운반되고 있었습니다. 중년이 채 지나지 않았지만 너무나 기이한 형태로 구겨지고 뭉개진 나머지, 유리 수족관의 모래 속에서 힘들여 오르내리는 거대한 게와 가재를 연상시키는 사람들도 있었습니다. 내가 벽에 기대 서 있는 동안, 그 대학은 실제로 성소처럼 보였고 그 안에 보관된 희귀한 유형들은 스트랜드 거리의 포장도로 위에서 생존 투쟁을 하도록 내버려 둔다면 곧 폐물이 될 것들로 보였지요. 옛 사제장들과 연구원들에 대한 오래전의 이야기가 떠올랐습니다. 그러나 내가 휘파람을 불 용기를 내기도 전에 (휘파람 소리가 나면 늙은 모 교수님이 즉시 뛰어왔다고 전해지곤 했지요.) 그 고상한 회중은 안으로 들어가 버렸습니다. 교회당 건물만 남았습니다. 아시다시피 그 높고 둥근 지붕과 첨탑들은, 항상 항해하면서도 도달할 곳을 영원히 찾지 못하는 돛단배처럼, 밤에 불을 밝히면 언덕 너머 멀리 몇 마일 떨어진 곳에서도 보이지요. 아마도 과거에는 이 매끄러운 잔디밭이 있는 뜰과 장엄한 대학 건물들과 교회당조차 습지였을 것이며, 잡초들이 물결치고 돼지들이 코를 박고 먹을 것을 찾아다니는 곳이었을 겁니다. 수십 마리의 말과 황소들이 멀리 떨어진 곳에서 수레에 돌을 싣고 날라 왔을 것입니다. 내가 서 있는 곳에 그림자를 드리운 이 커다란 회색 건물은 주춧돌 위에 순서대로 돌을 쌓아 올려 평형을 유지하는 데 무한한 공력을 들였을 것입니다. 도색공들은 창문에 끼울 유리를 날라 왔고 석공들은 몇 세기 동안 지붕 위에서 접착 용품과 시멘트, 삽, 흙손을 들고 분주했을 것입니다. 토요일마다 누군가는 가죽 지갑에서 금화와 은화를 꺼내 그들의 늙은 손아귀에 떨어뜨렸겠지요. 그들도 아마 하루 저녁쯤은 마시고 즐겼을 테니까요. 돌을 끊임없이 운반하고 석공들이 계속해서 일하도록 금화와 은화의 물결도 연이어 이 대학 구내로 흘러들었을 것입니다. 하지만 그때는 신앙의 시대였지요. 굳건한 초석 위에 이 돌들을 쌓느라 후하게 돈을 쏟아부었고, 더욱이 여기서 찬송가를 부르고 학생들을 가르치기 위해 왕과 여왕과 귀족들은 돈궤로부터 더 많은 돈을 쏟아부었을 겁니다. 토지가 하사되고 교구세가 걷혔습니다. 신앙의 시대가 끝나고 이성의 시대가 도래했어도 금화와 은화의 물결은 여전히 계속되었지요. 연구원 기금이 설립되고 강사직 기금이 기부되었습니다. 다만 이제는 금화와 은화의 물결이 왕의 금고에서 흘러나온 것이 아니라 상인과 제조업자의 금고에서, 산업을 일으켜 재산을 모으고는 자신들에게 그 기술을 전수해 준 대학에 더 많은 의자와 더 많은 강사 기금, 더 많은 연구 기금을 기부하도록 자신들의 유언장에 아낌없이 한몫을 기록해 놓은 사람들에게서 흘러나왔지요. 그리하여 몇 세기 전만 해도 잡초가 물결치고 돼지들이 코를 박고 다니던 곳에 도서관과 실험실이 세워지고 관측소가 설립되었으며, 오늘날 유리 선반 위에 갖춰진 값비싸고 정교한 기구들이 마련된 것입니다. 대학 구내를 이리저리 거닐다 보니, 금과 은의 토대가 충분히 깊숙하게 박혀 있는 것을 볼 수 있었지요. 머리에 쟁반을 인 사람들이 분주히 계단을 오르내리고 있었습니다. 창가의 화초 상자에는 화려한 꽃이 피어 있었습니다. 안쪽 방들의 축음기에서 노래가 크게 울려 나왔습니다. 무엇인가를 생각지 않을 수 없었지요. 그러나 그 사색이 무엇이었든 간에 곧 중단되었습니다. 시계가 울렸고, 이제 오찬에 참석할 시간이 되었으니까요.

신기하게도 소설가들은 오찬 파티란 항상 누군가의 재치있는 말이나 현명한 행위로 기억에 남는 법이라고 믿게 만듭니다. 그러나 그들은 오찬에서 무엇을 먹었는지에 대해서는 거의 한마디도 할애하지 않습니다. 수프나 연어, 오리 고기에 대해서는 언급하지 않는 것이 소설가들의 관습입니다. 마치 수프와 연어와 오리 고기가 전혀 중요하지 않은 것처럼, 그리고 아무도 담배를 피우지 않았고 포도주도 전혀 마시지 않은 것처럼 말이지요. 하지만 여기서 나는 외람되이 그 관습에 도전하여 이번 오찬은 넙치로 시작되었다는 점을 말씀드리지요. 그것은 대학 요리사의 손에 의해 사슴 옆구리의 반점처럼 여기저기 갈색 살이 드러나게끔 하얀 크림에 덮여 우묵한 접시에 담겨 나왔습니다. 그다음 순서는 자고새 요리였습니다. 하지만 털 없는 갈색 새 두 마리가 접시에 담긴 것을 연상한다면 그건 잘못입니다. 톡 쏘는 맛과 부드러운 맛이 가미된 온갖 종류의 소스와 샐러드를 곁들인 갖가지 다양한 새고기들이 푸짐하게 순서대로 나왔습니다. 감자는 동전처럼 얄팍했지만 그리 딱딱하진 않았고 장미 봉오리처럼 생긴 작은 양배추는 더욱 촉촉했지요. 구운 고기와 그 부식들의 순서가 끝나자 말없이 시중들던 교구 관리가 더욱 부드러운 표정으로 파도에서 설탕을 건져 올린 듯한 당과를 냅킨으로 꽃처럼 장식하여 우리 앞에 내려놓았습니다. 그것을 푸딩이라 부르고 쌀이나 타피오카와 관련시킨다면 아마 모욕이 되겠지요. 그동안 노란색, 진홍색으로 빛나던 포도주 잔들은 비워졌다가 다시 채워지곤 했습니다. 그리하여 등뼈의 절반쯤 내려간 곳, 영혼이 머무는 곳에서 점차 불이 켜졌지요. 그것은 입술에서 튀어나왔다 들어갔다 할 때마다 우리가 빛나는 재기라고 부르는 단단하고 작은 전기 불빛이 아니라, 그보다 더욱 심오하고 섬세한 지하의 작열하는 불빛이며 합리적인 교제의 풍부한 노란 불꽃입니다. 서두를 필요가 없습니다. 재치를 번뜩일 필요도 없지요. 자기 자신이 아닌 다른 사람이 되려고 할 필요도 없고요. 우리 모두 천국으로 갈 것이고, 반 다이크[7]도 우리와 함께 있으니까요. 다시 말해서 좋은 담배에 불을 붙이고 창가 의자의 푹신한 쿠션에 깊숙이 파묻혀 있을 때, 인생이란 아주 훌륭한 것이며 그 보상은 감미롭고 이런저런 원한이나 불만은 하찮은 것에 불과하며 같은 부류의 사람들과의 교제와 우정은 대단히 감탄할 만한 것으로 보였지요.

만일 다행히도 재떨이가 가까이 있었더라면, 그래서

7 안토니 반 다이크(Anthony Van Dyck, 1599~1641). 플랑드르의 화가. 영국에서 찰스 1세의 궁정 화가로 활약하였고, 섬세하고 명암에 갈색을 즐겨 쓰는 소위 영국풍 초상화의 틀을 이루었다.

창밖으로 재를 떨어 버리지 않았더라면, 만약 사정이 실제와 약간 달랐더라면, 아마도 창밖의 꼬리 없는 고양이를 보지 못했을 겁니다. 잔디밭 위에서 부드럽게 어슬렁거리며 걷고 있는 꼬리 없는 짐승을 갑자기 보게 되자 어떤 잠재되어 있던 지성이 문득 발휘되며 나의 감정적인 시각도 변화되었습니다. 마치 누군가가 갑자기 그늘을 드리운 것 같았지요. 그 순간 그 훌륭한 포도주의 영롱한 취기가 가시는 것 같았습니다. 역시 온 우주를 의문시하는 듯 잔디밭 한가운데 멈춰 서 있는 그 맨 섬 고양이[8]를 바라보았을 때, 확실히 무엇인가 결핍된 듯한 느낌이 들었으며 무엇인가 달라 보였습니다. 그렇지만 무엇이 결핍되어 있으며 무엇이 다른가 하고 나는 대화를 들으면서 스스로에게 물었지요. 그 물음에 답하기 위해 나는 이 방 밖으로 나가서 과거로, 실제로는 전쟁 이전으로 돌아가서 이곳으로부터 멀리 떨어져 있지 않은 방에서 열렸던, 그렇지만 지금과는 달랐던 오찬을 눈앞에 떠올려야 했습니다. 모든 것이 달랐지요. 그동안 많은 젊은 손님들 사이에서는 이야기가 계속되고 있었지요. 어떤 사람들은 여성이고 어떤 사람들은 다른

8 맹크스(Manx). 사람에게 길들여진 꼬리 없는 고양이 품종. 영국 맨 섬에서 왔다는 전설이 있다.

성으로서, 대화는 거침없이 유쾌하고 자유롭고 재미있게 진행되고 있었습니다. 이야기가 계속되는 동안 이전에 이루어졌던 다른 대화를 배경에 놓고 그 두 대화를 비교해 보면, 하나는 다른 하나의 후예이며 적법한 계승자라는 것을 의심할 수 없었습니다. 아무것도 변하지 않았지요. 아무것도 달라지지 않았습니다. 다만 — 여기서 나는 온 신경을 귀에 집중시켜 대화의 내용을 듣는 데 그치지 않고 그 이면의 웅얼거림 혹은 흐름을 들었습니다. 그래, 바로 그것입니다. 변화된 것은 그것이었지요. 전쟁 전에도 이와 같은 오찬에서 사람들은 지금과 똑같은 이야기를 나누었겠지만, 그러나 그것은 다르게 들렸을 겁니다. 왜냐하면 당시에 그 이야기들은 어떤 콧노래 소리, 명료하지는 않지만 음악적이고 자극적이며 단어 자체의 가치를 변화시켰던 소리를 수반하고 있었기 때문입니다. 그 콧노래 소리를 말로 표현할 수 있을까요? 아마 시인의 도움이 있다면 할 수 있겠지요. 내 옆에 책이 한 권 놓여 있었고 나는 무심결에 펼쳐 테니슨의 시를 읽었습니다. 테니슨은 이와 같이 노래하고 있더군요.

문가의 시계꽃 덩굴에서
　　빛나는 눈물이 떨어졌지.
그녀는 오고 있다네, 나의 비둘기, 나의 연인.

그녀가 오고 있다네, 나의 생명, 나의 운명.
붉은 장미가 외치지, "그녀가 왔어, 가까이 왔어."
백장미는 흐느끼네, "그녀는 늦는군."
제비꽃이 귀 기울이지, "나에게 들려, 들을 수 있어."
백합은 속삭이네, "나는 기다리고 있어."[9]

전쟁 전의 오찬에서 남자들이 부른 콧노래가 바로 이것이었을까요? 그러면 여자들은?

내 마음은 노래하는 새,
둥지는 물오른 여린 가지에 있고.
내 마음은 사과나무,
가지는 무성한 과일로 휘어지고.
내 마음은 무지갯빛 조가비,
고요한 바다를 노 저어 가고.
내 마음은 이 모든 것보다 기쁘다네,
내 사랑 나에게 왔기에.[10]

이것이 전쟁 전의 오찬에서 여자들이 부른

9　앨프리드 테니슨(Alfred Tennyson)의 「모드(Maud)」 22부 10연.
10　크리스티나 로제티(Christina Rossetti)의 「생일(A Birthday)」.

콧노래일까요?

전쟁 전의 오찬에서 사람들이 작은 목소리로라도 그런 콧노래를 부르는 광경을 생각하니 너무 우스운 나머지 그만 폭소를 터뜨렸습니다. 나는 맨 섬 고양이를 가리키며 내 웃음을 변명해야 했지요. 잔디밭 한가운데 꼬리도 없이 서 있는 그 불쌍한 짐승은 조금 우스꽝스럽게 보였으니까요. 그 고양이는 태어날 때부터 그랬을까요, 아니면 사고로 꼬리를 잃었을까요? 꼬리 없는 고양이가 맨 섬에 실제로 존재한다고들 하지만 생각보다는 희귀한 동물이니까요. 그것은 기묘한 동물이고, 아름답기보다는 기이하지요. 꼬리가 얼마나 커다란 차이를 만드는지 참으로 신기한 일입니다. — 오찬이 끝나고 사람들이 코트와 모자를 걸치면서 나누는 상투적인 말들은 다 아시겠지요.

이번 오찬은 주인의 환대 덕분에 오후 늦게까지 계속되었습니다. 아름다운 10월의 하루가 기울어 갔고 내가 걸어가는 가도의 가로수에선 나뭇잎이 떨어지고 있었습니다. 내 뒤에서는 문들이 부드럽지만 단호하게 닫히는 것 같았습니다. 무수히 많은 교구 관리들이 기름칠이 잘된 자물쇠들에 무수히 많은 열쇠를 끼워 돌리고 있었지요. 그 보물의 집은 또 하룻밤을 안전하게 지낼 준비를 마치고 있었습니다. 가로수 길을 지나자 어느 거리 — 그 이름은 잊었지만 — 로 나서게 되었는데 거기서 제대로 모퉁이를 돌기만 하면 편엄에 도달하게 되지요. 하지만 시간은 충분히 있었습니다. 7시 30분이 되어야 만찬을 시작할 테니까요. 이런 오찬을 마친 후에는 사실 저녁을 먹지 않아도 별로 지장이 없지요. 한 편의 시가 마음속에 솟구쳐서 그것에 박자를 맞춰 길을 따라 다리를 움직이게 되는 것은 참 신기한 일입니다. 이런 시구가 —

분가의 시계꽃 덩굴에서
　　빛나는 눈물이 떨어졌지.
그녀는 오고 있다네, 나의 비둘기, 나의 연인.

내 혈관 속에서 노래를 부르는 동안 나는 헤딩리를 향해 경쾌하게 걸음을 옮겼습니다. 그러고 나서 물결이 둑 가장자리에 거품을 일으키는 곳에 서서 다른 박자로 바꾸어 노래를 불렀지요.

내 마음은 노래하는 새,
　　둥지는 물오른 여린 가지에 있고.
내 마음은 사과나무…….

사람들이 어둠 속에서 흔히 그러듯 나는 큰

소리로 외쳤습니다. 참 대단한 시인들이야, 정말 대단한 시인들이야!

아마 우리 세대를 염두에 두어서인지 약간 질투를 느끼면서, 또한 이러한 비교가 어리석고 불합리하다는 것을 알면서도, 과거의 테니슨과 크리스티나 로제티만큼 위대한 현존 시인 두 사람을 정직하게 꼽아 낼 수 있을지 궁금해졌습니다. 거품이 이는 물결을 들여다보며 이런 비교는 명백히 불가능하다고 생각했지요. 그 시들이 사람들에게 그 정도의 탐닉과 열광을 불러일으킬 수 있었던 이유는 다름 아니라 사람들이 (아마 전쟁 전의 오찬에서) 느꼈던 어떤 감정을 그 시들이 칭송하고, 따라서 사람들은 그 감정을 억제하려고 애쓰거나 또는 현재 가지고 있는 다른 감정과 비교하려는 노력을 기울이지 않고 편안하고 익숙하게 반응할 수 있었기 때문입니다. 그러나 현존 시인들은 실제로 형성되고 있으면서도 동시에 우리에게서 찢겨 나가는 감정을 표현하지요. 처음에 사람들은 그 감정을 인식하지 못합니다. 무슨 이유에서인지 종종 그것을 두려워하는 경우도 있지요. 아니면 그것을 예리하게 관찰하고, 질투심과 의혹에 가득 차서 자신이 알던 옛 감정과 비교를 하기도 합니다. 그리하여 현대 시의 어려움이 생기게 됩니다. 그리고 이러한 어려움 때문에, 아무리 훌륭한 현대 시인의 시라도 두 행 이상을 연속해서 기억하기 힘듭니다. 이러한 — 기억이 나지 않는다는 — 이유로 자료가 부족해서 나의 논의는 시들해졌습니다. 그러나 나는 헤딩리를 향해 걸어가면서 왜 우리들은 오찬에서 작게나마 콧노래 부르기를 그만두었을까 하고 생각했습니다. 왜 앨프리드는

그녀는 오고 있다네, 나의 비둘기, 나의 연인.

이라 노래하기를 멈추었으며, 왜 크리스티나는 응답을 그만두었을까요?

내 마음은 이 모든 것보다 기쁘다네,
내 사랑 나에게 왔기에.

우리는 모든 책임을 전쟁에 돌려야 할까요? 1914년 8월 소총이 발사되었을 때 서로의 얼굴이 서로의 눈에 너무도 똑똑히 비쳤기에 남자와 여자의 로맨스는 그만 살해되고 만 것일까요? 확실히 포화의 빛 속에서 통치자들의 얼굴을 보는 것은 (특히 교육과 그 밖의 것에 대한 환상을 가진 여자들에게) 충격이었지요. 그들 — 독일인, 영국인, 프랑스인 — 은 너무 못생기고 너무 우둔해

보였습니다. 그러나 어디에 비난을 돌리건 또 누구에게 비난을 던지건 간에, 연인이 온다고 그렇게 열정적으로 노래하도록 테니슨과 크리스티나 로제티에게 영감을 불어넣었던 환상이 희귀해진 것은 사실입니다. 이제는 다만 읽거나 보고 듣거나 기억할 수 있을 따름이지요. 그러나 무엇 때문에 '비난'을 운운하는 겁니까? 만일 그것이 환상이라면, 환상을 파괴하고 그 자리에 진실을 되찾아 놓은 그 격변을, 그것이 무엇이건 간에 찬양해야 하지 않을까요? 왜냐하면 진실은… 이 세 개의 점들은 내가 진실을 추구하느라 펀엄으로 가는 모퉁이를 놓쳐 버린 지점을 표시하는 겁니다. 그래, 실제로 무엇이 진실이고 어느 것이 환상일까, 하고 나는 자문해 보았지요. 예를 들어 지금 석양에 붉게 빛나는 창문으로 축제를 벌이는 듯한 어둑한 집들, 그러나 아침 9시면 사탕절임과 구두끈 등으로 혼잡스럽고 너저분해질 그 집들에서 무엇이 진실일까요? 그리고 버드나무와 강, 강으로 이어져 내려간 정원들, 지금은 그 너머로 안개가 껴서 어렴풋이 보이지만 햇빛 속에서는 황금빛, 붉은빛으로 빛날 그것들 중에 어느 것이 진실이고 어느 것이 환상일까요? 이와 같이 뒤얽히고 변전하는 사색은 이제 삼가겠습니다. 헤딩리로 가는 길에서는 어떤 결론도 찾을 수 없었으니까요.

모퉁이를 잘못 돌았다는 사실을 깨닫고는 발걸음을 돌려

편엄으로 향했다고 상상해 주길 바랍니다.

10월 어느 날이라고 이미 말했기에 계절을 바꾸어 정원 담벼락에 늘어진 라일락이나 크로커스, 튤립, 그 밖의 다른 봄철의 꽃들을 묘사함으로써 픽션 자체의 고귀한 이름과 여러분이 갖고 있는 픽션에 대한 존중심을 감히 손상시키려 하지는 않겠습니다. 픽션은 사실에 충실해야 하고, 사실이 진실에 가까울수록 픽션은 더욱 나아진다고 우리는 들어왔지요. 그러므로 지금도 여전히 가을이며 노란 나뭇잎은 계속 떨어지고 있습니다. 아니 전보다 더 빠르게 떨어지고 있지요. 지금은 저녁(정확히 말해서 7시 23분)이며 바람(정확히 남서쪽에서)이 일었기 때문입니다. 하지만 이 모든 것들에도 불구하고 무언가 묘한 것이 작용하고 있었습니다.

내 마음은 노래하는 새,
　　둥지는 물오른 여린 가지에 있고.
내 마음은 사과나무
　　가지는 무성한 과일로 휘어지고.

아마도 그 어리석은 환상 — 물론 그것은 환상에 불과한 것인데 — 은 부분적으로는 크리스티나 로제티의 시구 때문이었겠지만, 라일락이 정원 담 너머에 꽃잎을 흩날리고 멧노랑나비가 이리저리 스치듯 날아가며 꽃가루가 공중에서 휘날리는 듯한 느낌이었습니다. 어디로부터 왔는지 알 수 없는 바람이 불었고, 반쯤 자란 나뭇잎들이 휘날려 공중에서 은회색 섬광이 반짝거렸습니다. 색깔들이 강렬한 변화를 겪고, 흥분하기 쉬운 심장의 고동처럼 자주색, 금색이 창틀에서 타오르는, 빛이 교차되는 시간이었습니다. 무슨 이유 때문인지 세계의 아름다움이 드러났다가 곧 사라지는 순간에 (여기서 나는 문을 밀고 정원 안으로 들어갔지요. 부주의하게도 문이 열려 있었고 주위에는 교구 관리들이 보이지 않았으니까요.) 곧 사라질 세계의 아름다움에는 심장을 조각조각 잘라 내는 두 개의 날, 즉 웃음의 날과 번민의 날이 있지요. 봄의 황혼 속에서 펀엄의 정원은 거칠게 훤히 트여 있었으며 수선화와 초롱꽃들이 기다란 풀밭에 팽개쳐진 듯 무관심하게 산재해 있었습니다. 아마 한창때에도 제대로 다듬어진 적이 없었을 겁니다. 그 순간도 역시 바람에 나부껴 뿌리가 뽑힐 듯 휘날리고 있었습니다. 건물 창문들은 붉은 벽돌의 넘치는 파도에 떠 있는 배의 창문처럼 굴곡을 이루며, 급히 흘러가는 봄철의 구름 아래로 레몬 빛에서 은빛으로 변했습니다. 누군가 해먹 안에 누워 있었지요. 이렇게 어슴푸레한 빛 속에서 절반쯤은 보이고 절반쯤은 추측해야 할 환영에 불과했지만, 누군가는 잔디밭을 가로질러 뛰었고 — 혹시 누가 그녀를 가로막지 않을까요? — 그리고 당당하지만 겸손해 보이는 사람이 마치 신선한 공기를 마시고 정원을 둘러보기 위해 나오기라도 한 듯 테라스에 나타났습니다. 그녀는 이마가 넓고 허리가 굽었으며 초라한 옷을 입고 있었습니다. 그 사람이 그 유명한 학자 J — H — 그녀일까요?[11] 어둠이 정원 위에 던져 놓은 휘징이 별이나 칼 — 늘 그렇듯 봄의 정수에서 솟아난 어떤 끔찍한 리얼리티의 섬광 — 에 의해 조각조각 찢겨 나가듯 모든 것이 어둑하면서도 강렬했습니다. 왜냐하면 젊음이란 — 이제 수프가 나왔습니다. 큰 식당에서 만찬이 준비되고 있었지요. — 봄날이기는커녕 사실은 10월의 저녁이었습니다. 모두들 커다란 식당에 모였지요. 식사가 제공되었습니다. 수프가 나왔지요. 그것은 평범한 고깃국이었습니다. 그 안에는 상상력을 자극할 만한 어떤 것도 들어 있지 않았지요. 그 멀건 액체를 통해 접시 바닥의 무늬를 들여다볼 수 있을 정도였습니다. 그러나 무늬는 없었습니다. 접시도 평범한 것이었지요.

11 제인 해리슨(Jane Harrison, 1850~1928). 그리스 종교에서 여성 신들의 역할을 연구한 영국의 고전학자이자 인류학자.

다음엔 쇠고기와 녹색 야채, 감자가 나왔습니다. 이 초라한 삼위일체는 진흙투성이의 시장에 서 있는 소들의 궁둥이와 가장자리가 노랗게 시들어 구부러진 작은 양배추와 월요일 아침 그물주머니를 멘 여인네들이 흥정하며 값을 깎는 광경을 연상시켰습니다. 제공된 음식의 양은 충분했으며 석탄 광부들은 틀림없이 이보다 못한 식탁에 앉으리라는 사실을 알고 있었기에 인간의 일상적인 음식을 불평할 이유는 없었지요. 프룬과 커스터드가 나왔습니다. 만일 누군가, 커스터드가 프룬을 조금은 보완해 주었을지라도 프룬은 여전히 무자비한 채소(그것은 과일이 아니지요.)며 수전노의 심장처럼 끈적끈적하고, 팔십 년 동안 스스로 포도주와 안락함을 거부하면서 가난한 자에게도 베풀지 않았던 수전노의 핏줄에 흐를 만한 액체를 배출한다고 불만을 토로한다면, 그는 그것이라도 기꺼이 환영할 만한 사람들이 있다는 사실을 기억해야 합니다. 그다음엔 비스킷과 치즈가 나왔지요. 여기에 또 물병이 후하게 건네졌습니다. 비스킷의 속성은 퍽퍽한 것이고, 이런 점에서 이 자리에 나온 비스킷은 속속들이 본성을 발휘하고 있었으니까요. 이것이 전부였습니다. 식사가 끝났지요. 모두 의자를 뒤로 밀었고 회전문이 거칠게 여닫혔습니다. 곧 음식의 흔적이 모두 치워졌고 식당은 다음 날 아침 식사를 위해 정돈되었지요. 아래층 복도와 층계 위에서는 영국의 젊은이들이 큰 소리로 문을 여닫고 노래를 부르며 다니고 있었습니다. 초대받은 손님 또는 방문객(펀엄이라고 해서 트리니티, 서머빌, 거턴, 뉴넘, 크라이스트처치 등의 대학들보다 내게 더 많은 권리를 주는 것은 아니니까요.)이 "만찬이 별로 대단치 않았어요."라고 말한다거나 "우리 둘만 (우리, 즉 메리 시턴과 내가 지금 그녀의 응접실에 앉아 있었으니까요.) 여기서 식사할 수 없었을까요?"라고 말할 수 있을까요? 그런 말을 했더라면 나는 방문객에게 외관상 쾌활하고 당당해 보이는 이 대학의 내밀한 경제 사정을 엿보고 탐색했음이 분명했겠지요. 아니, 그런 말은 도저히 할 수 없습니다. 실제로 대화는 잠시 시들해졌습니다. 인간이라는 유기체는 실상 마음과 몸, 두뇌가 함께 결합되어 있고, 앞으로 백만 년이나 지나면 모를까 각각의 칸막이 속에 격리 수용된 것이 아니기에, 훌륭한 저녁 식사는 훌륭한 대화를 나누는 데 대단히 중요한 요인이지요. 저녁 식사를 잘 하지 못하면 사색을 잘할 수 없고 사랑도 잘할 수 없으며 잠도 잘 오지 않습니다. 쇠고기와 프룬을 먹고는 등뼈의 램프에 불이 켜지지 않습니다. 우리 모두는 아마도 천국으로 갈 것이고 바라건대 반 다이크는 다음 모퉁이를 돌아서 우리를 만나겠지요. 하루의 노동을 끝낸 후 쇠고기와 프룬으로 저녁 식사를 하면 이런 모호하고 제한된 마음 상태가 되는 법입니다. 이곳에서 과학을 가르치는 내 친구는 다행히도 개인 찬장을 가지고 있었고 그 안에는 땅딸막한 술병과 작은 유리잔이 준비되어 있었지요.(하지만 우선 넙치와 새고기로 시작했으면 더 나았겠지요.) 그래서 우리는 불가로 의자를 끌어당기고 그날의 생활에서 입은 몇 가지 손상을 보상받을 수 있었지요. 일이 분 지나자 우리는 호기심과 흥미를 불러일으키는 모든 대상 속으로 자유롭게 미끄러져 들어갔다 나오곤 했습니다. 그것은 어떤 특정한 사람이 없을 때 마음속에 형성되었다가 다시 함께 있게 되면 자연스럽게 논의되는 것으로, 누구는 결혼을 했고 누구는 안 했다든지, 누구는 이렇게 생각하고 누구는 저렇게 생각한다든지, 누구는 지식을 얻어 향상되었으며 누구는 아주 놀랍게도 타락했다든지 하는 서두로부터 자연스럽게 우리가 살고 있는 놀라운 세계의 성격과 인간 본성에 관해 솟아나는 온갖 사색이지요. 그러나 이러한 이야기를 하는 동안 부끄럽게도 나는 스스로 밀고 들어와 모든 것을 그 나름의 결말로 끌어가 버리는 어떤 흐름을 의식하게 되었지요. 스페인이나 포르투갈에 대해서 또는 어떤 책이나 경마에 대해서,

무엇에 관해서 이야기하건 진정한 관심의 대상은 이런 것들이 아니라 오백 년 전 높은 지붕 위에서 일하던 석공의 모습이었습니다. 왕과 귀족들이 거대한 자루에 보물을 담아 와서 땅 밑에 쏟아부었지요. 이 장면은 끊임없이 내 마음속에 되살아났고 그 옆에는 여윈 암소와 진흙투성이 시장, 시들어 빠진 채소, 노인의 끈적끈적한 심장이 나타났습니다. 이 두 그림은 사실 관련도 없고 터무니없이 뒤섞여 있었지만 끊임없이 함께 몰려와 서로 격투를 빌이며 나를 완전히 사로잡았습니다. 우리가 나누는 이야기를 완전히 뒤틀어지게 하지 않으려면 가장 좋은 방법은 내 마음속에 떠오른 그림을 공중에 노출시키는 것이었습니다. 만약 운이 좋다면 그것은 윈저 궁에서 관을 열었을 때의 죽은 왕의 머리처럼 가루로 부서져 사라지겠지요. 그래서 나는 시턴 양에게 간단히 이야기했습니다. 몇백 년 동안 대학 교회당 지붕 위에서 일해 온 석공들과 어깨에 금은 자루를 지고 와서 땅속에 퍼부은 왕과 여왕, 귀족들에 관해서, 또한 다른 이들이 금은괴와 가공되지 않은 금 덩어리를 내려놓은 곳에 오늘날에는 산업계의 위대한 거물들이 수표와 증서를 내려놓는다는 것을 말이지요. 저기 있는 대학들의 발밑에는 그 모든 것들이 놓여 있다고 말했지요. 하지만 우리가 지금 앉아 있는 이 대학에는, 이 용감한 붉은 벽돌과 거칠고 정돈되지 않은 정원 풀밭 아래에는 무엇이 놓여 있을까요? 저녁 식사 때의 그 평범한 그릇들 이면에는, 그리고 (미처 멈출 새도 없이 이 말이 튀어나왔지요.) 쇠고기와 커스터드와 프룬의 뒤에는 어떤 힘이 있을까요?

"글쎄, 1860년경에."라고 메리 시턴이 말을 꺼냈습니다. "하지만 어떻게 됐는지 아시잖아요." 그녀는 같은 이야기를 반복하기 지루해하면서 말했지요. 그러고는 다음과 같이 말했습니다. 방을 임대하고 위원회가 열렸지요. 봉투에 주소를 써넣었고 안내장을 작성했어요. 회의가 열렸고 답장들을 읽었지요. 모 씨는 상당히 많은 금액을 약속했지만 그 반대로 아무개 씨는 한 푼도 내지 않겠다고 했지요. 《새터데이 리뷰》는 상당히 무례했어요. 사무직 임금을 지불하기 위한 기금을 어떻게 모을 수 있을까요? 바자회를 열어야 할까요? 제일 앞줄에 앉힐 만한 예쁜 소녀를 찾을 수 없을까요? 존 스튜어트 밀이 그 문제에 관해 뭐라고 말했는지 찾아봅시다. 모 지(誌)의 편집장에게 편지를 인쇄해 달라고 설득할 수 있을까요? 모 귀부인에게 그것에 서명해 달라고 해도 될까요? 그 귀부인은 런던에 있지 않다더군요. 추측건대 육십 년 전에 일이 이런 식으로 진행되었으며 그것은 지난한 노력과 막대한 시간을 요했지요. 그리하여 오랫동안 투쟁하고 극심한 어려움을 겪은 후에야 그들은

3만 파운드를 모을 수 있었어요.[12] 그러니 우리가 포도주와 새고기를 먹을 수 없고 머리에 양철 쟁반을 이고 다니는 하인을 둘 수 없다는 것은 분명한 일이라고 그녀는 말했습니다. 우리는 소파도, 각자의 방도 가질 수 없지요. "쾌적한 것들은 앞으로 더 기다려야 합니다."[13] 그녀는 어느 책에선가 인용하면서 말했지요.

그 모든 여성들이 일 년 내내 일하면서도 2000파운드를 모으기 어렵다는 것을 알게 되고 3만 파운드를 마련하기 위해 온갖 일들을 다 해야만 했다는 사실을 생각하며, 우리는 비난받아 마땅할 여성의 가난에 경멸을 터뜨렸습니다. 우리의 어머니들은 도대체 무엇을 하고 있었기에 우리에게 물려줄 재산이 없었을까요? 콧잔등에 분을 바르고 있었을까요? 상점 유리를 들여다보고

12 "우리는 최소한 3만 파운드를 모아야 한다고 들었습니다……. 이런 종류의 대학이 잉글랜드와 아일랜드 그리고 식민지를 통틀어 하나밖에 없고 또 남학생들을 위한 학교를 세우는 데는 막대한 기금을 무척 쉽게 모을 수 있었다는 점을 생각하면, 이 금액은 그리 큰 액수가 아니었습니다. 그러나 여성이 교육받기를 진정으로 원하는 사람이 거의 없다는 점을 생각하면 그것은 상당한 액수입니다." (레이디 스티븐(Lady Stephen), 『에밀리 데이비스의 생애(Life of Miss Emily Davies)』) — 원주

13 "긁어모을 수 있는 돈은 마지막 한 푼까지도 건물을 짓는 데 충당했고, 쾌적한 시설들은 뒤로 미루어야만 했다."(레이 스트레이치(Ray Strachey), 『대의(The cause)』) — 원주

있었을까요? 몬테카를로에서 일광욕을 하며 으스대고 있었을까요? 벽난로 장식장 위에 몇 장의 사진이 있었습니다. 메리의 어머니는 — 만일 저것이 그녀의 사진이라면 — 여가 시간에 낭비를 즐겼을 겁니다.(그녀는 목사인 남편에게서 열세 명의 아이를 낳았지요.) 그러나 그렇다 하더라도 그녀의 명랑하고 낭비벽 있는 생활은 그녀의 얼굴에 즐거움의 흔적을 거의 남기지 않았습니다. 그녀는 평범하게 생긴 노부인으로, 커다란 조개 브로치로 고정시킨 체크무늬 숄을 두르고 있었습니다. 그녀는 스패니얼 한 마리에게 카메라를 주시하도록 하면서 카메라의 셔터를 누르는 순간 그 개가 움직이리라 확신하는 사람의 즐거우면서도 긴장된 표정을 지은 채 버들가지로 엮은 의자에 앉아 있었습니다. 자, 그녀가 사업계에 들어갔더라면, 인조 실크 제조업자가 되었거나 증권 거래소의 실력자가 되었더라면, 그녀가 이 펀엄에 2만이나 3만 파운드를 기증했더라면, 우리는 오늘 밤 안락하게 앉아 있을 것이고, 고고학, 식물학, 인류학, 물리학, 원자의 성격, 수학, 천문학, 상대성 이론, 지리학 등의 주제로 대화했을 겁니다. 만일 시턴 부인과 그녀의 어머니와 그녀의 할머니가 그들의 아버지와 그 이전의 할아버지들처럼 돈을 버는 위대한 기술을 배워 자신들의 성만 사용하도록 전유된 연구원 기금, 강사 기금, 상금, 장학 기금을 설립할 돈을 남겼더라면, 우리는 여기 위층에서 단둘이 새고기와 포도주 한 병으로 꽤 훌륭한 식사를 할 수 있었을 겁니다. 우리는 대우가 좋은 전문직의 은신처에서 보내는 유쾌하고 영예로운 생애를 지나친 소망이라 생각하지 않고 기대할 수 있었을 겁니다. 우리는 탐험을 하거나 글을 쓸 수도 있고, 지상의 유서 깊은 곳들을 목적 없이 돌아다닐 수도 있고, 파르테논 신전의 층계에 앉아 사색에 잠길 수도 있고, 또 아침 10시에 사무실에 나갔다가 4시 30분이면 편안히 집에 돌아와 시를 쓸 수도 있었을 겁니다. 다만 시턴 부인과 그녀의 부류들이 열다섯 살의 나이에 실업계에 발을 들여놓았더라면 아마 — 이것이 논의에서 뜻하지 않은 난관입니다만 — 메리는 태어나지 못했겠지요. 나는 그 점을 어떻게 생각하느냐고 물었습니다. 커튼 사이로 아름답고 고요한 10월의 밤이 보이고 노랗게 물든 나뭇잎들 사이에 별 한두 개가 걸려 있었습니다. 일필휘지로 갈겨쓴 5만 파운드가량의 기부금을 펀엄이 받을 수 있게끔, 메리는 이 아름다운 정경의 그녀의 몫을, 늘 자랑해 온 스코틀랜드의 맑은 공기와 맛있는 케이크의 기억을, 어린 시절의 유희와 말다툼의 기억을 (그들은 대가족이었지만 행복한 집안이었지요.) 포기할 수 있을까요? 대학에 기금을 기부하기 위해서는 불가피하게 가족의 수를 억제해야 했을 테니까요. 큰 재산을 모으는 한편 열세 명의 아이를 낳는 것, 그것은 누구도 해낼 수 없는 일입니다. 이런 사실을 고려해 보자고 말했지요. 우선 아기가 태어나기 전에 아홉 달이 걸립니다. 그리고 아기가 태어납니다. 그러고 나면 아기를 먹이는 데 서너 달이 소모됩니다. 아기에게 먹을 것을 공급한 후에는 아기와 함께 놀아 주는 데 오 년이 족히 흘러갑니다. 아이들을 길거리에서 뛰어다니게 내버려둘 수는 없을 테니까요. 러시아에서 거칠게 뛰어다니는 아이들을 본 적이 있는 사람이라면 그 광경이 별로 유쾌하지 않았다고들 얘기합니다. 또한 인간의 성격이란 한 살부터 다섯 살 사이에 형성된다고 흔히들 말하지요. 만일 내가 말한 것처럼 시턴 부인이 돈을 벌고 있었다면 당신은 유희와 말다툼에 대한 기억을 가질 수 있었을까요? 스코틀랜드와 그 청명한 공기와 케이크와 그 밖의 것들에 대해 무엇을 알 수 있었겠어요? 하지만 이런 질문을 던지는 것은 전혀 무익한 일입니다. 당신은 아예 존재하지 않았을 테니까요. 더욱이 시턴 부인과 그녀의 어머니와 그 이전의 어머니들이 막대한 재산을 축적하고 대학과 도서관의 초석 아래 재산을 기부했다면 어땠을까 하는 질문도 무익한 일입니다. 왜냐하면 첫째 그들이 돈을 버는 것은 불가능했으며, 둘째 돈 버는 일이 가능했다 하더라도 자신들이 번 돈을 소유할 수 있는 권리가 법적으로 인정되지 않았기 때문입니다. 시턴 부인이 자기 자신의 돈을 한 푼이라도 가질 수 있게 허용된 지 이제 겨우 사십팔 년밖에 되지 않았습니다.[14] 그 이전의 수백 년 동안 그것은 남편의 재산이었습니다. 이러한 생각이 아마도 시턴 부인과 그녀의 어머니들을 증권 거래소로부터 떼어 놓는 데 한몫 단단히 했겠지요. 그들은 이렇게 말했을 겁니다. “내가 버는 돈은 마지막 동전 한 푼까지지도 빼앗길 것이고 내 남편의 현명한 처사에 따라 아마도 베일리얼이나 킹스 대학에 장학 기금을 설립하거나 연구원 기금으로 기부하는 데 쓰일 것이다. 그러니 내가 돈을 벌 수 있다 하더라도 돈 버는 것은 내게 별로 흥미로운 일이 아니다. 그것은 남편에게 맡겨 버리는 편이 낫다.”

어쨌든, 스패니얼을 보고 있는 노부인에게 비난의 화살을 돌리건 돌리지 않건 간에, 이러저러한 이유로 해서 우리의 어머니들이 자신의 일들을 매우 심각하게 잘못 처리했다는 것은 의심할 여지가 없습니다. ‘쾌적한 것’ 즉 새고기와 포도주, 교구 관리와 잔디밭, 책과 고급 담배, 도서관과 여가를 위해 단 한 푼도 남길 수 없었으니까요. 헐벗은 땅에 헐벗은 벽을 세워 올리는 것이 그들이 할 수 있는 최선이었습니다.

그렇게 우리는 창가에 서서 수천 명의 사람들이 매일 밤 바라보듯이 아래쪽 그 유명한 도시의 둥근 지붕과

14 영국에서 기혼 여성이 재산을 소유할 수 있도록 허용한 ‘기혼 여성 재산법’이 통과된 해는 1870년이다.

탑들을 내려다보면서 이야기를 나누었습니다. 그것은 가을의 달빛을 받아 아주 아름답고 신비스러웠지요. 그 오랜 돌은 무척 희고 유서 깊게 보였습니다. 저 아래 모여 있는 모든 책들, 패널로 장식된 방에 걸린 옛 성직자와 명사의 사진들, 포장도로 위에 이상한 공과 초승달 문양을 내비치는 채색된 창문들, 기념패와 기념비 그리고 비문들, 분수와 잔디밭, 고요한 구내 뜰이 내다보이는 조용한 방들을 생각했지요. 그리고 (이런 생각을 하는 것을 용서하십시오.) 경탄할 만한 담배와 술, 푹신한 안락의자, 기분 좋은 양탄자도 생각했습니다. 또한 사치와 개인적 자유와 공간이 합쳐 빚어낸 세련됨, 온화함, 품위에 대해서 생각했습니다. 확실히 우리의 어머니들은 이 모든 것에 비견될 만한 그 어떤 것도 우리에게 제공하지 못했지요. 3만 파운드를 긁어모으는 일이 어렵다는 사실을 알게 된 우리의 어머니들, 세인트앤드루스에서 목사에게 열세 명의 아이를 낳아 준 우리 어머니들은 말입니다.

이렇게 해서 나는 숙소로 돌아갔으며 어두운 거리를 걸어가면서 하루 일과를 마친 사람들이 흔히 그러듯 이것저것 골똘히 생각했지요. 시턴 부인이 우리에게 물려줄 돈이 없었던 것은 어째서인가, 그리고 가난이 마음에 어떤 영향을 미치는가, 또한 부(富)는 마음에 어떤 영향을 주는가를 숙고했습니다. 그리고 그날 아침에 보았던, 모피 술을 어깨에 늘어뜨린 노신사들을 생각했습니다. 누군가 휘파람을 불면 그들 중 하나가 달려온다는 사실을 기억했습니다. 교회당에서 울리던 오르간과 도서관의 닫힌 문을 생각했습니다. 잠긴 문밖에 있는 것이 얼마나 불쾌한 일인가를 생각했고, 어쩌면 잠긴 문 안에 있는 것이 더욱 나쁠지도 모른다고 생각했습니다. 한 성(性)의 안정과 번영, 다른 성의 가난과 불안정을 생각했고, 작가의 마음에 전통이 미치는 영향과 전통의 결핍이 미치는 영향을 생각하면서, 마침내 그날의 논의와 인상들, 분노와 웃음과 함께 그날의 구겨진 껍질을 말아서 울타리 밖으로 내던져 버려야 할 시간이라고 생각했습니다. 푸르고 광막한 하늘에는 수천 개의 별들이 반짝이고 있었습니다. 마치 불가사의한 사회에 혼자 버려진 듯한 느낌이었습니다. 사람들은 모두 잠이 든 채 수평으로 엎드려 아무 말이 없었지요. 옥스브리지 거리에서 움직이고 있는 사람은 아무도 없었습니다. 호텔 문조차 보이지 않는 손이 당기라도 한 듯 갑자기 열렸으며, 나를 잠자리로 인도하기 위해 불을 비춰 주려고 일어나 앉아 있는 사람도 없었습니다. 너무 늦었지요.

2장

여러분에게 나와 계속 동행해 달라고 요청해도 된다면, 이제 장면이 바뀌었습니다. 나뭇잎은 여전히 떨어지고 있지만 이젠 옥스브리지가 아니라 런던입니다. 그리고 다른 수천 채의 집들처럼, 사람들의 모자와 화물차 및 자동차들의 행렬을 가로질러 맞은편 집 창문이 보이는 창이 달린 방을 상상해 주면 됩니다. 방 안의 탁자 위에는 백지 한 장이 놓여 있고 거기에는 커다란 글씨로 '여성과 픽션'이라고만 쓰여 있을 뿐 그 밖에는 아무것도 쓰여 있지 않았습니다. 옥스브리지에서의 오찬과 펀엄에서의 만찬에 대한 불가피한 귀결점은 불행히도 대영 박물관을 방문하는 것이라 여겨졌습니다. 모름지기 이 모든 인상들에서 개인적이고 우연적인 것을 걸러 내어 순수한 액체, 본질적 진실의 순수한 기름을 찾아내야 합니다. 옥스브리지의 방문과 그곳에서의 점심과 저녁 식사로

의문들이 벌 떼처럼 무수히 일어났으니까요. 왜 남자들은 포도주를 마시고 여자들은 물을 마시는가? 무슨 이유로 남성은 그렇게 부유하고 여성은 그다지도 가난한가? 가난은 픽션에 어떤 영향을 미치는가? 예술 작품을 창조하는 데 어떤 조건들이 필요한가? 수많은 의문들이 동시에 쏟아져 나왔지요. 하지만 필요한 것은 질문이 아니라 답입니다. 그리고 그 문제들에 대한 답은, 논쟁과 혼란스러운 육체를 초월하여 자신들의 추론과 연구의 결과를 책으로 발간한 박학하고 공평무사한 사람들의 견해를 참조함으로써 얻을 수 있을 것이며, 그것은 바로 대영 박물관에서 찾을 수 있을 것입니다. 만일 대영 박물관의 서가에서 진실을 찾을 수 없다면 진실은 과연 어디 있겠느냐고 나는 공책과 연필을 집으며 자문했지요.

이렇게 준비를 갖춘 나는 탐색하는 마음으로 진실을 추구하러 자신만만하게 나섰습니다. 그날은 실제로 비가 오지는 않았지만 음울하고 어두웠으며, 박물관 근처의 길거리에는 집들마다 석탄 저장 창고를 모두 연 채 석탄을 쏟아붓고 있었지요. 사륜마차가 멈추더니 끈으로 포장된 상자들을 도로 위에 내려놓았습니다. 그 안에는 아마 출세를 노리거나 은신처를 찾는, 아니면 겨울에 블룸즈버리의 하숙집에서 볼 수 있는 탐나는 물건들을 얻으려는 스위스인 또는 이탈리아인 가족의 옷이 들어 있겠지요. 늘 그렇듯 목소리가 거친 남자들이 손수레에 농작물을 싣고 활보하고 있었습니다. 소리치는 사람도 있었고 노래를 부르는 이도 있었습니다. 런던은 마치 하나의 공장 같았습니다. 하나의 기계 같았지요. 우리 모두는 이 밋밋한 바탕에 어떤 무늬를 새기기 위해 앞뒤로 섞여 짜이고 있습니다. 대영 박물관도 그 공장의 한 분과에 불과합니다. 회전문이 휙 열리자 거대한 둥근 천장 아래로 들어서게 되었지요. 나 자신이 마치 한 무리의 유명한 이름들로 화려하게 에워싸인 거대한 대머리 속에 들어간 한 가지 사소한 생각처럼 느껴졌습니다. 카운터에 가서 종이 한 장을 받아 들고 도서 목록을 펼쳤지요. 그리고 …… 이 다섯 개의 점은 망연자실하고 어리둥절했던 그 오 분을 각각 나타내는 겁니다. 당신은 일 년 동안 여성에 대해 쓰인 책이 얼마나 많은지 알고 있습니까? 그중에서 남성에 의해 저술된 책이 얼마나 되는지 짐작할 수 있겠습니까? 여러분이 어쩌면 우주에서 가장 많이 논의되는 동물이라는 사실을 알고 있습니까? 나는 책을 읽으며 오전을 보낼 작정으로 공책과 연필을 들고 여기 왔고 오전이 지날 무렵이면 진실이 내 공책에 옮겨지겠거니 생각했지요. 그러나 이것을 모두 읽으려면 한 무리의 코끼리가 되거나 무수히 많은 거미가 되어야겠다고, 가장 오래 산다는 동물과 가장 눈이 많다고 이름난

곤충을 생각하면서 자포자기한 심정이 되었지요. 심지어 그 껍데기만 꿰뚫으려 해도 강철 발톱과 청동 부리가 필요할 겁니다. 이 산더미 같은 종이들 속에 박힌 진실의 알맹이를 도대체 어떻게 찾을 수 있을까? 나는 스스로에게 질문을 던지며 절망적인 시선으로 제목의 기다란 목록을 훑어보았습니다. 책의 제목들도 내게 생각거리를 제공했지요. 성과 그 본질이 의사나 생물학자의 관심을 끄는 것은 당연하겠지요. 그러나 설명하기 어려운 놀라운 사실은 성, 즉 여성이 유쾌한 수필가나 글재주 있는 소설가 혹은 석사 학위를 받은 젊은이들이나 학위를 받지 않은 사람들, 또한 여성이 아니라는 점을 제외하고는 아무 자격도 없는 사람들의 관심을 끈다는 점이었습니다. 이들 중 어떤 책은 표면적으로 볼 때 경박하고 익살스러웠지만, 반면에 진지하고 예언적이며 도덕적으로 권고하는 내용을 다룬 책도 많이 있었습니다. 그저 제목을 읽은 것만으로도, 연단과 설교대에 올라 이 한 가지 주제로 강연에 보통 할당되는 시간을 훨씬 초과하는 다변으로 설교하는 무수히 많은 교장 선생님과 목사님들의 모습이 연상되었습니다. 그것은 대단히 신기한 현상이었지요. 그리고 명백히 — 여기서 나는 M(male)이라는 글자를 염두에 두고 찾아보았습니다. — 남성에게만 한정된 현상이었지요. 여성들은 남성에 대한 책을 쓰지 않습니다.

이것은 안도감을 느끼며 환영하지 않을 수 없는 사실이지요. 왜냐하면 내가 우선 여성에 관해 남성이 쓴 책을 모두 읽고 그다음에는 남성에 관해 여성이 쓴 책을 읽어야 한다면, 내가 그것을 모두 읽고 글을 쓰는 동안 백 년에 한 번 꽃이 핀다는 알로에 꽃을 두 번은 보아야 할 테니까요. 그래서 임의로 열두 권 정도를 선택해 철망 접시에 얇은 대출 카드를 놓고 진실의 순수한 기름을 좇는 다른 사람들 사이에 서서 차례를 기다렸지요.

영국의 납세자들이 다른 목적을 위해 제공한 대출 카드에 수레바퀴 모양의 낙서를 하면서, 그렇다면 이 이상한 불균형의 원인이 무엇일까 생각했습니다. 이 목록으로 판단컨대, 남성이 여성에게 유발하는 흥미보다 여성이 남성에게 불러일으키는 흥미가 더 큰 것은 도대체 어찌된 일일까요? 그것은 상당히 신기한 일이었지요. 나는 더 나아가 여성에 관한 책을 쓰면서 시간을 소비한 남자들의 일상을 상상하기에 이르렀지요. 그들은 늙었을까 젊을까, 결혼을 했을까 아니면 하지 않았을까, 딸기코일까 곱사등이일까. 어쨌든 스스로가 그러한 관심의 대상이라고 느끼는 것은 막연하나마 우쭐하게 만드는 데가 있습니다. 만일 그런 관심을 기울이는 사람이 불구자나 병자만이 아니라면 말이지요. 이런 경박한 생각을 하고 있는 가운데 내 앞에는 책들이 산사태를 이루며 쏟아졌습니다. 이제부터 곤경의 시작입니다. 옥스브리지에서 연구하는 방법을 훈련받은 학생이라면 양을 우리로 몰듯 물음들을 흐트러지지 않게 다독거려 곧장 해답으로 이끌어 갈 수 있겠지요. 예를 들어 내 옆에 앉은 학생은 과학 책자를 부지런히 베끼고 있었는데 십 분마다 원석에서 순수한 금괴를 찾아내고 있었습니다. 그가 만족스럽다는 듯 나지막하게 끙끙거리는 소리가 그것을 알려 주었지요. 그러나 불행히도 대학 교육을 전혀 받지 못한 사람이라면 그 물음을 우리 안으로 안전하게 몰아가기는커녕 사냥개들에게 쫓기는 겁에 질린 새 떼처럼 당황해 어쩔 줄 모르고 이리저리 날아다니게 할 뿐입니다. 교수님과 교장 선생님, 사회학자, 목사, 소설가, 수필가, 언론인 또는 여자가 아니라는 사실 이외에는 아무런 자격도 없는 사람들이 나의 단 하나의 단순한 물음 — 왜 여성은 가난한가? — 을 추격해 마침내 그것은 쉰 개의 물음이 되었고, 그 쉰 개의 물음은 미친 듯 강물 한가운데로 뛰어들어 휩쓸려 가 버렸습니다. 내 공책의 각 페이지마다 메모가 휘갈겨졌지요. 내 마음 상태가 어떠했는지를 보여 주기 위해서 몇 가지를 읽어 보죠. 그 페이지에는 목판 글자체로 '여성과 가난'이라는 제목이 붙어 있고 다음과 같은 것들이 그 아래 쓰여 있습니다.

중세의 ……의 조건

피지 섬에서 ……의 습관

……에 의해 여신으로 숭배됨

……보다 도덕의식이 약함

……의 이상주의

……가 보다 더 양심적임

남태평양 제도 주민의 ……의 사춘기 연령

……의 매력

……에 의해 제물로 제공됨

……의 두뇌가 작음

……의 더욱 심오한 잠재의식

……의 몸에 털이 더 적음

……의 정신적, 도덕적, 신체적 열등성

……의 아이들에 대한 사랑

……이 더 장수함

……의 약한 근육

……의 강한 애정

……의 허영심

……의 고등 교육

……에 대한 셰익스피어의 견해

……에 대한 버컨헤드 경의 견해

……에 대한 잉 사제장의 견해

……에 대한 라브뤼예르[15]의 견해

……에 대한 존슨 박사의 견해

……에 대한 오스카 브라우닝의 견해……

여기서 나는 숨을 들이쉬고 여백에 덧붙였습니다. 새뮤얼 버틀러가 "현명한 남성은 여성에 대해 생각하는 바를 결코 말하지 않는다."라고 말한 이유가 무엇일까? 현명한 남성들은 다른 무엇보다도 그 주제에 대해서 분명하게 말하는데 말이지요. 그러니 나는 의자에 등을 기대고 거대한 둥근 천장을 바라보면서 계속 생각했습니다. 처음 나는 이 공간에서 하나의 생각으로 존재했지만 이제는 뒤죽박죽으로 뒤엉킨 사고가 되었지요. 불행한 사실은 현자들이 여성에 대해 결코 똑같이 생각하지 않는다는 것입니다. 포프[16]는 이렇게 말했지요.

대부분의 여성은 성격을 전혀 가지고 있지 않다.

라브뤼예르는 이렇게 말했습니다.

15 La Bruyère(1645~1696). 프랑스의 작가. 당대 귀족 사회와 여러 인간 군상을 묘사하는 작품을 썼다.

16 알렉산더 포프(Alexander Pope, 1688~1744). 영국 신고전주의 시대를 대표하는 시인.

여성은 극단적이다. 그들은 남성보다 우월하거나 또는 저열하다.

동시대를 살았던 두 예리한 관찰자들이 보여 주는, 전적으로 상반되는 의견이지요. 여성에게 교육받을 능력이 있는가 없는가? 나폴레옹은 여성이 교육받을 수 없다고 생각했지만 존슨 박사는 정반대로 생각했습니다.[17] 그들이 영혼을 가지고 있는가 그렇지 않은가? 어떤 야만인들은 여성에게 영혼이 없다고 말합니다. 반면에 어떤 사람들은 여성이 반쯤 신적인 존재라고 주장하며 그러한 이유로 그들을 숭배합니다.[18] 어떤 박식한 사람들은 여성의 두뇌가 더 얄팍하다고 주장하는 반면, 여성의 의식이 더욱 심오하다고 주장하는 사람들도 있습니다. 괴테는

17 "'남성은 여성이 감당하기 어려운 존재라는 것을 알기 때문에 가장 나약하거나 가장 무지한 여성을 선택한다. 여성에 대해 그렇게 생각하지 않는다면, 그들은 여성이 교육받는 것을 두려워하지 않을 것이다.' …… 이후의 대화에서 존슨은 이 말이 진담이었다고 나에게 말했다. 여성을 공정하게 평가하기 위해서, 이 사실을 인정하는 것이 솔직한 태도라고 생각한다."(제임스 보즈웰(James Boswell), 『헤브리디스 제도 여행기(The Journal of a Tour to the Hebrides)』) — 원주

18 "고대 독일인은 여성에게 신성한 힘이 있다고 믿었고 신탁을 전하는 자인 여성에게 자문을 구했다."(제임스 조지 프레이저(James George Frazer), 『황금 가지(The Golden Bough)』) — 원주

여성을 찬미했고, 무솔리니는 여성을 경멸합니다. 어디를 돌아보든 남성은 여성에 관해서 생각했고, 그것도 서로 다르게 생각했습니다. 앞에 앉아 책을 읽는 사람을 부럽게 쳐다보며 나는 이 모든 것의 정체를 도저히 파악할 수 없겠다고 낙담했습니다. 그는 A 또는 B, C로 종종 제목을 붙이면서 아주 깔끔한 요약을 만들고 있었지만, 내 공책은 거칠게 휘갈겨 쓴 서로 상반되는 메모들만이 어지럽게 흩어져 있었지요. 그건 참담하고 혼란스러웠으며 굴욕적이었습니다. 진실은 내 손가락 사이로 빠져나가 버렸습니다. 방울방울 달아나 버린 것이지요.

집에 돌아가서 '여성과 픽션'의 연구에 대한 중대한 공헌이랍시고, 여성은 남성보다 몸에 털이 적다거나 남태평양 제도 주민들의 사춘기 연령은 아홉 살(아니면 아흔 살인가? 글씨조차 너무 산만해서 알아볼 수 없게 되어 버렸군요.)이라는 말이나 덧붙일 수는 없는 노릇이지요. 오전 내내 일하고 나서도 내보일 만한 무게 있고 훌륭한 결론을 얻지 못했다는 사실은 수치스러웠지요. 만일 내가 과거의 W(간결함을 위해 여성을 이렇게 부르기로 했지요.)에 대한 진실을 포착할 수 없다면, 무엇 때문에 미래의 W에 대해 고민하겠습니까? 여성과 여성이 그 무엇에든 — 정치이건 아동이건 급료이건 도덕성이건 무엇이든 간에 — 미치는 영향을 전공하는 그 모든 신사들이 수적으로 우세하고 학식 있는 분들이긴 하지만 그들의 연구를 참조하는 것은 순전히 시간 낭비인 듯했습니다. 그들의 책을 펼치지 않은 채 내버려 두는 편이 차라리 나을 것입니다.

그러나 이러한 생각을 하는 동안 나는 무력감을 느끼고 자포자기의 심정에 빠져 무의식적으로 하나의 그림을 그리고 있었지요. 내 옆에 앉은 사람처럼 결론을 쓰고 있어야 할 곳에 말입니다. 나는 하나의 얼굴, 하나의 형체를 그리고 있었지요. 그것은 '여성의 정신적, 도덕적, 신체적 열등성'이라는 제목의 기념비적 연구서를 집필하는 데 몰두하고 있는 X 교수의 얼굴이자 형상이었습니다. 내 그림에서 그는 여자들에게 매력적인 남성이 아니었지요. 그는 육중한 몸에 턱살이 매우 늘어졌으며 거기 균형이라도 맞추듯 눈은 아주 작았습니다. 그는 얼굴이 아주 붉게 상기되어 있었습니다. 글을 쓰는 동안 그의 표정은 어떤 불쾌한 벌레를 죽이듯이 펜으로 종이를 찌르게 하는 감정에 휘둘려 일하고 있음을 보여 줍니다. 그러나 그는 그 벌레를 죽였을 때조차도 만족한 듯 보이지 않았습니다. 그는 계속 그것을 죽여야 합니다. 그렇게 해도 분노와 짜증의 원인은 여전히 남아 있으니까요. 내 그림을 보며 나는 물어보았습니다. 그 원인은 그의 아내였을까? 그의 아내가 기병대 장교와 사랑에 빠졌을까? 그 기병대 장교는 날씬하고 우아하며 아스트라한 모피를 입었을까? 프로이트의 이론을 이용해서 말하자면, 그는 어린 시절 요람에서 어여쁜 소녀에게 조롱받은 적이 있었을까? 왜냐하면 그 교수는 요람에서조차 귀여운 아기였을 리 없기 때문입니다. 그 이유가 무엇이건 간에 여성의 정신적, 도덕적, 신체적 열등성에 관한 위대한 책을 쓰고 있는 그 교수는 내 스케치에서 아주 화가 나고 몹시 추한 모습으로 그려졌습니다. 그림을 그리는 일은 무익한 오전 작업을 끝내는 방법으로는 나태한 것이었지요. 하지만 우리의 나태함에서, 우리의 헛된 공상에서 가라앉았던 진실이 때로는 표면으로 떠오르기도 합니다. 정신 분석이라는 거창한 이름으로 위엄을 갖출 필요도 없이 그저 심리학에 대한 기초적인 훈련만으로도 나는 공책을 보면서 그 분노한 교수의 얼굴이 나의 분노로 그려졌다는 것을 알았습니다. 내가 공상하는 동안 분노가 연필을 낚아챘던 것입니다. 그러나 분노가 거기서 무엇을 하고 있었을까요? 흥미, 당혹감, 즐거움, 지루함 — 이 모든 감정들이 오전 내내 잇따라 지나갈 때 나는 그것들을 추적하고 이름을 붙일 수 있었습니다. 그것들 사이에 분노가, 그 검은 뱀이 잠복하고 있었던 것일까요? 그래, 분노가 도사리고 있었다고 스케치가 알려 주었습니다. 그 그림은 내게 그 악마를 일깨운 한 권의 책, 하나의 문구를 의심의 여지없이 일러 주었습니다. 그것은 여성의 정신적, 도덕적, 신체적 열등성에 대한 그 교수의 진술이었지요. 심장이 뛰고 뺨에서 열이 나며 분노로 얼굴이 붉어졌습니다. 그것은 어리석긴 하지만 그리 주목할 만한 현상은 아니었지요. 거칠게 숨을 쉬며 기성품 넥타이를 매고 두 주 동안 면도하지 않은 조그만 남자(나는 내 옆의 학생을 보았지요.)보다 자기 자신이 천성적으로 열등하다는 말을 듣고 싶진 않은 법이니까요. 사람들에겐 어떤 어리석은 허영심이 있습니다. 하지만 그건 단지 인간의 본성일 따름이라고 생각하며 나는 분노한 교수의 얼굴 위에 수레바퀴와 원을 그리기 시작했습니다. 마침내 그는 타오르는 덤불이나 불꽃을 튀기는 혜성같이 보이게 되었고, 어쨌든 인간의 형체나 의미를 갖지 않는 환영이 되었지요. 이제 그 교수는 햄프스테드 히스[19]의 꼭대기에서 타오르는 장작더미처럼 보였습니다. 이내 나의 분노는 설명되었고 사라졌습니다. 그러나 호기심이 남았지요. 그 교수님들의 분노를 어떻게 설명할까? 왜 그들은 화가 났을까? 왜냐하면 이 책들이 남긴 인상을 분석해 볼 때 거기엔 항상 열기가 존재했으니까요. 이 열기는 여러 가지 형태를 띠었고 때로 풍자에서, 정감에서,

19 런던 북서부의 고지대 햄프스테드에 있는 공원.

호기심에서, 질책에서 그 모습을 드러냈지요. 그러나 종종 실재하지만 쉽게 이름 붙일 수 없는 또 다른 요소가 있었습니다. 나는 그것을 분노라고 불렀지요. 그러나 그 분노는 지하로 숨어 들어가 온갖 종류의 다른 감정들과 뒤섞인 것이었습니다. 그것이 미치는 기묘한 효과로 판단컨대, 그것은 단순하고 공공연한 분노가 아니라 복합적이고 감춰진 분노였지요.

나는 책상 위에 산더미처럼 쌓인 책들을 살펴보며 그 이유가 무엇이든지 간에 이 책들은 모두 내 목적에 무가치하다고 생각했습니다. 이 책들이 인간적으로는 교훈과 흥미와 권태와 피지 섬 주민들의 관습에 대한 기이한 사실들로 가득 차 있을지 모르지만 과학적으로는 무가치했습니다. 그것들은 진실의 흰빛이 아니라 감정의 붉은빛으로 쓰였으니까요. 그러므로 그것들은 중앙 탁자로 되돌아가서 거대한 벌집 속 각각의 방으로 반송되어야 합니다. 내가 오전 내내 일하면서 얻어 낸 것은 분노라는 하나의 사실이었지요. 그 교수님들(나는 그들을 총괄하여 이렇게 말합니다.)은 분노하고 있었습니다. 책을 돌려주고 나서 왜냐고 자문했지요. 주랑 아래 비둘기들과 선사 시대의 카누 사이에 서서 무엇 때문일까 반복해 물었습니다. 왜 그들은 화가 났을까? 스스로에게 이런 질문을 던지면서 나는 점심 먹을 곳을 찾아 천천히 걸었습니다. 내가 일단은 분노라고 이름 붙인 그 감정의 진정한 성격은 무엇일까 자문했지요. 이것은 대영 박물관 근처 어딘가의 작은 식당에서 음식을 기다리는 동안 지속된 수수께끼였습니다. 누군가 먼저 점심을 먹은 사람이 의자 위에 석간신문의 초판을 남겨 놓았습니다. 그래서 음식이 나오기 전에 한가롭게 표제를 읽기 시작했지요. 아주 큰 글자들이 길게 신문 지면을 가로지르고 있었지요. 어떤 사람이 남아프리카에서 크게 성공했답니다. 그보다 짧은 줄은 오스틴 체임벌린 경이 제네바에 있다는 사실을 알렸습니다. 어느 지하실에서 고기 자르는 도끼가 발견되었는데 사람의 머리칼이 붙어 있었답니다. 모 재판관이 이혼 법정에서 여성의 파렴치함에 대해 논평했답니다. 그 밖의 뉴스 조각들이 신문에 흩어져 있었습니다. 한 여배우가 캘리포니아의 산꼭대기에서 늘어뜨려진 채 공중에 매달려 있었지요. 안개가 낄 거라고 합니다. 이 혹성에 일시 방문한 사람이라도 이 신문을 집어 들면 여기 산재한 증언으로 보아 영국이 가부장제의 지배하에 있다는 사실을 의식하지 않을 수 없을 겁니다. 제정신을 가진 사람이라면 그 교수님의 지배력을 간파하지 않을 수 없습니다. 권력과 돈과 영향력은 그의 것입니다. 그는 그 신문의 소유자이고 편집장이며 부주필입니다. 그는 외무대신이며 재판관이고 크리켓 선수입니다. 그는 경주마와 요트를 소유하고 있고 주주들에게 200퍼센트의 배당금을 지급하는 회사의 중역입니다. 그는 자기가 운영하는 대학과 자선 단체에 수백만 파운드를 남겼습니다. 그는 여배우를 공중에 달아맸습니다. 그는 고기 자르는 도끼에 붙은 털이 인간의 것인지 아닌지 결정할 것입니다. 살인자에게 무죄를 선고해 석방하거나 아니면 유죄를 선고해 목매다는 것도 그 사람입니다. 안개를 제외하고는 모든 것을 지배할 수 있는 듯합니다. 그런데도 그는 화가 났습니다. 이런 점에서 나는 그가 화났다는 사실을 알 수 있었지요. 여성에 대한 그의 글을 읽으며 나는 그의 글이 아니라 그 사람 자신에 대해 생각했습니다. 한 논자가 감정에 휩쓸리지 않고 공정하게 논의를 펼칠 때, 그는 오로지 그 논의만 생각하고 있고 따라서 독자들도 그 논의를 생각하지 않을 수 없습니다. 만일 그가 여성에 관해 공정하게 썼더라면, 자신의 주장을 입증하기 위해 누구도 논박할 수 없는 증거를 동원했다면, 그 결과가 다른 게 아니라 이것이기를 바란다는 흔적을 보이지 않았더라면, 독자도 분개하지 않았을 것입니다. 독자는 그 주장을 수긍했겠지요. 완두콩은 녹색이고 카나리아는 노란색이라는 사실을 받아들이듯 말입니다. 따라서 나도 그렇지 하고 말했을 테지요. 그러나 그가 분개했기 때문에 나도 분노했습니다.

하지만 이 모든 권력을 가진 사람이 분개하는 것은 불합리해 보인다고 나는 석간신문을 넘기며 생각했습니다. 아니면, 분노란 권력을 쫓아다니는 친숙한 유령일까요? 예를 들어 부자들은 가난한 사람들이 자신들의 재산을 빼앗고 싶어 한다고 의심하기 때문에 종종 분개합니다. 교수님들, 아니 더 정확하게 부르자면 가장(家長)들은 부분적으로 그런 이유 때문에 분개하겠지만 또 부분적으로는 겉으로 명백히 드러나지 않는 이유 때문에 분개합니다. 어쩌면 그들은 전혀 '분노하지' 않았을지도 모릅니다. 실제로 사적인 인간관계에서 종종 그들은 여성에게 헌신적이며 모범적인 찬미자들입니다. 그 교수가 여성의 열등함에 대해 좀 지나치게 힘주어 주장했을 때 어쩌면 그는 여성의 열등함보다는 자기 자신의 우월함이 손상되지나 않을까 더 염려하고 있었을 겁니다. 그것이 그에게는 무한한 가치를 지닌 희귀한 보석이었기에 대단히 격렬하게 그리고 지나치게 강조하면서 간직해 온 것이지요. 어느 성(나는 보도에서 어깨를 스치며 지나가는 사람들을 바라보았지요.)에게나 삶은 힘들고 어려운 영속적인 투쟁입니다. 그것은 어마어마한 용기와 힘을 요구합니다. 그리고 우리같이 환상을 지닌 피조물에겐 그것은 아마 다른 무엇보다도 자기 자신에 대한 자신감을 필요로 할 겁니다. 자신감이 없다면 우리는 요람에 누운 아기와 마찬가지이지요. 이 측정할 수 없이 가벼운, 그러나 무한한 가치가 있는 자질을 어떻게 해야 가장 신속하게 획득할 수 있을까요? 다른 사람들이 자신보다 열등하다고 생각함으로써 가능하겠지요. 자기 자신에게 다른 사람보다 천성적으로 우월한 점(재산이거나 신분, 곧은 콧날이거나 롬니[20]가 그린 조부의 초상화일 수도 있겠지요. 인간의 상상력이 빚어낸 애처로운 책략에는 끝이 없으니까요.)이 있다고 느낌으로써 가능할 겁니다. 그러므로 통치해야 하고 정복해야 할 가장에게 있어서 다수의 사람들, 사실 인류의 절반이 자신보다 열등하다고 느끼는 것은 막대한 중요성을 가질 겁니다. 그것이 실상 그의 권력의 중요한 원천 중 하나겠지요. 그러나 이제 이 관찰로 실제 생활을 조명해 보도록 합시다. 그것이 일상생활의 여백에 기록해 둔 심리적 곤혹감 몇 가지를 설명하는 데 도움이 될까요? 일전에 아주 친절하고 겸손한 남성인 Z 씨가 레베카 웨스트[21]의 책을 집어 들고 한 단락을 읽은 후 "터무니없는 여성 해방론자로군. 그녀 말에 의하면 남자들은

20 조지 롬니(George Romney, 1734~1802). 18세기 말 영국 상류 사회에서 인기를 끌었던 초상화가.

21 레베카 웨스트(Rebecca West, 1892~1983). 영국의 작가이자 문학 비평가. 본명은 시실리 이저벨 페어필드(Cicily Isabel Fairfield)로, 헨리크 입센의 희곡에 등장하는 반항적인 여주인공에게서 필명을 따 왔다. 여성주의와 사회주의를 대변하는 다수의 글을 기고했다.

속물이라네!"라고 소리쳤을 때 내가 느꼈던 경악을 설명할 수 있을까요? 그 외침은 아주 놀라웠는데 (웨스트 양이 남성에 대한 찬사는 아닐지라도 어쩌면 진실일지도 모를 진술을 했다고 해서 그녀를 터무니없는 여성 해방론자라고 부를 이유가 있을까요?) 그것은 그저 상처 입은 허영심의 외침은 아니었습니다. 오히려 자기 자신에 대한 믿음을 침해당한 데 항의한 것이지요. 여성은 지금까지 수세기 동안 남성의 모습을 실제 크기의 두 배로 확대 반사하는 유쾌한 마력을 지닌 거울 노릇을 해 왔습니다. 그 마력이 없었다면 지구는 아마 지금도 늪과 정글뿐일지도 모르지요. 온갖 전쟁의 위업은 알려지지 않았을 것이고 우리는 아직도 양의 뼈다귀에 사슴의 윤곽을 긁어놓거나 부싯돌을 양가죽이나 미개한 취향에 걸맞은 단순한 장식물과 교환하고 있을 겁니다. 초인이나 운명의 손은 존재하지 않았을 것이고, 러시아 황제와 로마 황제는 왕관을 써 본 적도 빼앗긴 적도 없었을 겁니다. 문명사회에서 거울의 용도가 무엇이건 간에, 거울은 모든 격렬하고 영웅적인 행위에 필수적인 것입니다. 바로 이런 이유 때문에 나폴레옹과 무솔리니는 여성의 열등함을 아주 힘주어 강조합니다. 만일 여성이 열등하지 않다면 거울은 남성을 확대시키기를 그만둘 테니까요. 그것은 여성이 남성에게 무척 빈번히 필요한 이유를 설명하는 데 일면 도움이 됩니다. 남성이 여성의 비판을 받고 안절부절못하는 것도 설명해 주지요. 여성이 남성들에게 이 책은 좋지 않다거나 이 그림은 형편없다거나 그 밖의 어떤 비평을 할 때마다, 똑같이 비평하는 남성들에 의해 야기되는 것보다 더 큰 분노를 일으키고 더 큰 고통을 준다는 사실도 설명해 줍니다. 만일 여성이 진실을 말하기 시작한다면, 거울 속의 형체는 오그라들 것이고 삶에 대한 적응력도 감소될 것입니다. 아침 식사와 저녁 식사에서 최소한 실제 크기의 두 배인 자기 모습을 볼 수 없다면 그가 어떻게 계속해서 판결을 내리고 원주민을 교화하며 법률을 제정하고 책을 집필하며 정장을 차려입고 연회에서 장광설을 늘어놓을 수 있겠습니까? 빵을 잘게 부수고 커피를 저으며, 거리를 지나가는 사람들을 이따금 바라보면서 나는 이렇게 생각했지요. 거울의 환영은 활력을 충전시키고 신경 조직을 자극하기 때문에 더없이 중요한 것입니다. 그것을 빼앗아 보십시오. 그러면 남성은 코카인을 빼앗긴 마약 중독자처럼 죽을 것입니다. 보도 위의 절반의 사람들이 그 환상의 주문에 홀려 활보하며 일터로 가고 있다고 나는 창밖을 내다보며 생각했지요. 그들은 아침이면 그 주문의 쾌적한 광선을 받으며 모자를 쓰고 코트를 입지요. 그들은 자신만만하게 분발하여 스미스 양의 티 파티에 자신의 존재가 필요하다고 믿으며 그날을 시작합니다. 그들은 방으로 들어서며 스스로에게 말하지요. 나는 여기 모인 사람들의 절반보다 우월하다고 말입니다. 그리하여 그들은 자신감과 자기 확신을 가지고 이야기하고, 그 자신감으로 인해 공적 생활에서 중요한 결과를 낳았으며 사적인 마음의 여백에 그런 이상한 메모를 남기게 되는 것입니다.

그러나 남성의 심리라는 위험하고도 매력적인 주제에 대한 이러한 기여(이것은 바라건대 당신에게 연 500파운드의 수입이 있어야 탐구할 수 있는 주제입니다.)는 점심 값의 지불로 중단되었지요. 총액이 5실링 9펜스였습니다. 나는 웨이터에게 10실링짜리 지폐를 주었고 그는 거스름돈을 가지러 갔습니다. 내 지갑에는 10실링짜리 지폐가 한 장 더 있었지요. 나는 그것을 눈여겨보았습니다. 왜냐하면 내 지갑에서 10실링짜리 지폐가 자동적으로 나올 수 있다는 것은 아직도 숨을 멎게 할 정도로 놀라운 사실이기 때문입니다. 내가 지갑을 열면 그곳엔 지폐가 있지요. 나와 이름이 같다는 이유로 한 숙모님이 물려준 유산에서 나오는 몇 장의 종잇조각에 대한 대가로 사회는 닭고기와 커피, 침대와 숙소를 제공해 줍니다.

내 숙모님 메리 비턴은 봄베이에서 바람을 쐬려고 말 타러 나갔다가 낙마하여 죽었습니다. 내가 유산을 받게 되었다는 소식을 들은 것은 여성에게 투표권을 부여하는 법안이 통과되던 당시의 어느 날 밤이었습니다. 한 변호사의 편지가 우편함에 떨어졌으며 그것을 열어 보고 내게 매년 500파운드가 지급되도록 재산이 상속되었다는 사실을 알았지요. 둘 — 투표권과 돈 — 중에서 돈이 더 무한히 중요해 보였다는 사실을 고백해야겠지요. 그전까지 나는 신문사에 잡다한 일자리를 구걸하고 여기에다 원숭이 쇼를 기고하고 저기에다 결혼식 취재 기사를 쓰면서 생계를 이어 나갔습니다. 그리고 봉투에 주소를 쓰고 노부인들에게 책을 읽어 주거나 조화를 만들고 유치원의 어린아이들에게 철자법을 가르쳐 줌으로써 몇 파운드를 벌었지요. 그러한 일이 1918년 이전의 여성들에게 개방된 주된 일거리였습니다. 아마 여러분도 그런 일을 하는 여성들을 알 테니 그 일의 어려움을 상세히 묘사할 필요는 없겠지요. 또한 돈을 벌어 그 돈에만 의존해서 사는 어려움도 언급할 필요가 없을 겁니다. 어쩌면 여러분도 애를 써 보았을 테니까요. 그러나 그런 것보다 더한 고통이라고 지금도 여겨지는 것은 그 당시 내 마음속에서 싹튼 두려움과 쓰라림의 독이었습니다. 무엇보다도, 원하지 않는 일을 늘 하고 있다는 사실, 그리고 항상 부득이하지는 않았지만 그렇게 하는 것이 필요해 보였고 또 모험을 하기에는 너무 큰 이해관계가 걸려 있기에 노예처럼 아부하고 아양을 떨며 그 일을 하고 있다는 사실, 또한 그것을 드러내지 않으면 죽는 것이나 다름없는 단 하나의 재능이 — 작은 것이지만 소유자에게는 소중한 — 소멸하고 있으며 그와 함께 나 자신, 나의 영혼도 소멸하고 있다는 생각, 이 모든 것들이 나무의 생명을 고갈시키며 봄날의 개화를 잠식하는 녹과 같았습니다. 그러나 아까 말했듯이 숙모님이 돌아가셨습니다. 그리고 내가 10실링짜리 지폐를 바꿀 때마다 그 녹과 부식된 부분들은 조금씩 벗겨져 나가고 두려움과 쓰라림도 사라집니다. 나는 은화를 지갑 안에 미끄러뜨리며 생각했습니다. 그 당시의 쓰라림을 기억하건대, 고정된 수입이 사람의 기질을 엄청나게 변화시킨다는 사실은 참으로 놀라운 일이라고요. 이 세상의 어떤 무력도 나에게서 500파운드를 빼앗을 수 없습니다. 음식과 집, 의복은 이제 영원히 나의 것입니다. 그러므로 노력과 노동만 끝나는 것이 아니라 증오심과 쓰라림도 끝나게 됩니다. 나는 누구도 미워할 필요가 없습니다. 아무도 나에게 해를 끼칠 수 없으니까요. 또 누구에게도 아부할 필요가 없습니다. 그가 나에게 줄 것이 없기 때문이지요. 이렇게 하여 나는 스스로 인류의 다른 절반에 대해 아주 미세하나마 새로운 태도를 취하게 되었음을 알게 되었습니다. 어떤 계급이나 성을 뭉뚱그려서 비난하는 것은 불합리한 일이었지요. 대다수의 사람들에게 그들의 행위에 대한 책임을 물을 수 없습니다. 그들은 스스로 억제할 수 없는 본능에 휘둘리고 있으니까요. 그들, 가장들과 교수님들 역시 극복해야 할 끝없는 어려움과 끔찍한 결함을 가지고 있습니다. 그들의 교육은 어떤 점에서는 내가 받은 교육만큼이나 잘못된 것이었지요. 그것은 그들에게서 그만큼 큰 결함을 낳았습니다. 그들이 돈과 권력을 가지고 있는 것은 사실입니다. 그러나 그것은 끊임없이 간을 찢어 내고 허파를 잡아채려는 독수리와 매를 가슴속에 담아 두는 희생을 치르고서야 가능했지요. 소유에 대한 충동과 획득에 대한 격정은 그들로 하여금 다른 사람들의 땅과 재산을 끝없이 탐내고, 개척지를 만들어 깃발을 세우며, 전함과 독가스를 만들고, 그들 자신의 생명과 자녀들의 생명을 바치도록 몰아갔습니다. 해군 아치(나는 그 기념비에 이르렀습니다.)나 전승 트로피와 대포가 전시된 거리를 걸어 보고 그곳에서 칭송되는 명예가 어떤 것인지 숙고해 보십시오. 아니면 봄날 햇살 속에서 증권 중개인과 위대한 변호사가 돈을 벌고도 더 많은 돈을 벌려고 문 안으로 들어가는 것을 지켜보십시오. 일 년에 500파운드만 있으면 햇빛을 받으며 살아가기에 충분하다는 것이 엄연한 사실인데 말이지요. 이러한 본능은 가슴에 품어 두기엔 불쾌한 것들이라고 생각했습니다. 케임브리지 공작의 동상을 바라보면서, 지금까지 받아 본 적이 없었을

뚫을 듯한 시선으로 특히 그의 삼각모에 꽂힌 깃털을 바라보면서 숙고했지요. 이런 본능은 삶의 조건에서, 다시 말해 문명의 결핍에서 비롯되는 것들이라고요. 내가 이러한 결함들을 인식하게 됨에 따라 두려움과 쓰라림은 점차 완화되어 연민과 관용으로 바뀌어 갔습니다. 그리고 일이 년이 지나자 연민과 관용도 사라지고 가장 커다란 해방, 즉 사물을 그 자체로 생각하는 자유가 생겨났습니다. 예를 들면 저 건물을 내가 좋아하는가 아닌가? 저 그림은 아름다운가 그렇지 않은가? 내 생각에 그것이 좋은 책인가 나쁜 책인가? 진정 숙모님의 유산은 내게 하늘의 베일을 벗겨 주었고, 밀턴이 우리에게 영원히 숭배하라고 천거한 신사의 크고 위압적인 모습 대신 훤히 트인 하늘을 보여 주었습니다.

이렇게 생각하고 추측하면서 나는 강가의 집으로 돌아가는 길에 들어섰습니다. 가로등이 켜지고 있었고 아침 이후 런던은 형언할 수 없는 어떤 변화로 뒤덮였습니다. 마치 거대한 기계가 하루 종일 일한 후 우리의 도움으로 아주 자극적이고 아름다운 어떤 것, 붉은 눈을 반짝이며 타오르는 듯한 직물을 몇 야드가량 더 자아내고, 뜨거운 숨결로 으르렁거리는 황갈색 괴물을 만들어 놓은 듯했습니다. 집을 채찍질하고 게시판을 덜컹거리게 하는 바람마저 깃발처럼 흔들리는 것 같았습니다.

그러나 내가 사는 작은 거리에는 주로 가정적인 일이 일어나고 있었지요. 도색공이 사다리에서 내려오고 있었고 아이 보는 여자는 유모차를 이리저리 조심스레 밀면서 차를 마시러 육아실로 돌아가고 있었지요. 석탄을 운반하는 인부가 텅 빈 자루들을 차곡차곡 개고 있었고 채소 가게의 주인 여자는 붉은 장갑을 낀 손으로 그날의 수입을 계산하고 있었습니다. 그러나 여러분이 내 어깨에 올려놓은 그 문제에 너무 몰두하고 있었기에 나는 이런 일상적인 광경을 볼 때에도 그것들을 하나의 중심에 연결시키지 않을 수 없었지요. 이러한 직업들 중에서 어느 것이 더 고귀하고 더 필요한 일인지를 판가름하는 것은 백 년 전에도 어려웠겠지만 지금은 더욱 어려울 거라고 생각했습니다. 석탄 인부가 되는 것과 아이 보는 여자가 되는 것 중 어떤 것이 더 나을까요? 여덟 명의 아이를 길러 낸 유모는 10만 파운드를 버는 변호사보다 세상에 더 가치 없는 인물일까요? 그런 질문을 던지는 것은 무익할 겁니다. 아무도 대답할 수 없을 테니까요. 유모와 변호사의 비교 가치는 십 년마다 오르락내리락할 뿐 아니라 현재의 상황에서도 그 가치를 측정할 잣대가 없으니까요. 내가 교수님에게 여성에 관한 그의 논의에서 이것저것 '논박할 수 없는 증거'를 요구한 것은 어리석은 일이었습니다. 누군가가 어느 순간에 어떤 재능의 가치를 말할 수 있다 하더라도 이 가치들은 변화할 것입니다. 백 년이 지나면 이 가치들은 완전히 변하겠지요. 더욱이 앞으로 백 년이 지나면, 집 문 앞에 이르러 생각하건대, 여성은 보호받는 성이기를 그만둘 것입니다. 필연적으로 그들은 한때 자신들에게 허용되지 않았던 모든 활동과 힘든 작업에 참여할 것입니다. 아이 보는 여자는 석탄을 운반할 것이고 가게 주인 여자는 기관차를 운전할 것입니다. 여성이 보호받는 성이었을 때 관찰된 사실에 근거를 둔 모든 가설들은 사라질 것입니다. 예를 들어 (지금 군인 부대가 길거리를 따라 행군하고 있습니다.) 여성과 목사와 정원사가 다른 사람들보다 장수한다는 가설 같은 것 말입니다. 그 보호막을 제거하고, 여성에게 똑같은 활동과 작업을 접하게 하고, 여성을 군인이나 선원, 기관사, 부두 노동자로 만들어 보십시오. 그러면 사람들이 "오늘 비행기를 보았어."라고 과거에 말했듯 "오늘 여자를 한 명 보았어."라고 할 정도로 여자가 남자보다 젊은 나이에, 훨씬 빨리 죽게 될지도 모르는 일 아니겠어요? 여성이 더 이상 보호받는 처지에 있지 않게 되면 어떻게 될까 하고 나는 현관문을 열면서 생각했지요. 그러나 이 모든 생각들이 내 강연 주제인 '여성과 픽션'하고 무슨 관련이 있을까요? 나는 안으로 들어가면서 자문했지요.

3장

저녁이 되어도 어떤 중요한 진술이나 신빙성 있는 사실을 가지고 돌아오지 못했다는 것은 실망스러운 일이었습니다. 여성은 남성보다 가난한데, 그것은 아마도 이러저러한 이유 때문이었겠지요. 어쩌면 지금은 진실에 대한 탐색을 그만두고, 용암처럼 뜨겁고 개숫물처럼 혼탁한 숱한 견해들을 받아들이지 않는 편이 나을 것입니다. 커튼을 내려 산만한 생각을 내몬 후 램프에 불을 밝히고 탐구의 폭을 좁혀서, 의견이 아니라 사실을 기록하는 역사가에게 여성이 어떤 상황 아래 살아왔는지, 전 세기에 걸쳐서가 아니라 영국에서, 예컨대 엘리자베스 시대에 어떠했는지를 말해 달라고 하는 편이 나을 것입니다.

왜냐하면 남성이라면 누구든지 노래와 소네트를 지을 수 있었던 듯한 그 시대에 어떤 여성도 탁월한 문학 작품을 단 한 줄 쓰지 않았다는 사실은 영원한 수수께끼이기 때문입니다. 당시 여성이 처한 상황이 어떤 것이었을까 나는 자문했습니다. 픽션은 상상력에 의한 작업이긴 하지만 조약돌처럼 땅 위에 떨어지는 것이 아닙니다. 과학은 그러할지 모르지만요. 픽션은 거미집과 같아서 아주 미세하게라도 구석구석 현실의 삶에 부착되어 있습니다. 종종 그 부착된 상태는 거의 눈에 띄지 않지요. 일례를 들자면 셰익스피어의 희곡들은 홀로 완벽하게 공중에 매달려 있는 듯 보이지요. 그러나 거미집을 비스듬히 잡아당겨 가장자리에 갈고리를 걸고 중간을 찢어 보면, 이 거미집들은 형체 없는 생물이 공중에서 자아낸 것이 아니라 고통받는 인간 존재의 작업이며, 건강과 돈 그리고 우리가 사는 집처럼 조잡한 물질에 부착되어 있다는 사실을 기억하게 됩니다.

그리하여 나는 역사책들을 꽂아 둔 서가로 가서 최근에 나온 트리벨리언[22] 교수의 『영국사』를 뽑아 들었습니다. 다시 한 번 여성이라는 단어를 찾아본 다음 '여성의 지위'라는 항목을 발견하고 지시된 쪽을 펼쳤지요. 다음을 읽었습니다. "아내에 대한 구타는

22 조지 트리벨리언(George Trevelyan, 1876~1962). 역사학자. 영국 사상사에서 휘그당의 전통을 높이 평가했으며 영국 국체에 깃들어 있는 앵글로색슨적 요소에 깊은 관심을 가졌다.

남성의 공인된 권리였고, 상층민이나 하층민이나 할 것 없이 수치심을 느끼지 않고 자행했다……. 이와 유사하게……." 그 역사가는 계속해서 말했습니다. "부모가 선택한 신사와 결혼하기를 거부하는 딸을 방에 가두고 구타하며 내동댕이친다 해도 여론에 전혀 충격적인 일이 아니었다. 결혼은 개인적인 애정의 문제가 아니었고 가족의 탐욕이 결부된 문제였으며, 특히 '기사도를 중시하는' 상류층에서 그러했다……. 약혼은 종종 당사자들 중 하나 또는 둘 다 요람에 누워 있는 나이에 성사되었으며 유모의 보살핌을 받는 나이가 채 지나기도 전에 결혼이 이루어졌다." 이때가 초서[23]의 시대 바로 직후인 1470년경입니다. 여성의 지위에 대한 그다음 언급은 약 이백 년 후인 스튜어트 왕조 시대에서나 발견됩니다. "자신의 남편을 선택하는 것은 상류층과 중산층 여성에겐 여전히 예외적인 일이었다. 그리고 남편이 정해지면 그는 최소한 법과 관습이 지켜 주는 한에서 그녀의 지배자이자 주인이었다. 비록 그렇기는 해도……." 트리벨리언 교수는 이와 같이 결론을 내리고 있었지요. "셰익스피어의 여성들이나

23 제프리 초서(Geoffrey Chaucer, 1342 추정~1400). 14세기 후반 궁정 대신, 외교관, 공무원을 지낸 영국의 대표적인 시인.

버니, 허친슨과 같이 신뢰할 만한 17세기 수상록[24]에 등장하는 여성들은 개성이나 성격이 결핍된 것처럼 보이지 않는다." 생각해 보면 클레오파트라는 분명 자기 나름의 행동 방식을 가지고 있었습니다. 맥베스 부인은 자기 나름의 의지를 가졌다고 생각할 수 있습니다. 로잘린드는 매력적인 소녀라고 추정할 수 있겠지요. 트리벨리언 교수가 셰익스피어의 작품에 등장하는 여성들에게 개성이나 성격이 결핍된 듯이 보이지 않는다고 말할 때, 그의 말은 진실입니다. 나는 역사가가 아니므로 한 걸음 더 나아가 유사 이래 모든 시인들의 작품에서 여성들이 횃불처럼 타올랐다고 말할 것입니다. 극작가들의 작품에는 클리템네스트라, 안티고네, 클레오파트라, 맥베스 부인, 페드르, 크레시다, 로잘린드, 데스데모나, 몰피의 공작 부인 등이 존재하고, 산문 작가의 작품에는 밀러먼트, 클라리사, 베키 샤프, 안나 카레니나, 에마 보바리, 게르망트 부인 — 이런 이름들이 무리 지어 마음속에 떠오르며, 이 이름들은 '개성이나 성격이 결핍된' 여성을 연상시키지 않습니다. 여성이

24 레이디 버니 편집, 『17세기 버니 가문의 수상록(Memoirs of the Verney Family during the Seventeenth Century)』(1923)과 루시 허친슨, 『허친슨 대령의 생애 회고록(Memoirs of the Life of Colonel Hutchinson)』(1810).

남성들이 쓴 픽션에서만 존재한다면, 우리는 그녀를 최고로 중요한 인물이라고 상상할 수 있습니다. 매우 다양하며, 영웅적이거나 비열하고, 빛나거나 천박하며, 무한히 아름답거나 극단적으로 가증스럽고, 남성만큼 위대하기도 하고 또 어떤 사람들 생각엔 남성보다 더욱 위대한 인물이니까요.[25] 그러나 이것은 픽션에 나타난 여성입니다. 실제로는 트리벨리언 교수가 지적하듯이

25 "실제로 아테네에서 여성은 노예로서 동양에서와 유사한 억압에 얽매여 있거나 고된 일로 시달린 반면, 무대에서는 클리템네스트라와 카산드라, 아토사와 안티고네, 페드르와 메데이아 그리고 '여성 혐오자'인 에우리피데스의 연극을 거의 모두 지배하는 여주인공들을 산출했다는 것은 설명하기 힘든 기이한 사실이다. 실제 생활에서는 신분이 높은 여성이 혼자 거리에서 얼굴을 들고 다닐 수 없었지만 무대에서는 여성이 남성과 동등하거나 남성을 능가하는 이러한 세계의 모순은 아직 만족스럽게 해명되지 않았다. 현대의 비극에서도 여성이 우월한 현상은 지속된다. 어찌 되었건 셰익스피어의 작품들(말로나 존슨의 작품과는 다르지만 웹스터의 작품과는 유사하게)을 대략적으로 살펴본다 하더라도, 로잘린드부터 맥베스 부인에 이르기까지 여성의 이러한 우월성과 주도권이 존속한다는 사실을 밝히기에 충분하다. 라신에게서도 마찬가지다. 그의 비극 가운데 여섯 편의 제목이 여주인공의 이름이다. 에르미온과 앙드로마크, 베레니스와 록산, 페드르와 아탈리에 대적할 만한 남성 인물들이 과연 존재하는가? 입센의 경우에도 그러하다. 솔베이그와 노라, 헤다와 힐다 반겔 그리고 레베카 웨스트에 필적할 만한 남성을 찾을 수 있을까?" (프랭크 로런스 루카스(Frank Laurence Lucas), 「비극(Tragedy)」, 114~115쪽) — 원주

방에 갇혀 구타당하고 내동댕이쳐졌던 것입니다.

그리하여 아주 기묘하고 복합적인 존재가 생겨납니다. 상상에 있어서 여성은 더없이 중요한 인물이지만, 실제로는 전적으로 하찮은 존재입니다. 시에서는 첫 장에서 마지막 장까지 여성의 존재가 고루 퍼져 있지만, 역사에서는 전혀 존재하지 않습니다. 픽션에서 그녀는 왕과 정복자들의 삶을 지배하지만, 실제로는 그녀의 손가락에 강제로 반지를 끼워 준 어느 부모의 아들에 딸린 노예였습니다. 문학에서는 영감이 풍부한 말들, 심오한 생각들이 그녀의 입술에서 흘러나옵니다. 그러나 현실에서 그녀는 거의 읽을 줄 모르고 철자법도 모르며 남편의 재산에 불과했습니다.

확실히 이것은 역사가들의 글을 먼저 읽고 나중에 시인들의 글을 읽음으로써 만들어진 기묘한 괴물이었습니다. 독수리 날개가 달린 벌레, 또는 부엌에서 양의 비계를 떼어 내는 생명과 미의 요정이라고나 할까요. 그러나 이러한 괴물을 상상하기가 무척 재미있는 일이더라도 실제로는 존재하지 않는 것입니다. 그러므로 우리가 그녀를 소생시키기 위해서 해야 할 일은 시적으로 그리고 동시에 산문적으로 생각하는 것이고, 그리하여 사실 — 그녀는 마틴 부인이고 서른여섯 살이며 푸른 옷을 입고 검은 모자를 쓰고 갈색 구두를 신고 있다는 것 — 과 계속 접촉하는 것입니다. 그러나 또한 픽션 — 그녀는 온갖 종류의 정신과 힘이 부단히 흐르며 반짝이는 그릇이라는 — 을 시야에서 놓치지 않아야 합니다. 하지만 엘리자베스 시대의 여성에게 이 방법을 적용해 보려고 하는 순간, 한 부분의 조명이 부족합니다. 즉 사실의 결핍으로 가로막히게 되지요. 그녀에 대한 세세한 사실, 더할 나위 없이 진실하고 실제적인 사실을 전혀 알지 못하니까요. 역사는 여성을 거의 언급하지 않습니다. 그래서 트리벨리언 교수에게는 역사가 무엇을 의미하는지 알아보기 위해서 나는 다시 책을 펼쳤습니다. 각 장의 제목을 보면서 역사란 다음을 의미한다는 것을 알게 되었지요.

"중세 장원과 공동 경작의 방법 …… 시토 수도회와 목양업 …… 십자군 …… 대학 …… 하원 …… 백년전쟁 …… 장미전쟁 …… 르네상스 학자들 …… 수도원의 해체 …… 농민 투쟁과 종교적 갈등 …… 영국 해군력의 기원 …… 무적함대……." 이런 것들이었지요. 때로 엘리자베스와 메리 같은 여왕이나 귀부인이 언급되기도 했습니다. 그러나 내세울 것이라고는 두뇌와 개성밖에 없는 중산층 여성들은, 모두 합쳐서 과거에 대한 그 역사가의 개념을 형성한 그 위대한 흐름들의 어디에도 낄 수 없었습니다. 또한 일화를 수집해 놓은 책에서도 여성의 존재를 찾을 수 없습니다. 오브리[26]는 여성을 거의 언급하지 않지요. 또 여성은 자기 자신의 생활을 글로 옮기는 법이 없으며 일기도 거의 쓰지 않습니다. 단지 편지 몇 장만 남아 있지요. 여성은 우리에게 그녀를 판단할 척도가 될 만한 희곡이나 시 한 편 남기지 않았습니다. 우리에게 필요한 것은 (뉴넘이나 거턴 대학의 똑똑한 학생들은 왜 그것을 제공하지 않는 걸까요.) 다량의 정보입니다. 여자들이 몇 살에 결혼하고 통상적으로 아이를 몇 명이나 낳았는가, 그녀의 집은 어떠했을까, 그녀에게 자기만의 방이 있었는가, 그녀가 직접 요리를 했을까, 그녀는 하인을 두고 싶어 했을까? 이 모든 사실들은 어딘가에, 아마도 교구 등기부와 회계 장부에 남아 있을 것입니다. 엘리자베스 시대에 살았던 평범한 여성의 생활에 대한 기록이 어딘가에 산재할 것이므로, 누군가 그것을 모아서 책으로 만들어 낼 수도 있을 겁니다. 나는 서가에 없는 책을 찾으며 생각했지요. 그 유명한 대학의 학생들에게 역사를 다시 쓰라고 제안하는 것은 내가 감히 무릅쓸 수 있는 정도를 넘어선 야심일 거라고요. 비록 역사라는 것이 사실 약간 기묘하고 비현실적이며 한쪽으로 기운 듯이 보인다는 점은 인정하지만 말입니다. 그러나 그들이

26 존 오브리(John Aubrey, 1626~1697). 영국의 전기 작가.

역사에 부록을 한 장 붙여서는 안 되는 걸까요? 거기에 여성이 부적절하지 않게 등장할 수 있도록 물론 눈에 띄지 않는 제목을 붙이고요. 왜냐하면 우리는 종종 위인들의 전기에서 여성이 배경으로 재빨리 물러나거나 — 때로 생각하건대 — 윙크나 웃음, 혹은 눈물을 감추고 있는 것을 흘끗 보게 되니까요. 그리고 요컨대 우리는 제인 오스틴의 생애에 대해서는 충분히 알고 있습니다. 조애너 베일리[27]의 비극들이 에드거 앨런 포의 시에 미친 영향을 다시 고려할 필요는 거의 없겠지요. 나 자신으로 말하자면 메리 러셀 미트퍼드의 집과 그녀가 자주 다니던 곳들이 최소한 일 세기 동안 대중에게 공개되지 않는다 하더라도 개의치 않겠습니다. 그러나 다시 서가를 바라보면서 생각하건대 내가 유감스러워하는 것은 18세기 이전의 여성들에 대해서 알려진 바가 전혀 없다는 사실입니다. 내 마음속에서 이리저리 굴려 볼 만한 모델이 없는 것이지요. 여기서 나는 엘리자베스 시대에 여성들이 왜 시를 쓰지 않았는지를 묻고 있습니다만 그들이 어떤 교육을 받았는지, 글 쓰는 법을 배웠는지, 자기만의 방이 있었는지, 스물한 살이 되기 전에 아이를 낳은 여자는 얼마나 되었는지, 간단히 말해 그들이 아침 8시부터 밤

27 Joanna Baillie(1762~1851). 스코틀랜드의 시인이자 극작가.

8시까지 무엇을 했는지 모르고 있습니다. 그들에겐 분명히 돈이 없었지요. 트리벨리언 교수에 의하면 그들은 원하건 원치 않건 간에 아이 방에서 나오기도 전인 대략 열다섯 살이나 열여섯 살쯤 결혼했습니다. 이러한 사실만을 놓고 보더라도 만일 그들 중 누군가가 갑자기 셰익스피어의 희곡을 썼더라면 그것은 대단히 기이한 일이었을 겁니다. 지금은 죽었지만 아마 생전에 주교였던 한 노신사가 과거든 현재든 또 미래에서든 여성이 셰익스피어의 재능을 갖는 것은 불가능하다고 공언했던 일이 생각나는군요. 그는 신문에 그 점에 관해 썼습니다. 그는 또한 자신에게 문의한 어떤 부인에게 고양이는 사실상 천국에 가지 않는다고 말했지요. 하지만 고양이에게도 일종의 영혼이 있다고 덧붙였습니다. 이러한 노신사들은 우리가 생각할 거리를 얼마나 많이 덜어 주었는지요! 그들이 접근하면 무지의 테두리가 움찔하며 뒤로 물러나지요! 고양이들은 천국에 가지 않습니다. 여성은 셰익스피어의 희곡을 쓸 수 없지요.

그러나 어쨌든 간에 나는 서가에 꽂힌 셰익스피어의 작품들을 보면서 그 주교가 최소한 이런 점에서는 옳았다고 생각하지 않을 수 없었습니다. 즉 어떤 여성이 셰익스피어 시대에 셰익스피어의 희곡에 버금가는 작품을 쓴다는 것은 완전히 그리고 전적으로 불가능하다는 사실입니다. 셰익스피어에게 놀랄 만한 재능을 가진 누이, 이를테면 주디스라 불리는 누이가 있었다면 어떤 일이 일어났을까를 — 사실을 얻기 어려우니까 — 상상해 보도록 하지요. 셰익스피어 자신은 문법 학교에 다녔음이 거의 확실합니다. 그의 어머니가 유산 상속인이었으니까요. 그곳에서 그는 라틴어 — 오비디우스, 베르길리우스, 호라티우스 — 와 문법 원칙, 논리학을 배웠을 겁니다. 잘 알려져 있다시피, 그는 토끼를 밀렵하고 사슴을 사냥한 거친 소년이었으며, 이웃에 사는 여자와 지나치게 이른 나이에 결혼해야 했고, 그 여자는 적절한 시기보다 훨씬 이르게 아기를 낳았습니다. 그 엉뚱한 짓으로 인해서 그는 출세의 길을 찾아 런던으로 갔지요. 그는 연극을 좋아했습니다. 그래서 무대 출입구에서 말을 돌보는 시종으로 연극 생활을 시작했지요. 곧 그는 극장에서 일거리를 얻게 되었고 성공적인 배우가 되었으며 우주의 중심에서 살았습니다. 모든 사람을 만나고 모든 사람을 알게 되었으며 배우로서의 기술을 익히고 길거리에서 재치를 발휘하고 심지어 여왕의 궁전에 접근하기도 했지요. 그동안 특별한 재능을 가진 그의 누이는 집에 남아 있었다고 가정해 봅시다. 그녀도 셰익스피어만큼이나 모험심이 강하고 상상력이 풍부하며 세계를 알고 싶은 열망에 가득 차 있었습니다. 그러나 그녀는 학교에 다니지 못했지요. 그녀에게는 호라티우스와 베르길리우스를 읽을 기회는커녕 문법과 논리학을 접할 기회조차 없었습니다. 그녀는 때때로 책을, 아마도 오빠의 책이었겠지만, 집어 들고 몇 쪽을 읽었지요. 그러면 그녀의 부모님이 들어와서 양말을 꿰매거나 국을 끓이는 데 신경을 쓰라고, 책이나 논문 따위를 붙들고 멍하니 시간을 보내지 말라고 말했습니다. 그들은 호되게 나무랐지만 그것은 선의에서 나온 꾸지람이었을 겁니다. 왜냐하면 그들은 여자들의 삶의 조건이 어떠한지를 아는 현실적인 사람들이었으며, 딸을 사랑했기 때문입니다. 참으로 그녀는 아버지에게 눈에 넣어도 아프지 않을 존재였을 겁니다. 그녀는 아마 사과 창고에서 은밀히 몇 쪽을 휘갈겨 썼겠지요. 하지만 조심스럽게 숨기거나 불에 태웠지요. 그녀는 십 대를 벗어나기도 전에 이웃에 사는 양털 중개상의 아들과 약혼하게 되었습니다. 자신은 그 결혼이 혐오스럽다고 소리쳤지요. 그 때문에 그녀는 아버지에게 심하게 맞았습니다. 그러고 나서 그는 딸을 더 이상 꾸짖지 않았습니다. 그 대신 자신의 마음을 상하게 하지 말라고, 결혼 문제로 더 이상 망신시키지 말라고 사정했습니다. 그녀에게 목걸이와 멋진 페티코트를 주겠다고 말했지요. 그의 눈에는 눈물이 어렸습니다. 그녀가 어떻게 아버지의 말을 거역할 수 있겠습니까? 어떻게 그녀가 그를 비탄에 잠기게 할 수 있겠습니까? 그러나 그녀 자신의 강렬한 재능이 그녀를 몰아세웠습니다. 그녀는 조그마한 짐을 꾸려 어느 여름날 밤 밧줄을 타고 내려와 런던으로 가는 길에 섰습니다. 그녀는 열일곱 살도 채 되지 않았지요. 산울타리에서 노래하는 새들도 그녀보다 더 음악적일 수는 없었을 겁니다. 그녀는 오빠와 똑같은 재능 즉 단어의 음조에 대한 예리한 상상력을 가지고 있었지요. 셰익스피어와 마찬가지로 그녀는 연극에 소질이 있었습니다. 그녀는 무대 출입구에 서서 연기를 하고 싶다고 말했지요. 남자들은 그녀의 면전에서 폭소를 터뜨렸습니다. 감독 — 뚱뚱하고 입이 가벼운 사람이었는데 — 은 너털웃음을 쳤습니다. 그리고 여자가 연기를 하는 것은 푸들이 춤추는 것과 마찬가지라고 내뱉고는 어떤 여자도 배우가 될 수 없다고 단언했지요. 그가 넌지시 암시했는데, 여러분은 그가 무슨 말을 했는지 상상할 수 있을 겁니다. 그녀의 재능은 훈련을 받을 수 없었지요. 그녀가 선술집에서 저녁을 먹거나 한밤중에 길거리를 배회할 수 있었을까요? 하지만 그녀의 재능은 픽션을 추구했고, 남자들, 여자들의 삶과 그들의 생활 방식을 풍부하게 보고 관찰하기를 갈망했습니다. 마침내 — 그녀는 아주 젊었고 기묘할 정도로 시인 셰익스피어와 얼굴이 닮았으며 똑같은 회색 눈과 둥근 이마를 가졌기에 — 배우 감독인 닉 그린이 그녀를 동정했습니다. 그녀는 그 신사의 아이를 임신했음을 알게 되었고 그래서 (시인의 마음이 여자의 몸속에 갇혀서 엉망으로 뒤엉켜 있을 때 그것이 분출할 열기와 격렬함을 누가 측정할 수 있겠습니까.) 어느 겨울밤 스스로 목숨을 끊었으며 지금은 엘리펀트 앤 캐슬[28] 바깥쪽의 버스 정류장 근처 교차로 어딘가에 묻혀 있습니다.

만일 셰익스피어 시대에 한 여성이 셰익스피어의 재능을 가지고 있었더라면, 이야기가 아마 이렇게 전개되었을 것입니다. 그러나 나 자신은 그 돌아가신 주교님(그가 주교였음이 확실하다면 말입니다.)의 말에 동의합니다. 셰익스피어 시대에 어떤 여성이 셰익스피어의

28 런던 남부의 한 구역으로서 싸구려 쇼핑센터와 허름한 정부 건물을 둘러싼 거대한 순환 도로로 악명 높다. 이 지명은 원래 헨리 8세의 첫 번째 부인인 캐서린의 이름 '인판타 디 카스틸라(카스티야의 아이)'에서 유래했다. 그녀는 로마 교황청과 스페인, 영국 간의 담합에 따라 헨리 8세와 결혼했으며, 결혼 후 18년이 지난 다음에도 아들을 낳지 못하자 헨리 8세는 결혼 당시 그녀가 처녀가 아니었다는 핑계로 결혼을 무효화하려는 재판을 걸었고, 이 사건을 계기로 로마 교회와 결별하여 영국 국교를 창시했다. 여기서 울프는 이 지명을 통해 여성이 아버지에게서 남편에게로, 그리고 다시 아버지에게로 남성들 사이에서 물건처럼 넘겨지며 억압당한 역사의 한 사례를 암시하는 동시에 허구의 주디스 셰익스피어를 실제 역사 안에 자리 잡게 하면서 그 두 여성의 경험을 교차시킨다.

재능을 갖는다는 것은 생각할 수도 없는 일입니다. 왜냐하면 셰익스피어 같은 천재는 교육받지 못하고 노동하며 노예처럼 사는 사람들 가운데서 태어나지 않기 때문입니다. 그러한 천재는 영국의 색슨족이나 브리튼족에서 태어난 적이 없으며 오늘날 노동 계층에서도 태어나지 않습니다. 그렇다면 그러한 천재가 어떻게 여성들 가운데서 태어날 수 있겠습니까? 트리벨리언 교수에 의하면 여성들은 아이 방에서 나올 나이가 되기 이전부터 가사를 시작해야 했으며, 그렇게 하도록 부모들에게 강요받고 법과 관습의 강제력에 의해 억눌렸던 것입니다. 그러나 어떤 천재가 노동 계층에서 틀림없이 존재했던 것처럼, 여성에게도 분명히 존재했을 것입니다. 이따금 에밀리 브론테 같은 소설가나 로버트 번스 같은 시인이 밝게 타올라 그 존재를 입증합니다. 그러나 분명 그 천재성은 글로 옮겨지지 못했습니다. 하지만 사람을 피해 달아나는 마녀, 악마에 사로잡힌 여자, 약초를 파는 현명한 여인, 또는 어느 탁월한 남성의 어머니에 관해서 읽게 될 때, 우리는 잃어버린 소설가나 억눌린 시인, 즉 제인 오스틴이나 에밀리 브론테에 필적할 만한 재능을 갖고 있지만 그 재능으로 인해 고통받고 제정신을 잃어서 얼굴을 일그러뜨리고 길거리를 방황하거나 황무지에서 발광하여 자신의 머리를 부숴 버린 무명의 말 없는 작가를 추적할 만한 단서를 얻게 된다고 생각합니다. 실제로 나는 자신들의 이름을 붙이지 않고 많은 시를 쓴 익명의 작가들 중 상당수가 여성이었을 거라고 과감하게 추측합니다. 에드워드 피츠제럴드는 발라드나 민요를 만들어 내어 나지막한 소리로 아이들에게 불러 주거나 노래를 부르며 실을 자아 기나긴 겨울밤을 잊은 사람들이 바로 여성이었음을 시사한 적이 있습니다.

이것은 사실일 수도, 그렇지 않을 수도 있겠지요. 누가 알 수 있겠습니까? 그러나 내가 지어낸 셰익스피어 누이의 이야기를 검토하면서 생각하건대 그 이야기에서 사실이라 할 수 있는 점은, 16세기에 태어난 위대한 재능을 가진 여성은 틀림없이 미치거나 총으로 자살하거나 또는 마을 변두리의 외딴 오두막에서 절반은 마녀, 절반은 요술쟁이로 공포와 조롱의 대상이 되어 일생을 끝마쳤을 거라는 것입니다. 왜냐하면 시적 재능을 발휘해 보려고 시도한 천부적 재능을 지닌 여성은 다른 사람들에 의해 방해받고 저지되었으며 자기 내면에서 상충하는 충동들로 고통받고 갈가리 찢겨서 틀림없이 건강과 온전한 정신을 잃었을 거라고, 심리학에 대한 지식이 거의 없어도 확신할 수 있기 때문입니다. 어떤 소녀라도 런던까지 걸어간 뒤 무대 출입구에 서서 기웃거리며 배우 감독이 있는 곳에 억지로 밀치고 들어가려 했다면 스스로에게 극심한 상처를 입히지 않을 수 없었을 것이고, 불합리하지만 (순결이란 어떤 사회들이 알 수 없는 이유로 만들어 낸, 맹목적 숭배의 대상이었으니까요.) 그럼에도 불구하고 피할 수 없는 고뇌를 겪지 않을 수 없었을 겁니다. 그 당시 순결이란, 지금도 거의 마찬가지이지만, 여자들의 생활에서 종교적인 중요성을 가진 것이었고 여성의 신경과 본능을 휘감았으므로 그것을 자유로이 절단해 한낮의 햇빛에 노출하려면 극히 드문 용기가 필요했을 겁니다. 시인이나 극작가인 여성에게 16세기의 런던에서 자유로이 생활한다는 것은 신경의 긴장과 딜레마를 의미했을 것이고 그 때문에 그녀는 당연히 죽을 수밖에 없었을 것입니다. 만일 그녀가 살아남았다면 그녀가 쓴 것은 무엇이든 팽팽히 긴장된 병적인 상상력의 소산이었으므로 비틀리고 불구가 되었겠지요. 그리고, 여성이 쓴 희곡이 단 한 편도 없는 서가를 바라보며 생각하건대, 의심할 바 없이 그녀의 작품은 서명되지 않은 채 출간되었을 겁니다. 틀림없이 그녀는 그 도피처를 찾았을 겁니다. 그것은 심지어 19세기까지도 여성에게 익명이기를 요구한 정조관의 유산이었지요. 커러 벨,[29] 조지 엘리엇, 조르주 상드, 이들의 작품이 입증하듯이 이 내면적 투쟁의 희생자들은

29 샬럿 브론테(Charlotte Bronte, 1816~1855)의 필명.

남성의 이름을 사용함으로써 비효과적으로나마 자신을 베일로 가리려 애썼습니다. 그리하여 이들은 남성이 주입하지는 않았더라도 남성이 적극적으로 권장한 관습,(여성에게 있어 최고의 명예는 사람들에게 거론되지 않는 것이라고, 자기 자신은 대단히 많이 거론되는 사람인 페리클레스가 말했지요.) 즉 여성에게 있어서 널리 알려진 평판이란 혐오스러운 것이라는 관습에 경의를 표한 것이지요. 익명성이 여성의 핏줄에 흐르고 있습니다. 스스로를 베일로 가리려는 욕구는 아직도 그들을 사로잡고 있지요. 지금도 그들은 명성에 대해서 남자들만큼 신경 쓰지 않으며, 또 대체로 묘비나 길 안내판을 지나면서 거기에 자신의 이름을 새겨 넣고 싶은 억누를 수 없는 욕망을 느끼지도 않습니다. 앨프, 버트, 체스와 같은 남성들은 멋있는 여자 또는 개 한 마리라도 지나가는 것을 보면 "저 개는 내 거야."라고 중얼거리는 자신들의 본능에 따라서 그렇게 느끼겠지요. 물론 그것은 단지 개 한 마리가 아니라 땅 조각이거나 검은 고수머리의 남자일 수도 있을 거라고 나는 의사당 광장과 지게스 알레[30] 그리고 그 밖의 거리를 연상하면서 생각했습니다. 아주 멋진 흑인 여자를 영국

30 의사당 광장은 런던의 국회 앞에 있으며 기념비적 조각상들로 유명하고, 지게스 알레('승리의 거리')는 베를린에 있다.

여자로 만들고 싶다고 느끼지 않으면서 지나칠 수 있는 것은 여성만이 누리는 커다란 이점이라 할 수 있습니다.

그렇다면 16세기에 시적 재능을 가지고 태어난 여성은 스스로에 대한 투쟁을 벌여야 하는 불행한 여성이었을 겁니다. 그녀의 삶의 모든 조건과 그녀의 모든 본능은, 두뇌에 간직된 그 무엇이든 자유롭게 풀어놓기 위해 필요한 마음 상태에 적대적이었을 겁니다. 그러나 창조 행위에 가장 순조로운 마음 상태는 어떠한 것일까요? 그 익숙하지 않은 행위를 가능케 하고 촉진시켜 주는 상태를 이해할 수 있을까요? 여기서 나는 셰익스피어의 비극들을 수록한 책을 펼쳐 들었습니다. 예컨대 셰익스피어가 『리어 왕』과 『안토니와 클레오파트라』를 썼을 때 그의 마음 상태는 어땠을까요? 확실히 그것은 지금까지 존재해 온 마음들 중에서 시를 쓰는 데 가장 알맞은 상태였습니다. 그러나 셰익스피어 자신은 그것에 대해 아무 말도 하지 않았지요. 우리는 그저 그가 "한 줄도 휘갈겨 쓰지 않았다."라는 사실만 우연히 알고 있을 따름입니다. 예술가가 자신의 마음 상태에 대해 조금이라도 언급하게 된 것은 18세기 이후입니다. 아마 루소가 처음 시작했을 겁니다. 어쨌든 19세기가 되어 자의식이 상당히 발달하면서 문인들이 자신들의 마음 상태를 고백록이나 자서전에 묘사하는 것이 관행이 되었지요. 또한 그들의 전기도 저술되었고, 사후에 편지도 인쇄되었습니다. 그리하여 우리는 셰익스피어가 『리어 왕』을 썼을 때 어떤 마음 상태였는지는 모르지만, 칼라일이 『프랑스 혁명』을 썼을 때 무엇을 경험했으며 플로베르가 『보바리 부인』을 썼을 때 어떤 심정이었는지, 또 키츠가 다가오는 죽음과 무관심한 세상에 대항하여 시를 쓰려고 했을 때 무엇을 겪었는지는 알고 있습니다.

그리고 현대의 숱한 고백 문학과 자기 분석 문학을 보건대, 천재적인 작품을 쓰는 것은 거의 언제나 막대한 시련의 위업이라는 사실을 추측할 수 있지요. 위대한 작품이 작가의 마음에서 완전하고 총체적인 모습으로 나타날 가능성을 거스르는 것들이 도처에 존재합니다. 일반적으로 물적 환경이 그것에 적대적이지요. 개들이 짖을 것이고 사람들이 방해할 것이며 돈을 벌어야 하고 건강은 악화될 겁니다. 게다가 이 모든 곤경을 가중시키고 더욱 견디기 어렵게 만드는 것은 세상의 악명 높은 무관심입니다. 세상은 사람들에게 시나 소설, 역사를 쓰라고 부탁하지도 않고 필요로 하지도 않습니다. 세상은 플로베르가 정확한 단어를 찾든지 말든지, 칼라일이 이런저런 사실을 면밀하게 입증하든지 말든지 전혀 신경을 쓰지 않습니다. 당연히 세상은 자신이 원하지 않는 것에 대해 보상을 치르지 않겠지요. 그래서 키츠나 플로베르, 칼라일 같은 작가들은 특히 창조적인 젊은 시절에 온갖 형태의 분열과 낙담을 경험합니다. 자기 분석과 고백을 담은 책에서는 저주와 고통의 비명이 솟구치지요. "비참하게 죽은 위대한 시인들." — 이것이 그들 노래의 무거운 짐입니다. 이 모든 시련에도 불구하고 무엇인가가 나온다면 그건 기적입니다. 그리고 처음에 구상되었던 대로 온전하게 손상되지 않은 상태로 태어나는 책은 아마 없을 것입니다.

그러나 여성들에게 이러한 시련은 무한히 가중된다고 나는 텅 빈 서가를 보며 생각했지요. 우선 조용한 방이나 방음 장치가 된 방은 말할 것도 없고, 여성이 자기만의 방을 갖는 것은 그녀의 부모가 보기 드문 부자이거나 대단한 귀족이 아니라면 19세기 초까지 전혀 불가능한 일이었지요. 아버지의 아량에 달려 있던 용돈은 옷을 사 입는 데나 족할 정도였으므로 그녀는 키츠나 테니슨, 칼라일처럼 가난한 남성들에게도 허용되었던 도보 여행이나 짧은 프랑스 여행, 누추한 곳이라 하더라도 그들을 가족의 압제와 권리 주장으로부터 보호해 줄 독립된 숙소 등 그녀의 고통을 덜어 줄 수 있는 것으로부터 완전히 배제되었습니다. 그런 물질적 곤경도 만만치 않았지만 비물질적인 시련은 더욱 가혹했습니다. 키츠와 플로베르와 그 밖의 천재적인 남성들이 몹시 견디기 힘들어했던 세상의 무관심이 그녀에게는 무관심 정도가 아니라 적대감이었습니다. 세상은 남자들에게 말하듯이 “네가 원한다면 써라. 내게는 아무 상관도 없으니까.”라고 말하지 않습니다. 세상은 너털웃음을 터뜨리며 “글을 쓴다고? 네가 글을 쓰는 것이 무슨 소용이 있느냐는 말이냐?”라고 말하지요. 다시 한 번 서가 위의 텅 빈 공간을 바라보면서 나는 생각했습니다. 여기서 뉴넘과 거턴의 심리학자들이 우리를 도와주어야 한다고 말이지요. 지금은 용기의 좌절과 낙담이 예술가의 마음에 미치는 영향에 대해서 측정해야 할 때입니다. 나는 유제품 회사에서 보통 우유와 1등급 우유가 쥐의 몸에 미치는 영향을 측정한 것을 본 적이 있습니다. 그들은 쥐 두 마리를 나란히 붙어 있는 상자에 집어넣었는데 그중 하나는 도피적이고 소심하며 왜소한 데 반해 다른 한 마리는 윤기가 흐르고 대담하며 몸집도 컸습니다. 자, 우리가 여성 예술가에게 어떤 먹이를 주었을까? 나는 프룬과 커스터드가 나온 저녁 식사를 기억하면서 자문했습니다. 이 질문에 답하기 위해서는 석간신문을 펼쳐 들고 버컨헤드 경의 견해를 읽기만 하면 되었지요. 하지만 여성들의 글에 대한 버컨헤드 경의 견해를 베끼느라 고생하지는 않겠습니다. 잉 사제장의 견해도 거론하지 않겠습니다. 할리 가(街)의 전문의가 고함을 질러 할리 가의 메아리를 일깨운다 해도 나는 머리카락 한 올 까딱하지 않을 겁니다. 하지만 오스카 브라우닝 씨는 인용하겠습니다. 왜냐하면 그는 한때 케임브리지 대학에서 유명한 인물이었을 뿐 아니라 거턴과 뉴넘의 학생들에게 시험을 치르곤 했기 때문입니다. 오스카 브라우닝 씨는 "어떤 답안지라도 검토하고 나면, 학점과 상관없이, 최고의 여성이라 해도 최저의 남성보다 지적인 면에서 열등하다는 인상이 남는다."라고 천명하곤 했지요. 이 말을 한 후에 그는 자신의 방으로 돌아갔는데 (이 연속되는 부분이 그에게 애정을 느끼도록 해 주고 그를 어느 정도 크고 위엄 있는 인물로 만들어 주지요.) 마구간지기 소년이 소파에 누워 있는 것을 보았지요. "그저 해골같이 뺨은 푹 꺼지고 흙빛인 데다 이는 시커멓고 손발은 충분히 발육된 것 같지 않았다……. '저건 아더로군.' (브라우닝 씨가 말했다.) '정말 소중하고 대단히 고귀한 마음을 지닌 녀석이야.'" 나에게는 이 두 가지 그림이 언제나 서로를 보완해 주는 것으로 여겨집니다. 다행히도 전기가 유행하는 요즈음, 두 개의 그림은 종종 서로를 완성시켜 주기 때문에, 우리는 위인들의 견해를 그들의 말뿐 아니라 그들의 행위에 의해서 해석할 수 있지요.

하지만 오늘날에는 이런 해석이 가능하다 하더라도, 오십 년 전만 해도 중요한 인물들의 입에서 흘러나오는 그러한 견해는 무시무시한 것이었음에 틀림없습니다. 아주 고귀한 동기에서 한 아버지가 자신의 딸이 집을 떠나 작가나 화가 또는 학자가 되기를 바라지 않았다고 생각해 봅시다. "오스카 브라우닝 씨가 뭐라고 말하는지 한번 읽어 보아라." 그는 이렇게 말할 것입니다. 오스카 브라우닝 씨만 있었던 것도 아니지요. 《새터데이 리뷰》도 있었고 그레그 씨 — "여성 존재의 본질은 남자에 의해서 부양되고 남자에게 봉사하는 것이다."라고 역설했지요. — 도 있습니다. 여성에게 지적으로 기대할 만한 것은 전혀 없다는 취지가 담긴 남성의 의견들이 산더미처럼 쌓여 있습니다. 그녀의 아버지가 이러한 견해들을 크게 소리 내어 읽어 주지 않았다 하더라도 어떤 소녀든 혼자서 읽을 수 있었으며 그것을 읽음으로써, 심지어 19세기에도, 그녀의 생명력은 저하되었을 것이고 그녀의 작업은 심각한 영향을 받았을 것입니다. 언제나 항거하고 극복해야 할 주장들 — 이것을 해서는 안 된다, 저것도 할 수 없다. — 이 있었지요. 아마도 소설가에게는 이러한 병균이 더 이상 대단한 영향력을 미치지 않았을 겁니다. 왜냐하면 업적을 남긴 여성 소설가들이 있었으니까요. 그러나 화가에게 그것은 아직도 어느 정도 독침을 담고 있고, 음악가에게는 지금도 번식하고 있는 극히 유해한 세균입니다. 현대의 여성 작곡가는 셰익스피어 시대의 여배우가 처했던 입장에 놓여 있지요. 내가 셰익스피어의 누이에 대해 지어낸 이야기를 기억해 보면, 닉 그린은 연기하는 여자가 춤추는 개를 연상시킨다고 말했습니다. 약 이백 년 뒤에 존슨 박사는 설교하는 여성에 대해서 똑같은 표현을 반복했지요. 지금도 음악에 관한 책을 펼쳐 보면 1928년 현재 작곡을 하려는 여성에 대해 똑같은 말이 사용됨을 알 수 있습니다. "제르맹 타유페르[31] 양에 대해서는 여성 설교자에 대한 존슨 박사의 금언을 음악 용어로 바꿔 반복하기만 하면 된다. '선생, 여자가 작곡하는 것은 개가 뒷다리로 걸어 다니는 것과 마찬가지라오. 그런 일이 잘되지도 않았지만 어쨌든 그런 일이 벌어진다는 사실이 놀라울 따름이오.'"[32] 이와 같이 역사는 정확하게 반복되고 있습니다.

그러므로 나는 오스카 브라우닝 씨의 전기를 덮고 나머지 책들을 밀어 넣으며 결론지었습니다. 19세기에도 여성은 예술가가 되도록 고무되지 않았음이 명백하다고요. 오히려 여성은 냉대받고 얻어맞으며 설교와 훈계를 들었습니다. 그녀의 마음은 이런 사실에 항의하고

31 제르맹 타유페르(Germaine Tailleferre, 1892~1983). 프랑스의 작곡가.

32 세실 그레이(Cecil Gray), 『현대 음악의 고찰(A Survey of Contemporary Music)』, 246쪽.—원주

저런 사실에 논박할 필요성 때문에 지나치게 긴장되었고 생명력은 위축되었을 겁니다. 여기서 다시 한 번 우리는 여성 운동에 지대한 영향력을 행사해 온 아주 흥미롭고도 불명료한 남성의 복합적인 심리에 근접하게 됩니다. 그것은 여성이 열등하기보다는 남성이 우월하기를 바라는 뿌리 깊은 욕망으로서, 남성을 예술의 전면뿐 아니라 도처에 서 있게 함으로써 여성이 정치에 참여하는 것을 가로막도록 합니다. 심지어 자신에게 위험 부담이 극히 적고, 청원자가 겸손하며 헌신적일 때라도 그렇지요. 심지어 레이디 베스버러조차 정치에 대한 열정에도 불구하고 비굴하게 머리를 숙이며 그랜빌 레버슨 가워 경에게 편지를 써야 합니다. "……정치에 있어서 나의 격렬한 태도와 그 주제에 관한 그렇게 많은 논의에도 불구하고, 나는 어떤 여성도 (요청을 받는다면) 자신의 견해를 제시하는 것 이상으로 이런저런 진지한 사안에 간섭하고 참견할 권리가 없다는 당신의 견해에 전적으로 동의합니다." 그래서 그녀는 아무런 장애와도 맞닥뜨리지 않을 곳, 즉 하원에서의 그랜빌 경의 처녀 연설이라는 그 엄청나게 중요한 주제에 자신의 열정을 쏟게 됩니다. 그 광경은 참 이상한 것이라 생각했지요. 여성 해방에 대한 남성들의 저항의 역사는 어쩌면 해방 그 자체의 역사보다도 더욱 흥미롭습니다. 만일 거턴이나 뉴넘의 어떤 젊은 학생이 사례를 수집하여 이론을 도출해 낸다면 아마 재미있는 책이 만들어지겠지요. 하지만 그 여학생은 자신의 순수한 보물을 지키기 위해 손에 두터운 장갑을 끼고 막대기를 들어야 할 겁니다.

레이디 베스버러의 책을 덮으며 회상하건대, 지금은 우스꽝스럽게 여겨지는 것들이 과거에는 절망적으로 심각하게 받아들여져야 했습니다. 지금은 수탉들의 울음소리라는 꼬리표가 붙은 책에서 오려 내어 여름밤 선정된 청중에게 읽어 주기 위해 보관하는 그 견해들이 한때는 눈물을 자아냈다고 여러분께 장담할 수 있습니다. 여러분의 할머니와 증조할머니 중에서도 눈이 빠지도록 운 사람이 많을 겁니다. 플로렌스 나이팅게일도 고통을 겪으며 큰 비명을 질렀지요.[33] 더욱이, 대학에 들어왔고 자기만의 방 — 아니면 다만 침실 겸 거실이라도 — 을 가지고 있는 여러분이, 천재들은 그러한 견해를 무시해야 하며 자신들에 대한 여론에 개의치 않아야 한다고 말하는 것은 당연합니다. 불행히도, 자신들에 관한 이야기에 가장 신경을 많이 쓰는 사람들이 바로 천재적인 남성과 여성입니다. 키츠를 기억해 보십시오. 그가 자신의 묘비에

33 레이 스트레이치의 『대의』에 수록된 플로렌스 나이팅게일(Florence Nightingale)의 「카산드라(Cassandra)」를 보시오. —원주

새겨 놓은 문구를 생각해 보십시오. 테니슨을 생각해 보고 또 — 그러나 자신에 관한 이야기에 과도하게 신경 쓰는 것이 예술가의 본성이라는, 아주 불행하지만 부정할 수 없는 사실을 자꾸 예시할 필요는 없겠지요. 문학은 사리 분별을 넘어설 정도로 타인의 의견에 신경 쓴 사람들이 파멸한 잔해로 온통 뒤덮여 있습니다.

그리고 창조적인 작업을 하는 데 어떤 마음 상태가 가장 적합한가 하는 나의 본래의 물음으로 되돌아가서 생각해 볼 때, 이처럼 민감한 그들의 감수성은 이중으로 불행한 것입니다. 내 앞에 펼쳐져 있는 『안토니와 클레오파트라』를 보면서 추측건대, 예술가의 마음은 자기 속에 내재한 작품을 흠 없이 완전하게 풀어놓으려는 엄청난 노력을 기울이기 위해서 셰익스피어의 마음처럼 작열해야 합니다. 그 안에 어떤 방해물이 있어서도 안 되고 태워지지 않는 이물질이 끼어서도 안 됩니다.

우리가 셰익스피어의 마음 상태에 대해 아무것도 알지 못한다고 말하지만 그런 말을 하는 순간에도 우리는 그의 마음 상태에 대한 어떤 이야기를 하고 있는 겁니다. 아마도 셰익스피어에 대해서 — 던이나 벤 존슨, 밀턴과 비교해 볼 때 — 거의 알지 못하는 이유는 그의 원한이나 악의, 반감이 우리에게 숨겨져 있기 때문입니다. 우리는 작가를 상기시키는 어떤 '계시'에 의해 방해받지 않습니다. 항의하거나 설교하려는 욕구, 자신이 받은 모욕을 공표하거나 원한을 갚으려는 욕구, 세상을 자신이 겪은 곤경과 불만의 증인으로 삼으려는 욕구, 그 모든 욕구가 그에게서는 불타올라 소진되었습니다. 그러므로 그의 시는 방해받지 않고 자유로이 흐르는 것입니다. 만일 자신의 작품을 온전하게 표현할 수 있는 작가가 있었다면 그건 바로 셰익스피어였습니다. 다시 한 번 서가를 보면서 생각하건대, 만일 방해받지 않고 눈부시게 타오를 수 있는 마음이 있었다면 그것은 셰익스피어의 마음이었지요.

4장

그러한 마음 상태에 있는 여성을 16세기에 발견한다는 것은 명백히 불가능한 일이었습니다. 자식들이 손을 모으며 무릎을 꿇고 모여 있는 엘리자베스 시대의 묘비를 생각해 보면, 또 여성들이 젊은 나이에 죽었다는 사실과 답답하고 어두운 방들이 있는 그들의 집을 기억해 보면, 어떤 여성도 그 당시에 시를 쓸 수 없었으리라는 사실을 깨닫게 됩니다. 다소 시간이 흐른 후에 어떤 탁월한 귀부인이 비교적 풍부한 자유와 안락함을 이용하여 자신의 이름을 붙여 무엇인가를 출판하고는 괴물이라고 여겨질 위험을 무릅쓸 것이라 기대할 수 있겠지요. 레베카 웨스트 양의 "어처구니없는 여성 해방론"을 조심스럽게 피하면서 생각하건대, 남성들은 물론 속물이 아닙니다. 그러나 그들은 백작 부인이 시를 쓰려는 노력을 기울일 때 대부분 호의적으로 평가합니다. 그 당시 작위를 가진 귀부인은 무명의 오스틴 양이나 브론테 양보다 훨씬 큰 격려를 받았으리라고 예상할 수 있습니다. 그러나 그녀의 마음은 두려움과 증오심 같은 이질적인 감정으로 혼란스러워졌으며, 그녀의 시도 그러한 혼란의 흔적을 보였으리라 짐작할 수 있지요. 예를 들어 레이디 윈칠시가 있습니다. 나는 그녀의 시집을 서가에서 꺼내며 생각했지요. 그녀는 1661년에 태어났고 혈통으로나 결혼으로나 의심할 나위 없는 귀족이었습니다. 그녀는 자식이 없었고 그리고 시를 썼지요. 그녀의 시들을 펼쳐 보기만 하면 그녀가 여성의 지위에 대해 분노를 터뜨리고 있다는 사실을 발견할 수 있습니다.

> 우리는 얼마나 영락한 것일까! 그릇된 지배에 영락한,
> 자연이 빚어낸 바보라기보다 교육이 빚어낸 어릿광대.
> 어떠한 마음의 진보도 저지된,
> 우둔하리라 예상되고 설계된 생물.
> 누군가 더 열렬한 상상력으로 열망에 이끌려
> 남들 위로 솟아오르려 하면
> 강력한 반대 당파 끊임없이 나타나,
> 번영의 희망은 그 두려움에 압도당하지.

확실히 그녀의 마음은 결코 '모든 장애물을 다

태우고 눈부시게 빛나지' 못했습니다. 오히려 그것은 증오와 원한으로 고통받고 분열되어 있지요. 그녀에게 인류는 두 개의 당파로 나뉘어 있습니다. 남성들은 "반대 당파"입니다. 남성을 증오하고 두려워하는 것은 그들이 그녀가 하고자 하는 것, 즉 글쓰기를 가로막을 수 있는 권력을 가지고 있기 때문입니다.

> 슬프게도! 펜을 드는 여성은
> 주제넘은 동물이라 간주되어
> 어떤 미덕으로도 그 결함은 구제될 수 없다네.
> 그들은 말하지, 우리가 우리의 성과 방식을 착각하고 있다고.
> 교양, 유행, 춤, 옷 치장, 유희,
> 이것이 우리가 바라야 할 소양이라고.
> 쓰고, 읽고, 생각하고, 탐구하는 것은
> 우리의 아름다움을 흐리게 하고, 시간을 낭비하며,
> 한창때의 남성 정복을 방해한다고.
> 반면 지루하고 굴욕적인 집안 살림이
> 우리의 최고 기술이자 쓰임새라고 누군가는 주장하지.

실제로 그녀는 자신의 글이 결코 출판되지 않을 거라고 가정함으로써 글을 쓰도록 스스로를 고무했으며 슬픈 노래로 자기 자신을 위로했습니다.

몇몇 친구들에게 그대의 슬픔을 노래하라,
그대, 월계관을 쓰도록 태어나지 않았으니
그대의 그늘을 어둡게 드리우고 그곳에서 자족하라.

그러나 그녀의 마음이 증오와 두려움에서 해방되고 쓰라림과 분노를 쌓아 올리지 않을 수 있었다면, 그녀의 내면의 불길이 뜨거웠으리라는 점은 분명합니다. 이따금 순수한 시구들이 흘러나옵니다.

바래어 가는 실크로도 만들지 않겠네,
그 비길 데 없는 장미를 가냘프게.

타당하게도 머리 씨[34]는 이러한 시구들을 칭찬합니다. 생각건대 포프 씨는 다른 시구들을 기억해서 자신의 시에 이용했습니다.

이제 노란 수선화가 나약한 머리를 압도해

34 존 미들턴 머리(John Middleton Murry) 편집, 『윈칠시 백작 부인 앤의 시집(Poems by Anne, Countess of Winchilsea)』의 서문.

향기로운 아픔으로 우리는 쓰러진다네.

이와 같은 시를 쓸 수 있고 자연과 명상에 적합한 마음을 지닌 여성이 분노와 쓰라림을 겪을 수밖에 없었다는 것은 천만번 유감스러운 일입니다. 그러나 그녀에게 달리 어쩔 도리가 있었을까요? 나는 조롱과 폭소, 아첨꾼들의 아부와 전문 시인들의 회의적 태도를 상상하면서 자문했지요. 비록 그녀의 남편이 더없이 친절한 사람이었고 그들의 결혼 생활은 완벽했더라도, 그녀는 글을 쓰기 위해서 틀림없이 스스로를 시골의 한 방에 감금했을 것이고, 어쩌면 쓰라림과 망설임으로 갈가리 찢겼을 겁니다. "틀림없이"라고 말하는 것은 레이디 윈칠시에 관한 사실들을 찾아보려고 할 때, 흔히 그렇듯이, 그녀에 관해 알려진 사실이 거의 없다는 것을 알게 되기 때문입니다. 그녀는 우울증으로 상당한 고통을 받았을 것입니다. 우울증에 사로잡힌 그녀가 어떤 상상을 하는가를 보여 줄 때 최소한 어느 정도는 그 사실을 설명할 수 있습니다.

나의 시는 비웃음을 사고, 내 소일거리는
쓸데없는 어리석음과 주제넘은 결함이라 여겨지지.

이와 같이 비난받는 소일거리는, 우리가 찾아볼 수 있는 바로는, 들판을 거닐며 공상하는 무해한 것이었습니다.

내 손은 낯선 것을 더듬기 좋아하고
알려진 평범한 길에서 벗어난다네.
바래어 가는 실크로도 만들지 않겠네,
그 비길 데 없는 장미를 가냘프게.

만일 그녀의 습관이 이러했고 그녀가 이러한 것에서 즐거움을 느꼈다면, 당연히 그녀는 비웃음을 받으리라 예상했을 것입니다. 포프 혹은 게이[35]가 그녀를 "끼적거리려는 참을 수 없는 욕망을 가진 블루스타킹[36]"이라고 풍자했다고 전해지지요. 또한 그녀도 게이를 비웃어 그의 기분을 상하게 했다고 합니다. 그녀는 그의 『트리비아』를 보고 "그는 의자에 걸터앉기보다는 의자 앞에 서서 걸어 다니는 데 적합한 사람"이라고

35 존 게이(John Gay, 1685~1732). 시인이자 극작가. 유머 넘치는 풍자와 탁월한 기교가 두드러지는 작품 『거지 오페라(The Beggar's Opera)』로 유명하다.

36 청탑파. 18세기 영국 사교계에서 문학에 취미를 가진 여성들을 조롱하여 이르던 말. — 원주

말했다지요. 하지만 이런 것들은 모두 "수상쩍은 뒷공론"이고 "흥미 없는 일화"라고 머리 씨는 말합니다. 그러나 이 점에서 나는 그의 말에 동의하지 않습니다. 들판을 배회하고 낯선 것들을 생각하기 좋아했으며 아주 경솔하고 현명치 못하게도 "지루하고 굴욕적인 집안 살림"을 경멸했던 이 우울한 귀부인의 이미지를 찾아내고 형상화할 수 있도록, 이런 수상쩍은 뒷공론이라도 더 많이 있었으면 하는 것이 내 바람이니까요. 하지만 머리 씨는 그녀가 산만해졌다고 말합니다. 그녀의 재능은 잡초들로 무성하고 가시나무로 뒤덮였지요. 그것은 그 자체가 섬세하고 고귀한 재능이라는 것을 내보일 기회가 없었던 것입니다. 그리하여 나는 그녀의 책을 다시 서가에 돌려놓으며 또 다른 귀부인을 찾아보았습니다. 레이디 윈칠시보다 나이는 많았지만 동시대인이었으며 램의 사랑을 받았던, 변덕스럽고 환상적인 마거릿 뉴캐슬 공작 부인[37]입니다. 그 둘은 전혀 달랐지만 귀족이었고 자식이 없었으며 최고의 남편감과 결혼했다는 점에서 같았습니다. 그들은 시에 대해 똑같은 열정을 불태웠으며, 동일한 이유로 손상되고 볼품없는 모습이 되었지요. 공작

37 마거릿 캐번디시(Margaret Cavendish, 1623~1673). 뉴캐슬 공작 부인으로 문인이었다. 1814년에 출판된 『수상록(Memoirs)』에 에저턴 브리지스(Egerton Brydges, 1762~1837) 경이 서문을 썼다.

부인의 책을 펴 보십시오. 그러면 똑같은 분노의 토로를 발견하게 됩니다. “여성은 박쥐와 올빼미처럼 맹인으로 살고 짐승처럼 노동하며 벌레처럼 죽는다…….” 마거릿 역시 시인이 될 수 있었을 겁니다. 우리 시대에서라면 그 모든 행위가 어떤 운명의 바퀴를 돌려놓았을 겁니다. 실제로, 그 거칠고 풍부하며 교육받지 못한 지성을 인류에 도움이 되도록 얽어매고 길들이고 교화할 수 있는 그 무엇이 있었을까요? 그 재능은 운문과 산문, 시와 철학의 급류에 쓸려 뒤죽박죽인 채 쏟아져 나왔고, 그 글들은 지금 아무도 읽지 않는 사절판과 이절판 책들에 응집되어 있습니다. 그녀는 손에 현미경을 들어야 했을 겁니다. 아니면 별을 관측하고 과학적으로 추론하는 법을 배워야 했을 겁니다. 그녀의 기지는 고독과 자유로 변질되었지요. 아무도 그녀를 규제하지 않았습니다. 아무도 그녀를 가르치지 않았지요. 교수들은 그녀에게 아첨했고, 궁정에서는 야유를 보냈습니다. 에저턴 브리지스 경은 그녀의 상스러움 — “궁정에서 자라난 높은 신분의 여성에게서 흘러나오는 것으로서” — 에 대해 불평했지요. 그녀는 홀로 웰벡에 들어박혔습니다.

마거릿 캐번디시를 생각하면 무척 외롭고 격렬한 광경이 마음속에 떠오릅니다! 마치 거대한 오이가 정원의 장미나 카네이션 위로 뻗어 나와 그것들을 질식시켜 버린 것처럼 말이지요. "가장 잘 양육된 여성은 공민의 마음을 가진 사람이다."라고 쓸 수 있었던 여성이 터무니없는 것을 휘갈겨 쓰고 모호함과 어리석음으로 점점 깊이 빠져들면서 시간을 허비했으며 마침내 밖으로 나올 때면 사람들이 마차 주위로 몰려들 정도였다는 것은 얼마나 소모적인 일입니까! 분명 그 미친 공작 부인은 똑똑한 소녀들을 겁에 질리게 할 만한 요귀가 되었지요. 나는 공작 부인의 책을 밀어 넣고 공작 부인의 새 책에 관해 도로시가 템플에게 쓴 편지를 기억하고는 도로시 오즈번의 서한집[38]을 펼쳤습니다. "분명 그 불쌍한 여자는 약간 정신이 나갔나 봐요. 그렇지 않다면 책을 쓰려고 무릅쓸 만큼, 그것도 운문으로 쓰려 할 만큼 그렇게 우스꽝스러울 수 없었을 거예요. 나라면 두 주일 동안 잠을 못 잔다 하더라도 그렇게 되지는 않을 거예요."

이처럼 양식이 있고 정숙한 여자라면 책을 쓸 수 없으므로, 민감하고 우울하며 기질적으로 공작 부인과는 정반대인 도로시는 아무것도 쓰지 않았습니다. 편지는 문제가 되지 않았지요. 여성은 아버지의 병상 옆에 앉아서 편지를 쓸 수 있지요. 또 남자들이 대화하는 동안

38 훗날 남편이 된 윌리엄 템플에게 쓴 편지를 모아 엮은 책. 공화정 시기에 영국의 한 귀족 처녀가 누린 삶을 흥미롭게 보여 준다.

난롯가에서 그들을 방해하지 않고 쓸 수도 있습니다. 도로시의 서한집을 넘기면서 생각하건대 신기한 점은 그 교육받지 못한 외톨이 소녀가 문장을 구사하고 장면을 만들어 내는 상당한 재능이 있다는 사실입니다. 계속되는 이야기를 들어 보십시오.

“저녁을 먹은 후 우리는 앉아서 이야기를 나눴어요. B 씨가 무언가를 물어보러 들어왔기에 나는 밖으로 나왔지요. 뜨거운 한낮은 책을 읽고 일하면서 보냈고 6시나 7시쯤 바로 집 근처에 있는 공터로 나갔어요. 어린 계집아이들 여럿이 그늘에 앉아 양과 암소를 지키며 발라드를 부르고 있었지요. 나는 그 애들에게 다가가서 그들의 목소리와 아름다움을 책에서 읽은 옛 양치기 소녀들과 비교해 보았어요. 거기에는 상당한 차이가 있었지만, 이 애들도 그 소녀들만큼이나 순진하다고 생각해요. 나는 그 애들과 말을 나누어 보고 그들을 이 세상에서 가장 행복한 사람으로 만들기 위해 더 이상 필요한 것이 없다는 걸 알게 되었지요. 자신들이 가장 행복한 사람들이라는 사실을 깨닫지 못하고 있다는 점만 빼고 말이죠. 우리가 이야기하는 동안 내내 주위를 살펴보던 한 아이는 자신의 암소가 밭에 들어가는 것을 보았어요. 그러자 그 애들 모두 마치 발꿈치에 날개라도 돋친 것처럼 달려갔어요. 나는 그렇게 재빨리 움직일 수 없었기에 뒤에 남아 있었지요. 그 애들이 가축을 우리로 몰고 가는 것을 보고 나 역시 돌아가야 할 시간이라고 생각했어요. 저녁을 먹은 후 정원으로 들어가 그 옆에 흐르는 조그만 개울로 갔지요. 그곳에 앉아 당신이 나와 함께 있다면 하고 바랐어요……."

그녀의 내면에 작가의 소질이 있다고 맹세할 수 있을 정도입니다. 그러나 "나라면 두 주일 동안 잠을 못 잔다 하더라도 그렇게 되지는 않을 거예요." — 글쓰기에 놀라운 자질을 가진 여성조차 책을 쓰는 것은 우스꽝스러운 일이며 더욱이 정신이 분열되었음을 보여 주는 것이라고 믿었다는 사실을 발견할 때, 우리는 여성의 글쓰기에 대해 만연한 적대감의 정도를 측정할 수 있습니다. 도로시 오즈번의 단 한 권의 짧은 서한집을 서가에 다시 꽂으며 이제 벤 부인[39]을 살펴보아야겠다고 생각했지요.

벤 부인으로 인해 우리는 길 위의 아주 중요한 모퉁이를 돌게 됩니다. 이제 그들만의 사원(私園)에 감금되어 자신들의 사절판 책에 파묻혀 독자도 비평도 없이 자기만의 즐거움을 위해 글을 썼던 그 외로운

39 에프라 벤(Aphra Behn, 1640~1689). 글쓰기를 생업으로 삼은 영국 최초의 여성. 극작가, 소설가, 시인. 한때 스파이로 활동했으며 빚을 져서 투옥된 적이 있었고 성적 분방함으로 유명했다.

귀부인들을 뒤에 남기게 되지요. 우리는 도시에 와서 평범한 사람들과 길거리에서 어깨를 스치게 됩니다. 벤 부인은 유머와 활력, 용기라는 평민의 미덕을 모두 갖춘 중산층 여성이었지요. 그녀는 남편의 죽음과 몇 가지 불행한 사건들로 인해서 자신의 기지로 생계를 꾸려 가야만 했습니다. 그녀는 남자들과 대등하게 일해야 했지요. 열심히 일함으로써 그녀는 먹고살 만큼 충분히 벌었습니다. 그러한 사실이 지니는 중요성은 그녀가 실제로 쓴 것들, 「수천의 순교자들을 만들었네」와 「사랑은 환상적 승리 안에 앉았지」 같은 그 빛나는 작품들보다 더욱 귀중한 것입니다. 왜냐하면 여기에서 마음의 자유 아니, 시간이 경과하면 마음 내키는 대로 자유로이 쓸 수 있으리라는 가능성이 시작되기 때문입니다. 이제 에프라 벤이 그 일을 해냈으므로, 소녀들은 부모에게 말할 수 있을 겁니다. "저에게 용돈을 주실 필요 없어요. 저도 제 펜으로 돈을 벌 수 있어요."라고 말이지요. 물론 다가올 여러 해 동안 그 말에 대한 대답은 "그래, 에프라 벤같이 살겠다고? 차라리 죽는 게 낫겠다!"일 것이고, 전보다 더욱 빨리 꽝 소리를 내며 문이 닫힐 것입니다. 남성이 여성의 정조에 두는 가치와 그것이 여성의 교육에 미치는 영향이라는 지극히 흥미로운 주제가 여기서 논의의 대상으로 등장하는데, 만일 거턴이나 뉴넘의 어느 학생이라도 그 문제를 깊이 파고든다면 상당히 흥미로운 책을 제공할 수 있을 것입니다. 스코틀랜드의 황무지에서 곤충이 득실거리는 가운데 다이아몬드로 휘감고 앉아 있는 레이디 더들리가 그 책의 권두 삽화로 알맞겠지요. 일전에 레이디 더들리가 죽었을 때《타임스》는 더들리 경에 대해 이렇게 보도했습니다. "세련된 취향과 여러 가지 소양이 풍부한 사람으로서 관대하고 후했지만, 변덕스럽고 전제적이었다. 그는 스코틀랜드의 고지에서 가장 멀리 떨어진 사냥 막사에서도 자신의 아내에게 정장을 강요했다. 그는 그녀를 찬란한 보석들로 감싸 주었다." 그리고 계속해서 이렇게 말하고 있습니다. "그는 그녀에게 모든 것을 주었다. 언제나 책임감만을 제외하고는 말이다." 그런데 더들리 경은 뇌졸중을 일으켰고 레이디 더들리는 그를 간호하며 그 이후 계속 탁월한 능력으로 그의 재산을 관리했습니다. 그러한 변덕스러운 전제 군주는 19세기에도 여전히 존재했지요.

그러나 다시 돌아갑시다. 에프라 벤은 어쩌면 기분 좋은 여성적 자질들을 희생했을지 모르지만, 글을 씀으로써 돈을 벌 수 있다는 것을 입증했습니다. 그리하여 점차적으로 글을 쓰는 것은 단순히 어리석음이나 분열된 마음의 징후가 아닌 실제적인 중요성을 가진 것으로 받아들여지게 되었지요. 남편이 죽을 수도 있고 어떤 재앙이 가족을 덮칠 수도 있습니다. 18세기에 이르면서 수백 명의 여성들이 번역을 하거나 저질 소설들을 숱하게 씀으로써 용돈을 보태거나 가족을 돕게 되었지요. 그 소설들은 교과서에 기록되어 있지는 않습니다만 채링크로스 가[40]의 4페니짜리 상자에서 골라 뽑을 수 있습니다. 18세기 후반 여성들 사이에서 드러난 지극히 활발한 마음의 행위 — 대화와 모임, 셰익스피어에 관한 에세이 쓰기, 고전 번역 등 — 는 여성이 글을 씀으로써 돈을 벌 수 있다는 엄연한 사실에 기초하고 있습니다. 대가가 지불되지 않을 때에는 경박했던 일이 돈으로 위엄을 갖추게 됩니다. "끼적거리려는 참을 수 없는 욕망을 가진 블루스타킹"을 비웃는 것은 여전히 당연한 일이었겠지만, 그들이 지갑 안에 돈을 넣을 수 있다는 사실은 부정할 수 없었지요. 그리하여 18세기 말 무렵 어떤 변화가 일어났는데, 내가 만일 역사를 다시 쓴다면 십자군이나 장미전쟁보다 그것을 더 충실하게 묘사하고 더 중요하게 생각할 것입니다. 즉 중산층 여성들이 글을 쓰기 시작한 것이지요. 만약 『오만과 편견』이 중요하다면 그리고 『미들마치』와 『빌렛』, 『폭풍의 언덕』이 중요한 작품들이라면,[41] 시골 저택에서 아첨꾼들과 사절판

40 런던 중심부의 광장.

책 속에 파묻혀 있던 외로운 귀족들만이 아니라 일반 여성들이 글을 쓰게 되었다는 것은 내가 한 시간의 강연에서 피력할 수 있는 정도를 넘어서는 훨씬 중요한 사실일 것입니다. 이런 선두 주자가 없었다면 제인 오스틴과 브론테 자매, 조지 엘리엇은 글을 쓸 수 없었을 것입니다. 마찬가지로 셰익스피어는 말로가 없었다면, 말로는 초서가 없었다면, 초서는 그 이전에 길을 열고 자연적 언어의 야만성을 순화한 잊힌 시인들이 없었다면 글을 쓸 수 없었겠지요. 왜냐하면 걸작이란 혼자서 외톨이로 태어나는 것이 아니니까요. 그것은 오랜 세월에 걸쳐서 한 무리의 사람들이 공동으로 생각한 결과입니다. 그래서 다수의 경험이 하나의 목소리 이면에 존재하는 것이지요. 제인 오스틴은 패니 버니의 무덤에 화환을 놓아야 하고, 조지 엘리엇은 엘리자 카터 — 일찍 일어나서 그리스어를 배우기 위해 침대에 종을 매달았던 용감한 노파 — 의 억센 그림자에 경의를 표해야 했을 겁니다. 지금 웨스트민스터 사원에 — 세간에 상당한 물의를 일으키긴 했지만 아주 마땅히 — 안치되어 있는 에프라 벤의 무덤에 모든 여성들은 꽃을 바쳐야 합니다.

41 각각 제인 오스틴(Jane Austen), 조지 엘리엇(George Eliot), 샬럿 브론테(Charlotte Bronte), 에밀리 브론테(Emily Bronte)의 소설.

왜냐하면 여성들에게 마음을 표현할 수 있는 권리를 얻어 준 사람이 그녀였으니까요. 내가 오늘 밤 여러분에게 “여러분의 기지로 연 500파운드를 버십시오.”라고 말하는 것이 완전히 터무니없는 말로 들리지 않게 만든 것도 그녀 — 비록 수상쩍은 구석이 있고 문란하긴 했지만 — 입니다.

그렇다면 이제 우리는 19세기 초에 도달했습니다. 여기서 처음으로 서가 몇 단이 여성들의 작품으로 채워져 있습니다. 그런데 나는 그것들을 훑어보면서 어째서 그 작품들은 소수를 제외하고 전부 소설인지 묻지 않을 수 없었지요. 본래의 충동은 시적인 것이었습니다. “노래의 최고 정상”은 여성 시인이었지요.[42] 프랑스와 영국에서 여성 시인들은 여성 소설가보다 먼저 등장합니다. 게다가, 네 명의 유명한 이름들을 보면서 생각하건대, 조지 엘리엇이 에밀리 브론테와 어떤 공통점이 있습니까? 샬럿 브론테는 제인 오스틴을 전적으로 이해하지 못한 것이 아닐까요?[43] 그들 중 어느 누구도 아이를 갖지 않았다는

42 그리스 여성 시인 사포에 대한 언급으로, 기원전 610~580년경 소아시아 레스보스 섬에서 활동한 유명한 서정 시인이다.

43 샬럿 브론테는 제인 오스틴이 삶의 표면만을 빈틈없이 다룬 작가이며 관찰력은 있으나 시적 재능이 없으므로 위대한 작가로 볼 수 없다고 비판한 적이 있다.

사실을 제외하고는 그들보다 더 상이한 인물들이 한 방에서 함께 만나는 경우는 없을 겁니다. 그래서 그들의 만남을 상상해 보고 그들의 대화를 꾸며 보고 싶을 정도입니다. 그러나 그들이 글을 쓸 때, 그들은 어떤 이상한 힘에 이끌려 어쩔 수 없이 소설을 써야 했습니다. 그것이 중산층 출신이라는 것과 어떤 관계가 있었을까 하고 나는 자문했지요. 후에 에밀리 데이비스 양이 아주 인상적으로 입증했듯이, 19세기 초 중산층 가족은 오직 하나의 거실을 공유했다는 사실과 관련이 있을까요? 만일 여성이 글을 썼다면 그녀는 공동의 방에서 써야만 했을 겁니다. 그리고 나이팅게일 양이 격렬하게 불만을 토로했듯이 — "여성에게는 자기만의 것이라 부를 수 있는 시간이……채 삼십 분도 되지 않는다." — 여성은 언제나 방해를 받았지요. 그곳에서 시나 희곡을 쓰는 것보다는 산문과 픽션을 쓰는 것이 더 쉬웠을 겁니다. 집중력이 덜 요구되니까요. 제인 오스틴은 생애 마지막 날까지 그런 환경에서 글을 썼습니다. 그녀의 조카는 회상록에서 이렇게 쓰고 있습니다. "어떻게 숙모님이 이 모든 것을 이루어 낼 수 있었는지 놀라울 따름이다. 왜냐하면 숙모님에게는 종종 찾아갈 만한 독립된 서재가 없었고, 또 숙모님이 쓴 작품의 대부분은 공동의 거실에서 온갖 종류의 일상적인 방해를 받으며 쓰여야 했기 때문이다.

숙모님은 자신이 하는 일이 하인들이나 방문객, 또는 가족의 범위를 넘어선 사람들에게 알려지지 않도록 조심했다."[44] 그리하여 제인 오스틴은 원고를 숨기거나 압지 한 장을 덮어 놓았습니다. 그리고 다시 생각해 보면, 19세기 초에 여성이 받을 수 있는 문학 훈련이라고는 성격 관찰과 감정 분석 훈련이 고작이었지요. 그녀의 감수성은 몇 세기 동안 공동 거실의 영향을 받아 훈련되어 왔습니다. 사람들의 감정이 그녀에게 인상을 남겼고, 개인들의 관계가 항상 그녀의 눈앞에 있었지요. 그러므로 중산층 여성이 글을 쓰게 되었을 때, 그녀는 당연히 소설을 썼습니다. 비록 분명히 드러나다시피 여기 언급된 네 명의 유명한 여성 가운데 두 명은 천성적으로는 소설가가 아니었지만 말입니다. 에밀리 브론테는 시극을 썼어야 했을 것이고, 조지 엘리엇의 넓은 마음은 그 창조적 충동이 역사나 전기를 향할 때 마음껏 펼쳐졌을 겁니다. 하지만 그들은 모두 소설을 썼지요. 서가에서 『오만과 편견』을 꺼내며 생각했습니다만, 우리는 한 걸음 더 나아가 그들이 훌륭한 소설을 썼다고 말할 수 있을 것입니다. 남성들에게 자랑하거나 상처를 주려는

44 제인 오스틴의 조카인 제임스 에드워드 오스틴 리(James Edward Austen-Leigh)의 『제인 오스틴 회상록(A Memoir of Jane Austen)』 — 원주

것은 아니지만, 우리는 『오만과 편견』이 훌륭한 책이라고 말할 수 있습니다. 어쨌든 『오만과 편견』을 쓰고 있는 것을 들켰더라도 그것은 전혀 부끄러워할 만한 일이 아니었습니다. 그러나 제인 오스틴은 누군가 들어오기 전에 원고를 숨길 수 있게끔 돌쩌귀가 삐걱거리는 것을 다행스럽게 여겼지요. 제인 오스틴에게는 『오만과 편견』을 쓰는 데 무언가 떳떳하지 못한 것이 있었습니다. 만일 제인 오스틴이 방문객들로부터 원고를 숨길 필요가 없다고 생각했다면, 『오만과 편견』은 더 좋은 소설이 되었을까요? 나는 그것을 알아보려고 한두 쪽을 읽었지요. 그러나 그녀의 상황이 그녀의 작품에 조금이라도 해를 끼쳤다는 흔적은 전혀 찾을 수 없었습니다. 이것이 아마도 가장 놀라운 기적이었습니다. 여기 1800년경 증오나 쓰라림, 두려움도 없이 항의하거나 설교하지 않으면서 글을 쓴 한 여성이 있었지요. 나는 『안토니와 클레오파트라』를 보면서 셰익스피어가 글을 썼던 방식이 바로 그것이라고 생각했습니다. 사람들이 셰익스피어와 제인 오스틴을 비교할 때, 그들은 두 작가의 마음이 모든 방해물을 다 태워 버렸다는 사실을 의식할 겁니다. 바로 그런 이유 때문에, 우리는 제인 오스틴을 알지 못하고 또 셰익스피어를 알지 못합니다. 그리고 그런 이유 때문에, 제인 오스틴은 그녀가 쓴 모든 단어에 스며들어 있고 셰익스피어도 마찬가지입니다. 만일 제인 오스틴이 그녀의 상황에서 어떤 것으로든 고통을 받았다면 그것은 그녀에게 부과된 삶의 협소함이었을 겁니다. 여성이 혼자서 돌아다니는 것은 불가능했지요. 그녀는 단 한 번도 여행을 하지 않았습니다. 그녀는 버스를 타고 런던 시내를 다닌 적도 없고 식당에서 혼자 점심을 사 먹은 적도 없습니다. 하지만 어쩌면 자신이 가지지 않은 것을 바라지 않는 것이 제인 오스틴의 성격이었는지도 모르지요. 그녀의 재능과 그녀의 상황은 완벽하게 들어맞았습니다. 그러나 『제인 에어』를 펼쳐서 『오만과 편견』 옆에 놓으며 과연 그것이 샬럿 브론테에게도 해당될까, 나는 의심스러웠지요.

나는 그 책의 12장을 펼쳤고 나의 눈은 "아무나 내키는 대로 나를 비난해도 좋다."라는 구절에 박혔습니다. 무엇 때문에 사람들이 샬럿 브론테를 비난한다는 것일까요? 나는 의아하게 생각했지요. 그리고 페어팩스 부인이 젤리를 만드는 동안 제인 에어가 지붕으로 올라가곤 했으며 들판 건너 멀리 있는 풍경을 바라보았다는 내용을 읽었습니다. 그때 그녀는 갈망했지요. 그들이 그녀를 비난한 것은 바로 이 점이었습니다. "그 순간 나는 저 경계를 넘어서, 들어본 적은 있지만 보지 못했던 그 분주한 세계, 도시, 활기가 넘치는 지역에 도달할 수 있는 투시력을 갈망했다. 그 순간 나는 내가 가진 것보다 더욱 풍부한 실제적 경험을 쌓을 수 있기를 갈구했다. 여기서 접할 수 있는 것보다 더욱 다양한 인물들과의 교제와 내 부류의 사람들과의 더 많은 접촉을 갈망했다. 나는 페어팩스 부인의 좋은 점과 아델라의 좋은 점을 높이 평가했지만 그것과는 다른, 더욱 생생한 미덕이 존재한다고 믿었고 내가 믿는 바를 눈으로 보고 싶었다."

"누가 나를 비난할까? 틀림없이 많은 사람들이겠지. 내가 불만을 품고 있다고들 말할 것이다. 나도 어쩔 수 없었다. 고요히 가라앉힐 수 없는 갈망이 내면에 존재했고 그것은 때로 고통스러울 정도로 나를 동요시켰다……."

"인간이 평온한 삶에 안주해야 한다고 말하는 것은 헛된 일이다. 그들은 행동을 해야 한다. 할 일을 발견할 수 없다면, 그들은 일거리를 만들어 낼 것이다. 수백만의 사람들이 나보다 더 고요한 삶을 살도록 저주받았고, 수백만의 사람들이 자기 운명에 조용히 반역을 일으키고 있다. 지상을 채운 숱한 생명들에게서 얼마나 많은 반역의 효소가 발효되고 있는지 아무도 모를 것이다. 여성은 평정을 지켜야 한다고 흔히들 생각한다. 그러나 여성은 남성들이 느끼는 것을 똑같이 느끼며, 자신들의 남자 형제들처럼 자신의 능력을 훈련하기를 바라고,

자신의 노력을 기울일 활동 영역을 요구한다. 남성들과 마찬가지로 그들도 지나치게 엄격한 통제와 절대적인 침체에서 고통받는다. 여성은 푸딩을 만들고 양말을 짜며 피아노를 치거나 가방에 수를 놓는 일에 전념해야 한다고 보다 많은 특권을 누리는 동료 남성들이 말한다면 그들은 도량이 좁은 것이다. 만일 여성이 관습적으로 자신들에게 필요하다고 여겨지는 것 이상을 배우려고 하거나 더 많은 일을 하려고 해도 그들을 나무라거나 비웃는 것은 분별없는 일이다."

"이처럼 혼자 있을 때 나는 가끔 그레이스 풀의 웃음소리를 들었다……."

이 부분이 어색한 단절이라고 나는 생각했지요. 갑자기 그레이스 풀과 맞닥뜨리는 것은 혼란을 일으킵니다. 연속성이 파괴되지요. 이 페이지를 쓴 여성은 제인 오스틴보다 훨씬 많은 재능을 가지고 있다고 말할 수도 있을 겁니다. 나는 『오만과 편견』 옆에 이 책을 내려놓으며 계속 생각했지요. 그러나 그것을 반복해서 읽어 보고 그 안의 경련과 분노를 주목한다면, 그녀가 결코 자신의 재능을 흠 없이 온전하게 표현하지 못할 거라는 사실을 알게 됩니다. 그녀의 책들은 불구가 되고 비틀릴 것입니다. 그녀는 고요히 써야 할 곳에서 분노에 싸여 쓸 것이고, 현명하게 써야 할 곳에서 어리석게 쓸 것입니다.

또한 그녀는 등장인물에 대해 써야 할 곳에서 자기 자신에 대해 쓸 것입니다. 그녀는 자신의 운명과 격투를 벌이고 있는 것입니다. 비틀리고 꺾인 그녀가 젊은 나이에 죽지 않을 수 있었을까요?

만일 샬럿 브론테가 일 년에 300파운드를 소유했다면 어떤 일이 일어났을까 잠시 생각해 보지 않을 수 없습니다. 그러나 그 어리석은 여자는 자신의 소설에 대한 저작권을 곧장 1500파운드에 팔아넘겼지요. 만일 그녀가 분주한 세계와 도시, 활기가 넘치는 지역에 대해 더 많이 알고 실제적 경험이 더 풍부했더라면, 그녀 부류의 사람들과 접촉하고 다양한 인간들과 교제했더라면, 어떤 일이 벌어졌을까요? 앞에 인용한 글에서 그녀는 소설가로서 자기 자신의 결함뿐 아니라 당시 여성들에게 결핍되었던 점을 지적하고 있습니다. 만약 자신의 재능이 멀리 떨어진 들판을 홀로 쳐다보는 데 소모되지 않았더라면, 경험과 교제와 여행이 자신에게 허용되었더라면, 자신의 재능이 얼마나 큰 혜택을 입었을지를 그녀는 누구보다도 잘 알고 있었습니다. 그러나 그런 것들은 허용되지 않았습니다. 그러한 욕망은 억눌렸지요. 그리하여 이 훌륭한 소설들, 『빌렛』, 『에마』, 『폭풍의 언덕』, 『미들마치』는 점잖은 목사의 집안에서 허용되는 정도의 경험을 가진 여성들에 의해 쓰였으며, 그 점잖은 집의 공동의 거실에서 쓰였고,

또 너무 가난해서 『폭풍의 언덕』이나 『제인 에어』를 쓸 종이를 한 번에 몇 묶음 이상 살 수 없었던 여성들에 의해 쓰였다는 사실을 인정해야 합니다. 사실 그들 중의 한 명인 조지 엘리엇은 많은 고생 끝에 탈출했지만 다만 세인트 존스 우드에 있는 빌라로 탈출해서 격리되었을 뿐입니다. 거기서 그녀는 세상이 인정하지 않는 어두운 그늘에 정착했지요. "초대해 달라고 요구하지 않은 분들께는 제가 방문해 달라고 초청하지 않는다는 것을 이해해 주시기 바랍니다."라고 그녀는 썼습니다. 기혼의 남자와 함께 사는 죄를 짓고 있었으니, 그녀를 만남으로써 스미스 부인이나 그 밖의 우연한 방문객들의 정조가 손상돼서야 되겠습니까? 사람은 사회적 관습에 복종해야 하므로 그녀는 "소위 세상으로부터 단절되어"야 합니다. 동시대에 유럽의 다른 쪽에서는 한 젊은이가 때로는 집시와 때로는 귀부인과 자유분방하게 살았지요. 전쟁에 참가하기도 했습니다. 이처럼 방해받지 않고 비난받지 않으면서 다양한 인간 생활을 경험했지요. 이러한 경험들은 그가 후에 책을 쓰게 되었을 때 커다란 도움이 되었습니다. 톨스토이가 기혼녀와 "소위 세상으로부터 단절되어" 프라이어리[45]에 살았더라면, 그 도덕적 교훈이 아무리

45 조지 엘리엇이 조지 헨리 루이스와 1864년부터 1880년 사이에 함께

유익하다 하더라도 『전쟁과 평화』를 쓸 수는 없었을 겁니다.

그러나 소설을 쓰는 문제와 성이 소설가에게 미치는 영향에 대해서 어쩌면 좀 더 깊이 파고들 수 있겠지요. 만일 눈을 감고 소설 전반에 대해 생각해 보면, 소설이란 삶에 대한 어떤 거울 같은 유사성을 가진 창조물이라고 여겨질 것입니다. 물론 소설이 삶을 단순화하고 왜곡하는 측면이 무수히 많이 있지만요. 어쨌든 그것은 마음의 눈에 어떤 형체를 남기는 구조물인데, 그것은 때로 사각형 모양으로 형성되고, 때로 탑의 형태로 구성되며, 양옆으로 뻗어 나가 주랑이 생기고 콘스탄티노플의 성 소피아 성당처럼 굳건한 구조에 둥근 지붕을 갖게 되는 것입니다. 이러한 형체는, 몇몇 유명한 소설들을 회상하며 생각하건대, 그것에 적합한 감정을 내면에 일으킵니다. 그러나 그 감정은 이내 다른 감정들과 혼합되지요. 그 '형체'는 돌과 돌의 관계에 의해서가 아니라 인간과 인간의 관계에 의해 만들어지기 때문입니다. 그리하여 소설은 우리의 내면에 서로 적대적이고 상반된 온갖 감정들을 야기합니다. 삶은 삶이 아닌 어떤 것과 갈등을 일으키지요. 그러므로 소설에 대한 어떤 합의에 이르기가

살았던 집의 이름.

어렵고, 우리의 개인적인 편견이 우리에게 지대한 영향력을 행사하는 것이지요. 우리는 당신 — 주인공 존 — 이 살아야 한다고 느낍니다. 그렇지 않으면 나는 깊은 절망에 빠지게 될 테니까요. 그러나 다른 한편, 슬프게도 존, 당신이 죽어야 한다고 느낍니다. 그 책의 형체가 그것을 요구하기 때문이지요. 삶은 삶이 아닌 어떤 것과 갈등을 일으킵니다. 그러나 그것이 부분적으로는 삶이기 때문에, 우리는 그것을 삶으로 판단합니다. “제임스는 내가 제일 싫어하는 부류의 사람이야.”라고 누군가 말합니다. 아니면 “이건 터무니없는 엉터리군. 나는 그런 것을 전혀 느낄 수 없었어.”라고 말이지요. 어떤 유명한 소설이라도 되새겨 볼 때 명백하게 드러나는바, 소설의 전체 구조는 지극히 다양한 판단과 지극히 다양한 감정으로 구성되어 있기 때문에 무한히 복잡한 것입니다. 놀라운 사실은 그렇게 구성된 책이 일이 년 이상 존속한다는 것과 그 책이 영국인 독자에게 의미하는 바와 러시아인이나 중국인 독자들에게 주는 의미가 거의 유사하다는 것입니다. 때로 그 책들은 아주 탁월하게 생명을 유지해 나갑니다. 이와 같이 희귀하게 생존하는 경우(나는 『전쟁과 평화』를 생각하고 있습니다.)에 그것들을 지탱하는 것은 소위 성실성이라는 것입니다. 이때의 성실성이란 빚을 갚는다거나 비상사태에 직면하여 명예롭게 행동하는 것과는 상관이 없지요. 소설가에게 있어서 성실성이라는 말로 표현되는 것은 작가가 독자에게 부여하는, 이것이 진실이라는 확신입니다. 그래, 나는 이 일이 그리되리라고는 생각하지 못했을 거야. 나는 그렇게 행동하는 사람을 본 적이 없으니까. 하지만 그것이 이렇고 그런 일이 발생한다고 당신이 나를 확신시켰지 하고 독자는 느낍니다. 우리는 책을 읽으면서 모든 구절, 모든 장면을 빛에 비춰 봅니다. 자연은 아주 기묘하게도 소설가의 성실성이나 불성실을 판단할 수 있는 내면의 빛을 우리에게 부여한 듯하니까요. 어쩌면 더없이 변덕스러운 기분에 사로잡혀서 자연은 인간 마음의 벽 위에 보이지 않는 잉크로 위대한 예술가들만이 확증해 줄 수 있는 어떤 예감을 그려 놓았고, 그것은 오직 천재의 불길이 닿아야 눈에 보이는 스케치일지도 모릅니다. 그것이 빛에 노출되어 생명을 얻는 것을 볼 때 우리는 황홀해서 소리치지요. 하지만 이것이야말로 내가 항상 느껴 왔고 알아 왔고 바랐던 것이다! 하고 말입니다. 그리하여 흥분으로 끓어넘치며, 마치 살아 있는 동안 언제라도 되돌아가 찾아볼 대단히 소중한 것인 양 일종의 존경심을 느끼며 그 책을 덮어 서가에 올려놓습니다. 나는 『전쟁과 평화』를 집어서 제자리에 다시 꽂으며 생각했지요. 다른 한편 우리가 집어 들고 검토하는 이 빈약한 문장들은 처음에는 빛나는 색채와 과감한 제스처로 신속하고 열성적인 반응을 일깨우지만 거기서 멈춰 버리고 맙니다. 무언가가 그것의 발달을 억제하는 듯하지요. 또는 그 문장들이 한구석의 희미한 낙서나 다른 쪽의 얼룩을 드러내고, 어떤 것도 흠이 없는 온전한 모습으로 나타나지 않는다면, 그때 독자는 실망의 한숨을 쉬며 또 하나의 실패작이군 하고 말합니다. 이 소설은 어디에선가 실패한 것이지요.

물론 대부분의 경우 소설은 어느 부분에선가 실패하기 마련입니다. 지나친 긴장으로 작가의 상상력이 비틀거리게 됩니다. 통찰력이 흐트러지며 더 이상 진실과 거짓을 구별할 수 없습니다. 매 순간 아주 다양한 기능들을 사용해야 하는 그 막대한 노동을 지속할 만한 힘을 더 이상 끌어낼 수 없는 것이지요. 그러나 나는 소설가의 성이 이 모든 요인들에 어떤 영향을 미칠 것인지 『제인 에어』와 그 밖의 다른 책들을 보면서 생각했습니다. 그녀의 성이 어떤 식으로든 여성 소설가의 성실성 — 작가에게 있어서 중추라 여겨지는 그 성실성 — 에 방해가 될까요? 자, 『제인 에어』의 인용 부분에서, 소설가 샬럿 브론테의 성실성을 분노가 방해하고 있다는 점은 분명합니다. 그녀는 개인적인 비탄에 신경을 쓰느라 마땅히 자신이 전념했어야 할 이야기를 그만 내버린 것이지요. 그녀는 자신에게 적합하고 응당 누려야 할 경험에 굶주렸다는 사실을 기억했지요. 세상을 자유로이 방랑하고 싶을 때, 그녀는 목사관에서 양말을 기우며 침체되어야만 했습니다. 그녀의 상상력은 분노로 인해 빗나갔고, 우리는 그 사실을 느낄 수 있습니다. 그러나 분노 이외의 다른 여러 영향력들 또한 그녀의 상상력을 잡아 찢고 그 길에서 비껴 나가게 했지요. 예를 들면 무지함이 그렇습니다. 로체스터[46]는 어둠 속에서 묘사되었습니다. 우리는 로체스터의 묘사에서 공포가 미치는 영향을 느낍니다. 마찬가지로 우리는 억눌림의 결과인 신랄함과 그녀의 열정 아래 끓고 있는 숨겨진 고통, 비록 빛나는 책들이긴 하지만 그 책들을 경련의 아픔으로 수축시키는 적의를 끊임없이 느낍니다.

소설이 실제 생활과 이러한 상응 관계를 가지기 때문에, 소설의 가치는 실제 생활의 가치와 어느 정도 동일합니다. 그러나 여성의 가치는 다른 성이 세워 놓은 가치와 다른 경우가 빈번하다는 것이 분명합니다. 당연히 그렇지요. 하지만 전반적으로 만연되어 있는 것은 남성의 가치입니다. 조야하게 말하자면, 축구와

46 『제인 에어(Jane Eyre)』의 남자 주인공.

스포츠는 '중요'합니다. 반면 유행의 숭배와 옷의 구입은 '하찮은' 일입니다. 이러한 가치들은 삶에서 픽션으로 불가피하게 전달됩니다. 이것은 전쟁을 다루므로 중요한 책이라고 비평가들은 평가합니다. 이 책은 응접실에 앉은 여성의 감정을 다루고 있으므로 보잘것없습니다. 전쟁터에서의 한 장면은 상점에서의 한 장면보다 더 중요하지요. 도처에서 더욱 미묘하게 가치의 차별이 지속됩니다. 그러므로 19세기 초 여성 작가의 경우 소설의 전체 구조는 일직선에서 약간 비껴 나, 외적 권위에 순종하여 자신의 투명한 비전을 어쩔 수 없이 변화시켰던 마음에 의해 세워졌습니다. 오래되고 잊힌 소설들을 대충 훑어보고 그것들을 쓴 목소리의 음조를 들어 보기만 하면, 그 작가가 비판에 맞서고 있다는 사실을 알게 됩니다. 그녀는 공격하기 위해 이런 말을 하거나 화해하기 위해 저런 말을 합니다. 그녀는 자신의 기질이 명하는 대로 때로는 유순하고 소심하게, 때로는 분개하고 역설하며 그 비판에 대처했습니다. 어느 쪽을 택했는가는 중요하지 않습니다. 문제는 그녀가 사물 자체가 아닌 어떤 다른 것을 생각하고 있었다는 사실입니다. 우리의 머리 위로 그녀의 책이 떨어집니다. 바로 그 책의 중심부에 결함이 있었지요. 나는 과수원에 나뒹구는 얽은 자국이 있는 작은 사과들처럼 런던의 중고 서점에 산재한 여성들의 소설을 생각했습니다. 그것들을 썩게 한 것은 중심에 존재하는 바로 그 흠집입니다. 그녀는 다른 사람들의 의견에 경의를 표하여 자신의 가치를 변질시켰던 것입니다.

그러나 그녀들은 오른쪽이든 왼쪽이든 조금도 움직이지 않을 수는 없었을 것입니다. 순전한 가부장제 사회의 한가운데에서 그런 비판에 직면하여 움츠러들지 않고 자신이 본 그대로의 사물을 고집하는 일은 대단한 재능과 성실성을 요구했겠지요. 그 일을 해낸 것은 오직 제인 오스틴과 에밀리 브론테뿐이었습니다. 이것은 그들의 또 다른, 어쩌면 가장 훌륭한 미덕입니다. 그들은 남성처럼 쓰지 않고 여성이 쓰듯이 썼습니다. 그 당시 소설을 썼던 수천 명의 여성들 가운데 그들만이 영원한 현학자들의 끊임없는 충고 — 이렇게 써라, 저렇게 생각하라. — 를 완전히 무시했지요. 그들만이 그 지속적인 목소리, 때로 불평하고 때로는 선심 쓰는 척하며 때로 권력을 휘두르고 때로는 상심하고 때로 충격을 받고 때로는 분노하며 때로는 숙부처럼 친절한 그 목소리에 귀를 기울이지 않았습니다. 그 목소리는 여성을 홀로 내버려 두지 않으며 지나치게 양심적인 가정 교사처럼 항상 그들에게 달라붙어서 에저턴 브리지스 경처럼 여성에게 세련된 몸가짐을 가질 것을 엄명하거나 심지어 시 비평에

성의 비평을 끌어들이기도 합니다.[47] 또한 여성들이 착해지고 싶고 빛나는 상을 받고 싶다면 문제의 그 신사가 적합하다고 생각하는 어떤 한계 내에 머물러 있으라고 권고합니다. "……여성 소설가들은 자신의 성의 한계를 용감하게 인정함으로써 탁월한 경지에 이르기를 열망할 수 있다."[48] 이 말은 문제의 핵심을 단적으로 표현합니다. 놀랍겠지만, 이 문장이 쓰인 때는 1828년 8월이 아니라 1928년 8월입니다. 이런 말이 지금 우리에게는 대단히 재미있게 여겨진다 하더라도 일 세기 전에는 훨씬 강력하고 요란하게 울렸던 거대한 한 덩어리의 견해들(나는 그 오래된 웅덩이를 휘젓지 않을 것입니다. 우연히 내 발치로 흘러 들어온

47 "(여성은) 형이상학적 목적을 가지고 있다. 이것은 특히 여성에게 있어서 위험한 강박 관념이다. 여성은 남성이 가지고 있는 수사학에 대한 건전한 사랑을 느끼는 일이 거의 없기 때문이다. 다른 점에서는 더욱 원시적이고 더욱 물질주의적인 그 성에게 그것이 결핍되어 있다는 점은 이상한 일이다."(《새로운 기준(New Criterion)》, 1928. 6.) — 원주

48 "그 보고자와 마찬가지로 여러분도 여성 소설가들이 자기 성의 한계를 용감하게 인정함으로써 탁월한 경지에 이르기를 열망할 수 있다는 사실을 믿으신다면(제인 오스틴은 이러한 제스처를 얼마나 우아하게 달성할 수 있는지 보여 주었습니다.)……."(『전기와 서한집(Life and Letters)』, 1928. 8.)—원주, (데스먼드 매카시(Desmond MacCarthy, 1877~1952)는 앞의 2장에서 레베카 웨스트의 소설을 보고 "터무니없는 여성 해방론자"라고 말한 장본인이기도 하다.) — 역주

것만을 붙잡을 뿐입니다.)을 대변한다는 사실에 여러분은 동의할 것입니다. 1828년에 이 모든 타박과 꾸짖음, 상의 약속 등을 무시하려면 무척 완강한 젊은 여성이어야 했을 겁니다. 그리고 스스로에게 이렇게 말하려면 횃불 같은 선구자여야 했을 겁니다. 하지만 그들도 문학을 매수할 수는 없어. 문학은 모든 이들에게 개방되어 있으니까. 나는 비록 당신이 교구 관리라 해도 나를 잔디밭에서 쫓아내도록 용인치 않겠어. 그러고 싶다면 당신의 도서관을 잠그라고. 그러나 당신은 내 자유로운 마음에 문이나 자물쇠, 빗장 따위를 달 수는 없어.

그러나 용기를 꺾는 방해와 비판이 여성의 글에 어떤 영향을 미쳤든지 간에 — 물론 강력한 영향을 미쳤으리라고 생각합니다만 — 여성이 종이 위에 자신의 생각을 옮겨 놓으려고 할 때 그들(나는 아직 19세기 초의 소설가들을 생각하고 있습니다.)이 직면했던 다른 어려움과 비교하면 그것은 사소한 것이었습니다. 그 다른 어려움은 여성들의 배후에 전통이 전혀 없거나 설령 있더라도 너무 짧고 편파적인 전통이라서 그들에게 거의 도움이 되지 않았다는 사실입니다. 우리가 여성이라면 우리는 어머니를 통해 거슬러 생각하기 때문입니다. 즐거움을 맛보기 위해서라면 얼마든지 위대한 남성 작가들에게 접근할 수 있다 하더라도, 그들에게 도움을 청하러

가는 것은 무익한 일입니다. 램, 브라운, 새커리, 뉴먼, 스턴, 디킨스, 드 퀸시 — 그 밖의 누구든지 간에 — 는 아직 여성을 도와준 적이 없습니다. 여성이 그들의 몇 가지 기법을 배워서 자신에게 적합하도록 이용했을 수는 있었겠지요. 하지만 남성의 마음의 무게와 속도, 보폭은 여성과 너무 다르기 때문에 여성은 그들에게서 실속 있는 것을 효과적으로 얻어 올 수 없습니다. 너무 멀리 떨어져 있으므로 모방할 수 없는 것이지요. 아마 그녀가 펜을 종이에 대자마자 알게 되었을 첫 번째 사실은 그녀가 사용할 수 있도록 마련된 공동의 문장이 없다는 것입니다. 새커리와 디킨스, 발자크 같은 위대한 예술가들은 모두 자연스러운 산문을 썼는데, 신속하면서도 어설프지 않고 표현이 풍부하면서도 까다롭지 않으며 공동의 자산이면서도 그들 나름의 색조를 가지고 있었습니다. 그들은 당시 유통되던 문장들을 자신들의 기반으로 삼았지요. 19세기 초에 통용되던 문장은 대체로 이처럼 쓰였을 겁니다. "그들 작품의 장중함은 그들에게 중단하지 말고 계속 전진해 나가라는 논거였다. 그들은 자신들의 기교를 발휘하고 진실과 아름다움을 부단히 창조하면서 최고의 흥분과 만족을 느낄 수 있었다. 성공은 능력 발휘를 촉구하고 습관은 성공을 용이하게 한다." 이것은 남성의 문장입니다. 그 이면에서 우리는 존슨 박사와 기번, 그 밖의 다른 사람들을 엿볼 수 있습니다. 그것은 여성이 사용하기에 적합하지 않은 문장이었지요. 산문에 탁월한 재능을 가지고 있으면서도 샬럿 브론테는 그 투박한 도구를 움켜쥐고 비틀거리며 쓰러졌습니다. 조지 엘리엇은 그것을 가지고 말로 다 할 수 없는 큰 실수를 저질렀지요. 제인 오스틴은 그것을 보았지만 비웃어 버렸고 자신이 사용하기에 적합한, 더할 나위 없이 자연스럽고 맵시 있는 문장을 고안해 냈으며 거기에서 결코 벗어나지 않았습니다. 그리하여 샬럿 브론테보다 글 쓰는 재능이 훨씬 떨어지면서도 그녀는 무한히 더 많은 것을 말했습니다. 표현의 자유와 충실성은 예술의 본질적인 부분이므로, 그러한 전통의 결핍과 도구의 결핍 및 부적절함은 여성의 글쓰기에 지대한 영향을 미쳤을 것입니다. 게다가 책이란 문장들을 이어 붙여서 만드는 것이 아니라, 이미지를 빌리자면, 아치나 둥근 지붕으로 지어진 것입니다. 이러한 형체도 자신들이 사용하기 위해서 그들 자신의 필요에 따라 남성들이 만들어 온 것이지요. 문장이 여성에게 적합하지 않은 것과 마찬가지로, 서사시나 시극 형식 또한 여성에게 적합하리라고 생각할 이유가 없습니다. 그러나 여성이 작가가 될 무렵 옛 문학 형식들은 모두 이미 굳어지고 결정된 형태였습니다. 소설만이 그녀가 다룰 수 있을 정도로 유연하고 새로운 것이었지요. 이것이 아마 여성이 소설을 쓰게 된 또 다른 이유일 것입니다. 그러나 심지어 "소설"(이 단어가 부적절하다는 나의 느낌을 표현하기 위해서 인용 부호를 썼습니다.)[49]이, 모든 형식들 가운데 가장 유연한 이 형식이 여성이 사용하기에 적합한 형태를 가지고 있다고 어느 누가 감히 자신 있게 말할 수 있을까요? 여성이 자유로이 팔다리를 사용할 수 있게 되면 틀림없이 그녀는 그것을 부수고 새로운 형태를 만들 것이며 반드시 운문이 아니더라도 자기 내면의 시를 전달할 새로운 수단을 제공할 것입니다. 아직도 출구가 막혀 있는 것은 시이니까요. 나는 더 나아가 오늘날의 여성이 시 비극을 5막으로 쓸지 곰곰이 생각해 보았습니다. 그녀는 운문을 사용할까요? 오히려 산문으로 쓰지 않을까요?

그러나 이런 것들은 미래의 어슴푸레한 빛 속에 놓인 어려운 문제들입니다. 지금 나는 이 문제들을 그냥 내버려 둘 것입니다. 이러한 문제들이 나를 자극하면 나는 내 주제로부터 이탈해 길이 없는 숲 속을 방랑하다가 어쩌면 야수에게 잡아먹힐 가능성이

49 소설(novel)이 '새로운' 장르라는 의미에서 그런 명칭이 붙은 것에 대한 언급이다.

다분하니까요. 나는 픽션의 미래라는 그 우울한 주제를 끄집어내고 싶지 않고 여러분도 그러길 원하지 않으리라 확신합니다. 그래서 다만 여기 잠시 멈춰 미래의 여성들과 관련해 신체적 조건이 수행해야 할 커다란 역할에 대한 여러분의 관심을 환기시켜 보려고 합니다. 책은 어떻게든 육체에 적응해야 합니다. 따라서 여성의 책은 남성의 책보다 더욱 짧고 더욱 응집되어야 하며, 지속적이고 방해받지 않는 장시간의 독서가 필요하지 않게끔 꾸며져야 한다고 나는 과감하게 말할 것입니다. 여성은 언제나 방해를 받을 테니까요. 또한 두뇌에 양분을 공급하는 신경은 여성과 남성에게 각각 다른 것처럼 보입니다. 만일 여성이 최선을 다해 노고를 기울이도록 만들려면 그들을 어떻게 대접해야 적합할지 — 예를 들어 수도승들이 몇백 년 전에 고안해 냈을 이런 강연 시간이 그들에게 적합한지 — 그들이 일과 휴식을 어떻게 교체하기를 요구하는지, 휴식이 아무것도 하지 않는 것이 아니라 무언가를 하는 것이며 그 무엇이 어딘가 다른 것이라면 그 다른 점이 어떤 것인지 알아내야 합니다. 이 모든 것들을 토론하고 알아내야겠지요. 이 모두가 '여성과 픽션'이라는 문제의 일부분입니다. 그런데 나는 다시 서가로 다가서며 생각했지요. 여성이 쓴 여성 심리에 대한 섬세한 연구를 어디서 찾을 수 있을까요? 여성들이 축구를 못한다고 해서 의사가 되는 것이 허용되지 않는다면…….

다행히도 이제 내 생각은 다른 것으로 옮겨 갔습니다.

5장

이처럼 서성이다가 마침내 현존 작가들의 책을 보관한 서가에 이르렀습니다. 이제는 남성의 책만큼이나 여성의 책도 많이 있으니까 현존 여성과 남성의 책이라 해야겠지요. 아직은 그것이 정확한 사실은 아니라 하더라도, 여전히 남성이 수다스러운 성이라 하더라도, 여성이 이제 오로지 소설만 쓰지 않는다는 것은 분명합니다. 희랍 고고학에 관한 제인 해리슨의 책이 있고 미학에 관한 버넌 리의 책도 있습니다. 또 페르시아에 관한 거트루드 벨의 책들도 있지요. 일 세기 전에는 어떤 여성도 손대지 않았을 온갖 주제에 관한 책들이 있습니다. 시와 희곡과 비평서도 있지요. 또한 역사와 전기, 여행기, 학문 연구서 등이 있으며 심지어 몇몇 철학서와 과학과 경제학에 관한 책들도 있습니다. 소설이 우세하긴 하지만 소설 자체도 다른 부류의 책들과 관련을 맺음으로써 많이 달라졌을 것입니다. 여성의 글쓰기에 있어 서사시의 시대, 즉 자연스러운 소박함은 사라졌겠지요. 독서와 비평이 그녀에게 더욱 넓은 안목과 더욱 섬세한 감수성을 부여했을 것입니다. 이제 자서전을 쓰려는 충동은 소진되겠지요. 여성은 자기표현의 수단이 아니라 예술로서 글을 쓰기 시작하겠지요. 이 새로운 소설들 가운데서 그러한 여러 가지 의문에 대한 답을 찾을 수 있을지도 모릅니다.

나는 임의로 그중 한 권을 꺼냈습니다. 그것은 서가의 맨 끝에 있었는데 『생의 모험』인가 그 비슷한 제목의 소설로 메리 카마이클[50]이 쓴 것이며 바로 이달 10월에 출판되었습니다. 이 책이 그녀의 첫 작품인 것 같다고 나는 중얼거렸습니다. 하지만 우리는 이 책을 상당히 긴 연속 선상의 마지막 책인 양, 지금까지 살펴보았던 다른 책들 — 레이디 윈칠시의 시와 에프라 벤의 희곡, 네 명의 위대한 소설가들의 소설 — 에 이어진 것으로

50 마리 카마이클(Marie Carmichael)은 산아 제한 운동가인 마리 스톱스(Marie Stopes, 1880~1958)의 필명이며, 그녀는 1928년 『사랑의 창조(Love’s Creation)』라는 소설을 출판했고, 이 소설에는 실험실에서 함께 일하는 두 명의 여성이 등장한다. 울프는 이 작가의 이름을 메리로 바꿈으로써 화자의 이름 및 「메리 네 명의 발라드」와 관련지어 여성이 일반적으로 공유하는 공통의 경험과 운명을 시사한다.

읽어야 합니다. 우리는 책들을 개별적으로 판단하는 데 익숙하지만, 사실 그것들은 서로 연관되어 있으니까요. 나는 또한 그녀 — 이 무명의 여성 — 를 앞서 살펴보았던 다른 여성들의 후예로 간주하고 그녀가 그들의 특성과 한계에서 무엇을 물려받았는지 보아야 합니다. 그래서 한숨을 쉬며 — 소설은 해독제보다는 진통제를 제공하는 경우가 허다하고, 타오르는 횃불로 사람을 일깨우기보다는 무감각한 잠으로 빠뜨리기에 — 나는 메리 카마이클의 첫 작품 『생의 모험』에서 무엇인가 얻어 낼 각오로 공책과 연필을 들었습니다.

우선 나는 한 페이지를 위아래로 훑어보았습니다. 푸른 눈이나 갈색 눈, 또는 클로이와 로저 사이에 있을 관계를 내 기억에 담기 전에 우선 그녀의 문체를 알아야겠다고 생각했지요. 그녀가 손에 펜을 들었는지 아니면 곡괭이를 들었는지 판단하고 난 후에 그런 것을 살펴볼 시간이 있을 겁니다. 곧 나는 한두 문장을 혀 위에서 굴려 보았습니다. 이내 어딘가가 제대로 자리 잡혀 있지 않다는 점이 명백해졌습니다. 문장과 문장의 매끄러운 연결이 차단되었지요. 무엇인가 찢기고 무엇인가 긁혔습니다. 여기저기 단어들이 내 눈앞에서 불을 번쩍였지요. 옛 희곡에서 말하듯이 그녀는 자신의 "손을 놓아 버리고" 있었습니다. 나는 그녀가 불이 붙지 않을 성냥을 그어 대는 사람 같다고 생각했지요. 하지만 어째서 제인 오스틴의 문장은 당신에게 적합하지 않을까요 하고 나는 그녀가 내 앞에 있기라도 하듯 물었습니다. 에마와 우드하우스 씨가 죽었기 때문에 제인 오스틴의 문장도 모두 부스러기로 해체되어야 합니까? 그렇게 되어야 한다면 슬픈 일이군요. 나는 한숨을 쉬었습니다. 왜냐하면, 모차르트의 음악이 한 노래에서 다른 노래로 옮겨 가듯이 제인 오스틴의 글은 한 멜로디에서 다른 멜로디로 넘어가는 반면, 이 글을 읽는 것은 갑판도 없는 작은 배를 타고 바다로 나간 것과 같았기 때문이지요. 위로 솟구쳤다가 아래로 푹 꺼졌습니다. 문체의 간결함과 긴박감은 그녀가 무엇인가 두려워했음을 나타내고 있을지도 모릅니다. 어쩌면 '감상적'이라고 불릴까 봐 두려워했을지도 모르지요. 또는 여성의 글이 화려하다는 말을 기억하고 가시를 지나치게 많이 박아 놓았는지도 모릅니다. 하지만 한 장면을 주의 깊게 읽고 나서야, 그녀가 자기 자신을 표현하고 있는지 아니면 다른 사람이 되려고 하는지를 확인할 수 있을 것입니다. 어쨌든 나는 좀 더 세심하게 읽어 가면서 그녀가 인간의 활력을 억누르지는 않는다고 생각했습니다. 그러나 그녀는 사실들을 너무 많이 쌓아 가고 있군요. 그녀는 이 정도 분량의 책(그것은 『제인 에어』의 절반 정도 되는 길이였습니다.)에서 그것들을 반도 사용할 수 없을 겁니다. 하지만 어떤 수단에 의해서인지 그녀는 우리 모두 — 로저, 클로이, 올리비아, 토니와 빅엄 씨 — 를 강을 거슬러 올라가는 카누로 모으는 데 성공했습니다. 나는 의자에 기대면서 잠깐만 기다리라고 말했지요. 더 앞으로 나아가기 전에 전체를 좀 더 신중하게 살펴보아야 하니까요.

메리 카마이클이 우리에게 속임수를 쓴 것이 확실하다고 나는 중얼거렸습니다. 왜냐하면 전향선 철로에서 아래로 내려갈 거라고 예측했던 차가 궤도를 벗어나 다시 위로 올라갈 때의 기분을 느끼기 때문입니다. 메리는 예상된 연속성을 함부로 바꾸고 있었지요. 처음에는 문장을 부수어 놓고 이제는 연속성을 부수어 버렸습니다. 좋습니다. 부수기 위해서가 아니라 창조하기 위해서 그렇게 한다면 그런 일을 할 만한 권리가 있지요. 그 둘 중 어느 쪽인지는 그녀가 어떤 상황에 직면할 때까지 확인할 수 없습니다. 나는 그 상황이 어떤 것이 될지 선택할 자유를 그녀에게 주겠습니다. 내킨다면 그녀가 통조림 깡통과 낡은 주전자에서 상황을 만들어 내도 좋습니다. 하지만 그녀가 그것이 상황이라고 믿고 있다는 것을 나에게 확신시켜야 합니다. 그리고 상황을 만들어 냈을 때 그녀는 그것에 직접 맞부딪쳐야 합니다. 그녀는 뛰어넘어야 합니다. 그녀가 나에게 작가로서 자신의 의무를 다한다면, 나도 그녀에게 독자로서 나의 의무를 다하리라 마음먹으며 책장을 넘기고 읽었지요……. 갑자기 말을 끊어서 미안합니다만 여기에 남성은 한 사람도 없습니까? 저기 붉은 커튼 뒤에 차트리스 바이런 경[51]이 숨어 있지 않다고 약속하실 수 있습니까? 여기 모두 여성들뿐이라고 보장합니까? 그렇다면 말씀드리지요. 내가 읽은 바로 다음 문장은 "클로이는 올리비아를 좋아했다."였습니다. 놀라지 마십시오. 얼굴을 붉히지 마십시오. 이러한 일들이 때로 일어난다는 것은 우리들만이 모인 곳에서 인정합시다. 때로 여성은 여성을 좋아합니다.

"클로이는 올리비아를 좋아했다." 나는 이 문장을 읽었지요. 그러자 그곳에 거대한 변화가 있다는 생각이 퍼뜩 들었습니다. 아마 문학사상 처음으로 클로이는 올리비아를 좋아했을 것입니다. 클레오파트라는 옥타비아를 좋아하지 않았습니다. 만약 그랬더라면 『안토니와 클레오파트라』는 완전히 다른 작품이 되었겠지요. 『생의 모험』에서 약간 벗어난 생각입니다만

51 차트리스 바이런 경(Chartres Biron, 1863~1940)은 여성 동성애를 다룬 래드클리프 홀(Radclyffe Hall)의 소설 『고독의 우물(The Well of Loneliness)』에 대한 외설 시비 재판을 맡은 대법관이었다. 버지니아 울프는 이 소설을 변호하려고 준비했었다.

실상 『안토니와 클레오파트라』는, 감히 이런 말을 해도 된다면, 터무니없이 단순하고 인습적인 작품입니다. 옥타비아에 대한 클레오파트라의 유일한 감정은 질투심이지요. 그녀가 나보다 키가 클까? 그녀는 머리 손질을 어떻게 할까? 어쩌면 그 희곡은 그 이상을 요구하지 않겠지요. 그러나 그 두 여성 간의 관계가 좀 더 복잡했더라면 그것이 얼마나 흥미로웠을까요? 문학 작품에 나타난 여성들 간의 관계는, 문학 작품에 전시된 빛나는 허구의 여성들을 재빨리 회상하면서 생각하건대, 너무나 단순합니다. 아주 많은 부분이 생략되었고 시도조차 되지 않았습니다. 나는 내가 읽어 본 가운데 두 여성이 친구로 묘사된 경우가 있었는지 기억해 보려고 했지요. 『교차로의 다이애나』[52]에는 그러한 시도를 하려는 흔적이 있습니다. 물론 라신의 작품과 그리스 비극에도 막역한 친구들이 나옵니다. 때로 모녀 간의 관계가 그러하지요. 그러나 거의 예외 없이 여성은 남성과 맺는 관계를 통해서만 제시됩니다. 제인 오스틴의 시대까지 픽션의 모든 위대한 여성들이 다른 성의 눈으로 보였을 뿐 아니라 다른 성과의 관계를 통해서만 보였다는 것은

52 1885년 발표한 조지 메러디스(George Meredith, 1828~1909)의 소설.

참 이상한 일이었습니다. 남성과의 관계는 여성의 삶에서 아주 자그마한 부분밖에 차지하지 못하는데 말이지요. 게다가 남성이 검거나 붉은 성적 편견의 안경을 코에 걸치고 그 관계를 관찰할 때 그들은 그 관계에 대해서조차 제대로 알지 못합니다. 아마도 이런 이유로 픽션의 여성들은 특이한 성격으로 나타나겠지요. 놀랄 만큼 극단적으로 아름답거나 극단적으로 혐오스러운 존재이고, 천사 같은 선함과 악마 같은 사악함 사이에서 동요합니다. 한 남성이 자신의 사랑이 상승하는가 침체하는가에 따라서, 또는 순조로운가 그렇지 않은가에 따라서 여성을 보기 때문이지요. 물론 이것은 19세기의 소설가들에게는 적용되지 않습니다. 거기서 여성은 좀 더 다양하고 복잡한 존재가 됩니다. 실제로 어쩌면 여성에 대해서 쓰고자 하는 욕망 때문에 남성들은 여성을 거의 등장시킬 수 없었던 난폭한 시극을 점차 쓰지 않고 보다 적합한 양식으로서 소설을 고안하게 되었는지도 모릅니다. 그렇다 하더라도 남성에 대한 여성의 인식이 그렇듯이, 여성에 관한 남성의 이해도 편파적이며 대단히 제한되어 있다는 사실은 심지어 프루스트의 글에서도 명백히 드러납니다.

다시 그 책을 내려다보며 생각해 보건대, 여성도 가정생활에 대한 영원한 관심 외에 남성과 마찬가지로 다른 관심을 가지고 있다는 점 또한 분명해지고 있습니다.

"클로이는 올리비아를 좋아했다. 그들은 실험실을 같이 쓰고 있었다……." 나는 계속 읽으며 그들 중 한 명은 결혼했고 두 명(아마도 맞을 겁니다.)의 어린아이가 있었지만 그 젊은 여성들은 악성 빈혈 치료를 위해 간을 잘게 자르는 데 몰두하고 있음을 알았습니다. 자, 이 모든 것들이 물론 과거의 문학 작품에서는 배제되어야 했고 그리하여 허구의 여성에 대한 빛나는 묘사는 너무 단순하고 지나치게 단조로웠던 것입니다. 예를 들어 남성이 문학에서 오로지 여성의 애인으로만 묘사되고, 다른 남성의 친구 또는 군인, 사상가, 공상가로 제시되는 일이 전혀 없었다고 상상해 봅시다. 그렇다면 셰익스피어의 희곡에서 그들이 차지할 수 있는 역할이 얼마나 적고, 문학은 얼마나 극심한 손상을 입었을까요! 아마 오셀로 같은 인물이 대부분이고 안토니 같은 인물도 상당수 있었겠지만 시저나 브루투스, 햄릿, 리어, 자크는 없었을 것이며, 문학은 믿을 수 없을 정도로 빈곤해졌을 겁니다. 여성에게 닫힌 문 때문에 실제로 문학이 측정할 수 없을 정도로 빈곤해진 것처럼 말이지요. 자신들의 의사와 상관없이 결혼하고 방 한 칸에 갇혀 한 가지 일만 하도록 강요된 여성을 어떤 극작가가 충실하고 흥미롭고 진실하게 묘사할 수 있겠습니까? 사랑만이 유일하게 가능한 통역자였습니다. 시인은 열정적이거나 신랄하거나 둘 중 하나였습니다. 그가

'여성을 증오하기로' 작정하지 않았다면 말이지요. 그러나 이 경우는 대개 그가 여성에게 매력적이지 못하다는 의미였지요.

자, 클로이가 올리비아를 좋아하고 그들이 실험실을 같이 쓴다면 그들의 관계는 덜 개인적이므로 그들의 우정이 더욱 다양하게 지속될 것입니다. 만약 메리 카마이클이 글 쓰는 법을 안다면, (이제 나는 그녀의 문체가 가진 어떤 특질을 즐기게 되었습니다.) 그녀에게 혼자 쓸 수 있는 방이 있다면, (이 점에 대해서는 확신할 수 없습니다만) 그녀가 연간 500파운드를 가지고 있다면, (그것은 앞으로 입증되어야 할 사실이지요.) 그렇다면 대단히 중요한 어떤 일이 발생했다고 나는 생각합니다.

만약 클로이가 올리비아를 좋아하고 메리 카마이클이 그것을 표현하는 법을 안다면, 그녀는 지금까지 아무도 들어가 본 적이 없는 그 거대한 방에 횃불을 밝히게 되기 때문입니다. 사람들이 어디를 걷는지도 모르면서 촛불을 들고 위아래를 살펴보며 걸어가는 구불구불한 동굴처럼, 그곳은 온통 어슴푸레하고 깊은 그림자로 덮여 있습니다. 나는 그 책을 다시 읽기 시작했고, 올리비아가 선반에 병을 올려놓으며 아이들에게로 돌아갈 시간이라고 말하는 것을 클로이가 지켜보는 장면을 읽었습니다. 이것은 세계가 시작된 이래 한 번도 본

적이 없는 광경이라고 나는 경탄했지요. 그래서 나 또한 호기심에 차서 지켜보았습니다. 여성이 남성의 변덕스러운 편견의 빛으로 조명되지 않고 홀로 있을 때, 천장에 붙은 나방의 그림자만큼이나 어렴풋이 형성되는 그 기록되지 않은 제스처를 포착하고, 말해지지 않은 또는 반쯤 말해진 말들을 포착하기 위해 메리 카마이클이 어떻게 착수하는지 보고 싶었던 것입니다. 그 일을 하려면 그녀는 숨을 죽여야 할 거라고 나는 계속 읽으며 말했지요. 여성은 타인이 분명한 동기 없이 어떤 관심을 기울일 때 민감하게 의심을 품고 자신을 숨기거나 억누르는 데 끔찍할 정도로 익숙하므로, 자신을 관찰하는 듯한 눈의 깜박거림에도 사라져 버리기 때문입니다. 나는 메리 카마이클이 거기 있기라도 하듯이 그녀에게 말했습니다. 당신이 그 일을 해낼 수 있는 유일한 방법은 계속 창밖을 내다보며 어떤 다른 일에 대해 이야기하는 것이라고요. 그리하여 올리비아 — 수백만 년 동안 바위의 그늘 아래 웅크리고 있었던 이 유기체 — 가 자기 몸 위로 빛이 드는 것을 느끼고 낯선 음식들 — 지식, 모험, 예술 — 이 자신에게로 다가오는 것을 볼 때 어떤 일이 일어나는지 공책에 연필로 쓸 것이 아니라 가장 짧은 속기 즉 아직 거의 분절되지 않은 말로 기록하는 것이라고 말입니다. 그리고 다시 책에서 눈을 떼며 생각했지요. 올리비아는 새로운 음식들을 붙잡기 위해 손을 내밀고, 무한히 복잡하고 정교한 전체의 균형을 깨뜨리지 않은 채 새것을 옛것에 흡수시키기 위하여, 다른 목적을 위해서 고도로 발달된 자신의 재능들을 전적으로 새롭게 결합시켜야 합니다.

하지만 유감스럽게도 나는 하지 않으리라 결심했던 일을 해 버렸군요. 아무 생각 없이 나의 성을 칭찬하는 데 빠져들어 간 것이지요. '고도로 발달된', '무한히 복잡한', 이런 말들은 부정할 수 없는 찬사이고, 자신의 성을 칭찬하는 것은 항상 수상쩍고 종종 어리석은 일이지요. 게다가 이 경우 그 말들을 어떻게 정당화할 수 있겠습니까? 지도를 가리키면서 콜럼버스가 아메리카 대륙을 발견했고 콜럼버스는 여자였다고 말할 수도 없습니다. 또는 사과를 집어 들고 뉴턴이 중력의 법칙을 발견했으며 뉴턴은 여자였다고 언급할 수도 없지요. 또는 하늘을 보면서 머리 위로 비행기가 날아가고 있고 비행기는 여성이 발명했다고 할 수도 없습니다. 여성의 정확한 크기를 잴 수 있는 벽 위의 눈금도 없습니다. 훌륭한 어머니의 자질이나 딸의 헌신, 누이의 신의, 또는 가정주부의 능력을 잴 수 있는, 1인치보다 더 작은 눈금으로 세밀하게 구분된 야드 자도 없습니다. 아직까지도 대학에서 평가를 받아 본 여성이 거의 없습니다. 육군, 해군, 무역, 정치, 외교 등 전문직의 위대한 시련은 여성을 시험해 본 적이 거의 없지요. 지금 이 순간에도 여성은 거의 분류되지 않은 상태입니다. 그러나 내가 홀리 버츠 경에 대해서 인간이 알 수 있는 모든 것을 알고 싶다면, 버크나 더브렛[53]의 책을 펼치기만 하면 됩니다. 그러면 그가 이러저러한 학위를 받았으며 시골 저택을 소유하고 있고 상속자가 있으며 어느 성(省)의 대신이었고 캐나다에서 대영 제국을 대표했으며, 수많은 학위와 직책 그리고 그의 공적을 지울 수 없이 박아 놓은 메달과 훈장들을 받았다는 것을 알게 될 것입니다. 홀리 버츠 경에 대해 그보다 더 많이 아는 자는 오로지 하느님뿐이겠지요.

그러므로 내가 여성은 '고도로 발달된', '무한히 복잡한' 자질을 가지고 있다고 말할 때 나는 내 말을 휘터커나 더브렛 또는 대학 연감으로 입증할 수 없습니다. 이런 곤란한 처지에서 내가 무엇을 할 수 있을까요? 다시 책장을 보았습니다. 거기에는 존슨과 괴테, 칼라일, 스턴, 쿠퍼, 셸리, 볼테르, 브라우닝과 그 밖의 다른 사람들의 전기가 있었습니다. 다음과 같은 생각이 떠올랐지요. 이 모든 위인들은 이러저러한 이유로 여성을 찬미했고

53 버크(Burke)와 더브렛(Debrett)은 매년 발행되는 참고 서적들로서 영국 귀족 계급과 지주 신사 계층의 계보를 다룬다.

여성과 교제하기를 바랐으며 여성과 함께 살았고 여성에게 비밀을 털어놓았으며 여성을 사랑했고, 여성에 대한 글을 썼고 여성을 신뢰했으며, 이성에 대한 필요와 의존이라고 표현될 수 있는 바를 드러냈다고요. 이 모든 관계들이 전적으로 플라토닉했다고는 단언하지 않겠습니다. 윌리엄 조인슨 힉스 경도 아마 부정하겠지요. 그러나 이 뛰어난 남성들이 이러한 관계에서 오직 안락함과 아부와 육체적인 쾌락만을 누렸다고 주장한다면, 그들을 상당히 부당하게 폄하하는 것이 될 겁니다. 그들이 얻은 것은 분명 자신들의 성이 제공할 수 없는 것이었습니다. 더 나아가, 의심할 바 없이 열광적인 시인들의 말을 인용하지 않고도, 그것은 이성만이 줄 수 있는 선물로서 어떤 자극이며 창조력의 부활이라고 정의한다 해도 경솔하지 않을 것입니다. 남성은 응접실이나 아이 방의 문을 열고 여성이 아이들 가운데 있거나 무릎 위에 수놓을 천을 올려놓고 앉아 있는 것을 — 어느 경우이건, 삶의 다른 질서와 다른 체계의 중심으로서 그녀를 — 보게 될 것입니다. 그러면 이러한 세계와 법정이나 하원 같은 그 자신의 세계의 대조로 인해서 이내 그의 심신은 상쾌해지고 활력을 찾게 될 것입니다. 아주 간단한 대화에서도 자연스러운 견해의 차이가 드러날 것이며 따라서 그의 고갈된 생각들은 다시 풍부해지겠지요. 그녀가 그와는 다른 매개체를 통하여 창조하는 광경을 봄으로써 그의 창조력은 되살아나고, 그의 메마른 마음은 알지 못하는 사이에 서서히 무엇인가를 다시 도모하게 될 것이며, 그녀를 방문하려고 모자를 썼을 때 자기에게 결여되어 있던 어구나 정경을 발견할 것입니다. 존슨 같은 이에게는 트레일 같은 여성이 있었고, 이러한 이유 때문에 그는 그녀에게 집착하는 것입니다. 그리고 트레일이 이탈리아인 음악 선생과 결혼할 때 존슨은 분노와 혐오감으로 거의 미치다시피 하는데, 이것은 그가 스트리트엄에서 유쾌한 저녁 시간을 보낼 수 없기 때문만이 아니라 자신의 삶의 빛이 "마치 꺼져 버린 듯"했기 때문입니다.

그리고 존슨 박사나 괴테 또는 칼라일이나 볼테르가 아니더라도, 이 위대한 사람들과는 대단히 다르겠지만, 우리는 여성 내면의 복잡한 성격과 고도로 발달된 창조력을 느낄 수 있습니다. 한 여성이 방으로 들어갑니다. 그러나 그녀가 방으로 들어갈 때 어떤 일이 일어나는지를 그녀가 말할 수 있으려면, 영어라는 언어가 가진 자원이 훨씬 늘어나야 하고 모든 단어들은 날개를 달고 뻗어 나가 파격적으로 새롭게 태어나야 할 겁니다. 방들은 모두 전혀 다르지요. 고요할 수도 있고 우레 같은 소리가 울릴 수도 있으며, 바다를 면하고 있을 수도, 아니면 정반대로 감옥의 뜰을 향할 수도 있습니다. 빨래들이 널려 있을 수도 있고, 오팔 같은 보석과 실크로 화려하게 장식될 수도 있지요. 또 말총처럼 거칠거나 새털처럼 부드러울 수도 있을 것입니다. 어느 거리에 있는 어떤 방이든 들어서기만 하면, 더할 수 없이 복합적인 여성성의 힘 전체가 얼굴로 날아들 것입니다. 어떻게 그렇지 않을 수 있겠습니까? 여성은 수백 년 동안 방 안에 앉아 있었기 때문에, 지금은 벽 자체에도 여성의 창조력이 스며들어 있습니다. 그 창조력은 실제로 수용 용량을 넘도록 벽돌과 회반죽을 채워 왔으므로, 이제는 펜과 화필, 사업, 정치에 연결되어야 합니다. 하지만 이 창조력은 남성의 창조력과는 전적으로 다르지요. 그 창조력이 좌절되거나 소모된다면 천만번 유감스러운 일일 거라고 단언해야 합니다. 여성의 창조력은 몇 세기에 걸쳐 더없이 고통스러운 훈련에 의해 얻어졌고 그것을 대신할 만한 것은 없으니까요. 여성이 남성처럼 글을 쓰거나 남성과 같은 생활을 하거나 또는 남성처럼 보인다면, 그것도 천만번 유감스러운 일이지요. 세계의 광대함과 다양함을 고려해 볼 때 두 가지 성으로도 너무나 불충분할진대, 하나의 성만 가지고 어떻게 해 나갈 수 있겠습니까? 교육은 유사성보다는 차이점을 이끌어 내고 강화해야 하지 않을까요? 현 상태에서 우리는 너무나 유사합니다. 만약 어떤 탐험가가 돌아와서 다른 나뭇가지들 사이로 다른 하늘을 바라보는 다른 성들에 대해 전해 준다면 인류에게 그보다 더 큰 봉사는 없을 겁니다. 게다가 우리는 X 교수가 자신이 '우월'하다는 것을 입증하기 위해 측정 자를 가지러 뛰어가는 것을 지켜보는 재미를 덤으로 누리겠지요.

메리 카마이클은 자신에게 마련된 일을 그저 관찰자로서 수행할 거라고 나는 아직 책 위의 허공에 눈길을 주면서 생각했습니다. 유감스럽게도 그녀는 소설가 부류 가운데 그다지 흥미롭지 못한 분파, 다시 말해서 사색적 소설가가 아니라 자연주의적 소설가가 되고 싶은 유혹을 느낄 것입니다. 그녀가 관찰해야 할 새로운 사실들이 너무 많으니까요. 그녀는 더 이상 중상 계층의 점잖은 집에 국한될 필요가 없습니다. 친절을 베풀거나 짐짓 겸손한 척할 필요 없이 그녀는 동류의식을 가지고 좁고 냄새나는 방으로 들어갈 것입니다. 거기에는 고급 창부와 매춘부 그리고 발바리를 안고 있는 여자가 남성 작가들이 그들의 어깨에 강제로 끼워 놓은 거친 기성복을 입고 아직까지 앉아 있지요. 그러나 메리 카마이클은 가위를 들고 우묵한 곳이나 각이 진 곳에 맞게 잘라 낼 것입니다. 후에 이 여성들을 있는 그대로의 모습으로 보는 것은 호기심을 끄는 광경이겠지요. 하지만 우리는 좀 더 기다려야 합니다. 왜냐하면 아직 메리 카마이클은 성적 야만의 유산인 '죄'에 직면하여 자의식으로 방해받을 테니까요. 그녀는 아직도 낡고 허위적인 계급의 족쇄를 발에 차고 있을 겁니다.

하지만 여성 대다수는 매춘부도 고급 창부도 아닙니다. 또 여름날 오후 내내 먼지투성이의 우단 옷에 발바리를 끌어안고 앉아 있지도 않습니다. 그러면 그들은 무엇을 할까요? 내 마음의 눈에는 강의 남쪽 어딘가 무수히 늘어선 집들에 수많은 사람들이 모여 사는 긴 거리가 떠올랐습니다. 나는 상상의 눈으로 아주 늙은 여인이 아마도 자기 딸일 중년 여성의 팔에 기대어 길을 건너는 것을 보았습니다. 둘 다 품위 있게 구두를 신고 모피를 둘렀는데 그날 오후 그들의 옷 치장은 틀림없이 하나의 의식이었을 겁니다. 그 옷들은 매년 여름철 내내 방충제를 넣은 옷장 속에 보관되었겠지요. 매년 해 왔던 것처럼 그들은 가로등에 불이 켜지고 있을 때 (어스름이 깔리는 저녁이 그들이 좋아하는 시간이므로) 길을 건너갑니다. 노인은 여든 살에 가까웠지요. 그러나 누군가 그녀의 삶이 스스로에게 무엇을 의미하는지 그녀에게 묻는다면, 그녀는 발라클라바 전투 때문에 거리에 불이 켜졌던 것을 기억한다거나 에드워드 7세의 탄생을 축하하기 위해 하이드 파크에서 축포가 울린 것을 들었다고 말할 것입니다. 그리고 누군가가 날짜와 계절을 정확히 꼬집어서 1868년 4월 5일과 1875년 11월

2일에 무엇을 하고 있었느냐고 그녀에게 묻는다면 그녀는 흐리멍덩한 표정으로 아무것도 기억할 수 없다고 말할 것입니다. 언제나 저녁 식사를 준비했고 접시와 컵 들을 닦았지요. 아이들은 학교에 다녔고 사회에 나갔습니다. 그 모든 일에서 남은 것은 전혀 없습니다. 모두가 사라져 버렸지요. 어떠한 전기나 역사도 그것에 대해 한마디 말도 하지 않습니다. 그리고 소설은 그럴 의도는 없더라도 불가피하게 거짓말을 하지요.

무한히 불명료한 이 모든 삶을 기록하지 않으면 안 된다고 나는 메리 카마이클이 내 앞에 있기라도 하듯 그녀에게 말했습니다. 그리고 나의 상상 속에서 무언의 압력과 기록되지 않은 삶의 축적을 느끼며 런던 거리를 따라 걸어갔습니다. 길모퉁이에서 양손을 허리에 대고 서 있는 여자들이 살찌고 부어오른 손가락에 파묻힌 반지를 끼고 흡사 셰익스피어의 대사를 읊듯 격렬한 몸짓을 하면서 이야기하고 있군요. 또 문간 아래에는 제비꽃을 파는 여자와 성냥팔이 여자 그리고 노파가 쭈그리고 앉아 있습니다. 저기 정처 없이 떠도는 소녀들의 얼굴에는, 햇빛과 구름을 반사하는 파도처럼, 다가오는 남녀들과 쇼윈도의 명멸하는 빛이 어른거렸습니다. 횃불을 손으로 단단히 붙잡고 이 모든 것들을 탐구해야 한다고 나는 메리 카마이클에게 말했습니다. 무엇보다도 당신은 당신 영혼의 깊은 곳과 얕은 곳을, 그것의 허영과 관대함을 밝혀 주어야 합니다. 그리고 당신의 아름다움 혹은 평범한 용모가 당신에게 무엇을 의미하는지, 인조 대리석이 깔린 포목점들 옆 약국의 약병에서 흘러나오는 희미한 냄새 속에서 위아래로 흔들리는 장갑, 구두, 잡동사니 등 끊임없이 변화하는 세계와 당신이 어떤 관계가 있는지 이야기해야 합니다. 상상 속에서 나는 한 상점 안으로 들어갔지요. 바닥은 흑백으로 포장되어 있고 놀랄 만큼 아름다운 색깔의 리본이 걸려 있었습니다. 나는 메리 카마이클도 지나가면서 그것을 보았을 거라고 생각했습니다. 그것은 안데스 산맥의 눈 덮인 봉우리 또는 암석투성이의 골짜기만큼이나 글로 옮기기에 적합한 광경이니까요. 또 카운터 뒤에 한 소녀가 있습니다. 나는 나폴레옹의 생애를 백쉰 번째로 쓴다든가 키츠에 대한 연구를 칠십 번째로 한다든가, 늙은 Z 교수와 그 부류들이 지금 쓰고 있는, 밀턴의 어순 도치를 키츠가 이용했다는 등의 글을 쓰느니 차라리 그녀의 진정한 역사를 쓸 것입니다. 그러고 나서 나는 아주 신중하게, 혀끝이 아니라 발가락 끝으로(나는 무척 겁이 많아서 한때 내 어깨에 거의 닿을 뻔했던 채찍질을 아주 겁내고 있지요.) 메리 카마이클이 남성의 허영심(아니면 특이성이라고 말하는 편이 나을까요, 그것이 훨씬 덜 공격적인 말이니까요.)을 신랄하지 않게 비웃는 법을 배워야 한다고 중얼거렸습니다. 왜냐하면 사람의 머리 뒤쪽에는 스스로 볼 수 없는 동전만 한 크기의 반점이 있으니까요. 뒤통수의 그 동전만 한 크기의 반점을 묘사하는 것은 한 성이 다른 성에게 베풀어 줄 수 있는 훌륭한 호의 중 하나입니다. 여성들이 유베날리스의 논평과 스트린드베리의 비평에서 얼마나 많은 도움을 받았는지 생각해 보십시오. 고대로부터 남성들이 얼마나 인간적으로 또 얼마나 탁월하게 여성의 머리 뒤쪽의 그 어두운 곳을 지적해 왔는지 생각해 보십시오. 만약 메리가 아주 용감하고 대단히 정직하다면, 그녀는 남성의 뒤편으로 가서 그곳에서 무엇을 발견했는지 우리에게 말해 줄 것입니다. 여성이 동전 크기의 그 반점을 묘사한 후에야 비로소 남성의 진정한 초상화가 총체적으로 그려질 수 있습니다. 우드하우스 씨와 캐서번 씨[54]는 그 반점의 성격을 드러내는 인물들입니다. 물론 어느 누구라도 양식이 있는 사람이라면, 그녀에게 일정한 목적을 가지고 조롱과 조소로 일관하라고 권고하지 않을 것입니다. 문학은 그런 정신으로 쓰인 것이 무익함을 보여 주지요. 우리는 사실에 충실하라고 말할 것입니다. 그러면

54 우드하우스는 제인 오스틴의 『에마(Emma)』에, 캐서번은 조지 엘리엇의 『미들마치(Middlemarch)』에 등장하는 인물이다.

그 결과는 틀림없이 놀라울 정도로 흥미로울 테니까요. 희극은 반드시 풍부해질 것이고, 새로운 사실들이 어김없이 발견될 것입니다.

그러나 눈을 내려서 다시 책을 보아야 할 때가 되었습니다. 메리 카마이클이 무엇을 쓸 수 있고 써야 하는지 생각하기보다는 그녀가 실제로 무엇을 썼는지 살펴보는 것이 더 나을 테지요. 그래서 나는 다시 읽기 시작했습니다. 나는 그녀에게 무언가 불만을 느꼈던 것을 기억했지요. 그녀는 제인 오스틴의 문장을 해체해 버렸고, 그리하여 흠잡을 데 없는 내 취향과 까다로운 청력을 자랑할 만한 기회를 주지 않았습니다. 그 두 작가 사이에 어떠한 유사성도 없다는 것을 인정해야만 했을 때 "그래, 이 부분은 상당히 좋군. 하지만 제인 오스틴은 당신보다 훨씬 더 잘 썼지."라고 말해 봤자 아무 소용없으니까요. 게다가 더 나아가 그녀는 연속성, 즉 기대되는 순서를 깨뜨렸습니다. 어쩌면 그녀는 여성답게 글을 쓰려는 여성으로서 무의식적으로 연속성을 깨뜨리면서 사물에 그저 자연스러운 질서를 부여했을지 모릅니다. 그러나 그 결과는 다소 곤혹스러웠지요. 산더미처럼 높아지는 파도를 볼 수 없고, 다음 모퉁이를 돌아 나오는 위기를 볼 수 없었습니다. 그러므로 나는 내 감정의 깊이와 인간의 심정에 대한 심오한 이해를 자랑할 수 없었지요. 내가 사랑이나 죽음에 관해 일상적인 곳에서 일상적인 것을 느끼려고 할 때마다, 그 골치 아픈 작가는 마치 조금 더 나아가야 중요한 것이 나오는 듯 나를 잡아챘습니다. 그리하여 나는 '본질적인 감정'이나 '인간성의 공통적인 자질', '인간 심정의 깊이'와 같이 여운이 남는 말이나 인간이 표면적으로는 아무리 잔꾀가 많다 하더라도 밑바탕에서는 대단히 진지하고 심오하며 인도적이라는 우리의 믿음을 지탱해 줄 말들을 낭랑하게 읊을 수 없었지요. 그녀는 인간이 진지하고 심오하며 인도적인 것이 아니라 그 반대로 — 훨씬 매력적이지 못한 생각이었지만 — 그저 나태할 뿐이며 게다가 인습적이라고 느끼게 만들었습니다.

그러나 나는 계속 읽었지요. 그리고 다른 사실들을 주목했습니다. 그녀는 '천재'가 아니었습니다. 그것은 명백했지요. 그녀는 위대한 선배들, 즉 레이디 윈칠시, 샬럿 브론테, 에밀리 브론테, 제인 오스틴, 조지 엘리엇이 지녔던 자연에 대한 사랑이나 열렬한 상상력, 열광적인 시상, 빛나는 기지와 명상적 지혜를 가지고 있지 못했습니다. 그녀는 도로시 오즈번처럼 아름다운 선율과 기품이 넘치도록 쓸 수도 없었지요. 실제로 그녀는 그저 영리한 여성에 불과했고 그녀의 책들은 틀림없이 십 년이 지나면 출판업자들에 의해서 펄프로 환원될 것입니다.

그러나 그럼에도 불구하고, 그녀는 훨씬 위대한 재능을 가진 여성들에게 오십 년 전만 해도 결여되어 있던 어떤 유리한 점을 가지고 있었지요. 그녀에게 남성은 더 이상 '반대 당파'가 아니었습니다. 그녀는 남성들을 맹렬히 비난하느라 시간을 허비할 필요가 없습니다. 그녀는 지붕으로 올라가서 자신에게 허용되지 않는 여행, 경험, 세상과 사람들에 대한 지식을 갈망하며 마음의 평화를 깨뜨릴 필요가 없지요. 공포와 증오는 거의 사라졌습니다. 아니면, 자유의 기쁨에 대한 약간 과장된 표현이나 남성을 다룰 때 낭만적이라기보다 신랄하고 풍자적으로 나아가는 경향에서 그 흔적이 조금 엿보였다고나 할까요. 그렇다면 소설가로서 그녀가 상당한 수준의 자연스러운 이점을 누렸다는 것은 의심할 바 없습니다. 그녀는 매우 폭넓고 열성적이며 자유로운 감수성을 가지고 있었습니다. 그 감수성은 거의 지각할 수 없을 정도의 미세한 감촉에도 반응을 보였습니다. 그녀의 감수성은 야외에 새로 심어 놓은 식물처럼 자기에게 와 닿는 모든 광경과 소리를 마음껏 즐겼습니다. 또한 그것은 호기심에 가득 차서 거의 알려지지 않고 기록되지 않은 것들 사이로 아주 섬세하게 퍼져 나갔습니다. 그 감수성은 작은 것들 위에 내려앉아서 어쩌면 그것들이 결코 작지 않다는 것을 보여 주었지요. 그녀의 감수성은 사장되었던 것들에 빛을 밝혀 주었고,

그것들을 사장할 필요가 있었는지 의아하게 여기도록 만들었습니다. 그녀는 비록 서툴렀고, 새커리나 램 같은 작가들이 조금만 펜을 놀려도 귀를 즐겁게 해 주는 작품을 만들어 낸 오랜 남성 문학 전통과의 무의식적인 관련이 없었으나, 그녀는 첫 번째 중요한 교훈을 터득했다고 나는 생각하게 되었지요. 즉 그녀는 여성으로서, 그러나 자신이 여성이라는 것을 잊어버린 여성으로서, 글을 쓴 것입니다. 그리하여 그녀의 책은 성이 그 자체를 의식하지 않을 때라야 생겨나는 그 신기한 성적 자질로 가득 차 있습니다.

이 모든 것들은 이득이 되는 것입니다. 그러나 그녀가 일시적인 것과 개인적인 것들로 무너지지 않을 항구적인 건축물을 세울 수 없다면 아무리 풍부한 감각과 섬세한 인식이라도 아무 쓸모가 없겠지요. 나는 그녀가 '어떤 상황'에 직면할 때까지 기다리겠다고 말했었지요. 그 말의 의미는, 부르고 손짓하고 한데 그러모음으로써 그녀가 그저 표면만 스친 것이 아니라 심연 저 밑바닥까지 들여다보았다는 것을 입증할 때까지라는 뜻입니다. 어느 순간에 그녀는 스스로에게 말하겠지요. 자, 이제 무리하게 어떤 일을 억지로 하지 않아도 이 모든 것의 의미를 보여 줄 수 있는 때가 되었다고 말입니다. 그리하여 그녀는 부르고 손짓하기 시작할 것이며 (그때의 활발한 생기는 의심할 바 없지요!) 그러면 다른 장(章)들에서 이야기 도중에

넌지시 비쳤던 아주 사소한 것들, 반쯤 잊힌 것들이 기억에 떠오를 것입니다. 그녀는 누군가 바느질을 하거나 담배를 피우는 동안 될 수 있는 대로 자연스럽게 그 잊힌 것들의 존재가 느껴지도록 만들 것입니다. 그녀가 계속 써 나가는 동안 우리는 마치 세상 꼭대기에 올라서서 저 아래 아주 장엄하게 펼쳐진 세상을 내려다본 듯한 기분이 들겠지요.

어쨌든 그녀는 그런 시도를 하고 있었습니다. 그리고 그녀가 그 시험을 치르기 위해 오랫동안 준비하는 것을 지켜보면서 나는 그녀에게 경고와 충고의 고함을 지르는 주교, 사제장, 박사, 교수, 가장, 교육자 들을 보았고, 그녀가 그들을 보지 않았기를 바랐지요. 당신은 이런 일을 할 능력이 없고, 저런 일은 해서는 안 됩니다! 대학 연구원과 학자 들만이 잔디밭에 들어갈 수 있습니다! 부인들은 소개장 없이는 들어갈 수 없습니다! 열망을 품은 우아한 여성 소설가들은 이쪽으로 오십시오! 이처럼 그들은 경마장의 울타리에 몰려든 관중들처럼 그녀에게 계속 소리 질렀고, 그녀가 치를 시험은 오른쪽이나 왼쪽을 돌아보지 않고 울타리를 넘는 것이었지요. 만약 당신이 욕설을 퍼붓기 위해 멈춰 선다면 당신은 파멸이라고 나는 그녀에게 말했지요. 비웃기 위해 멈추어도 마찬가지라고 말입니다. 망설이거나 더듬거린다면 당신은 끝장이다. 오로지 뛰어넘는 것만을 생각하라. 나는 그녀의 등에 내 온 재산을 건 것처럼 간청했습니다. 그리고 그녀는 새처럼 그것을 가볍게 넘었습니다. 그러나 그 너머에도 울타리가 있고 또 그 너머에도 있었지요. 박수 소리, 고함 소리가 신경을 마모시키고 있었으므로 그녀가 지구력을 가질 수 있을지 의심스러웠습니다. 그러나 그녀는 최선을 다했지요. 메리 카마이클이 천재도 아니고, 돈과 시간, 여유 등의 바람직한 조건들을 충분히 갖추지도 못한 채 침실 겸 거실에서 첫 번째 소설을 쓰고 있는 무명의 여성이라는 점을 고려한다면 그리 나쁘지는 않다고 생각했습니다.

나는 마지막 장(章)을 읽으며 (누군가 거실의 커튼을 걷어서 별이 총총한 하늘을 배경으로 사람들의 코와 드러난 어깨가 적나라하게 보였지요.) 그녀에게 백 년을 더 주자고 결론지었습니다. 그녀에게 자기만의 방과 연간 500파운드를 주자, 그녀가 솔직하게 자신의 내면을 이야기하고 지금 쓴 것의 절반을 빼 버리도록 허용해 주자, 그러면 그녀는 조만간 더 나은 책을 쓸 거라고 말입니다. 나는 메리 카마이클이 쓴 『생의 모험』을 서가의 끝에 꽂으며 그녀는 시인이 될 거라고 말했습니다. 앞으로 백 년이 지나면 말이지요.

6장

다음 날 10월의 아침 햇살이 커튼을 치지 않은 창문으로 들어와 광선 줄기 사이로 먼지들을 내비쳤습니다. 거리는 시끄러운 차 소리로 다시 소란스러웠지요. 런던은 이 시간이면 다시 기지개를 켜며 준비 운동을 합니다. 자리를 털고 일어난 공장이 기계를 돌리기 시작한 것이지요. 앞서 여러 책들을 읽고 난 후 이제 창밖을 내다보며 1928년 10월 26일 아침에 런던은 무엇을 하고 있는지 보고 싶어졌습니다. 런던은 무엇을 하고 있을까요? 어느 누구도 『안토니와 클레오파트라』를 읽고 있는 것 같지는 않았습니다. 런던은 셰익스피어의 희곡에 전혀 관심이 없는 듯했지요. 어느 누구도 소설의 미래나 시의 죽음, 평범한 여성의 마음을 완벽하게 표현해 줄 산문체의 발달에 대해 털끝만큼도 — 그들을 비난하는 것은 아닙니다만 — 신경을 쓰지 않았습니다. 만약 이런 문제에 대한 견해들이 보도 위에 분필로 쓰여 있다면, 그것을 읽으려고 몸을 굽히는 사람은 없을 겁니다. 무관심하고 분주하게 움직이는 발자국들이 삼십 분 만에 그것을 문질러 지워 버리겠지요. 저기 심부름꾼 소년이 오고 있군요. 한 여인이 개를 줄에 매어 끌고 지나갑니다. 런던 거리의 매력이라 할 만한 점은 서로 비슷해 보이는 사람이 단 한 명도 없다는 사실입니다. 각자 사적인 자기 용무에 얽매여 있는 듯 보이지요. 사업가처럼 보이는 사람들이 작은 가방을 들고 지나갑니다. 지하실 출입구 난간에다 지팡이를 부딪치며 정처 없이 다니는 사람들도 있습니다. 길거리를 클럽의 회원실 정도로 여기는지 마차에 탄 사람들에게 큰 소리로 인사하고 묻지도 않는데 새로운 소식을 알려 주는 붙임성 있는 사람들도 있습니다. 또한 장례식 행렬도 지나갑니다. 행인들은 자신들의 육체도 사라져 버릴 것을 갑자기 깨닫기라도 한 듯 모자를 들어 경의를 표하는군요. 또 아주 별난 차림의 신사가 천천히 층계를 내려오고 있습니다. 그는 허둥대는 어떤 부인을 비켜 가기 위해 멈춰 섰습니다. 그녀는 무슨 수로 장만했는지 화려한 모피 코트를 입고 파르마 제비꽃 한 다발을 안고 있습니다. 이들 모두는 각각 분리되어 자기 일에만 몰두하고 있는 듯이 보였지요.

바로 그 순간 통행이 완전히 뜸해지고

정지되었습니다. 런던에선 가끔 이런 일이 있지요. 아무것도 거리를 따라 내려오지 않았고 아무도 지나가지 않았습니다. 거리 끝의 플라타너스에서 이파리 하나가 떨어져 그 휴지(休止)와 정지의 순간에 내려앉았습니다. 어쩐지 그것은 하나의 신호, 지금까지 사람들이 간과해 온 사물에 내재한 힘을 가리키는 신호 같았지요. 그것은 눈에 보이지 않게 흘러가면서 모퉁이를 돌고 길을 따라 사람들을 끌어가 소용돌이치게 하는 어떤 흐름을 가리키는 듯했습니다. 옥스브리지에서 보트에 탄 학부생과 낙엽을 싣고 흐르던 강처럼 말입니다. 이제 그 흐름은 거리의 한쪽에서 대각선 방향의 다른 쪽으로 에나멜가죽 구두를 신은 한 소녀를 실어 왔습니다. 그러고 나서 밤색 외투를 입은 젊은이를 데려오고 있었습니다. 그것은 또한 택시도 실어 왔지요. 그것은 이 세 가지를 모두 내 창문 바로 밑으로 데려왔습니다. 그곳에서 택시가 멈추었고 소녀와 젊은이도 멈추었지요. 그들은 택시에 올라탔고 마치 그 흐름에 휩쓸리듯 미끄러지며 이내 다른 곳으로 사라졌습니다.

그 광경은 아주 일상적인 것이었지요. 그런데도 이상한 것은 내 상상력이 그 광경에 역동적인 질서를 부여했고, 두 사람이 택시에 올라타는 일상적인 광경이 외견상 그들의 만족감 같은 것을 전달하는 힘이 있었다는 사실입니다. 나는 택시가 방향을 돌려 사라지는 것을 지켜보면서 두 사람이 거리를 따라 내려와 모퉁이에서 만나는 광경이 마음의 긴장을 덜어 주는 것 같다고 생각했습니다. 어쩌면 내가 지난 이틀간 생각해 온 방식대로 한 성을 다른 성과 구별하여 생각하는 것은 고역스러울지도 모릅니다. 그것은 마음의 통일성을 방해하지요. 이제 두 사람이 함께 만나서 택시에 올라타는 광경을 봄으로써 그 노력은 중단되었고 마음의 통일성이 회복되었습니다. 마음이란 확실히 우리가 그것에 대해 아무것도 모르면서도 전적으로 의존하는, 참으로 신비로운 기관입니다. 나는 창문에서 고개를 돌려 안으로 들어가면서 곰곰이 생각해 보았습니다. 우리 몸이 명백한 원인들로 인해서 긴장하듯이, 마음에도 단절과 대립이 있다고 느낀 것은 무엇 때문일까요? '마음의 통일성'이라는 말은 무엇을 의미할까 하고 나는 골똘히 생각했습니다. 마음이란 어느 때고 어떤 점에라도 집중할 수 있는 막대한 능력을 지녔기에 단일한 상태로 존재하지 않는 듯하니까요. 예를 들어 그것은 거리의 사람들과 스스로를 분리시킬 수 있고, 2층 창문에서 사람들을 내려다보면서 그들과 그 자체를 별개의 것으로 생각할 수 있습니다. 혹은 군중들 가운데에서 새로운 소식이 발표되기를 기다릴 때처럼 자발적으로 다른 사람들과 같은 생각을 할 수도 있지요. 아버지를 통해서 또는 어머니를 통해서 거슬러 올라가 생각할 수도 있습니다. 글을 쓰는 여성은 자기 어머니를 통해서 거슬러 올라가 생각한다고 앞에서 말했던 것처럼 말이지요. 만약 여성이라면 또한 그녀는 종종 갑작스러운 의식의 분열에 놀라게 됩니다. 이를테면 화이트홀을 따라 걸으면서 자신이 그 문명의 타고난 계승자가 아니라 그 반대로 문명의 변두리에 서 있는 이질적이고 비판적인 존재라는 사실을 깨닫게 되듯이 말이지요. 분명히 마음은 항상 그 초점을 변화시키고, 세계를 다양한 시각으로 보게 합니다. 그러나 자연스럽게 든 것이라도 어떤 마음 상태는 다른 마음 상태보다 불편해 보입니다. 불편한 마음 상태를 지속하고 있으려면 사람은 무의식적으로 무엇인가를 억제하게 되고 점차 그 억제는 고역스러운 일이 됩니다. 그러나 어떤 것도 억제할 필요가 없기 때문에, 노력하지 않고도 지속할 수 있는 마음 상태가 있습니다. 아마 지금이 그런 마음일 거라고 나는 창문에서 물러나며 생각했지요. 왜냐하면 그 두 사람이 택시에 올라타는 것을 보았을 때, 마음이 분열되어 있다가 다시 모여서 자연스럽게 융합된 듯했기 때문입니다. 두 성이 협력하는 것이 자연스러운 현상이라는 사실이 그 명백한 이유이겠지요. 우리에게는,

남성과 여성의 결합이 최고의 만족과 가장 완벽한 행복을 이룬다는 이론을 선호하는, 비합리적일지라도 심오한 본능이 있습니다. 그러나 두 사람이 택시에 올라탄 광경과 그것이 나에게 준 만족감으로 인해 나는 육체의 두 성에 상응하는 마음속의 두 성이 있는지, 그리고 그것들도 또한 완전한 만족과 행복을 위해서 결합되기를 요구하고 있는지 자문해 보았습니다. 더 나아가 나는 서투르게 영혼의 윤곽을 그려 보았지요. 두 종류의 힘, 즉 남성적인 힘과 여성적인 힘이 우리 인간의 내면세계를 관장하고 있습니다. 남성의 두뇌에서는 남성적인 것이 여성적인 것보다 우세하고, 여성의 두뇌에서는 여성적인 것이 남성적인 것보다 우세합니다. 그 두 가지가 함께 조화를 이루고 정신적으로 협력할 때 우리는 정상적이고 편안한 상태가 됩니다. 남성이라 하더라도 자기 두뇌의 여성적인 부분을 사용해야 합니다. 여성도 또한 자기 내면의 남성적인 부분과 교섭을 가져야 하지요. 콜리지가 위대한 마음이란 양성적이라고 말했을 때 그 말의 의미는 아마 이런 것이었을 겁니다. 이러한 융화가 일어날 때라야 마음은 온전히 풍부해지고 제 기능을 모두 사용하게 됩니다. 아마도 순전히 남성적인 마음은 순전히 여성적인 마음과 마찬가지로 창조력을 잃을 것입니다. 그러나 잠시 멈춰 서서 책 한두 권을 살펴보며 여성적 남성과 그 반대로 남성적 여성이 무엇을 의미하는지 알아보는 것이 좋겠지요.

위대한 마음은 양성적이라는 콜리지의 말은, 여성에게 어떤 특별한 공감을 가진 마음이나 여성의 대의를 채택하여 여성을 대변하는 데 헌신하는 마음을 뜻한 것이 분명 아니었습니다. 어쩌면 양성적인 마음은 한 가지 성의 마음보다 이러한 성적 차이를 더욱 구별하지 못할지도 모르지요. 콜리지가 언급한 양성적 마음이란 타인의 마음에 열려 있고 공명하며, 아무런 방해도 받지 않고 감정을 전달할 수 있고, 본래 창조적이고 빛을 발하며 분열되지 않은 것이라는 뜻이었을 겁니다. 실제로 양성적인 마음, 여성적 남성의 마음을 보여 주는 전형으로 셰익스피어의 마음을 들 수 있습니다. 비록 셰익스피어가 여성을 어떻게 생각했는지는 알 수 없지만 말이지요. 그리고 실제로 성에 대해서 특별히 또는 분리해서 사고하지 않는 것이 완전히 발달된 마음의 징표라면, 과거 어느 때보다도 지금은 그 상태에 도달하기 훨씬 어려울 것입니다. 여기서 나는 현존 작가들의 책이 꽂힌 곳에 멈추어 서서, 오랫동안 나를 당혹하게 한 것의 근저에 이러한 사실이 자리 잡고 있는 게 아닐까 생각했습니다. 지금처럼 귀에 거슬릴 정도로 성을 의식한 시대는 없었을 것입니다. 여성에 관해서 남성이 저술한 대영 박물관의 그 무수한 책들이 그것을 입증하지요. 여성 선거권 운동도 틀림없이 한몫 단단히 했을 겁니다. 그것은 자기를 주장하고자 하는 특별한 욕망을 남성에게 일깨워 주었겠지요. 그리고 도전받지 않았더라면 애써 생각해 보지도 않았을 자신의 성과 그 성의 특징을 강조하도록 만들었을 겁니다. 그리고 사람이란 도전을 받게 되었을 때, 그전에 전혀 도전받은 적이 없었다면, 훨씬 지나치게 앙갚음을 하는 법입니다. 비록 그 상대가 검은 보닛을 쓴 몇 명의 여자라 하더라도 말이지요. 지금 한창 전성기에 있고 비평가들이 훌륭하다고 평가하는 A 씨의 신간 소설을 꺼내면서 나는 생각했습니다. 어쩌면 그러한 사실이 내가 이 책에서 발견했다고 기억하는 몇 가지 특징들을 설명해 줄 거라고 말이지요. 나는 그 책을 펼쳤습니다. 남성의 글을 다시 읽는 것은 정말 즐거웠습니다. 여성의 글을 읽은 후에 그것을 읽자 아주 직선적이고 대단히 솔직하게 느껴졌지요. 그 글은 마음의 자유와 일신의 자유분방함, 스스로에 대한 커다란 자신감을 드러냈습니다. 한번도 방해받거나 저지된 적이 없으며 태어날 때부터 내키는 대로 어느 쪽 방향이건 뻗어 나갈 수 있는 완전한 권리를 누려 온 이 자유로운 마음, 영양분을 풍부하게 공급받았고 훌륭한 교육을 받아 온 이 마음을 읽으면서 나는 물질적 풍요를 느꼈습니다.

이 모든 것이 감탄스러웠지요. 그러나 한두 장(章)을 읽고 나자 어떤 그림자가 책장을 가로질러 드리워지는 게 느껴졌습니다. 그것은 곧고 검은 막대기로 'I'[55] 자 모양의 그림자였지요. 나는 그것 너머의 풍경을 흘끗 보려고 이쪽저쪽으로 몸을 옮겼습니다. 그러나 뒤쪽의 풍경이 실제로 나무 한 그루인지 어떤 여자가 걸어오는 것인지 확신할 수 없었지요. 되돌아오면 계속 'I'라는 글자가 나를 맞았습니다. 결국 나는 'I'에 싫증 나기 시작했지요. 이 'I'가 더할 나위 없이 존경할 만한 'I'이고, 정직하고 논리적이며, 견과처럼 단단하고, 몇 세기 동안의 훌륭한 교육과 질 좋은 영양 공급으로 다듬어졌다는 것을 부정하는 것은 아닙니다. 나는 진심으로 그 'I'를 존경하고 경탄합니다. 그러나 (여기서 나는 이것저것을 찾으며 한두 페이지를 넘겼습니다.) 가장 곤혹스러운 점은 그 'I'라는 글자의 그림자 속에서 모든 것의 형체가 안개처럼 사라졌다는 것입니다. 저건 나무일까요? 아니, 그건 여자군요. 그러나 …… 피비 — 그것이 그녀의 이름이었기에 — 가 해변을 가로질러 오는 것을 지켜보며 나는 그녀의 몸에 뼈가 하나도 없는 듯하다고 생각했습니다. 그때 앨런이 일어났고 앨런의 그림자가 금세 피비를 지워 버렸습니다.

55 '나', 즉 남성적 자아.

앨런은 자기의 견해가 있었고, 피비는 그 견해의 홍수에 잠겨 버렸기 때문입니다. 나는 앨런이 정열을 가지고 있다고 생각했지요. 여기서 나는 위기가 다가오고 있음을 느끼면서 책장을 매우 빨리 넘겼습니다. 사실이 그러했지요. 그것은 내리쬐는 햇볕 아래 해변에서 일어났습니다. 그 일은 대단히 공공연히, 무척 박력 있게 일어났지요. 그 이상 외설적인 장면은 없었을 것입니다. 그러나 …… 나는 '그러나'를 너무 자주 썼군요. 계속해서 '그러나'라고 말할 수는 없는 일이지요. 여하튼 이 문장을 끝내야 한다고 나는 스스로를 꾸짖었습니다. "그러나 — 나는 지루해졌다!"라고 끝낼까요? 그러나 내가 왜 지루해졌을까요? 부분적으로는 'I'라는 글자의 지배력과 거대한 너도밤나무 같은 그 글자의 그늘에 드리워진 황폐함 때문이겠지요. 그곳에서는 아무것도 자랄 수 없을 테니까요. 그리고 다른 한편으로는 그보다 분명치 않은 이유 때문이었습니다. A 씨의 마음속에는 창조적 에너지의 샘을 봉쇄하고 그것을 좁은 테두리 안에 가두어 놓은 어떤 장애물, 어떤 방해물이 있는 듯 보였지요. 옥스브리지에서의 오찬과 담뱃재, 맨 섬 고양이, 테니슨과 크리스티나 로제티를 한 덩어리로 묶어서 기억해 보건대, 아마도 거기에 방해물이 있는 듯 여겨졌습니다. 피비가 해변을 가로질러 올 때 더 이상 그는 숨을 죽이고

"문가의 시계꽃 덩굴에서 빛나는 눈물이 떨어졌지."라고 콧노래를 부르지 않았고, 피비도 "내 마음은 노래하는 새, 둥지는 물오른 여린 가지에 있고."라고 답하지 않았지요. 그러니 앨런이 다가서서 무엇을 할 수 있겠습니까? 대낮처럼 정직하고 태양처럼 논리적이므로 그가 할 수 있는 일이라고는 오직 한 가지밖에 없습니다. 그를 온당하게 평가하자면, 그는 그 일을 자꾸자꾸 (나는 책장을 넘기면서 말했지요.) 반복합니다. 그리고 그 일은, 내 고백이 너무 대담하다는 것을 의식하면서 덧붙이건대, 어쩐지 지루해 보였습니다. 셰익스피어의 외설은 우리의 마음속에 수천 가지 다른 생각들을 뿌리째 흔들어 놓기 때문에 결코 지루하지 않습니다. 그러나 셰익스피어는 그 일을 재미 삼아 하지요. A 씨는, 유모들이 흔히 말하듯, 일부러 그 일을 합니다. 항의로 그렇게 하는 것이지요. 그는 자신의 우월함을 주장함으로써 다른 성과의 평등에 대항하는 것이지요. 그러므로 그는 방해받고 억제되고 자의식적입니다. 아마 셰익스피어도 클러프 양[56]이나 데이비스 양[57]을 알았더라면 그러했겠지요. 만약 여성

56 앤 제미마 클러프(Anne Jemima Clough, 1820~1892). 교육 운동가이자 케임브리지의 뉴넘 대학 학장.

57 에밀리 데이비스(Emily Davies, 1830~1921). 참정권 운동가이자 교육 운동가. 케임브리지의 거턴 대학 학장.

운동이 19세기가 아니라 16세기에 시작되었더라면 엘리자베스 시대의 문학은 틀림없이 실제와는 아주 달랐을 것입니다.

마음의 두 측면에 관한 이 이론이 유효하다면, 근래에 와서 남성성이 자의식적이 되었다고 결론지을 수 있습니다. 다시 말해, 현대의 남성은 자기 두뇌의 남성적인 면만 가지고 글을 쓴다는 것이지요. 여성이 그들의 글을 읽는 것은 무익한 일입니다. 부득불 그녀는 자신이 찾고자 하는 것을 발견할 수 없을 테니까요. 그들에게 가장 결핍된 것은 암시력입니다. 나는 비평가 B 씨의 책을 손에 쥐고 시의 기법에 관한 그의 논평을 주의 깊고 매우 충실하게 읽으며 그렇게 생각했지요. 그 논평은 상당히 훌륭하고 날카로우며 깊은 학식을 담고 있었지요. 그러나 문제는 비평가의 감정이 더 이상 전달되지 않는다는 점이었습니다. 그의 마음은 각각의 방에 단절되어 있었고 어떤 소리도 한 방에서 다른 방으로 옮겨 가지 못하는 듯했지요. 그러므로 B 씨의 문장 하나를 마음에 떠올리면 그것은 바닥으로 쿵 떨어져 — 죽어 버립니다. 그러나 우리가 콜리지의 문장 하나를 마음에 떠올리면 그것은 폭발하면서 온갖 다른 생각들을 탄생시키지요. 그런 것이야말로 영원한 생명의 비밀을 가지고 있다고 말할 수 있는 유일한 부류의 글입니다.

그러나 원인이 무엇이든 간에 현대의 남성이 남성적인 면만 가지고 글을 쓴다는 것은 통탄해야 할 사실입니다. 왜냐하면 그것은 (여기서 나는 골즈워디 씨와 키플링 씨의 책들이 줄지어 있는 곳에 와서 섰습니다.) 우리 시대의 가장 위대한 현존 작가들의 훌륭한 몇몇 작품들이 전혀 주목을 받지 못하게 됨을 의미하기 때문입니다. 아무리 노력한다 해도 여성은 그들의 작품에서 영원한 생명의 샘을 발견할 수 없습니다. 그것이 그 작품들 속에 있다고 비평가들은 그녀를 설득하려 들지만 말입니다. 그 작품들은 남성의 미덕을 찬미하고 남성적 가치를 강요하며 남성의 세계를 묘사할 뿐 아니라, 그 책들에 스며든 감정이 여성에게는 이해할 수 없는 것이기 때문입니다. 비평가들은 "그것이 나오고 있다, 그것이 점점 응집되고 있다, 그것이 머리 위에서 막 터져 나오려 한다."라고 작품이 끝나기 오래전부터 말하기 시작합니다. 그 그림은 늙은 졸리온의 머리 위에 떨어질 것이고 그는 그 충격으로 죽을 것이며 늙은 서기가 그의 사망에 관해 두세 마디 사망 기사를 쓰겠지요. 그리고 템스 강의 모든 백조들은 동시에 노래를 터뜨릴 겁니다. 그러나 그런 일이 일어나기 전에 여성은 달아나서 구즈베리 덤불 속에 숨을 것입니다. 왜냐하면 남성에게는 대단히 깊고 지극히 섬세하며 무척이나 상징적인 감정이 여성에게는 불가사의한 것이니까요.

등을 돌린 키플링 씨의 장교들도 그렇습니다. 방탕의 씨를 뿌린 사람들, 홀로 자신의 작업에 몰두한 남성들 그리고 깃발 — 순전히 남성들만의 유흥을 엿듣다가 들킨 것처럼 이 모든 고딕체 활자들을 보며 여성은 얼굴을 붉히게 됩니다. 사실 골즈워디 씨나 키플링 씨는 내면에 여성적인 불꽃을 조금도 갖고 있지 않았지요. 그리하여 여성에게 그들의 모든 자질은, 일반화하여 이야기하자면, 조야하고 유치해 보입니다. 그들에게는 암시력이 결핍되어 있습니다. 그리고 어떤 책에 암시력이 결핍되어 있을 때, 그것이 마음의 표면에 아무리 세게 부딪친다 하더라도 내면을 뚫고 들어갈 수는 없습니다.

책을 꺼내어 보지도 않고 다시 꽂아 넣으며 불안한 마음으로 나는 앞으로 다가올 순전히 자기주장적인 남성다움의 시대를 상상해 보았습니다. 교수들의 편지(월터 롤리 경의 편지를 예로 들 수 있지요.)에서 예견된 바 있는, 그리고 이미 이탈리아의 지배자들이 출현시킨 것과 같은 시대 말이지요. 로마에 가면 순전한 남성성을 의식할 수밖에 없는데, 국가에 있어서는 순전한 남성성이 어떤 가치를 가지든 간에, 시 예술에 그것이 어떤 영향을 미칠 것인가에 대해 의문을 가져 볼 수 있습니다. 보도에 의하면 어쨌든 이탈리아에서는 소설에 대한 모종의 불안감이 있는 모양입니다. “이탈리아 소설을 발달시키기 위한" 목적으로 학술회 회원들의 회의가 열렸습니다. 일전에 "명문가 출신과 재정, 산업, 파시스트 법인의 유명 인사들"이 모여서 그 문제를 논의했고, "파시즘 시대는 곧 그것에 걸맞은 시인을 탄생시킬 것"이라는 희망을 담은 전문을 총통에게 보냈습니다. 우리 모두 그 경건한 희망에 동참할 수 있을 것입니다만, 인큐베이터에서 시가 나올 수 있을지는 의심스러운 일입니다. 시는 아버지뿐 아니라 어머니도 있어야 하니까요. 두려운 일입니다만, 파시즘 시는 어떤 소도시 박물관의 유리병 속에서나 볼 수 있는 작고 끔찍스러운 발육 부전 생물일 것입니다. 그런 괴물은 결코 오래 살지 못한다고 합니다. 그런 괴물이 들판에서 풀을 뜯어 먹는 일은 아직 없었습니다. 몸통 하나에 머리가 두 개 있다면 오래 살지 못하지요.

그러나 이 모든 것에 대한 책임을 묻고자 한다면, 비난의 화살이 어느 일방의 성에만 쏠리는 것은 아닙니다. 선동가들과 개혁가들 모두가 책임을 져야 합니다. 즉 그랜빌 경에게 거짓말을 했을 때의 레이디 베스버러와 그레그 씨에게 진실을 말했을 때의 데이비스 양 모두 말입니다. 성을 의식하도록 만든 모든 사람들이 비난을 받아야 합니다. 그리고 내가 책에 관한 나의 재능을 펼치려고 할 때 그 책을 데이비스 양과 클러프 양이 태어나기 이전의 그 행복한 시대,

즉 작가가 자기 마음의 두 측면을 똑같이 사용했던 시대에서 찾도록 한 것도 그들입니다. 그렇다면 우리는 셰익스피어로 돌아가야 하겠지요. 셰익스피어의 마음은 양성적이었으니까요. 키츠와 스턴, 쿠퍼, 램, 콜리지도 그러했습니다. 아마도 셸리는 무성(無性)이었을 겁니다. 밀턴과 벤 존슨은 내면에 남성적인 기질을 너무 많이 가지고 있었지요. 워즈워스와 톨스토이도 마찬가지였습니다. 우리 시대에는 프루스트가 전적으로 양성적 마음을 가지고 있고 어쩌면 여성적 마음이 조금 더 우세하다고 할 수 있겠지요. 그러나 그런 결합은 너무 희귀한 것이라서 불평할 수 없습니다. 그런 류의 혼합이 없다면 지성이 우세하게 되어 마음의 다른 기능들은 무감각해지고 메마르게 되기 때문이지요. 그러나 이것은 일시적인 국면일 거라고 나는 자위했습니다. 여러분에게 내 사고의 궤적을 서술하겠다는 약속을 이행하면서 지금까지 이야기해 온 것의 많은 부분들이 시대에 뒤떨어진 것으로 보일 것입니다. 내 눈에는 불꽃을 내며 타오르는 것들이 아직 성년이 되지 않은 여러분에게는 모호해 보이겠지요.

그렇다 하더라도, 여기서 책상으로 가로질러 가서 '여성과 픽션'이라는 제목이 쓰인 종이를 들어 올리며 생각했습니다만, 내가 여기에 쓰게 될 첫 번째 문장은 바로 글을 쓰는 사람이 자신의 성을 염두에 두면 치명적이라는 것입니다. 순전한 남성 또는 순전한 여성이 되는 것은 치명적입니다. 인간은 남성적 여성이거나 여성적 남성이어야 합니다. 여성이 어떤 불평을 조금이라도 강조하거나 정당한 것이라 하더라도 어떤 대의를 변호하는 것, 어떤 식이건 여성으로서의 의식을 가지고 말하는 것은 치명적인 일입니다. 여기서 '치명적'이란 비유적인 표현이 아닙니다. 의식적인 편향성을 가지고 쓰인 것은 필연적으로 살아남지 못하기 때문입니다. 그것은 비옥해질 수 없지요. 그런 작품은 당장 하루 이틀 동안은 빛나고 효과적이며 강력한 걸작처럼 보일지 모르나, 해 질 무렵이면 시들어 버립니다. 다른 사람의 마음속에서 자라날 수 없는 것이지요. 창조적 예술이 이루어질 수 있으려면 먼저 마음속에서 여성성과 남성성이 협력해야 합니다. 마음속에서 반대되는 성들이 결합하여 신방(新房)에 들어야 하지요. 작가가 자신의 경험을 온전히 충실하게 전달하고 있다는 느낌을 줄 수 있으려면 마음 전체가 활짝 열려 있어야 합니다. 자유가 있어야 하고 또 평화가 있어야지요. 바퀴가 삐걱거리거나 빛이 깜박거려서도 안 됩니다. 커튼을 완전히 내려야지요. 작가는 일단 자신의 경험이 끝나면 드러누워서 자기 마음이 어둠 속에서 결혼식을 거행하도록 두어야 합니다.

그는 어떤 일이 일어나고 있는지 보거나 질문을 던져서도 안 됩니다. 오히려 그는 장미 꽃잎을 따거나 백조들이 조용히 강물에 떠가는 것을 지켜보아야 합니다. 나는 다시 보트와 학부생과 낙엽을 싣고 가던 그 흐름을 보았습니다. 그리고 남자와 여자가 함께 길을 가로질러 오는 것을 마음속으로 보면서, 또 멀리서 들리는 런던의 혼잡한 차 소리를 들으며 생각했지요. 택시에 그들이 탔고 그 흐름이 그들을 휩쓸어 거대한 물결 속으로 실어 갔다고요.

자, 여기서 메리 비턴은 말을 멈추었습니다. 그녀는 픽션이나 시를 쓰려면 일 년에 500파운드의 돈과 문에 자물쇠를 채울 수 있는 방이 필요하다는 결론(평범한 결론이지요.)에 어떻게 도달하게 되었는지를 여러분에게 이야기했습니다. 자신으로 하여금 이런 결론을 끌어내도록 만든 생각과 인상들을 털어놓으려고 노력했지요. 그녀는 교구 관리의 손짓에 놀라 허둥거리고 이곳에서 점심 식사를 하고 저곳에서 저녁을 먹고 대영 박물관에서 낙서를 하거나 서가에서 책을 꺼내며 창밖을 내다본 자신의 행로에 동행해 달라고 여러분에게 요청했습니다. 그녀가 이러저러한 일을 하는 동안에 틀림없이 여러분은 그녀의 결함과 단점을 지켜보았을 것이고 이런 결함들이 그녀의 견해에 어떤 영향을 미쳤는지를 판단했을 것입니다. 여러분은 그녀의 의견에 반론을 제기하고 여러분 나름대로 덧붙이거나 추론했겠지요. 그것은 당연한 일입니다. 왜냐하면 이러한 문제에서 진실이란 여러 가지 그릇된 의견들이 모두 개진된 후에야 비로소 얻어질 수 있기 때문입니다. 이제 나는 여러분이 제기하지 않을 수 없을 정도로 명백한 두 가지 비판을 스스로 제기하면서 이 글을 끝낼 것입니다.

여러분은 두 성의 상대적인 장점, 더 나아가 작가로서 각 성이 지니는 장단점에 대한 견해가 피력되지 않았다고 지적하겠지요. 그것은 의도적인 것이었습니다. 왜냐하면 그러한 가치 평가를 할 수 있는 시대가 온다 하더라도 (각 성의 능력에 대한 이론을 체계화하는 것보다는 여성이 얼마나 돈을 벌고 있고 방을 몇 개나 가지고 있는지를 아는 것이 지금으로서는 훨씬 더 중요합니다.) 나는 마음의 재능이나 성격의 특징이 설탕과 버터처럼 무게를 잴 수 있는 것이라고 생각하지 않습니다. 사람들을 등급별로 나누어 머리에 제모(制帽)를 씌우고 그들의 이름에 칭호를 붙이는 데 숙련된 케임브리지 대학에서도 마찬가지입니다. 휘터커의 『연감』[58]에서 찾아볼 수 있는 계층 순위표도

58 *Whitaker's Almanack*. 1868년부터 매년 발간되는 참고 서적으로서

궁극적인 가치 서열을 대변한다고 믿을 수는 없습니다. 또한 만찬회에 들어갈 때 바스 훈장을 단 지휘관이 정신 병원 원장보다 나중에 들어갈 거라고 상정하는 데도 납득할 만한 이유가 있다고 믿지 않습니다. 이와 같이 한 성을 다른 성에, 한 가지 자질을 다른 자질에 대립시키고 우월성을 주장하며 열등함을 전가하는 모든 행위들은 인간의 경험을 단계로 나누자면 사립 학교 단계에 속하는 것입니다. 그 단계에서는 '양편'이 있으며, 한편이 다른 편을 이겨야 하고, 연단에 올라가서 교장 선생님이 직접 주는 화려한 장식의 상배(賞盃)를 받는 일이 대단히 중요해 보이지요. 사람들은 점차 성장하면서 양편이라든가 교장 선생님 혹은 고도로 장식적인 상배를 믿지 않게 됩니다. 어쨌거나 책에 관한 한, 책의 장점을 기록한 꼬리표를 떨어지지 않게끔 붙이기가 어렵다는 것은 주지의 사실입니다. 현대 문학에 대한 평론들이 판단의 어려움을 끝없이 예시하고 있지 않습니까? 동일한 책이 '이 위대한 책' 또는 '이 무가치한 책'이라는 두 이름으로 불립니다. 칭찬은 비난과 마찬가지로 아무런 의미도 없습니다. 아니, 가치를 측정하는 것이 아무리 즐거운

클레오파트라의 오벨리스크와 더불어 타임캡슐에 보관될 정도로 지명도가 높다.

소일거리라 하더라도 그것은 더없이 무익한 일이며, 가치를 측정하는 사람들의 규정에 복종하는 것은 가장 굴욕적인 태도입니다. 여러분이 쓰고 싶은 것을 쓰는 것, 그것만이 중요한 일입니다. 그 책이 몇 세대 동안 가치 있을지 아니면 단지 몇 시간 동안만 중요할지는 아무도 예측할 수 없습니다. 그러나 은 항아리를 들고 있는 교장 선생님이나 소매를 걷어붙이고 자를 든 어떤 교수님에게 경의를 표하기 위해서 당신의 비전을 머리카락 한 올만큼이라도, 그 빛깔의 미묘한 색조라도 희생시킨다면, 그것은 가장 비굴한 변절입니다. 이에 비교하면 인간에게 가장 큰 재앙이라 일컬어지는 재산과 정조의 희생은 그저 사소한 고통일 뿐이지요.

다음으로, 이 모든 논의에서 내가 물질의 중요성을 지나치게 강조했다며 여러분이 이의를 제기할 거라고 생각합니다. 연간 500파운드란 심사숙고할 수 있는 능력을 상징하며 문에 달린 자물쇠는 스스로 사고할 수 있는 능력을 의미한다는 식으로 폭넓게 상징적인 해석을 붙인다 하더라도, 마음은 그런 것들을 능가해야 하며 위대한 시인들은 종종 가난한 사람들이었다고 반박하겠지요. 그렇다면 시인이 되기 위해 무엇이 필요한지를 나보다 더 잘 아는 여러분의 문학 교수가 한 말을 인용하겠습니다. 아서 퀼러 쿠치 경은 다음과 같이

말합니다.[59]

“지난 백 년 동안의 위대한 시인들은 누구인가? 콜리지, 워즈워스, 바이런, 셸리, 랜더, 키츠, 테니슨, 브라우닝, 아널드, 모리스, 로제티, 스윈번 — 여기서 멈춰도 될 것이다. 이들 중에서 키츠와 브라우닝, 로제티를 제외하곤 모두 대학 출신이며, 이들 세 명 중 한창 젊은 나이에 목숨을 빼앗긴 키츠만이 유복하지 않은 유일한 시인이었다. 이런 말을 하는 것이 야만적이며 서글픈 일로 여겨질 것이다. 그러나 엄연한 사실로서, 시적 재능이 내키는 대로 바람처럼 불어 가서 빈자에게나 부자에게 똑같이 존재한다는 주장은 거의 진실성이 없다. 엄연한 사실로서, 이 열두 명 중에서 아홉 명이 대학 출신이었고, 이는 그들이 어떤 방식으로든 영국이 제공할 수 있는 최고 교육을 받을 수 있는 수단을 획득했다는 것을 의미한다. 또한 엄연한 사실로서, 나머지 세 명 중에서 브라우닝은 알다시피 유복했다. 만약 그가 유복하지 않았더라면 그는 『사울』이나 『반지와 책』을 쓰지 못했을 것이다. 마찬가지로 러스킨도 아버지의 사업이 번창하지 못했더라면 『현대 화가들』을 쓸 수 없었을 것이다.

59 아서 퀼러 쿠치 경(Arthur Quiller-Couch), 『글쓰기의 기술(The Art of Writing)』—원주

로제티는 적지만 개인 수입이 있었으며, 게다가 그는 그림을 그렸다. 그중에 키츠만 남게 되는데 운명의 여신은 그가 젊을 때 그를 살해했다. 정신 병원에서 죽은 존 클레어나 낙심한 마음을 잠재우려고 상용한 아편으로 살해된 제임스 톰슨처럼 말이다. 이런 것들이 끔찍한 사실이긴 하지만 그것을 직시하기로 하자. 영국의 어떤 결함으로 인해서 요즈음뿐 아니라 과거 이백 년 동안에도 가난한 시인들은 아주 작은 기회조차 얻을 수 없었다는 것 — 한 국민으로서 우리에게 대단히 불명예스러운 일이긴 하지만 — 은 명백한 사실이다. 진심으로 말하건대 (나는 약 320개의 초등학교를 관찰하면서 족히 십 년을 보냈다.) 우리는 입으로는 민주주의에 대해 말하지만, 실제로 영국의 가난한 집 아이들은 위대한 작품을 산출하는 지적 자유로 해방될 희망이 아테네 노예의 아들만큼이나 없는 것이다."

어느 누구도 이 점에 대해 이보다 명료하게 표현할 수 없을 겁니다. "요즈음뿐 아니라 과거 이백 년 동안에도 가난한 시인들은 아주 작은 기회조차 얻을 수 없었다. ……영국의 가난한 집 아이들은 위대한 작품들을 산출하는 지적 자유로 해방될 희망이 아테네 노예의 아들만큼이나 없는 것이다." 바로 그것입니다. 지적 자유는 물질적인 것들에 달려 있습니다. 시는 지적 자유에 달려 있지요. 그리고 여성은 그저 이백 년 동안이 아니라 역사가 시작된 이래로 언제나 가난했습니다. 여성은 아테네 노예의 아들보다도 지적 자유가 없었습니다. 그러니 여성에게는 시를 쓸 수 있는 일말의 기회도 없었던 거지요. 이러한 이유로 나는 돈과 자기만의 방을 그토록 강조한 것입니다. 하지만 우리에게 좀 더 많이 알려지기를 바라는 과거 무명 여성들의 노고 덕분에, 그리고 신기하게도 두 차례의 전쟁 덕택으로, 즉 플로렌스 나이팅게일을 거실에서 뛰쳐나오게 했던 크림 전쟁과 약 육십 년 후 평범한 여성들에게도 문을 열어 준 유럽 전쟁으로 인해 이러한 해악은 개선되고 있습니다. 그렇지 않았더라면 여러분은 오늘 밤 여기 모일 수 없었을 것이며, 여러분이 연간 500파운드를 벌 수 있는 기회는, 유감스럽게도 지금도 불확실하긴 하지만, 극히 적었을 것입니다.

하지만 여성이 책을 쓰는 작업에 왜 그렇게 중요성을 부여하느냐고 여러분은 의문을 제기하겠지요. 내가 말한 바에 따르면, 책을 쓰는 작업은 엄청난 노력을 요구하고 어쩌면 숙모를 살해하기에 이를지도 모르며 거의 틀림없이 오찬 모임에 늦게 하고 아주 훌륭한 사람들과 무척 심각한 논쟁을 벌이도록 할 텐데 말이죠. 스스로 인정하지만, 내 동기는 부분적으로는 이기적인 것입니다. 대다수 교육받지 못한 영국 여성들처럼 나도 책 읽기를 — 대량으로 읽기를 — 좋아합니다. 최근에 나의 식단은 약간 단조로웠지요. 역사는 전쟁에 관해서 너무 많이 다뤘고 전기는 위인들에 관한 것이 너무 많았습니다. 내 생각에, 시는 빈곤해지는 경향을 드러냈고 소설은 — 그러나 현대 소설의 비평가로서 나의 무능함이 충분히 노출되었을 테니까 그것에 대해서는 더 이상 이야기하지 않겠습니다. 그러므로 나는 여러분에게 아무리 사소하고 아무리 광범위한 주제라도 망설이지 말고 어떤 종류의 책이라도 쓰기를 권하고 싶습니다. 무슨 수를 써서라도 여행하고 빈둥거리며 세계의 미래와 과거를 성찰하고 책을 읽고 공상에 잠기며 길거리를 배회하고 사고의 낚싯줄을 강 속에 깊이 담글 수 있기에 여러분 스스로 충분한 돈을 소유하게 되기 바랍니다. 나는 여러분을 픽션에만 한정하는 것이 결코 아니니까요. 여러분이 나를 (나와 같은 사람이 수천 명이나 있지요.) 즐겁게 해 주고 싶다면, 여러분은 여행과 모험에 관한 책, 연구서와 학술서, 역사와 전기, 비평과 철학, 과학에 대한 책들을 쓸 것입니다. 그렇게 함으로써 여러분은 틀림없이 픽션 기법에 도움을 주겠지요. 책이란 서로에게 영향을 미치지 않을 수 없으니까요. 픽션이 시나 철학과 뺨이 닿을 정도로 가까워지면 훨씬 나아질 것입니다. 게다가 사포와 무라사키 부인,[60] 에밀리 브론테와 같은 과거의 위대한 인물들을 생각해 보면, 그들은 창시자인 동시에 계승자이며, 여성이 자연스럽게 글을 쓰는 습관을 가졌기 때문에 그들이 존재하게 되었음을 알게 될 것입니다. 그러므로 시를 위한 전주곡으로라도 여러분의 그러한 행위는 무한한 가치를 가지게 될 것입니다.

그러나 내가 쓴 이 기록을 돌이켜 보고 내 사고의 궤적을 비판해 볼 때, 나의 동기가 전적으로 이기적이지만은 않았음을 깨닫게 됩니다. 이 논평들과 산만한 추론들 사이에는 어떤 확신 — 또는 어떤 본능이라고 할까요? — 이 흐르고 있습니다. 즉 좋은 책이란 바람직한 것이며, 좋은 작가들은 비록 그들이 인간적으로는 갖가지 타락상을 드러낸다 하더라도 좋은 인간들이라는 것입니다. 그러므로 내가 여러분에게 더 많은 책을 쓰라고 권하는 것은 여러분 자신에게 그리고 세계 전반에 도움이 될 일을 하라고 촉구하는 것입니다. 이러한 본능 또는 믿음을 어떻게 정당화할 수 있을지 모르겠습니다. 철학적 용어들은 대학에서 교육을 받지 못한 사람을 기만하기 쉬우니까요. '리얼리티'란 무엇을 의미할까요? 그것은 일정치 않은 어떤 것, 다분히 의존할

60 『겐지 이야기(源氏物語)』를 쓴 고대 일본의 여성 작가.

수 없는 어떤 것으로 보일 겁니다. 때로 먼지투성이의 길에서, 때로는 거리에 떨어진 신문 조각에서, 때로 햇빛을 받고 있는 수선화에서 리얼리티를 발견할 수 있겠지요. 그것은 또한 방에 있는 한 무리의 사람들을 비춰 주고, 어떤 우연한 말 한마디에도 강한 인상을 받도록 합니다. 그것은 별빛 아래에서 집으로 돌아가는 누군가를 압도하여 그 고요한 세계를 대화의 세계보다 더 리얼한 것으로 만들어 줍니다. 그리고 또 그것은 떠들썩한 피커딜리가의 버스 안에도 존재하지요. 때로 그것은 너무 멀리 떨어져 있어서 그 본질이 무엇인지 식별할 수 없는 형체들 속에 머무르는 듯합니다. 그러나 리얼리티가 손대는 것은 무엇이든지 고정되고 영원해집니다. 그것이야말로 하루의 껍질이 울타리 밖으로 던져질 때 뒤에 남는 것이고, 지나간 시간과 우리의 사랑과 증오에서 남는 것입니다. 내가 생각하는 바로는, 이제 작가들은 다른 사람들보다 더욱 풍부하게 이러한 리얼리티 속에서 생활할 기회를 갖게 됩니다. 리얼리티를 찾아내어 수집하고 그것을 여타의 사람들에게 전달하는 것이 작가의 의무이지요. 『리어 왕』, 『에마』 또는 『잃어버린 시간을 찾아서』를 읽으며 나는 최소한 그렇게 결론을 내립니다. 이런 책들을 읽고 나면 감각 기관이 신기한 개안 수술을 받은 듯 그 이후로는 사물이 더욱 강렬하게 보이지요. 세상은 그 덮개를 벗고 더욱 강렬한 삶을 드러내는 듯합니다. 리얼하지 않은 것과 반목하며 사는 사람은 부러워할 만한 사람들입니다. 반면 알지도 못하고 관심도 없는 일로 뒤통수를 얻어맞는 사람은 불쌍한 사람들입니다. 그러므로 내가 여러분에게 돈을 벌고 자기만의 방을 가지기를 권할 때, 나는 여러분이 리얼리티에 직면하여 활기 넘치는 삶을 영위하라고 조언하는 겁니다. 여러분이 그런 삶을 나눠 줄 수 있건 그렇지 않건 말이지요.

나는 여기서 멈추고 싶지만, 모든 강연은 결론을 맺고 끝내야 한다는 관습적 명령이 압력을 가하는군요. 여성들을 대상으로 한 강연에서 결론이란, 여러분도 동의하겠지만, 특히 여성들의 용기를 북돋고 고양시키는 무엇인가가 있어야겠지요. 나는 여러분에게 더욱 고귀하고 더욱 정신적인 여러분의 임무를 기억하라고 간청해야 할 것입니다. 또 여러분에 의존하고 있는 것이 얼마나 많은지, 여러분이 미래에 어떤 영향력을 발휘할 수 있는지 상기시켜야겠지요. 그러나 이런 권고들은 다른 성의 몫으로 안전하게 남겨 두겠습니다. 그들은 내가 구사할 수 있는 것보다 훨씬 유창한 웅변으로 그것을 표현할 것이고 실제로 그렇게 해 왔으니까요. 내 마음속을 샅샅이 뒤져 보아도, 나는 남성의 동료라든가 남성과 대등한 사람이 되고자 하는 고귀한 감정을 찾을 수 없고 더 높은 목적을 위해 세상에 영향을 끼치려는 생각도 없습니다. 나는 그저 다른 무엇이 아닌 자기 자신이 되는 것이 훨씬 중요한 일이라고 간단하게 그리고 단조롭게 중얼거릴 뿐입니다. 다른 사람에게 영향을 미치겠다는 생각은 꿈도 꾸지 마시오, 하고 나는 말할 겁니다. 그 말을 고귀하게 들리게끔 표현할 수 있다면 말이지요. 오로지 사물을 그 자체로 생각하십시오.

나는 신문과 소설, 전기들을 띄엄띄엄 읽으면서, 여성이 다른 여성에게 이야기할 때 그녀의 소매에 어떤 불쾌한 것을 숨겨 두고 있다는 통념을 또다시 생각하게 되었지요. 여성은 여성에게 가혹합니다. 여성은 여성을 싫어하지요. 여성은 — 그런데 여러분은 그 단어에 진절머리가 나지 않습니까? 나는 그렇다고 단언할 수 있습니다. 그러니 한 여성이 다른 여성에게 읽어 주는 강연문은 특히 불쾌한 이야기로 끝나야 한다는 점에 동의하도록 합시다.

그러나 어떻게 해야 할까요? 내가 무엇을 생각할 수 있을까요? 사실은, 나는 종종 여성을 좋아합니다. 나는 그들의 비관습성을 좋아합니다. 그들의 예민함을 좋아하고 그들의 익명성을 좋아하지요. 나는 또 — 하지만 이런 식으로 계속해서는 안 되겠지요.

저기 있는 벽장에 — 여러분은 그 안에 깨끗한 식탁보만 들어 있다고 말씀하시는데요, 만약 아치볼드 보드킨 경[61]이 그 안에 숨어 있다면 어찌 될까요? 그러므로 좀 더 엄격한 논조를 띠겠습니다. 내가 앞에서 남성들의 경고와 책망을 충분히 여러분에게 전달했습니까? 오스카 브라우닝 씨가 여러분을 상당히 저급하게 평가했다는 것을 말씀드렸지요? 나폴레옹은 예전에 여러분에 대해서 어떻게 생각했는지, 무솔리니는 지금 어떻게 생각하는지를 지적했습니다. 그리고 여러분이 픽션을 쓰고자 열망하는 경우에 여러분에게 도움이 되도록 여러분의 성의 한계를 용감하게 인정하라는 비평가의 충고를 인용했지요. X 교수를 언급했고, 여성은 지적으로, 도덕적으로, 신체적으로 남성보다 열등하다는 그의 진술을 각별히 제시했습니다. 굳이 찾으러 다니지 않아도 나에게 흘러들어 온 모든 진술을 여러분에게 건네주었습니다. 여기 마지막 경고가 남아 있습니다. 존 랭던 데이비스 씨가 보낸 것이지요.[62] 존 랭던 데이비스 씨는 "아이가 전적으로 바람직하지 않은 나이가 될 때, 여성도 전적으로 필요하지 않은 존재가 된다."라고

61 래드클리프 홀의 소설 『고독의 우물』을 기소한 검찰 국장.

62 존 랭던 데이비스(John Langdon Davies), 『여성사 개요(A Short History of Women)』—원주

여성들에게 경고합니다. 여러분이 이것을 기록해 두기 바랍니다.

여러분에게 자신의 일에 매진하라고 이 이상으로 격려할 수 있을까요? 젊은 여성들이여, 결론이 나오고 있으니 집중해 주십시오, 하고 말하겠습니다. 내 생각으로는, 여러분은 수치스러울 정도로 무지합니다. 여러분은 어떤 종류든 중요한 것을 발견한 적이 한 번도 없습니다. 여러분은 제국을 뒤흔들거나 군대를 전투로 이끈 적도 없습니다. 셰익스피어의 희곡은 여러분이 쓴 것이 아니며, 여러분은 야만인들에게 문명의 축복을 전달하지도 않았습니다. 여러분은 무어라고 변명할 겁니까? 여러분은 교역과 기업 또는 사랑놀이에 바쁘게 몰두하고 있는 흑인, 백인, 커피색 피부의 주민들로 꽉 차 있는 지구의 거리와 광장과 숲을 가리키면서 우리는 다른 일을 책임지고 있었다고 말하겠지요. 우리가 일하지 않았더라면 대양을 횡단하는 일도 없었을 것이고 이 비옥한 땅들은 황무지였을 거라고요. 통계에 따르면 현재 존재하는 16억 2300만의 인간들을 우리가 낳았고 어쩌면 예닐곱 살까지 기르고 씻기며 가르쳤습니다. 누군가의 도움을 받았다 하더라도, 그 일은 상당한 시간이 걸리는 것입니다.

여러분의 말에는 진실이 담겨 있습니다. 나는

그것을 부정하려는 것이 아닙니다. 그러나 동시에 나는 여러분에게 상기시켜 드릴 것입니다. 1866년 이래 영국에는 여성을 위한 대학이 적어도 두 곳 존재해 왔으며, 1880년 이후에는 기혼 여성이 자신의 재산을 소유하도록 법적으로 허용되었고, 1919년 — 꼭 구 년 전의 일인데 — 에 여성은 투표권을 얻게 되었다는 것을 말입니다. 또한 대부분의 전문직이 여러분에게 개방된 지 대략 십 년 정도 되었다는 사실을 상기시켜 드릴까요? 여러분이 이 막대한 특권들과 그것들을 누릴 수 있었던 기간을 곰곰이 생각해 보고, 이 순간에도 이러저러한 방법으로 연간 500파운드 이상을 벌 수 있는 여성이 약 이만여 명 있다는 사실을 숙고해 본다면, 기회가 부족하고 훈련이나 격려를 받지 못했으며 여유와 돈이 없다는 변명은 더 이상 유효하지 않다는 사실에 동의할 겁니다. 게다가 경제학자들은 시턴 부인이 아이를 너무 많이 낳았다고 말합니다. 물론 여러분도 계속 아이를 낳아야겠지요. 하지만 그들이 말하기로는 열이나 열두 명이 아니라 둘이나 셋이어야 한다는군요.

그리하여 여러분의 손에 남게 된 시간과 여러분의 두뇌에 쌓인 학식으로 (내가 느끼기로는, 여러분은 다른 종류의 지식은 충분히 가지고 있기 때문에, 부분적으로 탈교육화되기 위해서 대학에 보내집니다.) 분명 여러분은 매우 길고 무척 고되며 대단히 미천한 경력의 또 다른 단계에 착수해야 합니다. 여러분이 무엇을 해야 하고 어떤 영향력을 가져야 할지를 제시해 주려고 수천 개의 펜이 대기하고 있습니다. 나의 제안은 약간 환상적이라는 것을 스스로 인정합니다. 그러므로 픽션의 형식으로 그것을 표현하는 것이 더욱 좋겠지요.

이 강연의 중간에서 셰익스피어에게 누이가 있었다고 여러분에게 말했지요. 그러나 시드니 리 경의 시인전(傳)에서 그녀를 찾지 마십시오. 그녀는 젊어서 죽었고, 슬프게도 글 한 줄 쓰지 못했습니다. 그녀는 지금 엘리펀트 앤 캐슬 맞은편 버스가 정류하는 곳에 묻혀 있지요. 이제 나의 신념은 글 한 줄 쓰지 못한 채 교차로에 묻힌 이 시인이 아직 살아 있다는 것입니다. 그녀는 여러분 속에 그리고 내 속에, 또 오늘 밤 설거지하고 아이들을 재우느라 이곳에 오지 못한 많은 여성들 속에 살아 있습니다. 그녀는 살아 있지요. 위대한 시인은 죽지 않으니까요. 그들은 계속되는 존재들입니다. 그들은 우리 속으로 걸어 들어와 육체를 갖게 될 기회를 필요로 할 뿐입니다. 이제 여러분의 힘으로 그녀에게 이런 기회를 줄 수 있는 가능성이 커지고 있습니다. 우리가 앞으로 백 년 정도 살게 되고 (우리가 개인으로 살아가는 각자의 짧은 인생이 아니라 진정한 삶이라 말할 수 있는 공동의 생활을 언급하는 겁니다.) 각자가 연간 500파운드와 자기만의 방을 가진다면, 그리고 우리가 스스로 생각하는 것을 정확하게 표현할 수 있는 용기와 자유의 습성을 가지게 된다면, 우리가 공동의 거실에서 조금 탈출하여 인간을 서로에 대한 관계에서만이 아니라 리얼리티와 관련하여 본다면, 그리고 하늘이건 나무이건 그 밖의 무엇이건 간에 사물을 그 자체로 보게 된다면, 아무도 시야를 가로막아서는 안 되므로 밀턴의 악귀를 넘어서서 볼 수 있다면, 매달릴 팔이 없으므로 홀로 나아가야 하고 남자와 여자의 세계만이 아니라 리얼리티의 세계와 관련을 맺고 있다는 사실 — 그것이 사실이므로 — 을 직시한다면, 그때에 그 기회가 도래하고 셰익스피어의 누이였던 그 죽은 시인이 종종 스스로 내던졌던 육체를 걸치게 될 것입니다. 그녀의 오빠가 그러했듯이, 그녀는 선구자들이었던 무명 시인들의 삶에서 자기 생명을 이끌어 내며 태어날 것입니다. 그러한 준비 작업 없이, 우리 편에서 그런 노력을 기울이지 않고, 그녀가 다시 태어날 때 그녀가 살아갈 수 있고 자신의 시를 쓸 수 있다고 느끼게끔 만들겠다는 결단 없이, 그녀가 출현할 것을 기대할 수는 없습니다. 그것은 불가능하니까요. 그러나 우리가 그녀를 위해 일한다면 그녀가 출현하리라는 것과 비록 가난한 무명인의 처지에서라도 그것을 위해 일하는 것은 가치 있는 일이라고 단언합니다.

런던 거리 헤매기

런던 거리를 산책하며 만난 다양한 사람들의 심리 묘사를 통해 조화로운 인간관계의 가능성을 모색한 산문. 런던이라는 보물 더미에서 건져 낸 유일한 전리품 '연필 한 자루'로 세상에 질문하고 답하는 과정을 담았다. 1930년 출간.

런던 거리 헤매기

런던 거리 헤매기

아마 연필에 대해 열렬한 감정을 느낀 사람은 없을 것이다. 그러나 연필을 꼭 손에 넣고 싶은 상황이 있다. 티타임과 정찬 시간 사이에 런던 거리의 절반을 거닐기 위해 그 목적이나 목표, 핑곗거리를 찾으려는 순간들이다. 여우 사냥꾼이 말의 품종을 보존하기 위해 사냥을 하고, 골프 치는 사람들이 건설업자들로부터 녹지를 보존하기 위해 골프를 치듯이, 거리를 거닐고 싶은 욕구가 일 때는 연필이 좋은 핑계가 된다. 그래서 자리에서 일어서면서 우리는 "연필을 사야겠어."라고 말한다. 이런 구실을 대면 겨울에 런던에서 생활하며 누릴 수 있는 가장 큰 기쁨, 런던 거리를 헤매는 기쁨에 탐닉해도 무방하다는 듯이.

시간은 저녁 무렵, 계절은 겨울이어야 한다. 겨울에 샴페인 색으로 빛나는 공기와 거리의 친화력이 상쾌하기 때문이다. 여름날처럼 그늘과 고독을 바라고 풀밭의 달콤한 공기를 갈망하며 시달리지 않는다. 저녁이 되면 어둠이 깔리고 가로등 불이 켜지면서 제멋대로 굴어도 좋다는 기분을 일으키기도 한다. 우리는 이제 평소와 다르다. 맑은 저녁나절 4시에서 6시 사이에 집을 나서면 우리는 친구들이 아는 우리의 자아를 떨치고 익명의 도보 여행자들로 이루어진 방대한 공화국 군대에 속하게 된다. 홀로 자기 방에 있다가 나와서 그들과 어울리면 아주 유쾌하다. 자기 방에서는 기묘한 자기 기질을 끊임없이 드러내고 과거 경험을 억지로 떠올리는 물건들에 둘러싸여 있기 때문이다. 가령 벽난로 위의 사발은 바람이 세차게 불던 날에 만토바에서 산 것이다. 우리가 가게를 나서려 했을 때 험상궂은 노파가 우리의 스커트를 잡아당기며 조만간 자기가 굶어 죽을 거라고 말하더니 "이걸 가져가요!"라고 소리치며 다시는 돈키호테처럼 관대하게 굴지 않겠다는 듯이 푸른색과 흰색이 어우러진 사발을 우리 손에 밀어 넣었다. 그래서 죄를 지은 듯이, 하지만 몹시 바가지를 썼을 거라고 의심하면서 우리는 사발을 들고 작은 호텔에 돌아왔다. 한밤중에 그 호텔 주인이 아내와 너무도 맹렬한 말다툼을 벌이는 바람에 우리는 안뜰로 몸을 내밀고 기둥들 사이로 늘어진 포도 덩굴과 하늘에서 빛나는 흰 별들을 보았다. 그 순간은 모르는 사이에 슬그머니 흘러가는 무수한 순간들 속에 확실히 박혔고 동전처럼 지울 수 없이 새겨졌다. 거기에 우울한 영국인도 있었는데, 그는 커피 잔들이 널린 작은 철제 탁자에서 일어나 여행자들이 그렇듯이 자기 영혼의 비밀을 드러냈다. 이탈리아와 바람 부는 새벽, 기둥들 사이에 늘어진 포도 넝쿨, 영국인과 그의 영혼의 비밀, 이 모든 것이 벽난로 위의 사발에서 뭉게뭉게 피어오른다. 바닥을 내려다보면 카펫에 갈색 자국이 있다. 로이드 조지가 그 자국을 냈다. "그 인간은 악마야!"라고 커밍스가 말하며 찻주전자에 물을 부으려던 주전자를 내려놓아 카펫을 태워 갈색의 둥근 그을음을 만들었다.

그러나 문을 닫고 밖에 나서면 그 모든 것이 사라진다. 우리 영혼이 자기 집으로 독특한 형체를 마련하려고 분비한 조개껍질 같은 덮개가 부서진다. 그러면 온통 찌그러지고 거친 껍질 속에 든 굴 같은 지각력이, 거대한 눈이 남는다. 겨울의 거리는 얼마나 아름다운가! 거리는 드러나기도, 가려지기도 한다. 여기 문들과 창문들이 대칭적으로 쭉 늘어선 거리들이 아득하게 이어진다. 저기 가로등 아래 섬처럼 떠도는 흐릿한 빛 사이로 남자들과 여자들이 환히 모습을 드러내며 재빨리 지나간다. 가난하고 초라한 행색임에도 그들은 어떤 비현실적인 표정, 의기양양한 분위기를 띠고 있다. 그들이 인생을 따돌렸기에 인생이 외려 자신의 먹잇감에게 속아 그들을 놓친 채 더듬거리며 다니는 듯하다. 그러나 결국 우리는 표피를 매끄럽게 스쳐 나아갈 뿐이다. 눈은 광부도 잠수부도 아니며 숨겨진 보물을 찾지도 않는다. 눈은 우리를 부드럽게 떠내려 보내며 쉬고 멈추고, 그것이 바라보는 동안 두뇌는 잠잔다.

빛이 섬처럼 군데군데 떠 있고 어둠이 긴 숲처럼 깔린 저녁 시간의 런던 거리는 얼마나 아름다운가. 그 한쪽에 나무 몇 그루가 점점이 박혀 있고 잔디가 깔린 공간에 어둠이 몸을 웅크리고 자연스레 잠에 빠진다. 철책을 지나다 보면, 주위에 고요한 들판이 펼쳐진 듯이 조그맣게 사각거리며 흔들리는 나뭇잎과 어린 가지 소리가 들리고 올빼미의 울음, 멀리 골짜기에서 덜커덕거리는 기차 소리가 들려온다. 그렇지만 여기는 런던이라고 스스로 상기시킨다. 헐벗은 나무들 사이로 높이 걸려 있는 길쭉한 창문에서 적황색 불빛이 새어 나온다. 나지막이 떠 있는 별처럼 가로등에서 눈부신 빛이 꾸준히 타오른다. 시골의 평화로움이 고스란히 머물고 있는 이 텅 빈 공간은 런던 광장일 뿐이다. 광장을 둘러싼 사무실과 저택 들에서 이 시간에는 맹렬한 불빛이 지도와 서류 위에, 서기가 물에 적신 검지로 끝없이 쌓인 통신 서류철을 넘기며 앉아 있는 책상에 쏟아진다. 혹은 난로 불빛과 램프 불빛이 흔들리며 더 멀리 퍼져 나가 내밀한 응접실과 안락의자, 신문과 도자기, 상감 장식이 있는 탁자, 차를 정확히 몇 스푼 떠내는 여자의 모습을 비춘다. 그녀는 아래층에서 울리는 벨과 "집에 계세요?"라고 묻는 누군가의 목소리를 들은 듯이 문을 바라본다.

하지만 여기서 단호히 멈춰야 한다. 눈이 인정하는 것 이상으로 깊이 파고들 위험이 있다. 매끄러운 물결을 따라 흘러가다가 나뭇가지나 뿌리에 걸릴지도 모른다. 잠자고 있던 군대가 언제든 들고 있어나 그에 호응하는 수천 개 바이올린과 트럼펫을 우리의 내면에서 일깨울지 모른다. 인간의 군대가 깨어나 온갖 괴벽과 고통과 추잡함을 들이밀지 모른다. 조금만 더 미적거리면서 그저 표면에 만족하기로 하자. 화려하게 번쩍이는 버스, 노란 옆구리 살과 선홍색 스테이크용 고기의 살색이 빛나는 정육점, 꽃가게 창문의 판유리 너머로 화려하게 타오르는 붉고 푸른 꽃다발들.

눈은 오로지 아름다움에 머무는 희한한 속성을 갖고 있기 때문이다. 나비처럼 눈은 색깔을 찾아내고 따스함에 잠긴다. 자연이 애써 반짝이게 닦고 멋을 부린 이런 겨울밤에 눈은 가장 아름다운 트로피들을 되찾고, 온 지구가 보석인 듯이 에메랄드와 산호 조각을 작게 잘라낸다. 눈은 이 트로피들의 모호한 모서리와 관계가 분명히 드러나도록 조정할 수 없다.(전문적이지 않은 평범한 눈에 대해 말하고 있다.) 그러므로 이 단순하고 달콤한 음식, 구도가 잡히지 않은 순수한 아름다움을 오래 섭취한 후 우리는 포만감을 의식하게 된다. 우리는 구두 가게 문 앞에 멈춰 서서 시시한 핑계를 댄다. 거리의 빛나는 장식들을 접어 넣고 한층 어둑한 존재의 방으로 물러나는 진짜 이유와는 아무 상관 없는 핑계다. 그곳에 들어가서 우리는 순순히 왼발을 들어 받침대에 올려놓으며 "그런데 난쟁이가 된다면 어떨까?"라고 물을지 모른다.

그녀를 호위하며 들어선 두 여자는 보통 체구였기에 그녀 옆에서 너그러운 거인처럼 보였다. 상점의 여직원에게 미소를 지으며 그들은 그녀의 장애에 아무 책임도 없다고 주장하면서 동시에 그녀에게 보호해 주겠다고 장담하는 것 같았다. 그녀는 장애인의 얼굴에서 흔히 볼 수 있는 짜증스러우면서도 미안해하는 표정을 띠고 있었다. 동행인들의 친절이 필요했지만 그것에 분개하는 얼굴이었다. 키 큰 여자들이 점원을 불러서 너그러운 미소를 지으며 이 숙녀에게 맞는 구두를 요청했다. 점원이 그녀 앞에 작은 발판을 내밀자 그 난쟁이는 우리 모두의 관심을 끌려는 듯이 열렬히 발을 내밀었다. '이걸 봐! 이걸 봐!' 우리에게 요청하는 것 같았다. 보라, 성인 여자의 예쁘고 완벽하게 균형 잡힌 발이었다. 귀족적인 품위가 깃든 아치형이었다. 발판 위에 올린 발을 바라보면서 그녀의 태도가 사뭇 달라졌다. 만족스럽고 흐뭇한 모양이었다. 자신감에 차서 당당해졌다. 그녀는 거듭거듭 새 구두를 가져오게 하고, 계속 구두를 신어 보았다. 노란 구두, 황갈색 구두, 표범 가죽 구두를 신고 발만 비치는 거울 앞에 서서 한 발끝으로 돌았다. 짧은 스커트를 들어 올리고 짧은 다리를 드러내기도 했다. 어떻든 발이 온 몸에서 가장 중요한 부분이라고 생각했고, 여자들은 오로지 발 덕분에 사랑을 받아 왔다고 속으로 말했다. 자기 발만 쳐다보면서 몸의 다른 부분도 그 아름다운 발과 똑같다고 상상했을 것이다. 그녀의 옷은 초라했지만 구두에는 돈을 얼마든지 쓸 용의가 있었다. 이럴 때만 남들의 시선이 두렵지 않았고 적극적으로 관심을 끌고 싶었기에 그녀는 무슨 수를 쓰더라도 가급적 오래 걸려 구두를 선택하고 신어 볼 작정이었다. 이쪽으로 발을 내딛고 저쪽으로 걸음을 옮기면서 그녀는 말하는 것 같았다. '내 발을 봐. 내 발을 보라고.' 갑자기 그녀의 얼굴이 큰 기쁨으로 환해진 것으로 보아 상점 점원이 사근사근하게 알랑거리는 말을 했음이 틀림없다. 그런데 키 큰 여자들이 자비롭기는 했지만 다른 볼일이 있었기에 결국 그녀는 마음을 정하고 어느 구두를 선택할지 결정해야 했다. 마침내 구두가 선택되었다. 꾸러미를 손에 걸고 호위자들 사이에서 걸어 나갈 때 그녀의 얼굴에서 희열이 사라지고 인식이 되돌아오고 예전의 짜증과 미안해하는 표정이 되살아났다. 다시 거리에 나섰을 때 그녀는 난쟁이가 되어 있었다.

그러나 그녀가 분위기를 바꾸어 놓았다. 그녀를 뒤따라 우리가 거리에 나섰을 때, 그녀가 불러낸 분위기가 척추 장애인과 뒤틀리고 장애가 있는 사람들을 실제로 만들어 낸 것 같았다. 형제로 보이는 수염 난 두 남자가 눈이 완전히 멀어서 가운데 있는 어린 꼬마의 머리에 손을 얹고 몸을 가누면서 거리를 따라 내려갔다. 완강하면서도 떨리는 맹인의 걸음걸이였다. 그들을 덮친 무시무시하고도 불가피한 운명을 다가오는 이들에게 더해 주는 것 같았다. 그들이 고개를 꼿꼿이 들고 지나갈 때 그 작은 무리는 침묵 속에 똑바로 불행을 몰고 감으로써 행인들을 뿔뿔이 갈라놓는 것 같았다. 실로 그 난쟁이는 절뚝거리며 기이한 춤을 추기 시작했고 거리의 모든 사람이 동참했다. 번들거리는 물개 가죽에 꼭 감싸인 통통한 부인, 지팡이의 은 손잡이를 빨고 있는 지적 장애아, 부조리한 인간 상황에 갑자기 압도되어 주저앉아서 보려는 듯이 문간에 쭈그린 노인. 모두가 절뚝거리고 탁탁 두드리며 난쟁이의 춤에 끼어들었다.

이 절름발이와 맹인들, 이 장애인들이 어떤 틈과 구석에서 살아왔을까 의아해질 수 있다. 여기 홀번

거리와 스트랜드 거리 사이의 비좁고 낡은 집들의 꼭대기 층에서 살아갈지 모른다. 여기에 기묘한 이름을 가진 사람들이 아주 다양한 별난 직업을 갖고 있어서 금박을 제조하거나 스커트 주름을 박고 단추를 씌우거나 더욱 기발하게도 받침 있는 컵이나 사기 우산 손잡이, 순교자 성인들의 초상화를 팔아서 생계를 잇는다. 그곳에서 그들은 기숙한다. 물개 가죽 재킷을 입은 여자는 스커트 주름을 박는 사람이나 단추를 씌우는 남자와 함께 낮 시간을 보내며 인생을 견딜 만하다고 여길 것 같다. 그처럼 색다른 삶은 전적으로 비극적일 수 없다. 그들은 우리가 누리는 풍요를 배 아파 하지 않으리라고 우리는 생각한다. 그런데 모퉁이를 돌아서면 갑자기 험악한 인상에 굶주림에 찌들어 비참한 기분으로 쏘아보는 수염 난 유대인과 맞닥뜨린다. 혹은 죽은 말이나 당나귀에 황급히 던져진 덮개 같은 망토에 휘감긴 채 공공건물의 층계에 버림받고 엎어져 있는 노파의 웅크린 몸을 지나친다. 이런 광경을 보면 척추의 신경이 곤두선다. 눈에서 돌연히 불꽃이 타올라 흔들린다. 답이 없는 질문이 던져진다. 이런 낙오자들은 빈번히 극장 가까이 손풍금 소리가 들리는 곳에, 밤이 깊어 가면서 만찬에 가는 사람들과 무희들의 금박 외투와 환히 빛나는 다리가 거의 닿을 곳에 엎어져 있다. 이처럼 문간에 엎드린 여자들이나 맹인 남자들,

절뚝거리는 난쟁이들에게, 바로 옆의 상점들에서는 당당한 백조의 도금된 목 모양이 떠받치는 소파, 알록달록한 과일이 듬뿍 담긴 바구니가 새겨진 탁자, 멧돼지 머리의 무게를 지탱하도록 녹색 대리석을 깐 작은 탁자, 금박 입힌 바구니, 나뭇가지 모양 촛대, 세월이 흘러 색이 바래서 카네이션 꽃들이 연녹색 바다에 거의 사라져 버린 카펫을 판매한다.

지나치면서 흘끗 쳐다보면, 모든 것에 우연히도 기적적으로 아름다움이 흩뿌려져 있다. 마치 옥스퍼드 거리의 기슭에 시간에 맞춰 단조롭게 짐을 내려놓는 교역의 파도가 오늘 밤에는 보물만 해안에 던져 놓은 듯이. 물건을 살 생각은 전혀 없이 눈은 장난치며 흥겨워한다. 눈은 창조하고, 장식하고, 멋지게 꾸민다. 거리에 서서 우리는 상상으로 방대한 저택을 세우고 온갖 방들을 소파와 탁자, 카펫으로 마음대로 꾸밀 수 있다. 저 양탄자는 현관에 적합하고, 저 매끄럽고 흰 수반은 창가의 깎아 만든 탁자에 올려놓아야겠다. 떠들썩하게 수선 떠는 우리의 모습이 저 두툼하고 둥근 거울에 비칠 것이다. 그렇지만 집을 세우고 가구를 비치했어도 다행히 그 집을 소유해야 할 의무는 없다. 눈 깜박할 사이에 그 집을 해체하고 다른 집을 지어 다른 의자와 다른 거울을 비치할 수 있다. 아니면 골동품 보석상에 진열된 반지들과 걸려 있는 목걸이에 탐닉하자. 가령 저 진주를 골라서 몸에 걸면 인생이 어떻게 달라질지 상상해 보자. 곧 새벽 2~3시가 된다. 인적이 끊긴 메이페어 거리에 가로등이 희푸른 빛을 발한다. 이 시간에는 자동차만 오가고, 공허하고 비현실적이며 호젓하게 흥겨운 느낌이 엄습한다. 진주를 걸고 실크 드레스를 입고 잠든 메이페어의 정원들이 내려다보이는 발코니로 걸어 나간다. 법정에서 돌아온 저명한 귀족들과 실크 양말을 신은 하인들, 정치가의 손을 힘주어 잡은 과부들의 침실에 촛불 몇 개가 켜져 있다. 고양이 한 마리가 정원 담벼락을 기어오른다. 사랑의 행위가 두터운 초록 커튼 뒤의 어두운 방구석에서 쉬쉬 소리를 내며 유혹적으로 일어난다. 연로한 수상은 햇빛에 잠긴 영국의 여러 주와 자치주 들이 내려다보이는 테라스를 거닐 듯이 차분하게 걸음을 옮기며 곱슬머리에 에메랄드를 달고 있는 귀부인에게 국사에 큰 위기가 닥쳤던 일을 정확히 들려준다. 우리는 가장 커다란 배의 가장 높은 돛대 꼭대기에 타고 있는 듯하다. 그렇지만 동시에 우리는 이런 일들은 중요하지 않고, 사랑은 이렇게 증명되지 않으며, 위대한 업적은 이렇게 완성되지 않는다는 것을 안다. 그래서 우리는 발코니에 서서 메리 공주의 정원 담벼락을 기어가는 달빛 어린 고양이를 바라보며 그 순간을 희롱하고 우리의 깃털을 그 순간에 가볍게 꽂는다.

그러나 얼마나 터무니없는 상상인가! 실은 정각 6시이고, 겨울 저녁이다. 우리는 연필을 사러 스트랜드 거리로 가고 있다. 그렇다면 어떻게 6월에 진주 목걸이를 걸고 발코니에 서 있을 수 있는가? 이보다 터무니없는 일이 있을까? 하지만 이는 자연의 우행이지 우리의 우행이 아니다. 자연은 자신의 최고 걸작으로 인간을 만드는 일에 착수했을 때 오로지 한 가지만 생각해야 했다. 그런데 자연은 고개를 돌리고 자기 어깨 너머로 우리를 하나하나 들여다보면서 우리의 주된 본성과는 전적으로 모순되는 본능과 욕망이 스며들게 놔두었다. 그래서 우리는 줄이 그어지고 얼룩덜룩한 혼합물이 되었고 색깔이 바랬다. 진정한 자아는 1월에 보도 위에 서 있는 이것인가 아니면 6월의 발코니에서 고개를 숙이고 있는 저것인가? 내가 여기 있는가, 저기 있는가? 아니면 진정한 자아는 이도 저도 아니고, 여기도 저기도 아니고, 너무도 다양하고 종잡을 수 없는 것이라서, 우리가 그것의 소망을 마음껏 펼치게 하여 방해받지 않고 제 갈 길을 갈 때만이 실로 우리 자신이 되는 걸까? 상황은 통합성을 요구한다. 편의를 위해 인간은 통합체가 되어야 한다. 저녁에 집 문을 열고 들어서는 선량한 시민이라면 은행가이자 골프 치는 사람이고 남편이자 아버지여야 한다. 사막을 유랑하는 유목민이나 하늘을 응시하는 신비주의자, 샌프란시스코 슬럼가의 난봉꾼, 혁명에 앞장선 군인, 무신론과 고독으로 울부짖는 떠돌이가 아니다. 그는 집 문을 열 때 손가락으로 머리칼을 쓸고 자기 우산을 다른 것들처럼 우산꽂이에 넣어야 한다.

그런데 어느덧 너무 이르지 않은 시간에 중고 서점에 이르렀다. 여기서 우리는 이처럼 거슬러 흐르는 존재의 흐름에서 정박할 곳을 발견한다. 거리의 빛나는 풍경과 비참한 광경을 본 후 여기서 균형을 잡는다. 출입문에서는 보이지 않지만 서점 주인의 아내가 활활 타오르는 석탄불 옆에 앉아 난로망에 발을 올려놓은 모습은 보기만 해도 차분하고 유쾌해진다. 그녀는 책을 읽는 일이 없고 고작해야 신문을 본다. 책 파는 일과 무관하게 얘기할 때는 아주 즐겁게 모자를 화제에 올린다. 예쁘고도 실용적인 모자를 좋아한다고 그녀는 말한다. 아니, 우리는 서점에서 살지 않아요. 브릭스톤에 살아요. 난 녹색 식물을 옆에 두고 봐야 해요. 여름에는 내 정원에서 자란 꽃을 단지에 담아 먼지 덮인 책 더미 위에 두면 서점에 생기가 돌지요. 책들은 어디에나 있고, 우리 마음은 늘 똑같은 모험심으로 채워진다. 헌책은 길들지 않은, 부랑하는 책이다. 오합지졸의 책들이 엄청난 무리를 이루어 모여 있기에, 서재의 길든 책들에 없는 매력이 있다. 더욱이 이처럼 아무렇게나 잡다하게 모인 무리에서 우리는 운이 좋으면 이 세상에서 최고의 벗이 될 완벽한 이방인과 스칠 수 있다. 너무 낡아 버려진 기색이 역력해 윗 선반에서 빼낸 희끄무레한 책에서 양모 시장을 답사하려고 백 년 전에 말을 타고 중부 지방과 웨일스로 떠난 사람을 만날지 모른다는 희망이 늘 존재한다. 어떤 미지의 여행자는 여관에 묵었고, 맥주를 마셨고, 예쁜 아가씨들과 윤리적 관습을 주목했고, 그 모든 것을 순전히 그 일이 좋아서 완강하게 노고를 들여 기록했다.(그 책은 자비로 출판되었다.) 그는 대단히 몰취미하고 분주하며 사무적인 인물이라서, 자신을 묘사하면서 자기도 모르는 사이에 접시꽃과 건초 냄새가 흘러들게 놔두었다. 그래서 그는 마음의 따뜻한 난롯가 구석에서 영원히 자리를 차지하게 되었다. 지금 그 책은 18펜스에 살 수 있다. 3실링 6펜스 가격이 붙어 있지만 표지가 아주 낡은 데다 그 책이 서퍽에 사는 어떤 신사의 서재 경매에서 사입된 후 아주 오래 팔리지 않았던 것을 생각하고 서점 주인의 아내가 그 값에 내줄 것이다.

이렇게 서점을 돌아보면서 우리는 알지 못하는 사람들, 사라진 사람들과 갑자기 변덕스러운 우정을 맺는다. 그들이 남긴 기록은 가령 이 작은 시집뿐인데, 작가의 초상화가 아름답게 인쇄되고 섬세하게 새겨져 있다. 그는 시인이었는데 물에 빠져 요절했다. 그의 시는 온화하고 정중하며 훈계조이기는 하지만 어느 뒷골목에서 코르덴 재킷을 입은 이탈리아인 악사가 체념한 듯 연주하는 손풍금처럼 가냘프고 맑은 소리를 지금도 내보낸다. 여행가들의 책도 줄줄이 늘어서 있다. 불굴의 이야기꾼이었던 그들은 빅토리아 여왕의 소녀 시절에 자신들이 그리스에서 겪었던 불편과 경탄하며 바라보았던 일몰 광경을 지금도 증언한다. 콘월을 여행하며 주석 광산을 찾아본 일은 아주 길고 상세하게 기록할 가치가 있다고 여겨졌다. 사람들은 유유히 라인 강을 따라 올라가면서 먹물로 서로의 초상화를 그렸고, 갑판의 둘둘 말린 밧줄 옆에 앉아 책을 읽었다. 사람들은 피라미드를 측정했고, 오랫동안 문명사회를 등지고 살았고, 역병이 도는 습지에서 흑인들을 개종시켰다. 이처럼 짐을 꾸려 여행을 떠나고, 사막을 탐험하며 열병에 걸리고, 인도에 정착해서 평생을 살아가고, 심지어 중국에도 뚫고 들어갔다가 돌아와 에드먼턴에서 시골 사람으로 살아가려면, 먼지투성이 바닥에 굴러떨어져 요동치는 바다처럼 흔들린다. 바로 문 앞에 밀려든 파도에 이토록 영국인들은 안절부절못한다. 여행과 모험의 파도는 서점 바닥에 들쭉날쭉 기둥처럼 세워진, 진지한 노력으로 평생에 걸쳐 저술한 작은 섬들에 부딪혀 부서지는 것 같다. 금박 문자가 책등에 박힌 암갈색 표지의 책 더미에서 사려 깊은 목사들이 복음서를 상세히 설명한다. 학자들이 망치와 끌로 에우리피데스와 아이스킬로스의 옛 문서를 명료하게 쪼아내는 소리가 들릴 것이다. 숙고하고 주해를 붙이고 해명하는 작업이 사방에서 엄청난 속도로 진행되고, 규칙적으로 끝없이 밀려오는 조수처럼 고대 픽션의 바다가 모든 것을 휩쓸어 간다. 아서가 로라를 사랑했고 그들이 헤어졌으며 불행하게 지내다가 다시 만나서 이후로 영원히 행복했다는(빅토리아 여왕이 이 섬들을 지배했을 때 이야기 방식이 그렇듯이) 얘기를 들려주는 책들이 수없이 많다.

세상에 책은 무한히 많다. 그래서 우리는 흘끗 쳐다보고 고개를 끄덕이며 한순간 얘기를 나누다가 불현듯 의미를 깨닫고는 나아갈 수밖에 없다. 바깥 거리에서 지나다가 어떤 단어를 포착하고 우연히 들려온 구절에서 어떤 생애를 지어내듯이. 케이트라는 여자에 대해 누군가 얘기를 한다고 치자. "내가 그녀에게 말했어. 어젯밤에 직설적으로…… 내가 1푼짜리 우표만 한 가치도 없다고 당신이 생각한다면 하고 내가 말했지……." 그러나 케이트가 누구인지, 그 1푼짜리 우표가 그들 관계의 어떤 위기를 가리키는지 우리는 알 수 없다. 그들의 열띤 수다 밑으로 케이트가 침잠하기 때문이다. 여기 거리 모퉁이의 가로등 밑에서 얘기를 나누는 두 남자를 보면, 인생이라는 책의 또 다른 면이 펼쳐진다. 그들은 최신 기사에서 뉴마켓(잉글랜드 남동부의 도시로 경마로 유명하다.)발 최신 전보를 판독하고 있다. 그들은 행운이 찾아와 자신들의 누더기가 모피와 모직 양복으로 바뀌고, 손목시계 체인을 매달아 주고, 지금은 해져 벌어진 셔츠에 다이아몬드 핀을 꽂아 주기를 기대하는 걸까? 그러나 이 시간에 길을 걷는 사람들은 대개 너무 빨리 스쳐 가기에 그런 질문을 던지기 어렵다. 직장에서 집으로 돌아가는 이 짧은 시간에, 그들은 책상에서 벗어나 뺨에 닿는 신선한 공기를 느끼며 몽롱한 꿈에 감싸여 있다. 그들은 옷장에 걸어 두고 하루 종일 잠가 두었던 화려한 옷을 꺼내 입고, 뛰어난 크리켓 선수, 유명한 여배우, 유사시 나라를 구한 군인이 된다. 꿈을 꾸고 몸짓을 하고 이따금 몇 단어를 소리 내어 중얼거리기도 하면서 그들은 스트랜드 거리를 미끄러지듯 지나 워털루 브리지를 건너서 덜걱거리는 긴 기차에 몸을 던지고 여전히 꿈을 꾸며 흔들리다가 반스나 서비톤의 작고 아담한 집에 이른다. 현관 시계를 보고 지하실에서 올라오는 저녁 식사의 냄새를 맡으면 그 꿈에 구멍이 난다.

그런데 이제 스트랜드 거리에 이르렀다. 연석에서 조금 머뭇거리는 동안 손가락만 한 작은 막대가 삶의 속도와 풍부함을 가로질러 빗장을 지르기 시작한다. '정말 해야 해. 정말로 해야 하는데.' 바로 그것이다. 그런 요구를 따져 보지 않고 마음은 그 익숙한 폭군에 움츠린다. 사람은 이런저런 일을 해야 하고, 언제나 해야 한다. 그저 즐기는 것은 용납되지 않는다. 이런 이유 때문에 얼마 전에 핑곗거리를 만들어 내고 무언가를 사야 한다고 꾸며 내지 않았을까? 그런데 무엇이었지? 아, 생각난다. 연필이었다. 그러면 연필을 사러 가자. 그런데 그 명령에 따르려고 몸을 돌려는 순간 또 다른 자아가 억지를 부리는 폭군의 권리에 이의를 제기한다. 늘 벌어지는 갈등이 인다. 의무의 막대 뒤에 펼쳐진 템스 강의 강폭 전체가 한눈에 들어온다. 드넓고 구슬프고 평화롭다. 세상에 근심 걱정 하나 없이 여름날 저녁에 강둑 너머로 몸을 구부린 사람의 눈으로 강을 바라본다. 연필을 사는 것은 미루기로 하자. 이 사람(오래지 않아 이 사람이 우리 자신임이 명백해진다.)을 찾아가도록 하자. 여섯 달 전에 서 있던 곳에 설 수 있으면 우리는 다시 그때의 우리가 되지 않을까? 평온하고 초연하고 자족하던 우리가. 그러면 시도해 보자. 하지만 강은 예전의 기억보다 거칠고 짙은 잿빛이다. 물결이 바다로 쓸려 나간다. 강물에 예인선과 바지선 두 척이 흘러오고, 바지선에 실린 밀짚은 방수포 덮개 밑에 단단히 묶여 있다. 또한 가까이에서 남녀 한 쌍이 난간 위로 몸을 내밀고 연인들이 흔히 그러듯 희한하게도 남들의 시선을 아랑곳하지 않고 중얼거린다. 자신들의 연애가 중요한 나머지, 의심의 여지 없이 남들의 아량을 요구할 수 있다는 듯이. 지금 보이는 광경과 들리는 소리에는 옛 특색이 전혀 없다. 또한 우리는 지금 서 있는 자리에 여섯 달 전에 섰던 사람의 평온도 나눠 갖지 못한다. 그는 죽음의 행복을 누리지만, 우리는 삶의 불안정을 누린다. 그는 미래가 없지만, 미래는 지금도 우리의 평화를 침해한다. 우리는 과거를 바라보고 거기서 불확실한 요소를 빼낼 때만 완벽한 평화를 누릴 수 있다. 지금으로는 우리가 몸을 돌려 다시 스트랜드 거리를 가로지르고, 이 시각에도 기꺼이 연필을 팔 가게를 찾아야 한다.

새로운 방에 들어가는 것은 늘 모험이다. 그 주인의 삶과 성격에서 나오는 기운이 농축되어 방에 스며들었기 때문이다. 방에 들어서면 우리는 밀려오는 새로운 감정의 파도에 맞선다. 여기 문구점에서는 말다툼이 벌어졌음이 분명하다. 그들의 분노가 허공을 가로질렀다. 그들(그들은 분명 부부였다.) 둘 다 하던 일을 중단했다. 나이 든 여자는 뒷방으로 물러났고, 둥근 이마와 동그란 눈이 엘리자베스 시대 큰 책의 권두 삽화에 잘 어울렸을 노인이 남아서 우리를 맞았다. "연필, 연필이라, 암요, 암요." 그가 되풀이해서 말했다. 그는 치밀어 오르는 감정을 맹렬히 억제한 듯이 산만하고도 과장된 어투로 말했다. 그는 상자를 연달아 열어 보고 닫았다. 잡다한 물건들이 아주 많아서 원하는 것을 찾기가 아주 어렵다고 말했다. 그러더니 아내의 행실 때문에 수렁에 빠진 어떤 법조계 신사에 대한 이야기를 꺼냈다. 그가 여러 해 알고 지낸 그 신사는 법원과 오십 년간 관련되어 있었다고 뒷방의 아내가 엿듣기를 바라는 듯이 말했다. 그는 고무줄이 든 상자를 뒤엎었다. 급기야는 자신의 불찰에 짜증이 나서 반회전문을 밀고는 아내가 숨기기라도 했다는 듯이 "연필을 어디 뒀소?"라고 거칠게 소리쳤다. 노부인이 들어왔다. 누구에게도 눈길을 주지 않은 채 정당하고 엄격한 분위기를 살짝 풍기면서 부인은 정확하게 상자를 골라 손을 올려놓았다. 연필이 들어 있었다. 그 주인은 아내 없이 어떻게 살아갈 수 있을까? 그녀는 그에게 꼭 필요하지 않을까? 어쩔 수 없이 감정을 드러내지 않고 나란히 서 있는 그들을 거기 붙잡아 두기 위해 연필을 고르면서 까다롭게 굴어야 했다. 이건 너무 부드럽고 저건 너무 단단하군요. 그들은 말없이 응시하며 서 있었다. 더 오래 서 있을수록 한결 차분해졌다. 열기가 가라앉고 분노가 사라지고 있었다. 이제, 어느 쪽도 말 한마디 하지 않았지만 화해가 이루어졌다. 벤 존슨 작품의 속표지에 실려도 손색없었을 노인은 상자를 다시 제자리에 끼워 넣고 고개를 깊이 숙여 우리에게 인사했고, 그들은 안으로 들어갔다. 부인은 바느질거리를 꺼내고 노인은 신문을 읽을 것이다. 카나리아는 그들에게 공평하게 씨를 흩뿌릴 것이다. 말다툼은 끝났다.

보이지 않는 것을 찾고, 말다툼이 수습되고, 연필을 산 그 몇 분 사이에 거리는 완전히 텅 비어 있었다. 삶은 꼭대기 층으로 물러났고, 가로등이 켜졌다. 보도는 건조하고 딱딱했다. 길은 두들겨 편 은박처럼 은은히 빛났다. 적막한 거리를 지나 집으로 돌아오면서 난쟁이 이야기나 맹인 이야기, 메이페어 저택의 파티 이야기, 문구점에서의 말다툼 이야기를 스스로에게 들려줄 수 있으리라. 이 각각의 삶을 살짝 뚫고 들어가서 자신이 단 하나의 마음에 묶여 있지 않고 다른 사람의 몸과 마음을 잠시 몇 분간 입어 볼 수 있다는 환상을 품을 수 있으리라. 그래서 청소부나 술집 주인, 거리의 가수가 될 수도 있다. 자아의 직선 길을 벗어나 오솔길로 일탈하는 것보다 즐겁고 경이로운 일이 있을까! 가시밭과 두꺼운 나무 밑을 지나 우리 인간이라는 저 야수들이 사는 숲의 오지에 이르는 오솔길을.

그것이 사실이다. 달아나는 것은 가장 큰 기쁨이다. 겨울날 거리를 헤매는 것은 가장 큰 모험이다. 그렇지만 우리 집 층계에 다시 다가가면서 옛 소유물이, 옛 편견이 우리를 감싸고, 거리의 수많은 모퉁이에서 흩날렸고 접근할 수 없는 수많은 등불에 부딪힌 나방처럼 부딪쳤던 자아를 보호하고 에워싸는 것을 느끼면 편안해진다.
여기에 다시 익숙한 문이 있다. 여기에 우리가 두었던 대로 의자가 돌려져 있고 수반과 카펫의 갈색 고리 자국이 있다.
그리고 여기에 (다정하게 살펴보고 경건하게 만져 보자.) 도시의 보물더미에서 건져낸 유일한 전리품, 연필 한 자루가 있다.

충실한 벗에 관하여

우리가 금화나 은화로 값을 치르고 동물을 사서 우리의 소유물로 여기는 것은 주제넘을 뿐 아니라 뻔뻔한 구석이 있다. 난롯가 깔개에 누워 말없이 비판적인 눈으로 쳐다보는 동물이 우리의 기이한 인습을 어떻게 생각하고 있을지 궁금해하지 않을 수 없다. 신비로운 페르시아 고양이의 먼 조상이 신으로 숭배되던 때 그 주인인 우리는 온몸을 푸르게 칠하고 동굴 속을 기어 다녔다. 고양이가 물려받은 엄청난 경험은 뭐라 표현할 수 없이 너무나 엄숙하고 미묘한 눈에 담겨 있는 듯하다. 고양이가 뒤늦게 태어난 우리 문명을 바라보며 미소를 짓고 여러 왕조의 흥망성쇠를 떠올린다는 생각이 이따금 들기도 한다. 또 우리가 동물을 약간 경멸하면서 너무 허물없이 대하는 것도 불경하다. 우리는 작고 단순한 야생 동물을 마음대로 옮겨서 단순하지도 야생적이지도 않은 우리의 집 옆에 살게 한다. 개의 눈을 쳐다보고 있노라면 종종 젊은 시절에 외로운 곳에서 사냥하던 야생 개로 다시 변한 듯이 갑자기 떠오른 원초적 동물의 표정을 만나게 된다. 이 야생 동물들이 고작해야 흉내를 낼 수밖에 없을 우리의 본성을 따르라고 그들의 본성을 포기하게 만들다니 우리는 얼마나 뻔뻔스러운가! 그것은 문명이 저지른 미묘한 죄 가운데 하나다. 우리가 어떤 야생 정신을 보다 순수한 대기에서 끌어내었는지, 누구로 하여금 다탁에서 설탕 덩어리를 구걸하도록 훈련시켰는지, 목신인지 님프인지 숲의 요정 드라이어드인지 모르기 때문이다.

우리가 예전에 잃어버린 친구 섀그를 길들였을 때는 그런 죄를 지었던 것 같지 않다. 섀그는 천성적으로 사교적인 개였고, 인간 세계에도 그에 상응하는 인물이 있다. 나는 클럽의 내닫이창 가에서 편히 다리를 벌리고 앉아 시가를 피우며 증권 거래소의 최근 소식을 동료와 의논하는 섀그를 그려 볼 수 있다. 그의 가장 좋은 친구라도 그에게 낭만적이거나 신비로운 동물 본성이 있다고 자랑하기는 어려웠다. 하지만 그래서 한갓 인간들에게는 훨씬 좋은 벗이었다. 그렇지만 그는 낭만적 요소가 충만한 혈통을 지닌 채 우리에게 왔다. 그를 들여 오려다가 그의 분양가에 경악해서 머리와 몸통은 콜리이면서 다리는 스카이테리어처럼 몹시 짧다고 지적했을 때 우리는 그가 바로 스카이 순종이라는 장담을 들었다. 인간의 귀족 사회에서 오브라이언이나 오코너 가문만큼이나 중요한 족장이라는 것이다. 스카이테리어 족은, 다시 말해 부계의 특징을 이어받은 종은, 어찌된 일인지 지상에서 휩쓸려 나갔고, 스카이 순종의 유일한 자손인 섀그가 노퍽의 잘 알려지지 않은 마을에 사는 미천한 대장장이의 자산으로 남아 있었다. 그런데 그는 섀그의 위상에 지극한 충성심을 품었고, 섀그의 고귀한 태생을 대단히 효과적으로 피력했으므로 우리는 영광스럽게도 상당한 돈을 지불하고 섀그를 들였다. 섀그는 대단히 지체 높은 신사라서 원래의 용도에 맞게 쥐를 잡는 천한 일은 하지 않았다. 그렇지만 그가 분명 가족의 품위를 높여 준다고 우리는 느꼈다. 섀그는 산책을 나가기만 하면 그의 신분에 존경을 표하지 않는 건방진 평범한 개들을 꼭 벌주었다. 그래서 법적 제한이 풀린 후에도 오랫동안 우리는 그 고귀한 턱에 입마개를 씌워야 했다. 나이를 먹어 중년이 되면서 섀그는 자기와 같은 종자뿐 아니라 그의 주인인 우리에게도 전제 군주처럼 행세했다. 주인이라는 호칭이 섀그와 관련해서는 터무니없는 것이라서 우리는 스스로를 그의 삼촌과 이모라고 불렀다. 섀그가 불쾌감을 인간의 몸에 표시해야겠다고 느꼈던 경우는 어떤 손님이 경솔하게도 그를 평범한 애완견으로 취급하며 설탕으로 유혹하고 “피도”라는 경멸스러운 애완견의 이름으로 불러 욕을 보인 때뿐이었다. 섀그는 특유의 자주적 기세로 설탕을 거부했고 대신 종아리를 만족스럽게 한입 가득 물었다. 그러나 자신이 마땅한 존중을 받고 있다고 느낄 때 그는 더없이 충실한 벗이었다. 그는 애정을 드러내지 않았다. 그러나 시력이 감퇴되어도 주인의 얼굴을 몰라보지 않았고, 귀가 멀었어도 주인의 목소리를 여전히 들었다.

섀그의 일생에 등장한 악령은 집안에 들어온 매력적인 목양견 강아지였다. 그 개는 순종이었지만 불행히도 꼬리가 없었고, 그 사실을 섀그는 의기양양하게 주목하지 않을 수 없었다. 우리는 그 강아지가 늙은 섀그에게 아들을 대신해 줄 거라고 착각했다. 얼마간은 두 개가 잘 지냈다. 그러나 섀그는 사교술을 늘 경멸했고, 정직성과 독자성이라는 그의 순수한 자질로 우리 마음을 차지해 왔다. 반면 그 강아지는 애교가 철철 넘치는 어린 신사여서, 우리가 공정하게 대하려고 노력했지만, 섀그는 그 강아지가 우리의 관심을 독차지한다고 느낄 수밖에 없었다. 섀그가 어색하고 부끄러운 듯이 늙고 뻣뻣한 앞발을 들어 흔들어 달라고 내게 내밀던 모습이 지금도 생각난다. 이는 그 강아지가 가장 잘 부리던 재주였다. 섀그의 그런 모습을 보니 눈물이 날 지경이었다.

나는 미소를 짓기는 했지만 늙은 리어 왕을 떠올리지 않을 수 없었다. 섀그는 너무 늙어 새 재주를 익힐 수 없었다. 하지만 2인자로 물러설 수는 없었다. 그래서 그는 힘으로 그 문제를 결정짓겠다고 결심했다. 몇 주간 긴장이 고조되더니 마침내 전투가 벌어졌다. 그들은 흰 이빨을 번쩍이며 서로에게 달려들었고, 섀그가 먼저 공격했다. 둘은 서로 뒤엉켜 풀밭에서 몇 차례 굴렀다. 마침내 우리가 떼어놓았을 때는 둘 다 상처투성이로 피가 흐르고 털이 흩날렸다. 그 후로는 화해가 불가능했다. 그들은 마주치기만 하면 으르렁거렸고 몸이 뻣뻣해졌다. 이제 남은 문제는 이것이었다. 누가 승자인가? 누가 남고 누가 떠날 것인가? 우리가 내린 결정은 비열하고 부당했지만 변명의 여지는 있었을 것이다. 늙은 개는 살 만큼 살았으므로 젊은 세대에게 자리를 내주어야 한다고 우리는 이야기했던 것이다. 그래서 늙은 섀그는 왕좌에서 물러났고, 파슨스그린의 품위 있는 과부의 집으로 보내졌다. 젊은 개가 그를 대신하여 군림했다. 한 해 두 해가 지났지만 우리는 젊은 시절의 우리를 알고 있던 옛 친구를 결코 보지 못했다. 여름 휴가철에 섀그가 자신을 돌봐 주는 사람과 함께 찾아왔지만 우리가 집에 없었다. 이렇게 작년까지 시간이 흘렀다. 우리는 몰랐지만, 그것이 그의 마지막 해였다. 큰 질병과 걱정에 휩싸인 어느 겨울밤에 부엌문 밖에서 계속 짖는 소리가 들렸다. 안으로 들여 달라는 개의 울음이었다. 과거에 그 소리가 들린 후 여러 해가 지났기에 이제 부엌에서 그 소리를 알아들은 사람은 한 명뿐이었다. 그녀가 문을 열자 섀그가 들어왔다. 이제 눈이 거의 보이지 않고 귀도 완전히 먹은 그 개는 예전에 수없이 그랬듯이 안에 들어서자 좌우도 둘러보지 않고 예전의 난롯가 구석으로 가서 웅크리고 누워서는 아무 소리 없이 잠들었다. 그의 자리를 찬탈한 녀석은 그를 보더니 가책을 느끼듯 슬금슬금 물러났다. 섀그가 자기 권리를 지키려고 싸울 때는 지난 것이다. 어떤 기억이나 공감 본능의 신기한 파동이 그를 여러 해 살아온 집에서 끌어내어 주인집의 익숙한 문지방을 다시 찾게 만들었는지를 우리는 절대 알지 못할 것이다. 그것은 우리가 결코 알 수 없는 많은 것 가운데 하나다. 섀그는 그 옛집에서 산 마지막 가족이 되었다. 그가 강아지였을 때 처음 산책을 다니고 다른 개들을 죄다 물어뜯고 유모차의 아기들을 겁주었던 공원으로 이어지는 길을 건너다가 죽음을 맞은 것이다. 눈멀고 귀먹은 섀그는 다가오는 이륜마차를 보지도 듣지도 못했다. 마차 바퀴가 그의 몸을 넘어가서, 더 오래 살아도 행복할 수 없었을 목숨을 즉시 앗아갔다. 무통 도살실에서 끝나거나 마구간 뜰에서 독살되는 것보다는 바퀴와 말들 사이에서 그렇게 죽는 편이 그에게 나았다.

그래서 우리는 잊지 못할 미덕을 지닌 소중하고 충실한 벗에게 작별을 고한다. 개들에게는 잘못이 거의 없다.

하워스, 1904년 11월

유명 인사들의 성지를 순례하는 것은 감상적인 여행이라고 비난받아야 하는지도 모르겠다. 자기 서재 의자에 앉아서 칼라일을 읽는 편이 첼시의 방음 장치가 된 방을 찾아가서 원고를 골똘히 쳐다보는 것보다 낫다.[1] 나로서는 입장료 대신에 프리드리히 대제에 관한 시험을 부과하는 편이 좋겠다. 다만 그렇게 한다면, 칼라일의 집은 곧 문을 닫아야 할 것이다. 위대한 작가의 집이나 그 지역이 그의 저서에 대한 이해를 높여 줄 때에 한해 호기심은 정당하다. 샬럿 브론테와 그 자매들의 집과 고향을 순례할

1 스코틀랜드 출신의 비평가이자 역사가인 토머스 칼라일(Thomas Carlyle, 1795~1881)의 박물관이 런던의 첼시에 있으며 그의 저서로는 『의상 철학(Sartor Resartus)』, 『프랑스 혁명(The French Revolution)』, 『영웅숭배론(On Heroes, Hero-Worship, and The Heroic in History)』, 『프리드리히 대왕전(History of Friedrich II of Prussia)』 등이 있다.

때는 이런 정당성이 있다.

개스켈 부인이 쓴 『샬럿 브론테의 생애』를 보면 브론테 가족과 하워스는 왠지 뗄 수 없다는 느낌이 든다. 하워스는 브론테 가족을 상징하고, 브론테 가족은 하워스를 상징한다. 둘은 껍질 속 달팽이처럼 꼭 들어맞는다. 주위 환경이 사람의 마음에 얼마나 근본적인 영향을 미치는가 라는 물음을 제기하려는 것은 아니다. 얼핏 생각해도 그 영향력은 대단히 크다. 하지만 그 유명한 목사관이 런던의 슬럼가에 있었다면, 화이트채플의 소굴이 요크셔의 외로운 황야와 똑같은 결과를 낳지 않았을까 하는 의문은 여전히 한 번쯤 던져 볼 만하다. 어떻든 이런 말은 하워스를 찾아가려는 단 하나의 구실을 깎아내린다. 터무니없든 그렇지 않든 간에 최근에 내가 요크셔를 여행한 중요한 이유 하나는 하워스를 방문할 수 있다는 사실이었다. 원정에 필요한 준비를 하고 나서 우리는 날씨가 좋은 첫날을 잡아 떠나기로 결정했다. 북부의 진짜 눈 폭풍이 그 황무지를 장악해 왔던 것이다. 맑은 날을 기다리는 것은 무모하며 비겁하기도 했다. 내가 알기로 브론테 가족에게는 해가 비치는 날이 극히 드물었다. 우리가 화창한 날을 선택한다면, 오십 년 전 하워스에는 맑은 날이 드물었고 그러므로 우리의 편리를 위해 그 풍경에서 절반의 그늘을 지워 없앴다는 사실을 감안해야 한다. 하지만 하워스 목사관이 세틀의 화창한 날씨에 어떤 인상을 남길지 보는 것도 흥미로울 터였다. 우리는 아주 쾌적한 지대를 지났는데, 당의에 덮여 살짝 굽이치는 방대한 웨딩 케이크처럼 보인 곳이었다. 순결한 눈에 덮인 신부처럼 보이는 땅이 그런 연상을 불러일으켰다.

키슬리라고 발음되는 Keighley는 『샬럿 브론테의 생애』에서 종종 언급된 큰 마을인데, 하워스에서 6.5킬로미터쯤 떨어져 있다. 샬럿은 결혼 예복이나 현재 브론테 박물관의 유리 상자 안에 진열된 얇고 작은 헝겊 신발 같은 중요한 물건을 사러 그곳으로 걸어 다녔다. 현재 큰 공업 도시인 그곳은 북부 도시들이 대개 그렇듯 견고하고 단단하며 장사하는 사람들로 떠들썩하다. 그런 도시는 감상적인 여행객을 위한 시설이 거의 없기에, 우리는 그저 심심풀이 삼아 작은 몸집의 샬럿이 얇은 외투를 걸치고 거리를 따라 재빨리 걸음을 옮기다가 건장한 행인 때문에 도랑으로 떠밀리는 모습을 그려보았다. 그것이 샬럿이 살던 시대의 키슬리였다는 사실이 약간 위안이 된다. 하워스에 다가가면서 우리가 느낀 흥분에는 오래전에 헤어진 후 달라졌을지 모를 친구를 만날 때처럼 고통스러운 긴장감이 섞여 있었다. 책이나 그림에서 얻은 하워스의 이미지가 너무 선명하게 각인되어 있던 것이다. 어느 지점에서 우리는 골짜기에 들어섰다. 골짜기 양편으로 올라가며 마을이 형성되었는데, 언덕 꼭대기에서 교구를 내려다보면 그 교회의 유명한 직사각형 탑이 보였다. 그것이 우리가 참배할 성지를 알려 주었다.

정확히 말해 하워스가 음울하게 보이진 않았지만 예술적 관점에서 보면 더 고약하게도 우중충하고 평범하게 느껴진 것은 공감적 상상력이 작용한 탓일 수도 있지만 그보다 타당한 이유가 있었던 것 같다. 주택들은 황갈색 돌로 지어졌는데 19세기 초로 거슬러 올라간다. 황야를 점차적으로 올라가며 서로 떨어져 고립된 좁은 땅에 집들이 서 있어서 그 마을은 그 넓은 지역에 밀집한 하나의 덩어리를 이룬 것이 아니라 갈래갈래 쭉 뻗어 나갔다. 황야의 사면에 길게 줄지어 늘어선 집들은 작은 숲에 에워싸인 교회와 목사관 주위에 떼 지어 모여 있다. 비탈 꼭대기에 이르면 브론테를 사랑하는 사람은 갑자기 강렬하게 치솟는 흥미를 느낀다. 교회, 목사관, 브론테 박물관, 샬럿이 가르쳤던 학교, 브랜웰이 술을 마셨던 불인 주점이 엎어지면 코 닿을 거리에 모여 있다. 박물관이란 분명 핏기 없는 무생물을 수집한 곳이다. 이런 무덤에서 물건을 간직하려면 노력해야 하고, 무덤과 파괴 중 하나를 선택해야 한다. 그러므로 어떤 상황에서든 매우 흥미로운 것들을 많이 보존한 세심한 노력에 고마워해야 한다. 여기에 자필 편지와 필화, 다른 문서들이 많이 있다. 그러나 가장 애처로운 것은, 너무 애처로운 나머지 경건한 느낌도 없이 응시하게 되는 것은 사사로운 유품, 그 죽은 여자의 드레스와 신발이 담긴 상자다. 그런 물건들은 그것을 걸친 육신보다 먼저 죽는 것이 자연스러운 운명이다. 덧없는 미물이기는 하지만 이런 것들이 남아 있기 때문에 샬럿 브론테라는 여자가 되살아나고, 그녀가 위대한 작가였다는 가장 기억할 만한 사실을 잊게 된다. 그녀의 신발과 얇은 모슬린 드레스는 그녀보다 오래 살아남았다. 또 다른 물건이 전율을 일으킨다. 에밀리가 홀로 황야를 배회할 때 들고 다니던 작은 참나무 스툴이다. 거기에 앉아서 그녀는 글을 쓰지 않으면 그녀의 글보다 나았을 것을 생각했다고 한다.

탑의 일부를 제외하고 교회는 물론 브론테 시절 이후에 개축되었다. 그래도 그 놀라운 교회 뜰은 남아 있다. 『샬럿 브론테의 생애』의 옛 판본 속표지에는 그 책의 기조를 알리는 작은 사진이 실려 있다. 사진에는 온통 무덤뿐인 듯하다. 사방에 묘비가 나란히 서 있다. 죽은 이의 이름이 박힌 포석 위를 사람들이 걸어 다녔다. 무덤은 목사관의 정원에도 엄숙하게 파고들었다. 목사관은 죽은 자들에 둘러싸인 작은 생명의 오아시스였다. 이 말이 예술가의 과장이 아니라는 것을 우리는 알게 되었다. 묘비들이 달려들 듯이 땅에서 불쑥 솟아나 말없는 군인들의 군대처럼 높이 똑바로 줄지어 서 있다. 한 뼘만큼의 빈 공간도 없다. 실로 공간을 효율적으로 사용하는 것은 약간 불경하다. 예전에는 무덤의 석판을 연상시키는 판석 깐 길이 목사관의 현관문에서부터 교회 뜰까지 담장이나 산울타리로 막히지 않고 이어졌다. 정원도 실은 묘지였다. 하지만 브론테 가족의 후예들은 삶과 죽음 사이에 공간이 약간 있기를 바라며 산울타리와 큰 나무 몇 그루를 심었고 그 결과 지금 목사관 정원은 완전히 차단되었다. 목사관 자체는 샬럿이 살았던 시절 그대로 남아 있고 한쪽에 부속 건물이 덧붙었을 뿐이다. 부속 건물에 눈을 질끈 감아 버리면 상자처럼 네모난 목사관이 보인다. 뒤편 황야에서 채석한 흉한 황갈색 돌로 지어진 그 집은 샬럿이 살다 죽었던 시절 그대로 남아 있다. 실내에는 물론 많은 변화가 있었지만, 방들의 원래 형태를 지울 정도는 아니다. 빅토리아조 중기의 목사관은 천재가 살던 곳이었어도 두드러진 점이 없다. 단 하나 호기심을 일으키는 곳은 부엌인데 지금 대기실로 사용되는 그곳에서 배회하면서 샬럿과 자매들은 작품을 구상했다. 소름이 오싹 끼치는 곳도 있다. 에밀리가 그 유명한 싸움이 벌어졌을 때 불도그를 데려가서 꼼짝 못하게 하고는 연달아 주먹으로 내리쳤던 계단실 옆의 길쭉한 구석이다. 다른 면에서 그곳은 다른 목사관들처럼 작고 빈약한 곳이다. 현재 재임 중인 목사 덕분에 우리는 그곳을 돌아볼 수 있었다. 내가 그의 입장이라면 그 유명한 세 유령을 몰아내고 싶다고 종종 느낄 것이다.

단 한 곳만 남았다. 샬럿이 예배를 보고 결혼하고 묻힌 교회다. 그의 생활 반경은 아주 좁았다. 교회의 많은 부분이 달라졌지만 몇 가지가 남아 그를 말해 준다. 제일 먼저 눈에 띄는 것은 연이은 자녀들과 부모들의 이름, 출생과 사망이 적혀 있는 석판이다. 이름들이 뒤를 잇는다. 그들은 아주 짧은 시차를 두고 죽음을 맞았다. 어머니 마리아, 딸 마리아, 엘리자베스, 브랜웰, 에밀리, 앤, 샬럿, 그리고 이들보다 오래 살았던 늙은 아버지. 에밀리는 고작 서른 살이었고, 샬럿은 구 년을 더 살고 죽었다.

> 죽음의 독침은 죄, 죄의 위력은 법이다. 그러나 우리의 주 예수 그리스도를 통해 우리에게 승리를 주시는 하나님께 감사하라.

그들의 이름 밑에 이 비문이 적혀 있는데, 일리가 있는 말이다. 그 투쟁이 아무리 혹독했더라도 에밀리와 특히 샬럿은 싸워서 승리했기 때문이다.

거리의 악사

'거리의 악사는 골칫거리'라고 런던 광장에 거주하는 솔직한 주민 대부분은 생각한다. 그들은 애써 광장의 평화와 예절 규정이 적힌 게시판에 이 간결한 음악 비평을 선명히 새겨 놓았다. 하지만 비평에 신경을 쓰는 예술가는 단 한 명도 없고, 거리의 예술가들은 영국 대중의 판단을 적절히 경멸한다. 지금 언급한 것 같은 방해 요인이 있고 때로 영국 경찰이 단속하는데도 유랑 악사들이 오히려 늘어나고 있다는 사실은 주목할 만하다. 독일인 악단은 퀸스홀 관현악단처럼 매주 정규적으로 음악회를 연다. 이탈리아인 오르간 연주자들은 그 못지않게 청중에게 충실해서, 시간에 맞춰 동일한 연단에 다시 나타난다. 이처럼 공인된 대가들 외에도 어느 거리에나 유랑하는 스타가 이따금 찾아든다. 저 퉁퉁한 독일인과 가무잡잡한 이탈리아인은 자기 영혼의 예술적 만족감보다 실속 있는 것을 먹고 사는 것이 분명하다. 따라서 응접실 창문에서 동전을 던지면 진정한 음악 애호가의 품위가 손상될 터이므로 지하 출입구 계단에서 건네게 된다. 간단히 말해서, 투박한 멜로디에도 기꺼이 대가를 지불하려는 청중이 있다.

거리의 연주가 성공적이려면 아름답기 이전에 소리가 커야 한다. 이런 까닭에 금관 악기가 인기 있다. 목소리나 바이올린을 사용하는 거리의 음악가들에게는 다른 진정성 있는 이유가 있을 거라는 결론을 내릴 수 있다. 플리트 거리의 연석 옆에서 몸을 흔들며 분명 가슴속 무언가를 표현하려고 바이올린을 켜는 연주자들을 본 적이 있다. 누더기를 걸친 신세라면 모를까 자기 일을 사랑하는 모든 이들에게 구리 동전은 전혀 적절치 않은 보상이다. 사실 나는 자기 영혼의 멜로디를 더 잘 느끼려고 두 눈을 감고 음악의 황홀경에 빠져 말 그대로 온몸으로 연주하며 켄싱턴에서 나이츠브리지까지 걸어가는 초라한 노인을 따라간 적이 있다. 그에게 동전을 던져 주면 불쾌하게도 그 황홀경에서 깨어났을 것이다. 실로 내면에 이런 신을 간직한 사람을 존경하지 않을 수 없다. 헐벗음과 배고픔을 잊을 정도로 영혼을 사로잡는 음악은 본질적으로 신성하기 때문이다. 그가 힘겹게 켜는 바이올린에서 나온 멜로디 자체는 우습더라도 그 연주자는 결코 우습지 않다. 자기 내면의 음악을 표현하려고 정직하게 애쓰는 사람의 노력은 성취한 바가 어떻든 간에 늘 친절하게 대우해야 한다. 착상의 재능은 표현의 재능보다 분명 우월하기 때문이다. 차량들이 요란하게 지나다니는데 그 옆에서 결코 나오지 않을 화음을 위해 바이올린을 켜 대는 남자와 여자 들은 능숙한 호소력으로 수천 명 청자를 매혹하는 대가들 못지않은 큰 재능을(비록 전달하지 못할 운명이라도) 갖고 있다고 생각해도 지나친 것은 아니다.

광장 주민들이 거리 악사를 골칫거리로 여기는 이유는 하나만이 아니다. 그들의 연주는 마땅히 할 일을 하고 있는 집주인들을 방해하고, 유랑 악단의 변칙적 생업은 잘 정돈된 마음에 짜증을 일으킨다. 예술가들은 어떤 부류든 예외 없이 탐탁잖게 여겨져 왔고, 특히 영국인들은 그렇게 대해 왔다. 예술적 기질이 별난 것이기 때문만이 아니라, 우리는 어떤 종류의 표현이라도 상스럽고 무절제하게 여길 만큼 완벽한 교양을 갖추도록 훈련받았기 때문이다. 우리가 보기에, 자기 아들이 화가나 시인이나 음악가가 되는 것을 달가워하는 부모는 거의 없다. 세속적 이유에서만이 아니고, 예술에서 표출되는 사고와 감정의 표현이 남자답지 못하므로 훌륭한 시민이라면 이를 억눌러야 한다고 생각하기 때문이다. 이런 식으로 예술은 장려되지 않고 있다. 예술가는 다른 전문직 종사자보다 더 쉽게 거리에 나앉을 수 있다. 사람들은 그를 경멸뿐 아니라 적지 않은 두려움이 담긴 의심스러운 눈길로 바라본다. 그는 평범한 사람들이 이해할 수 없는 정신에 사로잡혀 있는데, 매우 강력하고 그에게 어마어마한 지배력을 행사하는 그 정신의 목소리를 들으면 언제라도 일어서서 따라가야 한다.

오늘날 우리는 잘 믿지 않는다. 예술가들과 함께 있을 때는 편안한 심정이 아니지만 최선을 다해 그들을 길들이려 한다. 성공한 예술가들은 요즘처럼 존중을 받은 적이 없었다. 여기서 우리는 많은 사람들이 예언했던 바, 그리스도교의 제단이 처음 세워졌을 때 추방당했던 신들이 돌아와 원래 누렸던 것들을 다시 향유하리라는 예언의 징조를 볼 수 있다. 많은 작가들은 이 옛 이교도들의 흔적을 추적하려 애썼고, 동물 가면이나 머나먼 숲과 산의 은신처에서 이를 찾았다고 공언했다. 그러나 모두들 그들을 찾는 동안에 이교도들이 우리들 한가운데서 마법을 걸고 있고, 어느 인간의 명령도 따르지 않고 자기 귀에 와 닿는 비인간의 목소리에 영감을 받는 그 이상한 이교도들이 실로 주위 인간과 다르고 신 그 자체이거나 땅 위에서 살아가는 신의 사제와 예언자라고 가정하더라도 터무니없는 것은 아니다. 나는 음악가에게 어떻든 그런 신성한 혈통을 부여하고 싶다. 어쩌면 이런 의혹이 있어서 우리는 그들을 지금처럼 박해할지 모른다. 단어를 서로 결합해서 유용한 정보를 전달하거나 색깔을 칠해서 유형의 물체를 표현하는 일이 기껏해야 용인해 줄 만한 일이라면, 곡조를 만들면서 시간을 보내는 사람은 어떻게 평가해야 할까? 그의 일이 셋 중에서 가장 존중할 가치가 없고, 가장 무익하며 불필요하지 않은가? 음악을 들음으로써 하루 일과에 유용한 것을 얻지 못한다는 점은 분명하다. 그러나 음악가는 유용한 존재가 아닐뿐더러, 많은 사람들에게 전체 예술가 집단에서 가장 위험한 존재라고 나는 믿는다. 그는 인간의 목소리로 말하는 법이나 인간적인 것을 마음에 전달하는 법을 아직 배우지 못한, 가장 사나운 신의 사제다. 음악은 우리 내면에 그 신처럼 거칠고 비인간적인 것을 일깨우고, 우리가 기꺼이 밟아 뭉개고 잊으려 하는 정신을 일으키기 때문에, 우리는 음악가를 불신하고 그들의 영향력에 휘둘리기를 혐오한다.

교양이 있다는 것은 자신의 능력을 측정하고 이를 완벽히 단련된 상태로 유지하는 일이다. 그러나 우리가 지닌 한 가지 재능은 삶의 혜택이 되지 못하고 오히려 막대한 해를 끼칠 수 있으므로 우리는 그 재능을 개발하기는커녕 최선을 다해 훼손하고 억눌렀다. 자기 인생을 바쳐 이 신에게 봉사하는 사람들을 우리는 동양의 어떤 우상에 대한 광적 숭배자들을 바라보는 기독교인처럼 바라본다. 이교도의 신들이 돌아오면 우리가 숭배한 적 없는 신이 우리에게 복수하리라는 불길한 예감에서 그럴지 모른다. 음악의 신이 우리의 뇌에 광기를 불어넣고, 우리 사원의 벽을 부수고, 리듬이 없는 우리 삶을 증오하며 그의 목소리에 순종하여 영원히 춤추고 빙빙 돌도록 우리를 몰아갈 것이다.

흔한 약점을 고백하듯이 음악을 듣는 귀가 없다고 선언하는 사람들이 늘고 있다. 그런 고백은 색맹이라는 것처럼 하찮은 문제가 아니지만 말이다. 이런 일은 음악의 사제들이 음악을 가르치고 제시하는 방식에서 비롯된다. 음악은 알다시피 위험하다. 그것을 가르치는 사람들은 그토록 취하게 만드는 것을 들이마시는 아이에게 어떤 일이 일어날지 두려워서 그것을 강렬하게 전달할 용기를 내지 못한다. 리듬과 하모니 천제는 말린 꽃처럼 납작 눌려 말끔하게 나눠진 음계와 피아노의 2도 음정과 반음이 되어 버린다. 음악의 가장 안전하고 쉬운 속성인 곡조는 가르치지만, 음악의 영혼인 리듬은 그 본질대로 날개 달린 생물처럼 달아나게 내버려 둔다. 그러므로 음악에서 알아도 안전한 것들만 배운 교양인들은 종종 음악을 잘 알지 못한다고 자랑한다. 교육받지 못한 사람들은 리듬을 멜로디와 분리하지도 않고 부차적으로 여기지도 않으며 누구보다도 그것을 사랑하면서 종종 음악을 만들어 낸다.

문명의 기예를 모르는 미개인이 엄밀한 의미의 음악에 눈뜨기 전, 리듬에 매우 민감하듯이, 마음이 다른 활동을 좇도록 정교히 훈련받지 않은 사람들이 리듬감이 강할 수 있다. 마음속 리듬 박동은 몸의 맥박과 비슷하다. 하여 곡조에 둔감한 사람은 많지만 말과 음악과 동작에서 자기 심장의 리듬을 듣지 못할 정도로 엉성하게 조직된 사람은 드물다. 리듬은 그처럼 타고난 것이기에 심장이 뛰는 걸 막을 수 없듯이 음악을 잠재울 수는 없다. 또 이런 이유로 음악은 어디에나 존재하고, 신비롭고도 무한한 자연적 힘을 지닌다.

음악을 억누르려고 갖은 애를 써 왔어도 우리가 그 영향력에 몸을 맡길 때마다 음악은 아무리 아름다운 그림도, 아무리 우아한 말도 필적할 수 없는 힘을 행사한다. 우리는 방 안을 가득 메운 세련된 사람들이 음악가 밴드의 지휘에 따라 율동적인 동작으로 움직이는 신기한 광경에 익숙해졌다. 하지만 언젠가는 그 광경이 리듬의 힘에 잠재된 어마어마한 가능성을 제시하고, 우리 삶 전체가 인간이 증기력을 처음 깨달았을 때처럼 혁신적으로 변화할지 모른다. 가령 아코디언이 울리면 그 투박하고 강렬한 리듬은 행인들의 다리를 박자에 맞춰 움직이게 만든다. 승합 마차와 보통 마차들이 내는 거친 불협화음의 한가운데서 악단이 연주를 하면 경찰보다 효과적일 것이다. 마부뿐 아니라 말도 춤곡에 박자를 맞춰야 하고 트럼펫의 지시대로 빠른 걸음이든 보통 구보든 박자를 따라야 할 것이다. 이 원리를 어느 정도 인정해 온 군대에서는 음악의 리듬에 맞춰 전쟁터로 행군하도록 부대를 고무한다. 내가 잘못 알고 있는 게 아니라면, 리듬감이 마음에 충만할 때 온갖 일상사를 정돈하는 데뿐 아니라 글쓰기의 기술에 있어서도 큰 진전을 볼 수 있다. 글쓰기의 기술은 음악의 기술과 밀접히 결합되어 있는데, 그것이 퇴보한 것은 대체로 그 결합을 상실했기 때문이다. 우리는 오랫동안 짓밟았던 수많은 운율을 고안해야 한다. 아니 기억해야 한다. 그러면 산문과 운문에서 모두 고대인들이 들었고 관찰했던 하모니를 되찾을 것이다.

리듬만 있으면 쉽게 극단으로 치달을 수 있다. 그러나 귀가 리듬의 비결을 얻게 될 때 선율과 하모니가 리듬과 하나 될 것이고, 리듬에 따라 정확하게 박자에 맞춘 행동들은 이제 각 행동에 어울리는 멜로디와 함께 행해질 것이다. 예를 들어 대화는 우리의 리듬감이 지시하는 대로 그 고유한 운율 법칙을 따를 뿐 아니라 너그러움과 사랑, 지혜로써 고무될 것이다. 심술궂거나 빈정대는 말은 육신의 귀에 끔찍한 불협화음이나 가락이 맞지 않는 음으로 들릴 것이다. 우리 모두 알다시피, 아름다운 음악을 들은 후에는 친구들의 목소리가 귀에 거슬린다. 이는 잠시 삶을 통합된 음악적 완전체로 만들어 준 운율적 하모니의 메아리를 그 목소리들이 휘젓기 때문이다. 이를 생각해 보면, 대기에 퍼져 있는 음악이 있어서 우리는 늘 귀를 곤두세워 들으려 하고 그것은 위대한 음악가들이 간직한 악보에 의해 일부만 우리에게 들리는 듯하다. 숲이나 고적한 데서 주의 깊게 귀를 기울이면 어마어마한 박동을 탐지할 수 있다. 귀가 훈련된 사람에게는 이 박동에 곁들인 음악도 들릴 것이다. 이것은 인간의 목소리가 아니지만, 우리의 어떤 부분이 방해받지 않으면 이해할 수 있는 목소리다. 음악은 어쩌면 인간적 속성에서 자유롭기에 사람이 만든 것 중에서 결코 조잡하거나 추악할 수 없는 유일한 것이다.

그러므로 박애주의자들이 가난한 사람들에게 도서관 대신 음악을 공짜로 제공해서 거리 모퉁이마다 베토벤과 브람스, 모차르트의 멜로디가 울려 퍼지게 한다면, 범죄와 다툼은 오래지 않아 사라지고 수작업과 마음속 생각은 음악의 법칙에 맞춰 선율적으로 흐를 것이다. 그럴 때 거리의 악사나 신의 목소리를 해석하는 사람을 성스러운 인간으로 여기지 않는다면 어리석은 짓이고, 우리의 생활은 새벽에서 일몰까지 음악 소리에 맞춰 나아갈 것이다.

안달루시아의 여관

호텔 주인들은 동업자간의 충성심이라 불리는 그 시시하고도 우호적으로 비뚤어진 도덕의식에 지배받고 있음이 분명하다. 우리가 하룻밤을 보내야 할 안달루시아의 작은 시골 마을에서 좋은 숙소를 찾을 수 있을지 물어보았을 때 그곳 호텔이 훌륭하다는 장담을 들었던 것이다. 물론 우리가 서 있던 왕궁 같은 최고급 시설은 아니지만, 훌륭한 이류 여관이고 아주 깨끗한 침대에서 편히 쉴 수 있다는 장담이었다. 그래서 기차가 꾸물거리며 진종일 시골을 달린 끝에 밤 9시 반에 멈추고는 더 이상 가지 않겠다고 선언했을 때, 그 호텔 주인의 말을 떠올리자 편안해졌다. 최소한에 만족해야 할 터였다. 여행의 막바지에 식사도 못 한 채 통상적인 저녁 시간이 지나고 석유램프에 떠 있던 심지가 기름에 빠져 버렸을 때 (그것의 생애는 그리 행복하지 못했다.) 우리는 그의 장담에 대해 많이 생각했고, 훌륭한 이류 여관이 인생의 바람직한 모든 것을 상징하게 되었다. 거기서 우리는 소박한 환영을 받으리라. 우리는 여관 주인과 아내가 우리를 맞으러 나와서 짐과 외투를 기꺼이 받아들고 분주히 돌아다니며 방을 정돈하고 우리의 저녁거리로 가금을 잡는 모습을 그려 보았다. 깨끗하고 향기로운 이불을 덮고 보내는 하룻밤 휴식과 소박하지만 맛있는 저녁, 이튿날 일찍 출발하기 전의 멋진 아침 식사에 대해 그들은 말도 안 되는 푼돈을 청구할 것이다. 그런 환대에 은화로 보답하는 것은 더없이 저속한 일이고, 영국의 여관 주인들에게서는 오래전에 사라진 그 고귀한 미덕이 스페인에는 아직 살아 있다고 우리는 느낄 것이다.

이런 생각을 하면서 우리는 지친 피로에 대한 보상을 받을 역으로 기차가 들어설 때까지 흔들리는 객실에서 시간을 보냈다. 늦은 밤 시간에 무거운 짐을 들고 플랫폼에 내린 두 여행자를 보고 짐꾼들이 적잖이 놀란 기색을 보였기에 조금 불안해졌다. 당연히 사람들이 달려와서 우리를 쳐다보았고, 우리가 조심스럽게 스페인어 단어들을 열거하며 여관에 가고 싶다는 의사를 표현하자 입을 딱 벌리고 우리를 응시했다. 회화책의 문장은 박물관에 진열된 멸종된 괴물인 성싶다. 그 괴물이 살아 있는 동물과 관련이 있는지 말할 수 있는 사람은 특별한 지식이 있는 사람뿐이다. 우리가 제시한 견본은 구제불능의 멸종한 괴물임이 분명했다. 더욱이 우리가 요청한 내용뿐 아니라 그 요구를 표현한 언어도 이해하고 있지 못한다는 끔찍한 의혹이 슬며시 일어났다. 스페인어와 프랑스어, 영어가 한참 쓸데없이 충돌하고 난 후에야 그 주민들은 우리가 자기들의 언어를 쓰지 않는다는 것을 깨달았고 몸짓이 효과가 있을지 시험했다. 오래지 않아 어떤 관리가 나타나서는 프랑스어를 할 줄 안다고 했다. 우리는 기뻐하며 호텔을 알려 달라고 프랑스어로 말했다. “기차가 오늘 밤에는 더 가지 않소.” 그 통역자가 대답했다. “그건 알고 있어요. 그래서 여기서 오늘 밤을 묵고 싶어요.” 우리가 말했다. “내일 아침 5시 30분 기차.” “그렇지만 오늘 밤은 호텔.” 우리는 줄기차게 말했다. 프랑스어를 아는 그 신사는 체념한 듯이 연필을 꺼내 숫자 5와 30을 크고 새까맣게 그렸다. 우리는 어깨를 으쓱하고는 “호텔”이라고 처음에는 프랑스어로, 그다음에는 세 가지 스페인어로 외쳤다. 이때쯤 우리를 완전히 둥글게 에워싼 사람들이 서로 옆 사람에게 그것을 번역해 주었다. 그러자 우리는 한사코 집에 남겨지길 거부했던 스페인어 사전을 떠올렸다. 그러고는 “호텔”에 해당되는 스페인어를 찾아서 집게손가락으로 눌러 강조했다. 가급적 많은 머리들이 밀착해서는 가리킨 곳을 멍하니 응시했고,

통역자가 기발한 생각을 해냈다. 그는 그 단어가 있던 곳을 놓치고는 S부터 Z 사이에서 자신의 단어를 열심히 찾았다. 우리는 그에게 사전의 스페인어 부분을 알려 주고 오래 탐색하도록 내버려 두었다. 결국에는 무익한 탐색이었다.

그동안 우리는 외마디 단어를 되풀이하면서 그것이 어딘가에서 결실을 얻기를 바랐다. 한마디 할 때마다 사람들에게서 스페인어가 와글와글 터져 나왔다. 마침내 우리가 우산을 사용해서 호텔을 설명하려 했을 때 체구가 작은 노인이 앞으로 나와 우리의 눈을 끌었다. 불가피한 질문에 그 노인은 손을 가슴에 얹고 깊이 고개를 숙이는 것으로 대답했다. 우리는 세 번 연거푸 물었지만 그는 똑같은 태도로 계속 답했다. 우리가 요구하는 자질이 그의 한 몸에 다 결합되어 있는 듯이. 사람들은 그 노인을 저녁 식사와 침대의 대변자로 받아들이라고 모두 동의하는 것 같았다. 마지막으로 우리가 "여관"을 뜻하는 스페인어를 몇 번 입에 올리자 모두들 그 노인 쪽으로 손을 내뻗는 것으로 대답했다. 그 문제를 해결하기 위해 그는 우리의 팔을 움켜잡고 역사를 벗어나 모래사막 언저리로 데려갔다. 갈대가 무더기로 자라고 큰 달이 비추고 있었다. 한쪽에 가파른 언덕이 있고 그 꼭대기에 무어 양식의 성이 있는데 조금 떨어진 곳에 외따로 오두막이 있었다. 분명 둘 중에 선택할 터였는데 어느 쪽도 바로 우리가 기대했던 것은 아니었다. 우리는 노인을 쳐다보았고, 그가 늙었고 체구가 작다는 것을 확인하며 안도감을 느끼지 않을 수 없었다. 어떻든 한 가지 의혹은 곧 풀렸다. 우리는 그 하얀 오두막에서 묵을 테고 그라나다의 호텔 주인에게 예술가의 상상력이 있음이 분명했기 때문이다. 우리가 안내를 받아 들어간 방에는 램프 불이 타올랐고 남자와 여자 몇 명이 불가에 둘러앉아 술을 마시며 얘기를 나누고 있었다. 얘기가 중단되고 몇몇 눈들이 한가롭게 우리를 뜯어보았다. 우리는 대기실에 들어갔는데, 그 오두막에 붙은 '호텔'이라는 단어는 그 방에 경의를 표했던 것이다. 침대 하나가 달랑 놓여 있고 문 대신에 캔버스 천 칸막이가 달려 있었다. 세수를 한다는 그 점잖은 익살을 부릴 요량이면 씻을 물이 있었고, 불빛을 원할 경우에 대비해 양초 하나가 있었다. 음식은 기차역에서 구해야 함이 분명했다. 다시 밖으로 나가 신선한 공기를 마시고 싶다는 마음이 간절했다. 스페인 사막과 무어 양식의 성, 그리고 프랑스어를 말할 줄은 알지만 그 언어의 이해가 필수라고 생각하지 않은 신사와 대화를 나누다가 지쳐서 11시쯤 여관으로 돌아와서는 고단하게 밤을 지새워야겠다고 예상했다. 응접실에 앉아 있던 일행은 밤늦게까지 큰 소리로 얘기를 나누었다. 열띤 스페인어가 간간이 캔버스 칸막이를 뚫고 들어왔는데 왠지 우리와 관련된 말

같았다. 이런 상황에서 스페인어는 사납고 살기등등한 언어로 들린다. 끝없이 고개 숙여 절하고 손을 가슴에 올려놓던 그 자그마한 노인은 자정이 되자 아주 음험한 모습으로 기억되었다. 그의 불길한 침묵과 우리 짐을 들고 가겠다던 집요한 고집이 생각났다. 정직한 양심을 가진 시골 사람들은 이보다 이른 시간에 잠자리에 들 것 같았다. 우리가 취할 수 있는 방지책은 하나뿐인 의자를 뒤로 돌려 문에 기대 두는 것뿐이었다. 그것이 신기하게도 우리 마음을 진정해 주었음에 틀림없다. 예상되는 살인적 공격에 그런 식으로 요새를 쌓아 방어하자 옷을 입은 채 잠에 빠져들 수 있었고 '여관'의 스페인어를 찾아내는 꿈을 꾸었다.

새벽 4시 반에 결국 우리를 깨운 소리는 분명 문을 공격하는 소리였다. 그러나 조심스럽게 내다보았을 때 적대적인 사람이라고는 염소 젖 사발을 든 농부의 아내뿐이었다.

웃음의 가치

희극은 인간의 결점을 표현하고 비극은 인간을 실제보다 위대하게 그린다는 오랜 관념이 있다. 인간을 진실하게 그려 내려면 그 둘의 중간을 취해야 할 것 같다. 그러면 희극이 되기에는 진지하고 비극이 되기에는 불완전한 인간을 그려 내게 되는데 이것을 우리는 해학이라 부를 수 있다. 해학은 여자들에게 허용되지 않는다고 이야기되어 왔다. 여자들은 비극적이거나 희극적일 뿐이고, 해학가를 만드는 특정한 자질의 혼합은 남자들에게서만 찾을 수 있다는 의견이다. 하지만 실험이란 위험한 것이라서, 해학가의 관점에 도달하려 애쓰며 자기 누이에게는 허용되지 않는 그 뾰족탑에서 균형을 잡으며 묘기를 부리는 남성은 수치스럽게도 번번이 다른 쪽으로 넘어지고, 저속한 익살로 곤두박질치거나 진지하고 상투적인 문구의 딱딱한 지반에 떨어진다. 그를 제대로 평가하자면, 그 지반에서 그는 온전히 편안하게 느낀다. 비극은 인생을 이루는 중요한 부분이지만 오늘날에는 셰익스피어 시대만큼 흔치 않다. 그러므로 현대는 단도와 유혈 사태를 집어치우고 높은 중절모와 긴 프록코트를 걸칠 때 가장 돋보이는 점잖은 대체물을 제공해야 한다. 이것은 진지한 체하는 정신이라 부를 수 있다. 만일 정신에도 성이 있다면, 그것이 남성적이라는 것은 의심할 바 없다. 그런데 희극은 미의 여신 그레이스와 예술의 여신 뮤즈와 같은 성이다. 이 진지한 신사가 다가와서 인사하면 그녀는 쳐다보고 웃는다. 그러고는 다시 쳐다보다가 참을 수 없는 웃음이 터져 나오면 달아나서 자매들의 가슴속에 흥겨움을 숨긴다. 그러므로 해학이 세상에 나오는 일은 극히 드물고, 희극은 그것을 얻기 위해 고투한다. 어린애들과 어리석은 여자들의 입술에서 터져 나오는 순수한 웃음은 오명을 갖고 있다. 지식이나 진정한 감정에 의해 고무되지 않은 어리석음과 경박함의 목소리로 여겨진다. 그런 웃음은 메시지를 전하지도, 정보를 전달하지도 않는다. 개 짖는 소리나 양의 울음처럼 불명확한 소리다. 그것은 자기 의사를 표현할 언어를 스스로 만든 인간의 품위를 떨어뜨린다.

그러나 말을 능가하면 능가했지 말보다 못하지 않은 것이 있는데, 웃음은 그중 하나다. 웃음은 말소리가 아니지만 어떤 동물도 낼 수 없는 소리이기 때문이다. 벽난로 앞 깔개에 누운 개가 통증으로 신음하거나 기뻐서 짖는다면 우리는 그 의미를 알아차린다. 그런 소리는 이상할 것이 없다. 그런데 만일 개가 웃는다면? 당신이 방에 들어섰을 때 개가 당신을 보고 당연히 기뻐하며 꼬리를 흔들거나 혀를 내밀지 않고 큰 소리로 웃음을 터뜨리거나 활짝 웃고 혹은 배를 잡고 웃으며 극도의 즐거움을 드러내는 일반적인 징후를 보였다고 생각해 보자. 그러면 여러분은 짐승의 입에서 인간의 목소리가 나온 듯이 겁이 나고 공포를 느낄 것이다. 또한 우리보다 높은 존재가 웃음을 터뜨리는 것도 상상할 수 없다. 웃음이란 본질적으로, 오로지 인간에게서만 가능한 듯하다. 웃음은 우리 내면의 희극 정신의 표현이고, 희극 정신은 괴벽이나 기이한 행동, 공인된 행동 패턴으로부터의 일탈에 관련된다. 희극 정신은 무엇 때문인지, 언제인지 모르게 갑자기 즉흥적으로 터져 나오는 웃음으로 그 나름의 논평을 한다. 그 정신이 표출하는 감정을 찬찬히 생각하고 분석해 보면, 겉으로는 희극적인 것이 근본적으로는 비극적이고 입술에 미소가 감도는 동안 눈가에는 눈물이 고여 있음을 틀림없이 알게 된다. 이것이 (버니언이 쓴 말인데) 해학의 정의로 받아들여져 왔다. 그러나 희극의 웃음은 눈물의 짐을 지지 않는다. 동시에 진정한 해학의 기능과 비교할 때 웃음의 기능이 비교적 미미하기는 하지만, 인생과 예술에서 웃음의 가치는 과대평가될 수 없다. 해학은 고지(高地)에 존재한다. 극히 희귀한 마음만이 삶 전체를 파노라마처럼 볼 수 있는 그 정상에 오를 수 있다. 그러나 희극은 큰길을 걸으면서 사소하고 우연한 사건, 행인들의 가벼운 결점과 기벽을 그 반짝이는 작은 거울로 비춘다. 무엇보다도 웃음은 우리의 균형감을 유지해 준다. 웃음은 우리가 다만 인간이라는 것을, 어떤 인간도 순전히 영웅이거나 완전히 악인은 아니라고 끊임없이 상기시켜 준다. 웃음을 잊으면 당장 우리는 사물을 균형 있게 보지 못하고 현실감을 잃는다. 다행히 개들은 웃지 못한다. 만일 웃을 수 있다면 개로서의 끔찍한 한계를 인식할 것이다. 인간은 문명의 발달 단계에서 자기 결함을 인지하는 능력을 얻고 그 결함을 비웃을 수 있는 재능이 부여된 높은 수준에 이르렀다. 그러나 우리는 불완전하고 장황한 대량의 지식 때문에 이 귀중한 특권을 잃거나 쭈그러뜨려 가슴 밖으로 던져 버릴 위험이 있다.

어떤 사람을 비웃을 수 있으려면 먼저 그 사람을 있는 그대로 볼 수 있어야 한다. 그가 걸친 부, 지위, 학식의 외투는 겉에 축적된 것이므로 속살까지 파고드는 희극 정신의 예리한 칼날을 무디게 해서는 안 된다. 어른보다도 아이들은 사람을 있는 그대로 파악하는 한층 확실한 능력이 있다는 것은 상식이다. 그리고 여자들이 인물의 성격에 대해 내리는 판단은 심판의 날에 철회되지 않으리라고 나는 믿는다. 그렇다면 여자들과 아이들은 희극 정신의 최고 대행자들이다. 그들의 눈은 학식으로 침침해지지 않았고, 그들의 두뇌는 책의 이론에 질식되지 않아서, 인간과 사물이 아직 원래의 선명한 윤곽을 간직하고 있기 때문이다. 현대 생활을 뒤덮은 온갖 흉측한 이상 생성물, 화려한 행렬과 관례, 음울하고 장엄한 의식은 갑자기 터져 나온 웃음을 무엇보다도 두려워한다. 웃음은 번개처럼 그것들을 말려버리고 뼈를 드러낸다. 아이들의 웃음이 이런 속성을 갖고 있기 때문에, 가식과 실재하지 않는 허구를 의식하는 어른들은 아이를 두려워한다. 이런 이유 때문에 학자들은 여자를 못마땅하게 여길지 모른다. 여자들이 웃음을 터뜨릴 수 있기에 위험한 것이다. 한스 안데르센의 동화에서 어른들이 존재하지 않는 찬란한 옷을 찬양하는 반면 왕이 벌거벗었다고 말한 아이처럼. 삶에서 그렇듯이 예술에서도 균형의 결핍이 최악의 실수를 빚어내는데, 삶과 예술 모두 지나치게 진지해지려는 경향이 있다. 위대한 작가들은 미사여구로 꽃피우며 유창하게 고상한 미문을 내놓고, 그보다 못한 작가들은 형용사를 잔뜩 덧붙이고 감상주의에 탐닉한다. 더 저급한 작가들은 감상주의로 선정적 전단과 멜로드라마를 만든다. 우리는 결혼식과 축제보다 장례식과 병상을 더 기꺼이 찾는다. 눈물에 미덕이 있고 검은색 옷이 가장 잘 어울린다는 믿음을 우리 마음에서 떨쳐 내지 못한다. 실은 웃음만큼 어려운 것도 없고, 그보다 더 귀한 재능도 없다. 웃음은 우리의 행동과 말, 글에서 가지를 쳐내고 손질하여 균형 잡히고 완전무결하게 가꿔 주는 칼이다.

한밤의 산책

세인트아이브스 서쪽 해안의 트레베일이라는 습곡으로 소풍을 나갔을 때, 일행이 집으로 돌아오기 시작한 지 얼마 지나지 않아 가을의 황혼이 깃들었다. 짙은 어스름에 잠긴 그 풍경은 실로 말없이 한결같은 관심을 기울일 만했다. 저기 바다로 뻗어나간 장엄하게 이어진 거대한 절벽들은 마치 태곳적 명령을 아직 한 번 더 따라야 한다는 듯이 고귀한 목적을 의식하는 듯한 자세로 밤과 대서양의 물결을 마주하고 있었다. 이따금 등대가 멀리서 안개 사이로 번쩍이는 금빛 길을 내고 거친 바위 형체를 갑자기 환기해 주었다. 아직 걸어가야 할 10여 킬로미터를 고려할 때 그 풍경을 보면 밤늦은 시간임을 실감할 수 있었다. 더욱이 주위 지대가 아주 흐릿하게 보여서 길을 벗어나지 않는 것이 신중한 처사 같았다. 삼십 분이 지나자 저 아래의 흰 수면도 안개처럼 일렁였고, 우리는 발밑

땅을 의심하듯이 자신 없게 발을 내딛었다. 몇 미터 떨어진 곳에서 멀어지던 어떤 형체가 잠시 흔들리다가 한밤중의 검은 물결에 덮인 듯 어둠에 에워싸였고 그의 목소리는 깊은 심연을 가로질러 닿은 듯했다. 우리는 가까이 붙어서 걸었고 쾌활한 논쟁으로 어둠에 저항하려 했다. 그렇지만 우리의 목소리가 서로에게 기이하게 들렸고 아주 설득력 있는 논리도 권위 있게 들리지 않았던 게 분명하다. 모르는 사이에 우리는 어둠침침하고 우울한 장소에 어울리는 화제에 빠져들었다.

번번이 말이 끊어지는 가운데 옆에서 걷는 사람의 형체가 어둠에 녹아드는 것 같았다. 그래서 사방을 에워싼 어둠의 압력을 의식하면서, 또한 그 압력에 대한 저항이 점점 약해지는 것을 의식하면서, 땅 위에서 앞으로 나아가는 몸은 넋 나간 듯이 멀리 떠도는 마음과 분리되었음을 의식하면서, 홀로 터벅터벅 걸음을 옮겼다. 길도 뒷전으로 물러났고, 우리는 길도 없이 광활하게 펼쳐진 어둠의 바다를 습격(명확한 행동을 암시하는 이 단어를 대낮에 걸었던 들판을 지금 가로지르는 우리의 노정처럼 불명확한 데 쓸 수 있다면)했다. 땅이 실로 사라져 버리지 않았음을 확인하기 위해 때로 발로 땅을 두드려 보는 것이 바람직했다. 눈도 귀도 완전히 막혀 버렸고, 아니, 감지할 수 없는 무언가에 억눌려 서서히 마비되었으므로, 저 아래 유령처럼 나타난 불빛 몇 개를 알아보기 위해서도 일부러 애써야 했다. 우리가 대낮처럼 실제로 볼 수 있는 걸까? 아니면 저것은 한 방 얻어맞을 때 눈앞에서 반짝이며 흩어지는 별들처럼 뇌에서 일어나는 환상일까? 저 아래 골짜기를 덮은 부드럽고 깊은 어둠 속에 불빛이 걸려 묶인 곳 없이 떠돌았다. 그 불빛이 진짜임을 눈이 확인하자 그 즉시 두뇌가 깨어나서는 그 불빛이 위치한 세상의 약도를 만들어 냈다. 우리가 기억하는 대로, 저기에 언덕이, 그 아래 마을이 있어야 하고, 구불구불 난 길이 마을을 감싸야 한다. 열두 개 불빛만 있으면 세상이 상당히 견고해질 수 있다. 눈에 보이는 것이 나타났기에 우리의 순례에서 가장 기이한 부분이 끝났다. 우리 앞에 확실한 증거가 있는 것이다. 더욱이 이제 길에 들어섰음을 알게 되었기에 거리낌 없이 발을 내디뎠다. 여기 아래쪽에는 사람들도 있었다. 비록 대낮에 본 사람들처럼 보이지는 않았지만. 갑자기 바로 옆쪽에서 불이 타올랐다. 우리에게 다가오는 불빛을 보았을 때 드르륵 바퀴 소리가 들리더니 수레에 탄 한 남자가 눈앞에서 환히 빛났다. 금세 그의 불빛이 꺼지고 그의 바퀴도 잠잠해졌다. 우리가 뭐라 말해도 그에게 닿지 않았을 것이다. 또다시 우리 눈앞에서 장면들이 재빨리 지나고 물러난 듯이 우리는 농가의 앞마당에 들어섰다. 그곳에 걸린 등불이 웅크리고 있는 소떼에 흔들리는 둥근 빛을 보내고 어둠에 잠긴 우리 몸의 일부를 드러내기도 했다. 우리에게 밤 인사를 건넨 농부의 목소리가 마치 우리 손을 움켜쥔 억센 손처럼 우리를 세상의 기슭으로 불러들였지만 두 걸음을 내딛자 다시 거대한 어둠의 물결과 침묵이 우리를 뒤덮었다. 그런데 또다시 빛이 우리 옆에 다가왔다. 바다를 지나는 배의 불빛처럼 소리 없이 접근한 듯했다. 우리가 언덕 꼭대기에서 보았던 등불이었다. 마을은 고요했지만 잠들지 않았고, 눈을 크게 뜨고 누워서 말없이 어둠과 대립하는 듯했다. 우리는 집의 담장에 기댄 형체들을 알아볼 수 있었다. 분명 남자들이었는데, 창문을 짓누르는 어둠의 무게에 잠을 이루지 못해 밖으로 나와 어둠 속에 팔을 내뻗어야 했으리라. 그들 주위에서 넘실거리는 헤아릴 수 없는 암흑의 파도에 비해 등불에서 새어 나온 광선은 얼마나 미약한지! 바다에 떠 있는 배도 외롭지만, 황량한 땅에 정박하여 밤마다 홀로 심원한 암흑의 물결에 노출된 이 작은 마을은 훨씬 외롭게 보였다.

하지만 일단 낯선 영역에 익숙해지면 그 안에 큰 평화와 아름다움이 있다. 이제 실체적 사물의 환영과 정령만이 떠다니는 것 같았다. 언덕이 있던 곳에 구름이 떠 있고 집들은 불꽃이었다. 눈은 실체의 거친 윤곽에 부딪히지 않고 깊은 어둠에 잠겨 생기를 되찾을 것이다.

땅은 수많은 세세한 것들과 함께 모호한 공간으로 녹아들었다. 그렇게 생기를 얻어 민감해진 사람들에게 집의 담장은 너무 좁고 등불의 섬광은 지나치게 맹렬하다. 우리는 최근에 날개를 다쳐 붙잡힌 뒤 새장에 갇힌 새 같았다.

서재에서의 시간

우선 학식을 사랑하는 사람과 독서를 사랑하는 사람을 혼동하는 오랜 착각을 정리하고 그 둘은 전혀 관련이 없다는 점을 지적하기로 하자. 학식 있는 사람은 주로 앉아서 홀로 집중하는 열성가이고, 책을 통해 자신이 갈망하는 특정한 진실의 알갱이를 발견하고자 한다. 만일 그가 독서에 대한 열정에 압도된다면, 그가 거둘 수확은 줄어들고 손가락 사이로 빠져나갈 것이다. 반면에 독서가는 처음부터 학식에 대한 열망을 억제해야 한다. 지식이 어쩔 수 없이 달라붙더라도, 지식을 추구하고 체계적으로 독서하며 전문가나 권위자가 되려 한다면 사심 없는 순수한 독서에 대한 인간적 열정이라고 여겨도 좋은 것이 파괴되기 십상이다.

그럼에도 우리는 책벌레를 묘사하고 그를 조롱함으로써 미소를 떠올리게 하는 그림을 쉽게 떠올릴 수 있다. 실내복 차림의 창백하고 수척한 사람이 떠오른다. 사색에 빠져 있고, 벽난로 시렁에서 주전자를 들어 올릴 힘도 없고, 얼굴을 붉히지 않고는 여자에게 말을 걸지 못하고, 매일의 뉴스를 모르고, 그러면서도 중고 서적상의 도서 목록에는 정통하며 어둠침침한 서점에서 햇빛이 찬란한 시간을 보낸다. 물론 괴팍하고 단순하다는 면에서 재미있는 인물이기는 하지만, 우리가 관심을 기울일 다른 유형과는 조금도 닮지 않았다. 참된 독서가는 본질적으로 젊기 때문이다. 그는 호기심이 강하고, 아이디어가 풍부하며, 열린 마음으로 이야기하기를 좋아한다. 그에게 독서는 세상을 등지고 연구하는 것이라기보다는 활기찬 야외 산책에 가깝다. 그는 대로에서 터벅터벅 걷고, 공기가 너무 희박해서 숨 쉬기 힘들 때까지 점점 더 높이 언덕을 오른다. 그에게 독서는 앉아서 하는 일이 아니다.

그러나 일반적인 진술은 별도로 하고, 독서의 적기가 열여덟 살에서 스물네 살 사이라는 것은 사실을 수집하여 어렵지 않게 입증할 수 있다. 그 시절에 읽는 책의 기본적인 목록만 봐도 나이 든 사람들의 가슴은 절망에 휩싸인다. 아주 많은 책을 읽을 뿐 아니라 읽어야 할 책도 아주 많았던 것이다. 기억을 되살리고 싶으면, 우리 모두 한때 열성적으로 쓰기 시작했던 옛 노트를 꺼내 보자. 물론 대다수 페이지는 공백이다. 하지만 처음 몇 장은 꽤 또렷한 글씨체로 아름답게 덮여 있을 것이다. 여기에 우리는 위대한 작가들의 이름을 위대한 순서에 따라 적어 놓았다. 고전의 멋진 문장을 베껴 쓰기도 했고, 읽어야 할 책의 목록을 적기도 했다. 가장 흥미로운 것은 실제로 읽은 책의 목록인데, 젊은이의 허영심으로 붉은색 잉크로 줄을 그어 표시한 것이다. 스무 살의 누군가가 지난 1월에 읽은 책의 목록을 인용해 보자. 대부분은 처음 읽는 책일 터다.

1. 『로다 플레밍』[2]
2. 『샤그팟의 수염 밀기』[3]
3. 『톰 존스』[4]
4. 『냉담자』[5]
5. 듀이의 『심리학』
6. 「욥기」
7. 윌리엄 웹의 『시론』
8. 『말피의 공작부인』[6]

2 *Rhoda Fleming*. 1865년 발표된 조지 메러디스의 소설.

3 *The Shaving of Shagpat*. 1856년 발표된 조지 메러디스의 소설

4 *The History of Tom Jones, a Foundling*. 1749년 발표된 헨리 필딩(Henry Fielding, 1707~1754)의 소설.

5 *A Laodicean*. 1881년 발표된 토머스 하디(Thomas Hardy, 1840~1928)의 소설.

6 *The Duchess of Malfi*. 1614년 발표된 존 웹스터(John Webster, 1580

9. 『복수자의 비극』[7]

이렇게 한 달 한 달 나아가다가 결국은 이런 목록이 언제나 그러듯이 6월에 갑자기 중단된다. 그러나 그 독서가의 여러 달을 따라가 보면, 그는 실제로 독서 말고는 아무것도 할 수 없었음이 분명하다. 엘리자베스 시대의 문학은 어느 정도 철저하게 살펴보았다. 웹스터와 브라우닝, 셸리, 스펜서, 콩그리브를 많이 읽었다. 피콕을 처음부터 끝까지 읽었고, 제인 오스틴의 소설은 대부분 두세 번 되풀이해서 읽었다. 메러디스와 입센은 전부 다 읽었고, 버나드 쇼는 조금 읽었다. 또한 그가 독서를 하고 있지 않을 때는 대담한 논쟁을 벌였음이 거의 확실하다. 그리스인과 현대인을 견주고, 공상소설과 사실주의를 견주고, 라신과 셰익스피어를 견주면서 희미한 빛이 스며드는 새벽까지 논쟁했으리라.

거기 적힌 옛 목록을 보면 웃음도 나오고 한숨도 쉬게 된다. 하지만 많은 것을 주고서라도 이처럼 미친 듯이 책을 읽던 시절의 감정을 되돌리고 싶기도 할 것이다. 다행히

추정 ~ 1625 추정)의 비극.

7 *The Revenger's Tragedy*. 1607년작. 예전에는 시릴 터너(Cyril Tourneur, 1575~1626)의 작품으로 여겨졌으나 지금은 대개 토머스 미들턴(Thomas Middleton, 1580~1627)의 작품으로 인정된다.

이 독서가는 천재가 아니었다. 조금만 생각해 보면 우리들 대부분은 적어도 독서에 발을 들여놓게 된 단계들을 떠올릴 수 있다. 어린 시절에 접근 불가라고 여겨진 서가에서 훔쳐 와 읽은 책들은 온 집안이 잠들어 있을 때 고요한 들판에 밀려드는 새벽의 풍경을 몰래 엿볼 때처럼 비현실적이고 으스스한 느낌을 일으켰다. 커튼 사이로 살짝 내다보면 안개 속에 흐릿한 나무들의 낯선 형체가 보이는데, 알아보지 못해도 우리는 이를 평생 기억할지 모른다. 아이들은 앞으로 다가올 것을 신기하게도 예감하기 때문이다. 그 후의 독서는 위의 독서 목록이 예시하듯이 전혀 다르다. 처음으로 온갖 제약이 사라져서 우리는 원하는 것을 읽을 수 있다. 서재를 마음대로 들락거릴 수 있고, 무엇보다도 친구들도 같은 처지에 있다. 우리는 며칠이고 계속해서 책만 읽는다. 날아갈 듯이 흥미진진하고 기쁜 시간이다. 우리는 영웅들을 찾아내는 데 돌진한다. 우리가 실로 이런 일을 하고 있다는 경이감이 마음속에 차오르고, 그 경이감에는 이 세상에 살아온 가장 위대한 인간들에 정통함을 과시하려는 터무니없는 교만과 욕망이 섞여 있다. 지식에 대한 열정이 가장 예리하고, 적어도 가장 대담한 때다. 우리는 또한 강렬하고 일치된 마음을 갖는데, 위대한 작가들이 인생의 선(善)을 평가하는 데 있어서 우리와 일치한다는 것을 발견하면 우리의 마음은 기쁨으로 차오른다. 그리고 토머스 브라운 경 대신에 가령 포프를 영웅으로 선택한 사람에 맞서서 우리 입장을 고수할 필요가 있으므로, 위인들에 대한 깊은 애정을 품고 다른 사람들이 아는 대로가 아니라 단독적으로 은밀히 그들을 안다고 느낀다. 우리는 그들의 지도를 받으며, 거의 그들의 관점에서 싸운다. 그래서 우리는 오래된 중고 서점을 배회하고 이절판이나 사절판 책, 나무판에 든 에우리피데스, 여든아홉 권의 팔절판 볼테르 전집을 집에 끌어들인다.

그런데 이 목록에는 동시대 작가들이 거의 포함되지 않았다는 점이 희한하다. 메러디스와 하디, 헨리 제임스는 이 독서가가 그들을 읽었을 때 물론 생존해 있었지만 이미 고전의 반열에 든 작가들이었다. 칼라일이나 테니슨, 혹은 러스킨이 당대 젊은이에게 영향을 주었듯이 그에게 영향을 미친 작가가 그의 세대에는 존재하지 않는다. 그런데 위인으로 인정되는 사람이 없다면 그보다 못한 사람들과는 관계하지 않으려는 것이 젊은이의 특성이라 믿는다. 비록 그들이 그가 살고 있는 세계를 다루더라도 말이다. 그는 차라리 고전으로 돌아가서 오로지 가장 탁월한 마음들과 어울릴 것이다. 한동안 그는 사람들의 온갖 활동에 거리를 두고 그들을 멀리서 바라보며 더없이 엄격하게 그들을 판단한다.

실로 젊음의 상실을 알려 주는 징후의 하나는 우리가 다른 사람들 사이에 자리 잡고 그들과의 유대감을 느끼게 된다는 것이다. 우리는 예전처럼 높은 수준을 유지한다고 생각하고 싶어 한다. 그렇지만 분명 동시대인들의 글에 더 관심을 느끼고, 그들에게 영감이 부족하더라도 우리에게 더 가깝게 다가오는 것 때문에 용서한다. 현존 작가들이 훨씬 열등하더라도 죽은 자들보다는 그들에게서 실제로 더 많은 것을 얻는다고 주장할 수도 있다. 우선 동시대인의 글을 읽을 때는 은밀한 허영심이 개입될 수 없고, 그들이 경탄을 자아낸다면 그것은 대단히 열렬하고 진심에서 우러난 것일 수밖에 없다. 마지못해 동시대인들에 대한 신뢰를 가지려면 우리의 자랑거리인 매우 훌륭한 편견 몇 가지를 종종 희생해야 하기 때문이다. 또한 우리는 좋아하는 책과 싫어하는 책에 대한 우리 나름의 이유를 찾아야 한다. 그것은 우리의 주의력을 촉발하는 자극제로 작용하고, 우리가 판단력에 바탕하여 고전을 읽었음을 입증하는 가장 좋은 방법이 된다.

그리하여 낱장들이 거의 붙어 있고 책등의 금박이 아직 선명한 새 책들이 꽉 들어찬 큰 서점에 들어서면 중고 서점에서 느꼈던 예전의 흥분 못지않은 즐거운 흥분을 느낀다. 어쩌면 그때처럼 의기양양한 기분은 아닐 것이다. 그러나 불멸의 위인들의 생각을 알고 싶은 옛 갈망은 우리 세대의 생각을 알려는 한결 너그러운 호기심으로 바뀌었다. 현재 살아 있는 남자들과 여자들은 무엇을 느끼는지, 그들의 집은 어떻게 생겼고 어떤 옷을 입는지, 돈은 얼마나 갖고 있고 어떤 음식을 먹는지, 무엇을 좋아하고 싫어하는지, 주위 세계에서 무엇을 보는지, 활동적인 생활 공간을 어떤 꿈으로 채우는지? 그들에게서 우리 시대의 마음과 몸 둘 다를 우리의 안목이 허용하는 한 최대한으로 볼 수 있다.

우리가 그런 호기심에 완전히 사로잡혔을 때, 어쩔 수 없이 읽어야 하는 일이 없다면 오래지 않아 고전에 먼지가 두텁게 쌓일 것이다. 결국 우리는 살아 있는 목소리를 가장 잘 이해할 수 있기 때문이다. 우리는 동료를 대하듯 그 목소리를 대할 수 있다. 살아 있는 목소리는 우리의 수수께끼를 알아맞힌다. 더욱 중요한 것은 우리가 그것의 농담을 이해한다는 점이다. 오래지 않아 우리는 위인들에게서 충족될 수 없는 다른 취향을 갖게 된다. 유익하지 않더라도 분명 매우 즐거운 취향, 즉 나쁜 책에 대한 기호다. 경솔하게 이름을 대지 않더라도 우리는 어떤 작가들이 이루 말할 수 없는 재미를 제공하는 소설이나 시집, 수필집을 매년 (다행히도 그들은 왕성하게 글을 쓰므로) 발표하는지 알고 있다. 우리는 나쁜 책들에서 얻는 바가 많다. 사실 우리는 그런 책들의 작가와 주인공을 우리의 고요한 삶에서 중요한 역할을 하는 인물들 속에 끼워 넣게 되었다. 우리 시대에 거의 새로운 문학 장르를 창조한 회고록과 자서전 저자들도 그런 인물에 들어간다. 그들 모두가 중요한 인물은 아니고, 아주 희한하게도 가장 중요한 인사들, 공작이나 정치가들이야말로 정말로 지루한 사람들이다. 이 회고록 작가들은 어쩌면 웰링턴 공작을 한 번 본 적이 있다는 것 외에는 다른 구실 없이 자신들의 의견이나 말다툼, 열망과 질병을 우리에게 털어놓기 시작하고 결국에는 대체로, 적어도 얼마간은 개인적 드라마의 배우가 된다. 이런 드라마를 통해서 우리는 혼자 산책하거나 잠 못 이루는 시간의 무료함을 달랜다. 이 모든 것을 우리의 의식에서 제거한다면, 우리는 실로 빈곤해지고 말 것이다. 또한 책들 중에는 사실과 역사를 다루거나, 꿀벌과 말벌, 산업과 금광, 여황제, 외교적 음모에 관한 책, 강과 야만인, 노동조합, 의회령에 관한 것도 있다. 우리는 늘 이런 책을 읽고, 늘 안타깝게도 잊어버린다. 서점이 문학과는 전혀 관련이 없는 수많은 욕망을 충족시킨다고 우리가 인정해야 할 때 그것이 서점을 옹호하는 훌륭한 주장은 아닐 것이다. 그러나 형성되는 있는 문학이 여기 있음을 기억하도록 하자. 우리 아이들은 이 새로운 책들 중에서 한두 권을 고를 것이고, 우리는 그 책들에 의해 영원히 알려질 것이다.

셰익스피어 시대의 관중이 이제 말이 없고 우리에게는 그의 시집에서만 살아 있듯이, 우리가 누워 침묵할 때 여기 놓인 (우리가 알아볼 수만 있다면) 어떤 시나 소설, 역사서가 일어나 다른 시대들과 함께 우리 시대에 관해 말할 것이다.

이것이 진실이라고 우리는 믿는다. 하지만 새로운 책들의 경우에 어떤 책이 진정한 것인지, 그 책들이 우리에게 말하려는 바가 무엇인지, 어느 책이 일이 년 뒹굴거리다가 낱낱이 찢어질 종이로 채워져 있는지를 알기는 이상하게도 어렵다. 우리는 많은 책들이 있음을 볼 수 있고, 요즘은 누구나 글을 쓸 수 있다는 말도 종종 들려온다. 사실일 것이다. 하지만 이 어마어마한 다변, 이 언어의 홍수와 거품, 이 수다스러움과 천박함과 진부함의 한가운데에 큰 열정의 열기가 존재한다. 그것이 한 시대에서 다른 시대로 이어질 형태를 낳으려면 남들보다 적절한 재능을 가진 두뇌만 있으면 된다고 우리는 생각한다. 이 혼란을 지켜보고, 우리 시대의 사상 및 비전과 싸우고, 우리가 사용할 수 있는 것을 움켜잡고, 무가치하게 보이는 것을 없애고, 무엇보다도 내면의 관념에 가급적 최고의 형태를 부여하는 사람들에게 너그러워야 함을 깨닫는 것이 우리에게 기쁨일 터다. 어느 시대의 문학도 우리 시대처럼 권위에 순종하지 않고, 위인들의 지배에서 벗어난 적이 없었다.

어떤 시대도 이처럼 존경의 능력을 제멋대로 탕진하고 이처럼 변덕스러운 실험을 벌인 적이 없는 듯하다. 주의 깊은 관찰자의 눈에도, 우리 시대의 시인과 소설가의 작품에 어떤 유파나 목표의 흔적이 없는 듯 보일 것이다. 비관주의자는 반드시 존재하기 마련이지만 그는 우리 시대의 문학이 죽었다고 우리를 설득하지 못할 것이다. 또한 젊은 작가들이 자신의 새로운 비전을 형성하기 위해서 살아 있는 가장 아름다운 언어들의 오래된 단어들을 결합할 때 얼마나 진실하고 생생한 아름다움이 번쩍이는지를 우리가 느끼지 못하게 막을 수 없을 것이다. 지금 동시대인의 작품을 판단하려면 우리가 고전을 읽으며 배웠던 그 무엇이든 필요하다. 내면에 생명이 있을 때는 언제든 그들은 새로운 형태를 사로잡기 위해서 미지의 심연에 그물을 던질 테고, 그들이 가져다주는 기이한 선물을 이해하며 받아들이려면 우리는 그들을 따라서 우리의 상상력을 투사해야 하기 때문이다.

새로운 작가들이 시도하는 바를 이해하기 위해 옛 작가들에 대한 지식이 필요하다면, 우리가 새로운 책들을 탐사하다가 돌아올 때 옛 책을 보는 눈이 더 예리해진다는 것도 분명 사실이다. 새로운 책이 만들어지는 과정을 지켜보았고, 새로운 작가들이 무엇을 하고 있는지, 무엇이 좋고 무엇이 나쁜지를 편견

없는 눈으로 더 엄밀히 판단할 수 있기 때문에, 이제 옛 작가들의 비밀을 뜻밖에 찾아내고 그들의 작품을 더 깊이 들여다보고 여러 부분의 결합을 알아차릴 수 있는 것 같다. 어떤 위인은 예전에 생각했던 만큼 존경스럽지 않다고 느끼게 될 수 있다. 사실 그들은 우리 시대의 어떤 작가들만큼 출중하거나 심오하지 않다. 한두 작가의 경우에는 실로 그러하지만, 다른 경우에는 즐거움과 뒤섞인 수치심에 압도된다. 셰익스피어나 밀턴, 혹은 토머스 브라운을 예로 들어 보자. 글을 쓰는 방법에 대한 우리의 보잘것없는 지식이 이 작가들의 경우에 그리 소용이 되지 않지만 우리가 느끼는 즐거움에 묘미를 더해 준다. 우리가 새로운 감각에 맞는 새로운 형식을 찾느라 수많은 단어들을 면밀히 살피고 지도에 없는 길을 따라온 지금 그들의 업적을 다시 보고 가슴에 차오르는 놀라운 경이감을 젊은 시절에도 느낀 적이 있었던가? 새로운 책은 옛 책보다 자극적이고 어떤 면에서 암시적이다. 하지만 『코머스』(존 밀턴의 가면극, 1634)나 「리시다스」(존 밀턴의 시, 1637), 「호장론」(토머스 브라운 경의 수필, 1658) 혹은 『안토니우스와 클레오파트라』(셰익스피어의 희곡, 1606~1607)를 되찾아 읽을 때 가슴에 넘쳐흐르는 완벽하고 틀림없는 기쁨을 주지 못한다. 예술의 본질에 대한 이론을 과감히 제기하려는 것은 결코 아니다. 우리는 예술에 대해 본능적으로 아는 것 이상은 절대 알지 못할 수 있다. 예술을 오래 경험하면서 우리가 배우는 것은 오로지 모든 기쁨 가운데 위대한 예술가들에게서 얻는 기쁨이 이론의 여지 없이 최고에 속한다는 사실이다. 그 이상은 알 수 없다. 그러나 어떤 이론도 펼치지 않아도, 우리는 우리 생애에 출간된 책에서는 거의 기대할 수 없는 한두 가지 속성을 그들의 작품에서 찾아낼 것이다. 시대는 그 나름의 연금술을 갖고 있을지 모른다. 그러나 이것은 사실이다. 즉 여러분이 아무리 자주 읽더라도 그들이 어떤 미덕도 포기했고 무의미한 말의 껍질을 남겼다고 여기게 되지는 않으리라는 것이다. 완벽한 종결이 그들을 감싸고 있다. 연상의 구름이 그들 위에 떠돌며 수많은 무관한 개념으로 우리에게 지분거리지도 않는다. 그러나 중요한 경험을 하는 순간처럼 그 일에는 우리의 모든 능력이 동참해야 한다. 그러면 그들의 손이 우리에게 축성을 내리고, 우리는 이를 가져와서 삶을 전보다 예리하게 느끼고 깊이 이해하게 된다.

질병에 관하여

질병은 얼마나 흔한 것인지, 병이 일으키는 정신적 변화는 얼마나 엄청난지, 건강의 빛이 스러질 때 드러나는 미지의 영역은 얼마나 놀라운지, 약한 독감에 걸리면 얼마나 황폐하고 삭막한 영혼이 드러나는지, 체온이 조금 오르면 어떤 절벽과 풀밭이 화사한 꽃들로 어른거리는지, 병을 앓을 때면 우리 내면의 얼마나 굳센 참나무 고목들의 뿌리가 뽑히는지, 이를 뽑을 때면 어떻게 죽음의 구덩이에 굴러떨어져서 머리 위로 차오르는 소멸의 물결을 느끼다가 천사들과 하프 연주자들이 눈앞에 있을 거라고 느끼며 깨어나서는 치과의 의자에 앉은 채 수면으로 떠오르다가 "입을 헹구세요. 입을 헹구세요."라는 치과의사의 말을 천국에서 우리를 내려다보며 환영하는 신의 인사로 착각하는지를 생각해 볼 때, 어쩔 수 없이 이런 생각을 자주 해야 하므로, 이런 일과 무수히 다른 것도 생각할 때, 질병이 문학의 중요한 주제로서 사랑이나 전쟁, 질투 옆에 놓이지 못했다는 사실은 참 이상하다. 독감을 주제로 다룬 소설이나 장티푸스를 다룬 서사시, 폐렴에 부치는 송가, 치통을 노래하는 시가 충분히 있을 법한데도 실은 그렇지 않다. 몇 가지 예외(드퀸시는 『어느 아편 중독자의 고백』에서 그런 시도를 했고 프루스트의 작품 중에도 질병에 관한 책이 한두 권 있을 것이다.)가 있을 뿐 문학은 그 주관심사가 마음이라고 최선을 다해 주장한다. 몸이란 영혼을 숨김없이 명료하게 비치는 판유리이고, 욕망과 탐욕 같은 한두 가지 열정을 제외하면 몸은 아무것도 아니고 보잘것없고 실재하지 않는다는 것이다. 하지만 그 정반대야말로 사실이다. 몸은 낮이든 밤이든 끼어든다. 무디게 만들거나 날카롭게 하고, 채색하거나 변색하고, 무더운 6월의 밀랍처럼 녹아 버리거나 안개 낀 2월의 기름처럼 굳는다. 내면의 존재는 얼룩졌든 장밋빛이든 유리창을 통해서만 볼 수 있다. 그것은 칼집이나 완두콩 꼬투리처럼 한순간도 몸과 분리될 수 없다. 그것은 끝없이 이어지는 더위와 추위, 안락과 불편, 배고픔과 포만감, 건강과 질병 등의 변화를 피할 수 없는 파국이 다가올 때까지 겪어야 한다. 몸이 산산조각으로 부서지면 영혼이 탈출한다고 한다. 그런데 몸이 겪어야 하는 온갖 일상적 드라마에 대해서는 어떤 기록도 없다. 사람들은 언제나 마음의 행위에 대해서 쓴다. 마음에 떠오르는 생각이나 고귀한 계획, 마음이 어떻게 세계를 문명화했는지에 대해 쓴다. 그들은 철학자의 작은 탑에서 몸을 무시하면서 이를 보여 준다. 혹은 정복이나 발견을 추구하면서 몸을 낡은 가죽 축구공처럼 몇십 킬로미터에 걸친 눈과 사막 너머로 걷어차 버린다. 열이 오르고 우울증이 밀려들 때 고독한 침실에서 몸이 마음을 거느리고 홀로 치르는 엄청난 전쟁은 도외시된다. 그 이유는 멀리서 찾지 않아도 된다. 이런 사실을 똑바로 직시하려면 사자 조련사의 용기와 강건한 철학, 지구 내부에 뿌리박힌 이성이 필요하다. 이런 것이 부족하면 몸이라는 이 괴물, 이 기적, 그 고통은 곧 우리를 점점 나약하게 만들어 신비주의에 빠뜨리거나 혹은 신속한 날갯짓으로 날아올라 초월주의의 황홀경에 빠뜨리리라. 더 실제적으로 말하자면 독감을 주제로 다룬 소설은 줄거리가 부족하다는 평을 들을 것이다. 그 안에 사랑이 없다고 불평할 것이다. 하지만 잘못된 불평이다. 질병은 종종 사랑의 가면을 쓰고, 사랑과 똑같이 낡은 속임수를 쓰며, 어떤 얼굴을 성스럽게 미화하고, 몇 시간이나 귀를 곤두세우고 층계에서 삐걱거리는 소리를 기다리게 하고, 옆에 없는 사람의 얼굴(건강할 때는 아주 평범한 얼굴이지만)을 새로운 의미로 장식하기 때문이다. 그러면서 마음은 건강할 때는 시간도 여유도 없어서

하지 못했지만 이제 그들에 대한 수천 가지의 전설과 로맨스를 지어낸다. 마지막으로 질병이 문학 소재로 부적합한 이유 가운데 언어의 결핍이 있다. 햄릿의 생각과 리어 왕의 비극을 표현하는 데 있어서는 영어가 나무랄 데 없지만 오한이나 두통을 묘사할 단어는 부족하다. 영어는 한쪽으로 발달해 왔다. 한낱 여학생이라도 사랑에 빠지면 셰익스피어나 존 던, 키츠를 이용해서 자기 마음을 표현한다. 그러나 병에 걸린 사람이 머릿속 통증을 의사에게 설명하려면 당장 언어가 고갈되어 버린다. 그가 사용할 수 있도록 마련된 표현이 없다. 그는 스스로 새로운 말을 만들어야 한다. 그래서 한편의 통증과 다른 편의 소리뿐인 웅얼거림을 (어쩌면 바벨의 주민들이 처음에 그랬듯이) 뭉뚱그려서 결국 완전히 새로운 단어를 뱉는다. 어쩌면 우스운 단어이리라. 영국 태생의 그 누가 언어를 제멋대로 바꿀 수 있을 것인가? 우리에게 영어는 신성한 것이고 그래서 죽을 수밖에 없는 운명이다. 옛 단어를 처분하기보다 새 단어를 만드는 데 훨씬 재주가 많은 미국인들이 우리를 도와서 샘이 계속 흐르게 해 주지 않는다면 말이다. 하지만 우리에게 필요한 것은 원시적이고 미묘하며 감각적이고 외설적인 새 단어뿐 아니라 열정들의 새로운 서열이다. 사랑은 40도의 체온 앞에서 물러날 수밖에 없고, 질투심은 좌골 신경통에 굴복한다. 불면증은 악당처럼 굴고, 그것을 무찌르는 영웅은 달콤한 맛이 나는 하얀 액체다. 나방의 눈과 깃털 달린 발을 가진 그 힘센 왕자의 한 가지 이름은 클로랄[8]이다.

그러나 다시 환자에게로 돌아가자. "난 독감으로 앓아누웠어요." 그는 이런 말로 사실 동정을 받지 못하고 있음을 불평한다. "난 독감으로 앓아누웠어요." 그런데 이 말은 그 엄청난 경험의 무엇을 전달할 수 있는가. 세상은 모습이 달라졌고, 사업 수단은 멀어져 갔고, 축제의 소음은 먼 들판 너머에서 바삐 돌아가는 회전목마 소리처럼 아득하다. 친구들은 달라져서 누군가는 기이한 아름다움을 띠고 누군가는 땅딸막한 두꺼비처럼 추해졌다. 그동안 인생의 풍경은 멀리 바다에 나간 배에서 바라보는 해안처럼 가마득하고 아름답다. 그는 때로 봉우리에 올라 인간에게서든 신에게서든 도움을 바라지 않지만, 때로는 바닥에서 무기력하게 기어 다니며 하녀의 발길질도 반가워한다. 이런 경험은 전달할 수 없다. 말로 표현할 수 없는 이런 일들이 늘 그렇듯이, 그의 고통은 친구들에게 자신들이 앓았던 독감이나 지난 2월에 슬퍼해 줄 사람 없이 넘어갔지만 이제 공감의 성스러운 위안을

8 최면제, 진통제의 일종

필사적으로 요구하며 아우성치는 자신들의 아픔과 고통의 기억을 일깨울 뿐이다.

그러나 우리는 공감을 얻을 수 없다. 현명한 운명의 여신은 이를 거부한다. 이미 슬픔에 짓눌려 있는 운명의 자녀들이 공감의 부담마저 떠맡으며 상상 속에서 자신의 고통에 다른 사람들의 고통을 보탠다면, 건물 공사는 중단될 테고 도로 공사는 흐지부지되어 잡풀이 무성할 것이다. 음악과 그림은 중단되고, 큰 한숨 소리만 하늘에 닿을 테고, 사람들은 오로지 공포와 절망에 휩싸일 것이다. 사실 기분을 전환시켜 주는 사소한 일은 늘 존재한다. 병원 한구석에서 손풍금을 켜는 악사가 있고, 감옥이나 구빈원 너머로 사람을 꾀어내는 서점이나 장신구 가게가 있고, 우스꽝스러운 고양이나 개가 있어서, 늙은 거지의 비참한 모습을 몹시 암담한 고통으로 바꾸지 않는다. 고통과 고난에 시달리는 판잣집들, 슬픔의 메마른 상징들이 우리에게 요구하는 공감을 베풀기 위한 엄청난 노력은 꺼림칙하지만 다음 기회로 물러난다. 요즘 공감을 베풀어 주는 사람은 대체로 게으름뱅이나 실패자이고 태반은 여자들(이들에게는 한물간 것이 새로움 및 무질서와 기이하게도 나란히 존재한다.)이다. 그들은 시합에서 낙오되었으므로 변덕스럽고 무익한 일탈에 시간을 쓸 수 있다. 가령 C. L.은 안정된 병실 난롯가에 앉아서 차분하면서도 풍부한 상상력으로 유아방의 난로망과 빵 덩어리, 가로등, 길거리의 손풍금, 앞치마와 무모한 행각에 대한 노부인들의 실없는 이야기를 늘어놓는다. 성급하고 도량이 넓은 A. R.은 여러분이 위안거리로 큰 거북이를 갖고 싶어 하거나 기분을 북돋을 현악기 테오르보를 원한다면 런던 시장을 샅샅이 뒤져서 어떻게든 그날로 손에 넣어 포장해 올 것이다. 경박한 K. T.는 왕족의 연회에라도 가듯이 실크 드레스 차림에 깃털 모자를 쓰고 (이 역시 시간을 들여) 화장하고 분 바른 모습으로 어두운 병실에서 화려한 광채를 낭비하고, 수다를 떨고 흉내를 냄으로써 약병을 부딪쳐 울리고 불꽃을 튀긴다. 그러나 그런 어리석은 행동은 한물갔다. 문명사회는 다른 목표를 가리킨다. 중서부 지방의 도시들에 전깃불이 들어와 눈부시게 빛나므로, 인설 씨는 "휴가 기간이 아닐 때는 매일 이삼십 건의 약속을 지켜야 한다." 그렇다면 거북이나 테오르보가 들어설 자리가 어디 있으랴?

병을 앓으면 어린애처럼 솔직해진다고 고백(질병은 큰 고백 성사실이나 다름없다.) 하자. 건강할 때는 신중하고 점잖게 숨기던 것들이 입 밖에 나오고 진실이 불쑥 튀어나온다. 공감을 예로 들어 보자. 우리는 공감 없이 살아갈 수 있다. 온갖 신음이 메아리치는 세상, 사람들이 공동의 욕구와 공포로 단단히 결합되어 있어서 한 손목을 잡아당기면 다른 이의 손목이 당겨지고 아무리 이상한 경험을 했더라도 다른 사람들 역시 그것을 경험했고 마음속으로 아무리 멀리 여행하더라도 누군가는 이미 그곳에 가 본 세상이란 환상일 뿐이다. 우리는 타인의 영혼은 고사하고 자기 영혼도 알지 못한다. 사람들은 쭉 뻗은 길을 함께 손잡고 가지 않는다. 각자에게 수풀에 뒤엉키고 길이 없는 원시림이 있다. 새 발자국도 찍히지 않은 설원이 있다. 이곳을 우리는 홀로 가고 그 편을 더 좋아한다. 늘 공감을 받고, 늘 누군가와 동행하고, 늘 이해를 받는다면 견딜 수 없을 것이다. 그러나 건강할 때는 친절하게 소통하고 교화하고 공유하고 사막을 개간하고 원주민을 교육하고 낮에는 함께 일하고 밤에는 함께 즐기는 척하면서 그런 노력을 일신해야 한다. 병에 걸리면 이런 가식이 중단된다. 침대에 몸져눕거나 의자에 쌓인 베개들 속에 몸을 파묻고 발을 한 치라도 들어 다른 의자에 올려놓으면 그 즉시 우리는 강건한 군대의 군인이 아니라 탈영병이 된다. 그들은 전장으로 행군하지만, 우리는 지팡이를 잡고 냇물에서 정처 없이 떠돈다. 잔디밭에 흩어진 낙엽에 허둥대고, 무책임하고 무심하게 어쩌면 몇 년 만에 처음으로 주위를 둘러보고 올려다볼 수 있다. 가령 하늘을 쳐다본다고 하자.

그 순간 눈에 들어온 그 비범한 장관은 신기하게도

압도적이다. 보통은 하늘을 한참 동안 쳐다볼 수 없다. 공적 장소에서 하늘을 쳐다보는 사람이 있으면 보행자들이 방해받고 당황할 것이다. 우리 눈에 보이는 조각난 하늘은 굴뚝과 교회들로 잘려 있고, 사람의 배경이 되며, 궂은 날씨나 맑은 날씨를 알려 주고, 창문을 금색으로 덧칠하고, 나뭇가지들 사이를 채워 가을날 런던 광장들에 늘어선 어수선한 플라타너스의 비애를 완성한다. 그런데 땅에 깔린 낙엽이나 데이지처럼 바닥에 누워 똑바로 올려다보면 하늘은 전혀 다르게 보여 실로 다소 충격적이다. 그렇다면 우리가 알지 못하는 사이에 이런 일이 내내 지속되었던 것이다. 끊임없이 형체를 만들어 내려 보내고, 구름들을 함께 뒤흔들어 방대한 배들과 수레들을 북쪽에서 남쪽으로 줄줄이 끌어가고, 빛과 그늘의 장막으로 끊임없이 위아래를 에워싸고, 금빛 광선과 푸른 그림자로 태양에 베일을 드리웠다가 걷어내고 바위 성벽을 만들었다가 퍼뜨려 버리는 실험을 지속하는 이런 일이. 이런 끝없는 활동이 수백만 마력의 에너지를 얼마나 소모하는지 아무도 모르지만 매년 임의대로 벌어진 것이다. 이 사실은 언급할 필요가 있고 실로 질책이 필요하다. 누군가는 이를 《타임스》에 써야 한다. 그것을 활용해야 한다. 이 거대한 영화가 텅 빈 극장에서 영원히 상영되게 해서는 안 된다. 그렇지만 조금 더 오래 지켜보면 다른 감정이 일어 흥분한 시민의 열의를 가라앉힌다. 성스러이 아름다운 그 풍경은 성스러운 동시에 냉혹하기도 하다. 인간의 기쁨이나 이익과 무관한 어떤 목적을 위해 무한한 자원이 사용된다. 우리 모두가 얼어붙어 뻣뻣하게 엎어져 있더라도, 하늘은 그 푸른 광선과 금색 광선의 실험을 지속한다. 어쩌면 그때 우리는 가까이 있는 아주 작고 친숙한 것을 내려다보고 공감을 찾아낼 것이다. 장미를 살펴보자. 우리는 수반에서 꽃을 피우는 장미를 보고 종종 그것을 그 절정기의 아름다움과 결부했기에 장미가 오후 내내 고요히 굳건하게 땅에 서 있는 것을 잊었다. 장미는 완벽한 품위와 침착한 태도를 잃지 않는다. 가득 찬 꽃잎들은 비길 데 없이 완벽하다. 그러다가 꽃잎 하나가 유유히 떨어진다. 때로 모든 꽃들이 산들바람에 부드럽게 고개를 숙인다. 매끄러운 살결에 숟가락을 대면 선홍색 즙이 소용돌이치는 관능적인 자줏빛 꽃이나 크림색 꽃, 글라디올러스와 달리아, 성직자와 교회를 연상시키는 백합, 단정하고 빳빳한 줄기 끝이 살굿빛과 호박색으로 물든 꽃들이. 한낮의 태양에 당당하게 인사하고 한밤중에는 어쩌면 달을 묵살할 묵직한 해바라기를 제외하면 모두 그렇다. 꽃들은 거기에 서 있다. 그리고 인간은 온갖 사물 중에서 가장 고요하고 가장 자족적인 꽃들을 벗으로 삼아 왔다. 인간의 열정을 상징하고, 인간의 축제를 장식하고, 죽은 자들의 베개 위에 (슬픔을 아는 듯이) 놓인 이 꽃들을! 놀랍게도 시인들은 자연에서 종교를 발견해 왔다. 시골에 사는 사람들은 식물에서 미덕을 배운다. 식물은 무심으로 위안을 준다. 인간이 밟아 본 적 없는 마음의 설원을 구름이 찾아오고 떨어지는 꽃잎이 입 맞춘다. 다른 영역에서 밀턴이나 포프 같은 위대한 예술가들이 우리를 생각해서가 아니라 망각함으로써 위안을 주듯이.

한편 강직한 자들의 군대는 하늘이 아무리 무심하고 꽃들이 경멸하더라도 개미나 벌처럼 용감하게 행군하며 전투에 나간다. 존스 부인은 기차를 탄다. 스미스 씨는 자동차를 수리한다. 암소들의 젖을 짜러 집으로 몰아간다. 남자들이 초가지붕의 짚을 얹는다. 개들이 짖어 댄다. 그물에서 날아오른 까마귀가 느릅나무에 걸린 그물에 떨어진다. 인생의 파도가 지칠 줄 모르고 몰아친다. 자연이 애써 숨기려 하지 않는 것, 자연이 결국에 이기리라는 사실을 아는 것은 몸져누운 사람뿐이다. 열기가 지상에서 사라질 테고, 얼어붙어 뻣뻣해진 우리는 두 발을 끌어 들판을 돌아다니기를 그만둘 테고, 공장과 엔진에 얼음이 두껍게 덮일 테고, 태양이 꺼져 버릴 것이다. 그러더라도 온 지구에 얼음이 덮여 미끄러울 때, 어딘가 기복을 이루고 고르지 못한 표면이 옛 정원의 경계를 드러낼 것이다. 그곳에서 별빛에 겁먹지 않고 의연하게 고개를 내민 장미가 꽃을 피우고 크로커스가 빛을 발할 것이다. 그러나 우리는 아직 내면의 생명의 갈고리에 걸려 꿈틀거릴 수밖에 없다. 우리의 뻣뻣해진 몸은 평온하게 유리관에 들어갈 수 없다. 몸져누운 사람이라도 발가락이 얼어붙는 상상만 하면 벌떡 일어나 보편적인 희망, 천국과 불멸을 얻으려고 손을 내뻗을 것이다. 의심의 여지 없이 사람들은 수많은 세대에 걸쳐 소망을 품어 왔으므로, 소망하는 바를 이루었을 것이다. 발로 직접 디딜 수는 없어도 마음이 쉴 수 있는 푸른 섬이 있을 것이다. 인류의 상상력이 협조하여 어떤 확고한 윤곽을 그려 냈어야 마땅하다. 하지만 실상은 그러지 못했다. 《모닝 포스트》를 펼쳐 리치필드의 주교가 천국에 관해 쓴 글을 읽어 보면 설득력이 약하고 무미건조하며 결론이 없고 모호하다. 저 화려한 교회에 줄지어 들어가는 신도들이 보인다. 날씨가 아무리 음산하고 땅이 젖었어도 교회 안에는 등불이 타오르고 종이 울릴 테고, 바깥에는 가을 낙엽이 발에 끌리고 바람이 한숨을 쉬더라도, 희망과 욕망이 내적 신념과 확신으로 바뀔 것이다. 그들의 얼굴이 평온해 보이는가? 그들의 눈은 숭고한 확신의 빛에 차 있는가? 그들 중 하나는 과감하게 비치헤드에서 뛰어올라 곧바로 천국에 들어갈 것인가? 바보만이 이런 질문을 던질 것이다. 소규모 신도들은 꾸물거리고 힘겹게 움직이며 동정을 살핀다. 어머니는 기운이 없고 아버지는 지쳤다. 주교들도 지치기는 마찬가지다. 그 교구에서 주교에게 자동차를 선물했다느니, 증정식에서 어떤 주도적 시민이 신도들보다는 주교에게 자동차가 더 필요하다고 분명 진실이 담긴 말을 했다는 등의 기사가 그 신문에서 자주 눈에 띈다. 그러나 천국을 만드는 데는 자동차가 필요하지 않다. 필요한 것은 시간과 집중이다. 시인의 상상력이다. 우리에게 맡겨 두면 우리는 천국을 시시하게 만들 뿐이다. 천국에 있는 피프스를 상상하고, 백리향 풀밭에서 유명 인사들과 나눌 인터뷰를 간략하게 그려 보고, 지옥에 머물렀거나 더욱 고약하게도 지구로 돌아와서 거듭거듭 살아가기로 선택한 (선택하는 데는 해로울 일이 없으므로) 친구들에 대한 잡담에 이내 빠져들 것이다. 때로 남자로, 때로 여자로, 때로는 선장이나 궁녀, 황제나 농부의 아내로, 화려한 도시나 외진 습지에서, 테헤란이나 턴브리지 웰스에서, 페리클레스나 아더 왕, 샤를마뉴 대제나 조지 4세 시대에 거듭거듭 살아가다가 마침내 어린 시절에 우리를 기다리는 태아의 삶을 끝까지 살아내고 그 폭군 같은 자아에 흡수된다. 그 자아는 이 세상에 한해서는 정복해 왔지만 천국마저 점령할 수는 없을 (소망으로 변화시킬 수는 있더라도) 테고, 여기서 윌리엄이나 아멜리아로 살아온 우리에게 영원히 윌리엄이나 아멜리아로 남으라고 저주할 것이다. 우리에게 맡기면 우리는 이렇게 세속적으로 추측한다. 우리 대신 상상해 줄 시인들이 필요하다. 천국을 만드는 일은 계관 시인의 임무에 첨부되어야 한다.

실로 우리는 시인에게 관심을 돌린다. 병에 걸리면 산문을 읽는데 필요한 노역이 내키지 않아진다. 한 장(章)에서 다른 장으로 넘어가는 동안 모든 능력을 동원하여 이성과 판단력과 기억력을 계속 집중할 수 없다. 자리를 잡는 동안 우리는 아치와 탑, 총안 등 전체 구조가 그 토대 위에 확고하게 구축될 때까지 다음에 나오는 것을 경계하며 살펴야 한다. 『로마 제국 멸망사』는 인플루엔자에 걸렸을 때 읽을 책이 아니고, 『황금 술잔』과 『마담 보바리』도 마찬가지다. 반면에 책임감을 접고 판단력이 유보된 상태에서(병자에게 비평을 요구하거나 몸져누운 사람에게 건전한 양식을 강요할 사람이 어디 있겠는가?) 갑자기 발작적으로 강렬하게 다른 취향이 나타난다. 우리는 시인들에게서 꽃을 찾아 나선다. 시행 한두 개를 잘라내어 마음속 깊은 곳에 펼치고는 그것이 화려한 날개를 활짝 펴고 푸른 물속에서 다채로운 물고기처럼 헤엄치게 한다.

저녁이면 종종
어스름에 잠긴 초원을 따라 소떼가 찾아온다.

밀턴, 『가면극』(1637) 2장 843~844행

산맥을 따라 무리지어 방랑하며
마지못해 서서히 불어오는 바람에 인도되어.

셸리, 『풀려난 프로메테우스』(1820) II. I. 11. 146~147행

혹은 하디의 시 한 편이나 라브뤼예르의 한 문장은 세 권에 달하는 소설의 의미를 숙고하고 전개한다. 찰스 램의 『서한집』에 살짝 빠져들어(어떤 산문 작가는 시인으로 보아야 한다.) "나는 피비린내 나는 시간의 살해자이고 이제 시간을 서서히 죽일 겁니다. 그러나 그 뱀은 치명적이지요."(「버나드 바튼에게 보낸 편지」(1829. 7. 25.)를 읽을 때의 기쁨을 누가 설명할 수 있을까? 혹은 랭보의 책을 펼치고

오, 계절이여, 오, 성들이여,
결함 없는 영혼이 어디 있을까?

이런 구절을 읽을 때의 매혹을 누가 그럴듯하게 설명할 수 있을까? 아플 때면 단어들이 신비로운 속성을

띠는 것 같다. 우리는 표면적 의미를 넘어선 무언가를 포착하고, 어떤 소리나 색깔, 이곳의 강세와 저곳의 정지 같은 것을 본능적으로 그러모은다. 시상에 비해 언어의 빈약함을 알고 있는 시인이 시 여기저기에 뿌려 놓은 것들이 다 모이면 어떤 단어로도 표현할 수 없고 이성도 설명할 수 없는 마음 상태를 자아낸다. 병든 사람은 문장을 이해하기 어려운 상태에 몹시 짓눌리는데, 그것은 건강한 사람들이 생각하는 것보다 당연한 일이다. 건강할 때는 의미가 소리를 잠식하고 지성이 감각을 지배한다. 그러나 병에 걸리면 이성이 느슨해져서 우리는 말라르메나 존 던의 모호한 시, 라틴어나 그리스어로 쓰인 구절에 슬며시 빠져든다. 그 단어들은 향기를 발하고 나뭇잎처럼 살랑거리며 빛과 그림자로 우리를 물들인다. 이윽고 우리가 그 의미를 포착하게 되면, 그 의미는 날개를 활짝 핀 채 서서히 날아올랐으므로 한층 풍부하다. 우리는 그 언어에 낯선 외국인보다 불리하다. 중국인들은 『안토니우스와 클레오파트라』 대사의 소리를 우리보다 잘 들을 게 분명하다.

질병의 한 가지 속성은 무모함인데(우리는 실로 무법자다.) 셰익스피어를 읽을 때 가장 필요한 덕목이 무모함이다. 셰익스피어를 읽을 때 지성을 버려야 한다는 것이 아니라, 그의 명성에 우리가 위축된다는 사실을 충분히 의식해야 한다는 뜻이다. 비평가들의 책을 보게 되면 셰익스피어와 우리 사이를 가로막는 것이 전혀 없다는 우레처럼 울리는 우리의 확신이 약해진다. 그 확신은 환상이라 하더라도 유용한 환상이고, 어마어마한 기쁨이며, 위대한 작가의 책을 읽는 데 아주 예리한 자극이 된다. 셰익스피어의 작품에는 구더기가 들끓고 있다. 가부장적인 정부가 스트랫퍼드에서 그의 기념비를 낙서할 수 없는 곳에 세웠듯이, 셰익스피어에 대한 글쓰기를 금지할지 모른다. 온갖 비평들이 요란하게 와글거리는 가운데 우리는 홀로 과감하게 추측하거나 여백에 메모를 써 놓을 수 있다. 하지만 누군가 앞서 그런 말을 했거나 더 멋지게 말했다는 것을 알게 되면 열정이 사그라진다. 질병은 제왕처럼 장엄하게 그 모든 비평을 쓸어내고 셰익스피어와 우리만 남긴다. 그러면 셰익스피어의 과도한 능력과 우리의 과도한 오만이 만나면서 방해물이 무너지고 매듭이 풀리며 우리의 두뇌는 『리어 왕』이나 『맥베스』와 공명하고 울려 퍼진다. 그러면 콜리지의 비평조차 멀리서 찍찍거리는 생쥐 소리처럼 들린다. 셰익스피어의 희곡과 소네트도 그렇다. 『햄릿』만 예외다. 우리는 『햄릿』을 인생에 단 한 번, 스무 살과 스물네 살 사이에 읽는다. 그때는 우리가 햄릿이고 청년이다. 적나라하게 말해서 햄릿은 셰익스피어이고 청년이듯이.

그런데 자신이 어떤 인간인지 어떻게 설명할 수 있을까? 우리는 그 인간일 수밖에 없다. 그래서 비평가는 늘 어쩔 수 없이 자기 과거를 돌아보거나 곁눈질하면서, 거울에 비친 자기 모습을 보듯이 『햄릿』에서 움직이고 사라지는 무언가를 본다. 그렇기 때문에 『햄릿』은 끊임없이 다양하게 보이면서도, 『리어 왕』이나 『맥베스』를 읽을 때와 달리, 거듭되는 독서로 어떤 의미가 더해지더라도 그 중심이 견고하고 확고하게 유지된다는 느낌을 받기 힘들다.

이제 셰익스피어는 그만하고 어거스터스 헤어(19세기 영국 작가이자 재담가로서 전기와 여행기를 많이 발표했다.)에게 관심을 쏟자. 어떤 사람들은 질병을 앓고 있다고 해서 이처럼 좋아하는 작가가 달라지는 것은 아니고, 『두 귀족의 생애』(어거스터스 헤어의 전기)의 작가는 보스웰(새뮤얼 존슨의 전기를 쓴 작가)만큼 뛰어나지 못하고, 최고의 문학 작품이 부족해서 최악의 작품을 좋아한다고(평범한 작품은 혐오스럽기 때문에) 주장하면 양쪽 다 얻지 못할 거라고 말한다. 그렇다고 치자. 관례는 정상적인 사람들 편이다. 그러나 미열로 고생하는 사람들에게 헤어와 워터포드, 캐닝(『두 귀족의 생애: 캐닝 공작부인 샬럿과 워터포드 후작 부인 루이자의 회고록』)의 이름은 늘 온화한 광선을 발할 것이다. 물론 처음 백 페이지가량은 그렇지 않다. 이런 두꺼운 책에서 흔히 그러듯이 이 책의 앞부분에서 우리는 넘쳐 나는 숙모들과 숙부들의 늪에서 허우적거리다가 빠져 버릴 위험이 있다. 글에는 주변 정황이라는 것이 있고 대가들은 놀라운 일이 있든 없든 무언가를 준비하는 동안에 참을 수 없이 우릴 지루하게 만든다고 마음을 다잡아야 한다. 그러니 헤어도 서두르지 않는다. 자기도 모르게 우리는 서서히 매료되고, 그 모든 것이 기묘하다는 느낌은 남아 있지만 차차 그 가족의 일원이 되다시피 하고, 스튜어트 경이 방을 나섰을 때(무도회가 곧 시작될 예정이었다.) 그리고 훗날 아이슬란드에 있다는 소식이 들려왔을 때 그 가족이 느낀 경악감에 공감한다. 그는 파티가 권태롭다고 말했다. 지성과의 결혼으로 섬세하고 독특한 마음이 불순해지기 전에 영국 귀족들은 그러했다. 그들은 파티에 권태를 느끼고 아이슬란드로 달아났다. 그런데 벡퍼드는 성을 세우려는 광적 열기에 사로잡혔다. 그는 프랑스에 있는 어떤 성을 영국 해협을 가로질러 실어 왔고 무너져 내리는 절벽 가에 막대한 비용을 들여서 첨탑과 탑 들을 세우고 하인들의 침실로 쓰려 했다. 그래서 하녀들은 솔렌트 해협으로 떠내려가는 자기들의 빗자루를 보게 되었다. 레이디 스튜어트는 무척 괴로웠지만 최선을 다했고, 귀족 태생의 숙녀답게 그 폐허 앞에 상록수를 심기 시작했다. 그동안 그녀의 딸 샬럿과 루이자는 옅은 안개가 자욱한 곳에서 연필을 쥐고 스케치를 하거나 춤을 추고 시시덕거리며 비할 데 없이 사랑스럽게 자라났다. 사실 그 아가씨들은 그리 눈에 띄지 않았다. 당시의 삶은 샬럿과 루이자의 것이 아니었다. 가족생활이자 집단생활이었다. 그것은 거미줄이나 그물처럼 널리 퍼져 나가서 온갖 사촌들과 식솔들, 옛 충복을 엮어 넣었다. 케일돈와 멕스버러 같은 숙모들과 스튜어트와 하드윅 같은 할머니들이 합창단처럼 모여서 함께 기뻐하고 함께 슬퍼하며 함께 크리스마스 정찬을 먹고 아주 늙어가면서도 꼿꼿한 자세로 덮개가 달린 의자에 앉아 색종이로 꽃을 오려 냈다. 샬럿은 캐닝과 결혼해서 인도에 갔고, 루이자는 워터포드 경과 결혼해서 아일랜드에 갔다. 그 후 느릿느릿 항해하는 선박에 실린 편지들이 방대한 공간을 가로질렀고, 매사가 더욱 지체되고 장황해졌다. 19세기 초반의 공간과 여유는 끝이 없어 보인다. 신앙심은 상실되었고, 헤들리 비카스[9]는 신앙심을 부활시켰다. 숙모들은 감기에 걸렸다가 낫고, 사촌들은 결혼한다. 아일랜드에 기근이

9 Hedley Vicars(1826~1855). 크림반도에서 근무한 장교로서 극단적 종교적 전향을 경험했다. 1855년 캐서린 마시(Catherine Marsh, 1818~1912)가 그의 전기 『헤들리 비카스의 생애(The Memorials of Captain Hedley Vicars)』를 썼다.

들고 인도에 폭동이 일어난다. 두 자매는 그들의 큰 슬픔을 말없이 간직한다. 당시 뒤를 이을 자식이 없는 여자들이 진주처럼 가슴에 숨긴 것이 있었다. 아일랜드로 건너와서 온종일 사냥을 다니는 남편과 함께 살아야 하는 루이자는 아주 외로울 때가 많았다. 그러나 그녀는 자기 자리를 지켰고 가난한 사람들을 찾아가서 위로의 말("앤서니 톰프슨이 제정신을 잃었다니, 아니 기억 상실이라니 정말 유감이에요. 하지만 오로지 우리 주님에게 기댈 정도의 이해력만 있으면 충분하지요.")을 건넸고 끊임없이 스케치를 했다. 저녁나절에 그린 펜화와 잉크화로 공책 수천 권이 채워졌다. 어떤 목수가 펼쳐 준 종이에 그녀는 교실에 걸 프레스코화를 도안했고, 살아 있는 양을 자기 침실에 들이고 사냥터지기를 담요로 감싸서 성가족의 그림을 많이 그렸다. 급기야 그 위대한 와츠는 여기에 티치아노에 필적하는 화가이자 라파엘로의 스승이 있다고 경탄했다. 그러자 레이디 워터퍼드는 웃었고(그녀에게는 너그럽고 온화한 유머 감각이 있었다.) 자신은 그저 스케치할 뿐이며 평생 교습을 받은 적이 없고 자신이 그린 천사의 날개가 창피하게도 미완성인 것을 보라고 말했다. 게다가 그녀의 아버지가 지은 성이 계속 부서지며 바닷물에 쏟아졌다. 그녀는 그 성의 토대를 강화해야 했고, 친지들을 대접해야 했고, 온갖 자선 행사로 일상의 나날을 채워야 했다.

마침내 남편이 사냥에서 돌아오면 종종 한밤중에 남편 옆의 등불 아래 공책을 펼치고 앉아서 기사다운 얼굴을 반쯤 수프 그릇에 파묻은 남편의 모습을 스케치하곤 했다. 그는 또다시 십자군처럼 당당하게 여우 사냥을 하러 달려갔고 그녀는 손을 흔들면서 매번 이것이 마지막이라면 어쩌지 하고 걱정하곤 했다. 어느 날 아침이 마지막이었다. 그의 말이 발을 헛디디는 바람에 그는 죽었다. 그녀는 사람들이 알려 주기도 전에 그 사실을 알았다. 존 레슬리 경은 장례가 치러지던 날 아래층으로 달려갔을 때 창가에 서서 떠나는 영구차를 바라보던 그 귀부인의 아름다움을 도저히 잊을 수 없었다. 또한 장례식에서 돌아왔을 때 중기 빅토리아 시대의 두툼한 벨벳 커튼에 그녀가 극심한 고뇌로 움켜쥔 부분이 완전히 뭉개진 일도 잊을 수 없었다.

백작의 조카딸

소설의 극히 미묘한 한 측면은 그 중요성에 비해 언급되는 일이 적다. 계층 차이에 대해서는 침묵하며 넘어가야 한다고 여긴다. 이 사람이나 저 사람이나 좋은 집안에서 태어났으리라고 가정한다. 하지만 영국 소설은 사회적 신분의 부침에 깊이 잠겨 있으므로, 그것을 배제하면 알아볼 수 없이 달라질 것이다. 메러디스가 『오플 장군과 레이디 캠퍼의 이야기』에서 "그는 레이디 캠퍼를 곧 뵈러 가겠다는 전갈을 보내고 즉시 몸단장을 하러 갔다. 그녀는 백작의 조카딸이었다."라고 서술할 때, 영국인들은 그 말을 서슴없이 받아들이고 그가 옳다고 생각한다. 그런 상황에서는 장군이 코트에 한 번 더 솔질을 했을 것이다. 실제로는 어떨지 몰라도 장군은 레이디 캠퍼와 사회적으로 동급이 아니라고 우리는 가정한다. 장군은 그녀의 신분이 미치는 충격을 맨몸으로 받아들였다. 그를 보호해 줄 백작이나 남작, 혹은 나이트 작위도 없었다. 그는 고작해야 영국 신사, 게다가 가난한 신사였던 것이다. 그러므로 지금도 영국 독자들에게 그가 그 숙녀 앞에 나서기 전에 "즉시 몸단장을 하러 갔다."라는 사실은 의문의 여지 없이 적절해 보인다.

사회적 차별이 사라졌다는 것은 무익한 가정이다. 그런 제한을 알지 못하고 자신이 살고 있는 영역에서 세상을 자유롭게 오갈 수 있다고 주장할 수 있다. 그러나 그것은 환상이다. 여름날 한가하게 거리를 빈둥거리는 사람은 성공한 자들의 실크 스카프 사이로 밀치고 나아가는 청소부의 솔을 직접 볼 수 있다. 자동차 유리창에 코를 바짝 댄 여점원을 볼 수 있다. 조지 왕을 알현하려고 입장하기 위해 이름이 불리기를 기다리며 환하게 미소 짓는 젊은이들과 위엄 있는 노인들을 볼 수 있다. 그 사이에 적대감이 없을지 몰라도 소통 역시 없다. 우리는 가둬져 있고, 분리되고, 단절되어 있다. 소설이라는 거울을 통해 우리 모습을 보면 실제로 그렇다는 것을 당장 알게 된다. 소설가들, 특히 영국 소설가들은 사회가 서로 분리된 유리 상자들로 구성되어 있고 각 상자에는 그 나름의 독특한 습관과 속성을 가진 집단이 거주한다는 사실을 알고 즐거워하는 듯하다. 영국 소설가는 백작들이 실제로 존재하고 백작에게는 조카딸이 있다는 것을 안다.

장군들이 존재하며 그들은 백작의 조카딸을 만나기 전에 코트에 솔질을 한다는 것을 안다. 이런 사실은 그가 아는 것의 기초에 불과하다. 몇 페이지만 지나면 메러디스는 백작에게 조카딸이 있을 뿐 아니라 장군에게 조카가 있고, 조카들에게는 친구가 있으며 그 친구들에게는 요리사가 있고, 요리사들에게는 남편이 있고, 장군 조카의 친구의 요리사의 남편은 목수라는 사실을 알려 주기 때문이다. 이들은 제각기 자기 나름의 유리 상자에서 살아가고, 소설가가 고찰할 특성을 지닌다. 겉으로는 방대한 중산층의 평등으로 보이는 것이 실은 전혀 그렇지 않다. 사회적 대중을 가로지르는 희한한 결과 줄무늬가 있어서 남자와 남자를 떼어 놓고 여자와 여자를 떼어 놓는다. 신비로운 특권이나 불리한 조건은 직함 같은 노골적인 것으로 식별할 수 없는 미묘한 것이지만 인간 교류라는 중대사를 방해하고 혼란스럽게 한다. 그러더라도 우리가 백작의 조카딸부터 장군의 조카 친구에 이르기까지 온갖 계층 사이를 조심스럽게 헤치고 나아갈 때 여전히 어떤 심연에 직면한다. 우리 앞에 깊은 심연이 벌어져 있다. 건너편에는 노동 계층이 있다. 제인 오스틴처럼 완벽한 판단력과 감식력을 지닌 작가는 그 심연을 가로질러 흘끗 쳐다볼 뿐이다. 그녀는 자신의 계층에 스스로를 한정하고 그 속에서 무한히 미묘한 의미를 찾아낸다.

그러나 메러디스처럼 활발하고 호기심이 강하며 전투적인 작가는 탐험의 유혹을 뿌리치지 못한다. 그는 사회 계층의 위아래를 넘나들고, 한 곡조와 다른 곡조를 부딪쳐 울리게 하고, 영국의 문명 생활이라는 고도로 복잡한 코미디에서 백작과 요리사, 장군과 농부가 스스로를 강력히 내세우고 자기 역할을 수행하기를 요구한다.

메러디스가 그런 시도를 하는 것은 당연하다. 희극 정신에 물든 작가는 이런 계층 차이를 예리하게 즐긴다. 이 계층 차이는 그에게 꼭 움켜잡고 만지작거릴 것을 제공한다. 백작의 조카딸과 장군의 조카가 없다면 영국 소설은 메마른 폐허가 될 것이다. 러시아 소설과 비슷해져서, 방대한 영혼과 인간의 형제애에 기대야 할 것이다. 러시아 소설처럼 희극성이 결핍될 것이다. 그런데 백작의 조카딸과 장군의 조카에게 큰 신세를 지고 있음을 의식하면서도, 이 부서진 모퉁이에 관한 풍자적 유희에서 얻는 즐거움이 이를 위해 치르는 대가만큼의 가치가 있는지는 때로 의심스럽다. 상당한 대가를 치러야 하기 때문이다. 소설가가 받는 중압감은 엄청나다. 메러디스는 단편 소설 두 편에서 호기 있게 모든 심연들에 다리를 놓아 연결하고 상이한 여섯 계층을 단숨에 헤쳐 나가려 한다. 그래서 그는 백작의 조카딸로서 말하기도 하고, 목수의 아내로서 말하기도 한다. 그의 대담한 시도가 완벽하게 성공했다고는 말할 수 없다. 백작의 조카딸 가문이 그가 바라는 만큼 신랄하고 날카롭지 않다는(어쩌면 근거 없는) 느낌을 받을 수도 있다. 귀족들은 그가 자기 시각에서 묘사하려 했듯이 천편일률적으로 고위직에 무뚝뚝한 괴짜는 아닐 수 있다. 그러나 그는 미천한 사람들보다 명망가들을 잘 그려 냈다. 그가 그려 낸 요리사는 너무 상스럽고 퉁퉁하며, 농부들은 혈색이 지나치게 좋고 저속하다. 정력이나 활력 같은 단어나 주먹을 흔들고 넓적다리를 철썩 때리는 일이 남용된다. 그는 그들로부터 너무 멀리 떨어져 있어서 그들에 대해 쉽게 쓰지 못하는 것이다.

그러므로 소설가, 특히 영국 소설가는 다른 예술가들에게는 그리 심각하지 않은 장애로 고통을 받는 듯하다. 소설가의 작품은 그의 출신에 영향을 받는다. 그는 오로지 자기 계층에 대해서만 속속들이 알 수 있고 이해심을 갖고 묘사할 수 있는 운명이다. 자신이 성장한 유리 상자에서 탈출할 수 없다. 소설을 전체적으로 조감해 보면, 디킨스의 작품에는 신사가 없고 새커리의 작품에는 노동자가 등장하지 않는다. 제인 에어를 숙녀라고 부르려면 망설여진다. 제인 오스틴의 엘리자베스와 에마 같은 인물은 다른 계층으로 오인될 수 없으리라. 공작이나 청소부를 찾으려 해 봐야 헛된 일이다. 이처럼 극단적 계층의 인물을 어느 소설에서도 찾을 수 있을지 의심스럽다. 따라서 소설은 기대보다 빈약하고, 사회의 최상층과 최하층에서 일어나는 일을 소설에서는 대체로 알 수 없다는(어떻든 소설가들은 중요한 해설자이므로) 우울하고도 안타까운 결론에 이른다. 실제로 이 나라 최상층의 감정을 짐작할 수 있도록 주어진 증거가 전혀 없다. 국왕은 무엇을 느끼는가? 공작은 무엇을 생각하는가? 우리는 알 수 없다. 이 나라 최상류층은 글을 거의 쓰지 않았고, 자신들에 관해서는 일체 쓰지 않았다. 루이 14세의 궁정이 국왕 자신에게 어떻게 보였는지 우리는 결코 알 수 없다. 실로 영국 귀족층은 사라지거나 평민들과 합쳐지면서 자신들에 대한 진정한 자화상을 전혀 남기지 않을 것 같다.

그러나 귀족층에 대한 우리의 무지는 노동 계층에 대한 무지에 비하면 아무것도 아니다. 어느 시대나 영국과 프랑스의 명망 있는 가문들은 유명 인사들을 식사에 즐겨 초대했다. 그래서 새커리와 디즈레일리, 프루스트 같은 작가들은 귀족 생활의 유형과 풍습에 상당히 친숙했기에 권위 있게 쓸 수 있었다. 하지만 불행히도 작가가 문학적 성공을 거두면 예외 없이 계층 상승이 수반되고, 추락하는 경우는 결코 없다. 더욱 바람직한 경우로서, 사회적 계층이 확산되는 일은 거의 없다. 성공한 소설가는 진을 마시고 조갯살을 먹으러 배관공의 집에 놀러 오라는 성가신 부탁으로 시달리는 일이 없다. 그의 소설 덕분에 그가 고양이 먹이를 만드는 사람과 어울리거나 대영박물관 정문 옆에서 성냥과 구두끈을 파는 노파와 편지 교환을 시작하는 일은 결코 없다. 그는 부유하고 점잖은 인물이 된다. 야회복을 사 입고 동등한 사람들과 정찬을 함께한다. 그러므로 성공한 소설가의 후기작이 묘사하는 대상이 어느 쪽인가 하면, 약간 상승한 사회 계층이다. 성공한 사람들과 유명한 사람들의 초상화가 점점 더 많아지는 경향이 있다. 반면에 셰익스피어 시대의 늙은 쥐잡이꾼과 말구종은 발을 질질 끌며 눈앞에서 완전히 사라지거나, 더욱 불쾌하게도, 동정의 대상이나 호기심을 일으키는 사례가 된다. 그들은 부자들을 돋보이게 하는 데 이용된다. 사회 체계의 폐해를 가리키는 데 이용된다. 초서가 글을 썼던 때와 달리 그들은 이제 순전히 그들 자신으로 존재하지 않는다. 노동자가 제 언어로 제 삶에 대해 쓰는 것이 불가능하기 때문이다. 글을 쓰기 위해 필요한 교육을 받으면 그들은 당장 남의 시선을 의식하게 되거나 제 계층에서 쫓겨난다. 익명성과 타의 시선을 의식하지 않는 것, 작가들이 가장 만족스럽게 글을 쓰도록 보호해 주는 이 두 가지는 오로지 중산층의 특권이다. 중산층에서 작가들이 탄생한다. 오직 중산층에서만 글을 쓰는 훈련이 들판에서 괭이질을 하거나 집을 짓는 일처럼 자연스럽고 습관적이기 때문이다. 그러므로 바이런이 시인이 되는 것은 키츠보다 힘들었을 것이다. 공작이 위대한 소설가가 되는 것은 상점 계산원이 『실낙원』을 쓰는 것만큼이나 상상하기 어렵다.[10]

하지만 세상은 변한다. 계층 차이가 늘 지금처럼 확고부동했던 것은 아니다. 엘리자베스 시대는 우리 시대보다 훨씬 탄력적이었다. 반면 우리는 빅토리아 시대인들만큼 인습적이지 않다. 그러므로 우리는 세상이 아직 경험하지 못한 어마어마한 변화의 언저리에 서 있는지도 모른다. 앞으로 백 년쯤 지나면 이 계층 차이는 전혀 남아 있지 않을 수 있다. 우리가 지금 아는 공작과 농업 노동자는 능에(몸집이 크고 빠른 유럽산 새)와 살쾡이처럼 완전히 멸종될지 모른다. 두뇌와 성격의 차이처럼 자연스러운 차이만 남아 인간을 구분하는 데 쓰일지 모른다. 오플 장군(그때도 장군이 있다면)은 백작(그때도 백작이 남아 있다면)의 조카딸(그때도 조카딸이

10 영국 낭만파 시인 조지 고든 바이런(George Gordon Byron, 1788~1824)은 대대로 귀족 가문 출신이었고, 같은 시기에 활약한 존 키츠(John Keats, 1795~1821)는 마차 대여업자의 아들로 태어나 소년 시절 부모를 여의었다. 『실낙원(Paradise Lost)』의 저자 존 밀턴(John Milton, 1608~1674)은 당시 신흥 중산 계급이었던 공증인 집안에서 태어났으며 부유한 환경에서 성장했다.

있다면)을 만나러 가면서 코트(그때도 코트가 있다면)에 솔질하지 않을 것이다. 그러나 장군도, 조카딸도, 백작도, 코트도 존재하지 않을 때 영국 소설에 무슨 일이 일어날지 우리는 상상할 수 없다. 알아보지 못할 정도로 그 성격이 바뀔지 모른다. 소설이 소멸할지 모른다. 우리가 시극을 거의 쓰지 않듯이, 우리 후손들은 소설을 거의 쓰지 않거나 엉망으로 만들어 놓을지 모른다. 참으로 민주적인 시대의 예술이란 과연 어떤 것일까?

공습 중 평화를 생각하며

독일군이 어젯밤과 그젯밤에 이 집을 덮쳤다. 그리고 오늘 또다시 왔다. 칠흑 같은 어둠 속에 누워 금방이라도 독침을 찔러 죽음을 불러올 말벌의 윙윙 소리에 귀를 기울이는 것은 기묘한 경험이다. 그 소리는 평화에 대한 생각을 차분하게 이어가는 걸 방해한다. 그렇지만 기도나 찬송가보다 더 그 소리는 평화를 생각하게 만든다. 우리가 평화를 생각함으로써 이룰 수 없다면 우리 — 이 침대 속의 이 몸뚱이 하나가 아니라 앞으로 태어날 수백만의 몸 — 는 똑같이 어둠 속에 누워 머리 위에서 울리는 똑같은 죽음의 가르릉 소리를 듣게 될 것이다. 언덕 위에서 대포가 뻥뻥 터지고 탐조등 불빛이 구름을 더듬고 이따금 가까운 곳에서나 멀리서 폭탄이 떨어지는 동안 어떻게 해야 단 하나의 효과적인 방공호를 만들어 낼 수 있을지 생각해 보자.

저 높은 하늘에서 영국 청년들과 독일 청년들이 서로 싸우고 있다. 수비수는 남자고, 공격수도 남자다. 여자들에게는 적과 싸우라고 혹은 스스로를 보호하라고 무기를 쥐여 준 적이 없다. 오늘 밤 그녀는 아무 무기도 없이 누워 있어야 한다. 하지만 만일 그녀가 저 하늘에서 벌어지는 전쟁이 자유를 지키려는 영국인들의 전투이고 자유를 파괴하려는 독일인들의 전투라고 믿는다면, 그녀는 최선을 다해 영국인 편에서 싸워야 한다. 그녀가 총기도 없이 자유를 위해 어떻게 싸울 수 있을까? 무기나 옷, 음식을 만듦으로써다. 그러나 총기 없이 자유를 위해 싸우는 또 다른 방법이 있다. 우리는 마음으로 싸울 수 있다. 하늘에서 싸우고 있는 영국 청년이 적을 무찌르도록 도움이 될 이념을 만들 수 있다.

그러나 이념이 효력을 발휘하려면, 이를 쏘아 올릴 수 있어야 한다. 이념을 행동에 옮겨야 한다. 그런데 하늘에 떠도는 말벌이 마음속의 또 다른 말벌을 일깨운다. 오늘 아침자 《타임스》에서 말벌 한 마리가 윙윙거렸다. "여자들은 정치에 관해 할 말이 없다."라고 어떤 여자가 말한 것이다. 내각에 여자는 단 한 명도 없고 책임이 막중한 직책에도 마찬가지다. 이념을 실행에 옮길 직책을 가진 사람은 전부 남자다. 이런 생각이 들면 사고 활동이 무뎌지고 무책임감이 조장된다. 베개에 머리를 파묻고 귀를 틀어막고 이념을 만들려는 이 헛된 짓을 그만두는 편이 낫지 않을까? 각료들의 탁자나 회의실 탁자 외에도 다른 탁자들이 있다. 우리가 개인적 생각, 다탁에서의 생각이 헛수고로 보이기 때문에 포기한다면, 영국 청년에게 가치 있을지 모를 무기를 남기지 않는 게 되지 않을까? 우리의 능력으로 인해 모욕이나 경멸을 받을까 봐 우리의 무능을 강조하는 것이 아닐까? "나는 정신의 싸움을 중단하지 않겠다."라고 블레이크는 썼다. 정신의 싸움은 시류에 편승하는 것이 아니라 시류에 저항하는 사고를 뜻한다.

그 시류는 신속히 맹렬하게 흐른다. 그것은 확성기와 정치가들에게서 쏟아져 나오는 말의 홍수를 이룬다. 매일 그들은 우리가 자유로운 시민이고 자유를 지키기 위해 싸운다고 말한다. 이 시류가 젊은 항공병을 휘몰아 하늘 높이 데려가고 거기 구름들 사이에서 빙빙 돌게 한다. 여기 땅에서 방독면을 옆에 두고 지붕 밑에 몸을 숨기고 있는 우리의 임무는 가스 주머니에 구멍을 내고 진실의 씨앗을 찾는 일이다. 우리가 자유롭다는 말은 진실이 아니다. 오늘 밤 우리는 양쪽 다 포로다. 그는 총기를 옆에 둔 채 비행기에 갇혀 있고, 우리는 방독면을 옆에 둔 채 어둠 속에 누워 있다. 우리가 자유롭다면 야외에 나가거나 춤을 추거나 연극을 보거나 창가에 앉아 이야기를 나눌 것이다. 무엇이 우리를 가로막는 걸까? "히틀러!"라고 확성기는 한 목소리로 소리친다. 히틀러는 누구인가? 그는 어떤 존재인가? 공격적인 폭군이고 광적인 권력욕의 화신이라고 확성기는 말한다. 그를 파괴하라. 그러면 여러분은 자유로워질 것이다.

지금 윙윙 거리는 비행기 소리는 머리 위에 늘어진 나뭇가지를 톱질하는 소리처럼 들린다. 그 소리는 빙빙 돌면서 바로 집 위의 나뭇가지를 톱질하고 또 톱질한다. 또 다른 톱질 소리가 머릿속에서 울리기 시작한다. 오늘 아침에 《타임스》에서 레이디 애스터가 뱉은 말이다. "능력 있는 여자들은 남자들의 마음속에 있는 잠재의식적 히틀러주의에 옴짝달싹 못한다." 분명 우리는 옴짝달싹 못하고 있다. 오늘 밤 우리는 똑같이 포로 신세다. 비행기에 탄 영국 남자들과 침대에 숨어 있는 영국 여자들. 그러나 남자들이 생각을 멈춘다면 살해될 것이다. 우리도 그럴 것이다. 그러니 그들을 위해 생각을 해 보자. 우리를 억누르는 잠재의식의 히틀러주의를 의식으로 끌어올리자. 그것은 침략의 욕망이고, 인간을 지배하고 노예로 만들려는 욕망이다. 어둠 속에서도 우리는 그것이 가시화되는 것을 볼 수 있다. 화염에 휩싸인 가게 창문을 볼 수 있다. 놀라서 응시하는 여자들, 화장한 여자와 정장 차림 여자, 입술과 손톱이 새빨간 여자들을 볼 수 있다. 그들은 노예를 만들려고 애쓰는 노예들이다. 우리가 노예 상태에서 스스로를 해방할 수 있으려면 남자들을 압제에서 해방해야 한다. 히틀러 같은 남자들은 노예에게서 태어났다.

폭탄이 떨어진다. 모든 창문이 덜거덕거리며 흔들린다. 대공포가 작동한다. 저기 언덕 위에 가을의 나뭇잎 색깔을 모방한 녹색과 갈색 끄나풀이 달린 그물 밑에 대포가 숨겨져 있다. 이제 대포들이 일제히 발사된다. 9시 라디오 뉴스에서 "마흔네 대의 적기가 한밤중에 격추되었고 그중 열 대는 대공포에 격추되었습니다."라고 방송할 것이다. 그런데 평화의 조건 중 하나는 무장 해제라고 라디오 스피커에서 흘러나온다. 미래에는 총기도, 육군도, 해군도, 공군도 없을 것이다. 청년들은 무기를 들고 싸우는 훈련을 받지 않을 것이다. 그런 말을 들으면 두뇌의 여러 방에서 또 다른 마음의 말벌이 깨어난다. 또 하나의 인용문이다.

> 진짜 적에 대항해 싸우고, 전혀 낯선 인간을 쏘아서 불멸의 명예와 영광을 얻고, 가슴팍을 메달과 훈장으로 뒤덮고 집에 돌아가는 것이야말로 내 최고의 희망이었다……. 이를 위해서 나는 지금까지의 생애를, 내가 받은 교육과 훈련과 모든 것을 바쳤다…….

이는 지난 전쟁에 참전한 영국 청년의 말이었다. 이런 말에도 불구하고, 현재의 사상가들은 회담을 하고 종이에 "무장 해제"라고 씀으로써 필요한 일을 모두 끝낼 수 있다고 정직하게 믿는 것일까? 오셀로의 직업이 사라지더라도 그는 여전히 오셀로일 것이다. 하늘 높이 떠 있는 젊은 항공병은 확성기에서 나오는 소리에 휘둘릴 뿐 아니라 자기 내면의 목소리에 휘둘린다. 이는 아주 오래된 본능이고, 교육과 전통으로 육성되고 소중히 간직된 본능이다. 이런 본능을 갖고 있다고 그를 탓해야 할까? 정치가들이 회담에서 결정하고 명령한다고 해서 우리가 모성의 본능을 중단할 수 있을까? 만일 평화의 조건 가운데 "출산은 특별히 선정된 극소수 여성에게 한정된다."라는 조항이 꼭 필요한 조건으로 들어 있다면 우리는 순순히 따를 것인가? "모성의 본능은 여성의 영광이다. 그것을 위해서 나는 온 생애를, 교육과 훈련과 모든 것을 바쳤다……."라고 말해야 하지 않을까? 그러나 출산을 제한하고 모성을 억제하는 것이 인류를 위해, 세계의 평화를 위해 필요하다면 여자들은 그렇게 노력할 것이다. 남자들은 여자들을 도울 것이다. 그들은 출산을 거부한 여자들을 존경할 테고, 여자들에게 창조력을 발휘할 다른 기회를 제공할 것이다. 그것도 자유를 위한 우리 투쟁의 일부가 되어야 한다. 우리는 메달과 훈장에 대한 영국 청년들의 사랑을 뿌리째 뽑아내도록 도와야 한다. 싸움의 본능, 잠재의식의 히틀러주의를 자기 내면에서 극복하려고 애쓰는 자들을 위해 더 명예로운 활동을 만들어 내야 한다. 남자들에게 총기의 상실에 대한 보상을 해 주어야 한다.

머리 위의 톱질 소리가 커졌다. 탐조등 불빛이 모두 곧추 세워져서 바로 이 지붕 위의 어딘가를 가리킨다. 언제라도 폭탄이 바로 이 방에 떨어질지 모른다. 일 초, 이 초, 삼 초, 사 초, 오 초, 육 초……. 순간이 지나간다. 폭탄은 떨어지지 않았다. 하지만 초조하게 육 초가 지나는 동안 모든 사고가 멈추었다. 무감각한 두려움 외에는 모든 감정이 멎어 버렸다. 못 하나가 온 존재를 딱딱한 판자에 박아 버렸다. 공포와 증오는 그러므로 아무것도 낳지 못하는 불모의 감정이다. 공포가 지나면 당장 마음은 손을 내밀고 본능적으로 무언가를 창조하려고 애쓰면서 스스로 회복한다. 방이 깜깜하기 때문에 마음은 오직 기억을 더듬음으로써 창조할 수 있다. 그것은 예전 8월 달들의 기억으로 뻗어 나간다. 바이로이트에서 바그너의 음악을 듣고, 로마에서 캄파냐를 걸어 다니고, 런던에서 지낸 기억들. 친구들의 목소리가 돌아온다. 시구들이 단편적으로 떠오른다. 이런 생각들 각각은 기억 속에서조차 공포와 증오로 인한 무감각한 두려움보다 훨씬 더 긍정적이고 활기를 되찾아 주고 마음을 치유하며 창조한다. 그러므로 영광과 무기를 잃어버린 청년에게 보상하려면 그가 창조적 감정에 접근하게 해 주어야 한다. 행복을 만들어야 한다. 그를 전투기에서 자유롭게 해 주어야 한다. 그를 그의 감옥에서 끄집어내어 야외로 데려가야 한다. 그러나 만일 독일 청년과 이탈리아 청년이 노예로 남아 있다면 영국 청년을 해방하더라도 무슨 소용이 있을까?

연립 주택들을 가로질러 흔들리던 탐조등 불빛이 지금 전투기를 찾아냈다. 그 불빛 속에서 방향을 돌리는 작은 은빛 곤충이 여기 창문에서도 보인다. 대공포가 팝, 팝, 팝 날아간다. 그러더니 중단된다. 그 침입자는 언덕 너머에 추락했을 것이다. 일전에 그런 조종사 한 명이 근처의 들판에 안전하게 착륙한 적이 있다. 그는 자신을 포획한 사람들에게 꽤 유창한 영어로 "전투가 끝나서 정말 기쁩니다!"라고 말했다. 그러자 어느 영국 남자가 그에게 담배를 건네주었고, 어느 영국 여자는 차를 한 잔 건넸다. 이 일화는 우리가 한 남자를 전투기에서 해방할 수 있다면 그 씨앗이 전부다 돌밭에 떨어지는 것은 아니라는 사실을 보여 주는 듯하다. 그 씨앗은 풍성한 열매를 맺을지 모른다.

마침내 모든 총기가 발사를 멈추었다. 탐조등은

모두 꺼졌다. 한여름 밤의 자연스러운 어둠이 돌아왔다. 시골의 천진무구한 소리가 다시 들린다. 사과 한 알이 쿵 하고 땅에 떨어진다. 올빼미가 부엉부엉 나무들 사이로 날아다닌다. 옛 영국 작가의 말이 어렴풋이 떠오른다. "사냥꾼이 미국에서 깨어났다……." 미국에서 깨어난 사냥꾼들에게, 아직은 기관총 사격 소리에 잠을 설친 적이 없는 남자들과 여자들에게 이 단편적인 글을 보내도록 하자. 그들이 이 글을 너그럽게 자비롭게 다시 생각하고 어쩌면 도움이 되는 것으로 만들어 주리라 믿으며. 이제 어둠에 잠긴 절반의 세계에서 잠들 수 있도록.

위인들의 집

다행스럽게도 런던은 위인들의 저택으로 채워지고 있다. 국가를 위해 위인들의 집을 사들여 그들이 앉았던 의자나 사용한 컵, 그들의 우산과 서랍장을 온전히 보존해 온 덕분이다. 우리가 디킨스나 존슨, 칼라일과 키츠의 집을 찾아가는 것은 경박한 호기심에서가 아니다. 그들의 집에서 그들을 알 수 있기 때문이다. 사실 누구보다도 작가들은 자기 소유물에 더욱 지워지지 않는 흔적을 남기는 듯하다. 예술적 취향은 없을지 모르나 그들은 훨씬 희귀하고 흥미로운 재능을 갖고 있는 것 같다. 자신에게 적합한 집에 거처하는 능력, 탁자와 의자, 커튼과 카펫을 자신의 이미지로 만들어 내는 능력이다.

가령 칼라일 가족을 예로 들어 보자. 체인로 5번지에서 한 시간을 보내면 그의 전기를 다 읽을 때보다 훨씬 더 그 가족과 그들의 생활에 대해 잘 알 수 있다.

부엌으로 내려가 보라. 그러면 프루드[11]의 주목을 받지 못했지만 헤아릴 수 없이 중요한 사실을 단번에 알게 된다. 그 집에 수도가 설치되지 않았다는 점이다. 칼라일 가족은 물을 쓰려면 단 한 방울이라도(그들은 광적으로 청결한 스코틀랜드인이었다.) 부엌에 있는 우물에서 손으로 펌프질해 끌어올려야 했다. 지금도 우물과 펌프, 차가운 물이 졸졸 흘러드는 돌로 깎은 물통이 남아 있다. 뜨거운 물로 목욕하려 할 때면 물을 끓이기 위해 주전자들을 올려놓았던 넓고 비효율적인 낡은 쇠살대도 남아 있다. 여기에 아주 좁고 깊은 노란색 양철 목욕통이 금 간 채 남아 있다. 이 목욕통을 채우려면 하녀가 우선 펌프질로 물을 긷고는, 끓인 물을 깡통 여러 개에 나누어 담아 지하실에서 3층까지 운반해야 했다.

물도, 전깃불도, 가스난로도 없고, 책들이 가득하고 석탄 연기가 자욱하며 사주식 침대와 마호가니 찬장이 있는 높다랗고 낡은 집, 당대의 가장 과민하고 까다로운 사람들 중 두 명이 살았던 그 집을 일 년 내내 건사한 것은 운 나쁜 하녀 한 명뿐이었다. 빅토리아 시대 중기에 그 집은 어쩔 도리 없는 전쟁터였다. 여름이나 겨울이나

11 제임스 앤서니 프루드(James Anthony Froude, 1818~1894). 네 권으로 된 칼라일의 전기 『회상(Review of Thomas Carlyle)』을 쓴 작가.

하루도 빼놓지 않고 안주인과 하녀는 먼지와 추위에 맞서 청결과 온기를 유지하려고 고군분투했다. 널찍한 층계는 조각이 새겨져 있고 품위가 있지만 주석 깡통을 들고 다니느라 지쳐 버린 여자들의 발에 닳은 것 같다. 높은 천장에 널빤지가 붙어 있는 방들에서 펌프질 소리와 쓱쓱 문지르는 소리가 메아리치는 듯하다. 이 집의 목소리는(어느 집에나 목소리가 있다.) 펌프질하고 문질러 닦는 소리, 기침하고 신음하는 소리다. 높은 다락방의 채광창 밑에서 칼라일은 말총 의자에 앉아 역사서를 쓰느라 씨름하며 끙끙거렸다. 그동안 런던의 노란 빛줄기가 그의 원고에 떨어졌고 달가닥거리는 손풍금 소리와 거리 행상인들의 거친 고함이 벽으로 스며들어 왔다. 이중으로 두꺼운 벽이 그 소리를 굴절시키기는 했어도 완전히 차단하지는 못했다. 그 집의 계절은 (어느 집에나 계절이 있으므로) 언제나 으스스한 냉기와 안개가 거리를 뒤덮고 횃불이 번쩍이며 덜컥거리는 마차 바퀴 소리가 갑자기 커지다가 서서히 사라지는 2월인 듯하다. 2월이 지나면 또 2월이 이어지며 칼라일 부인은 커다란 사주식 침대에 누워 연달아 기침을 한다. 고동색 커튼이 달린 그 침대에서 그녀는 태어났다. 기침을 하다 보면 먼지와 냉기에 맞서는 끝없는 전투의 수많은 문젯거리가 떠올랐다. 말털로 채워진 긴 의자는 덮개를 새로 씌워야 한다. 검은색의 작은 무늬가 있는 응접실 벽지는 깨끗이 닦아야 한다. 벽판에 바른 노란 니스에 금이 가고 벗겨지고 있으므로 모두 자기 손으로 붙이고 씻고 문질러 윤을 내야 한다. 낡은 목재판에서 새끼를 낳고 또 낳는 벌레들을 전멸시킨 걸까, 그러지 못했을까? 이런 생각으로 밤새 잠을 이루지 못하는 긴 시간이 지나갔다. 그러다 위층에서 칼라일이 움직이는 소리가 들리면 그녀는 숨을 죽였고, 헬렌이 일어나서 불을 피우고 칼라일의 면도 물을 데워 놓았을지 궁금해했다. 또 날이 밝아 왔으니 펌프질과 걸레질을 다시 시작해야 한다.

그러므로 체인로 5번지는 거주지라기보다는 전쟁터였고, 노동하고 애쓰며 끝없이 몸부림치는 현장이었다. 그 전투가 노력을 들일 가치가 있었음을 알려 주는 인생의 전리품은(그 삶의 우아하고 사치스러운 호사품은) 거의 남아 있지 않다. 응접실과 서재의 유물은 다른 전쟁터에서 수집된 유물과 마찬가지다. 여기 한 꾸러미의 낡은 강철 펜촉, 부서진 사기 파이프, 학생들이 사용하는 펜대, 이가 많이 빠진 흰색과 금색의 자기 찻잔 몇 개. 말총 소파와 노란 양철 목욕통이 있다. 또한 여기서 일했던 마르고 쇠약한 손의 조각과 생을 마치고 여기 누웠던 칼라일의 몹시 시달리고 매료된 얼굴의 데스마스크도 있다. 집 뒤쪽의 정원도 휴식과 오락의 공간이 아니라 매장된 개의 무덤에 세워진 비석으로 표시된 또 하나의 작은 전쟁터였다. 물론 펌프질을 하고 문질러 닦음으로써 승리의 나날과 평화롭고 영예로운 저녁 시간을 얻었다. 초상화에서 볼 수 있듯이 칼라일 부인은 활활 타오르는 난롯가 가까이 끌어당긴 의자에 멋진 실크 드레스를 입고 앉아 있고, 볼품 있고 실속 있는 것을 다 갖추고 있었다. 그러나 그것을 얻기 위해 어떤 대가를 치렀던가! 부인의 뺨은 푹 꺼져 있다. 약간 다정하고 약간 고통스러운 눈빛에 쓰라림과 괴로움이 뒤섞여 있다. 지하실의 펌프와 3층의 노란 양철 목욕통이 그런 결과를 자아낸 것이다. 남편과 아내 둘 다 재능이 있었다. 그들은 서로를 사랑했다. 그러나 재능과 사랑이 득실거리는 벌레들과 양철 목욕통과 지하실의 펌프 앞에서 무슨 소용이 있었을까?

부동산업자들의 제안대로 체인로 5번지에 욕조, 냉온수, 침실의 가스난로, 온갖 현대식 편의 시설, 실내 하수 설비가 갖춰져 있었더라면 그들의 말다툼은 절반쯤 줄었을 테고 그들의 생활은 무한히 감미로워졌으리라고 믿지 않을 수 없다. 하지만 닳아 버린 문지방을 건너면서 생각하건대, 온수 설비가 갖춰진 집의 칼라일은 칼라일이 아니었으리라. 칼라일 부인에게 죽일 벌레가 없었으면 그녀도 우리가 아는 사람과 달랐으리라.

칼라일 부부가 살았던 첼시의 집과 키츠와 브라운,

브론 가족이 공유했던 햄스테드의 집은 한 세대쯤 떨어져 있는 것 같다. 어느 집이나 그 나름의 목소리가 있고 어떤 장소이든 그 나름의 계절이 있다면, 체인로는 언제나 2월이듯이 햄스테드는 늘 봄이다. 또한 햄스테드는 어떤 기적이 일어난 것인지 현대 세계에 에워싸인 교외 주택이나 옛 가옥이 아니라 그 나름의 특성을 간직한 곳으로 남았다. 햄스테드는 돈을 벌거나 가진 돈을 쓰러 가는 곳이 아니다. 그곳에는 조심스러운 은거의 흔적이 박혀 있다. 그곳의 집들은 브라이튼의 바다를 향한 집들처럼 단정한 네모꼴에 내닫이창이 달려 있고 발코니와 접의자가 놓인 베란다가 있다. 그 집들의 양식과 용도는 수입이 그리 많지 않지만 약간의 여유가 있어 휴식과 오락을 찾는 사람들을 위해 고안된 듯하다. 주조를 이루는 연분홍색과 푸른색은 푸른 바다와 흰 모래와 조화를 이룬다. 그렇지만 대도시에 인접해 있음을 분명히 드러내는 세련된 도시풍 양식도 있다. 20세기가 되었어도 햄스테드의 교외에는 평온함이 여전히 배어 있다. 내닫이창에서는 지금도 골짜기와 나무들, 연못과 짖어 대는 개, 팔짱을 끼고 한가로이 거닐다가 여기 언덕 꼭대기에서 걸음을 멈추고 멀리 런던의 돔과 뾰족탑들을 바라보는 커플들이 내다보인다. 키츠가 여기 살던 시절에 사람들이 한가로이 거닐다가 걸음을 멈추고 바라보았듯이. 키츠는 오솔길 위쪽으로 나무 울타리가 둘러진 작고 하얀 집에서 살았다. 그가 살았던 날들 이후로 그리 달라진 것이 없다. 그러나 키츠가 살던 집에 들어섰을 때 어쩐지 애도의 그림자가 정원에 드리워지는 듯했다. 쓰러진 나무 한 그루가 버팀목 위에 괴어져 있었다. 흔들리는 나뭇가지 그림자가 그 집의 평평한 흰 벽에서 위아래로 흔들렸다. 이웃의 흥겹고 평온한 분위기와 아랑곳없이 여기에서는 나이팅게일의 울음소리가 들렸다. 바로 여기에 열병과 고뇌가 머물렀고, 그는 곧 다가올 죽음과 덧없이 짧은 인생, 사랑의 열정과 그 고통을 의식하며 짓눌린 마음으로 이 작은 잔디밭을 서성였다.

하지만 키츠가 자기 집에 남긴 흔적이 있다면 열병이 아니라 정연함과 절제에서 비롯된 명료성과 기품이다. 방들은 작지만 모양새가 좋다. 아래층의 긴 창문들은 너무 커서 벽의 절반쯤이 빛을 들인다. 창가에 붙어 있는 의자 두 개를 보면 누군가 거기서 책을 읽다가 방금 일어나 나간 것 같다. 늘어진 나뭇잎이 산들바람에 흔들리면서 책 읽던 사람의 형체를 그늘과 햇살로 얼룩지게 했을 것이다. 그의 발치에서 새들이 깡충깡충 뛰어다녔을 것이다. 의자 두 개를 제외하면 방은 텅 비어 있다. 키츠는 가진 것이 거의 없었고 가구도 없었으며, 가진 책도 150권을 넘지 않는다고 말했다. 방들이 이렇게 텅 비어 있고 의자나 탁자가 아니라 빛과 그림자로 어우러져 있기에, 수많은 사람들이 살아왔을 이곳에서 우리는 사람을 생각하지 않는다. 장면들을 상상하지 않는다. 여기서 사람들이 먹고 마시고 들락거리고 가방을 내려놓고 꾸러미를 남기고 문질러 닦고 빨래하고 먼지와 무질서와 전투를 벌이고 물통을 지하실에서 침실로 운반했으리라는 생각이 떠오르지 않는다. 인생의 모든 소통이 침묵한다. 이 집의 목소리는 바람에 쓸려 가는 나뭇잎과 정원에서 흔들리는 나뭇가지들의 소리다. 단 하나의 존재, 키츠의 영혼이 여기 머물고 있다. 벽마다 그의 초상화가 걸려 있지만 그는 육신도, 발소리도 없이 광대한 빛줄기에 실려 소리 없이 오는 듯하다. 여기 창가의 의자에 앉아서 그는 미동도 없이 귀를 기울였다. 흠칫 놀라는 일 없이 보았고 그의 시간이 아주 짧았어도 서두르지 않고 페이지를 넘겼다.

이 집에는 영웅적인 평정한 분위기가 감돈다. 키츠가 젊은 나이에 무명의 존재로 망명 생활을 하다가 죽었음을 상기시켜 주는 데스마스크와 쉽게 부서지는 노란 화환과 다른 소름끼치는 기념물이 있음에도 그러하다. 창밖에는 삶이 지속된다. 이 고요와 나뭇잎들의 바삭거림 뒤로 멀리서 달각거리는 바퀴 소리와 연못에서 막대기를 물고 달려오는 개들이 짖어 대는 소리가 들려온다. 나무 울타리 밖에서는 삶이 이어진다. 나이팅게일이 노래하는 잔디밭과

나무들을 뒤로하고 대문을 닫았을 때 바로 옆집에 고기를 배달하러 작고 붉은 화물 자동차를 몰고 온 정육점 주인과 마주친 것은 꽤 적절하다. 성급한 운전자 때문에 차에 치이지 않으려고 조심하며 길을 건너면(이 넓은 도로에서 무서운 속도로 달리는 이들이 있으므로) 언덕 꼭대기에 이를 테고 저 아래 누워 있는 런던 전역이 눈에 들어올 것이다. 그 풍경은 어느 시간대나, 어떤 계절에나 상관없이 영원히 매혹적이다. 런던 전체가 보인다. 눈에 띄는 돔들과 그곳을 수호하는 성당들, 굴뚝과 첨탑, 기중기와 가스탱크, 그리고 봄에도 가을에도 바람에 휩쓸려가지 않고 늘 연기가 끼어 있는 런던의 혼잡하고 평행선들이 달리고 조밀하게 짜인 풍경이다. 런던은 아득한 옛날에 그곳에 자리 잡아 거기 펼쳐진 땅에 점점 깊이 상처를 냈고, 그곳을 더욱 어수선하게 부풀려 소란스럽게 만들었고, 영원히 지울 수 없는 흉터로 낙인을 찍었다. 저기 런던은 겹겹이, 층층이 꽉 차서 자욱하게 피어올라 늘 작은 첨탑에 걸리는 연기 덩어리에 싸여 있다. 하지만 팔러먼트힐에서는 그 너머의 시골도 보인다. 더 멀리 떨어진 언덕의 숲에서는 새들이 노래하고, 담비나 토끼가 죽음 같은 정적 속에서 앞발을 들고 서서 나뭇잎들의 바스락 소리를 골똘히 듣는다. 이 언덕에서 런던을 바라보려고 키츠가, 콜리지와 셰익스피어가 올라왔을 것이다. 지금 이 순간 여기에는 평범한 청년이 평범한 아가씨를 꼭 껴안고 철제 벤치에 앉아 있다.

집안의 철학자 레슬리 스티븐: 딸의 회상

자녀들이 커 갈 때는 아버지 인생에서 전성시대가 이미 지나간 다음이었다. 아버지가 강과 산을 탐험하며 이룬 위업은 자녀들이 태어나기 전의 일이었다. 그 위업의 유물은 집안 곳곳에서 눈에 띄었다. 서재의 벽난로 위에 은배가 놓여 있고, 녹슨 등산용 지팡이가 구석의 책장에 기대 있었다. 인생의 마지막 나날에 이르기까지 아버지는 위대한 등산가와 탐험가 들에 대해서 찬탄과 질투가 섞인 묘한 감정으로 이야기를 해 주곤 했다. 그러나 자신이 활동적이던 시절은 지나갔기에 아버지는 스위스의 골짜기에서 빈둥거리거나 콘월의 습지를 한가롭게 거니는 것으로 만족해야 했다.

아버지가 '빈둥거리다'와 '거닐다'라는 단어를 쓸 때 그것이 다른 사람들의 쓰임새와 달리 각별한 의미가 있다는 것은 아버지의 친구 몇 분이 그것에 대한 의견을 밝힌 후에 명백해졌다. 아버지는 아침 식사 후 혼자서, 혹은 동무 한 명과 출발하곤 했다. 그러고는 정찬 시간 직전에 돌아왔다. 도보 여행이 만족스러웠으면 아버지는 큰 지도를 꺼내 놓고 새 지름길을 기념하여 붉은 잉크로 표시하곤 했다. 아버지는 벗에게 한두 단어 이상 말도 건네지 않으면서 온종일 습지를 성큼성큼 걸어 다닐 수 있는 것 같았다. 그 즈음 아버지는 이미 『18세기 영국 사상사』를 집필했고(어떤 사람들은 이 책이 아버지의 걸작이라고 말했다.) 『윤리학』을 집필했으며(아버지에게 가장 흥미로운 책이었다.) 『유럽의 놀이터』를 집필했다.(「몽블랑의 일몰」이 포함된 이 책이 아버지의 생각으로는 자신의 저서 중 최고였다.)

아버지는 여전히 매일 체계적으로 글을 썼다. 그렇지만 한 번에 장시간 지속되는 일은 없었다. 런던에 있을 때는 꼭대기 층에 긴 창문이 세 개 달린 큰 방에서 썼다. 그는 나지막한 흔들의자에 눕다시피 한 자세로 글을 썼는데 그러면서 흔들의자를 살짝 건드려서 요람처럼 앞뒤로 흔들리게 했다. 아버지는 글을 쓰면서 짤막한 사기 파이프로 담배를 피웠고, 주위에 흩어진 책들에 에워싸여 있었다. 바닥에 책이 떨어지며 툭 소리가 나면 아래층 방에서도 들을 수 있었다. 아버지는 서재에 가느라 확고하고 규칙적인 걸음으로 층계를 오르면서 불쑥 소리를 지르곤 했다. 음악에 대한 소질이 전혀 없었으므로 노래를 부른 것은 아니고, 온갖 종류의 시를 기묘한 운율로 읊조렸던 거다. 그가 “순전히 쓰레기”라고 부른 시도 있고, 기억에 박혀 있는 밀턴과 워즈워스의 더없이 숭고한 시구도 있었다. 그는 걷거나 올라가다 보면 제일 먼저 떠오르거나 기분에 맞는 시구를 읊도록 감흥이 이는 것 같았다.

하지만 자녀들이 아버지를 쫄쫄 따라서 오솔길을 걷거나 아버지의 책을 읽을 나이가 되기 전에 큰 기쁨을 느꼈던 것은 아버지의 정교한 손재주였다. 아버지가 종이를 접어 가위를 대면 코나 뿔, 꼬리 모양을 정교하고 정확하게 갖춘 코끼리나 수사슴, 원숭이가 떨어져 나오곤 했다. 또한 아버지는 연필을 들고 동물들을 수없이 그리기도 했다. 이 재주는 책을 읽으면서 거의 무의식적으로 익힌 터라서, 그의 책 공백에는 올빼미와 당나귀들이 우글거렸다. 그 그림들은 그가 성마르게 여백에 휘갈겨 쓴 “오, 멍청한 당나귀!”라든가 “우쭐대는 머저리” 같은 논평을 예시하는 것 같았다. 보다 온건하게 절제된 진술로 이루어진 그의 에세이는 이런 간결한 논평에서 그 근원을 찾아볼 수도 있는데, 그것은 그가 말하는 독특한 방식을 연상시킨다. 아버지는 그의 친구들이 증언했듯이 아주 오래 침묵을 지킬 수 있었다. 그러다 파이프 담배를 피우며 연기를 내뿜는 사이에

나지막한 목소리로 갑자기 툭 내뱉는 그의 말은 대단히 효과적이었다. 때로는 한 단어로(다만 그 한 단어에 손짓이 덧붙여졌다.) 그는 자신의 과묵함이 끌어낸 듯한 과장된 말투성이를 치워 버리곤 했다. "런던에만도 결혼하지 않은 여자가 4000만 명이 있어요!"라고 레이디 리치가 그에게 말한 적이 있다. "오, 애니, 애니!" 아버지는 어처구니가 없지만 다정하게 꾸짖는 어조로 소리쳤다. 하지만 레이디 리치는 질책을 받는 것이 재미있는 양 다음번에 왔을 때는 그 숫자를 더 올렸다.

아버지가 아이들을 즐겁게 해 주려고 들려준 알프스 모험담(하지만 안내인의 말을 따르지 않는 정도로 너무 어리석게 굴 때만 사고가 난다고 아버지는 설명하곤 했다.)이나 긴 원정에 대한 이야기(한번은 무더운 날에 케임브리지에서 런던까지 걸어간 후에 "유감스러운 말이지만, 내 몸에 좋지 않을 정도로 많이 마셨지."라고 말했다.)들은 아주 간결했지만 신기하게도 그 장면을 뇌리에 강하게 새겨 놓는 힘이 있었다. 아버지가 말하지 않은 것들은 늘 거기 배경에 숨어 있었다. 마찬가지로 아버지는 과거의 일화를 얘기하는 경우가 거의 없었고 사실을 정확히 기억하지 못했지만, 어떤 사람에 대해 묘사할 때는(아버지는 유명한 사람이든 무명의 사람이든 많은 사람을 알고 있었다.) 그 사람에 대한 자기 생각을 두세 단어로 정확하게 전하곤 했다.

그리고 아버지의 생각이 다른 사람들과 정반대일 수도 있었다. 아버지는 공인된 평판을 뒤엎고 관습적인 가치를 무시하는 버릇이 있었는데, 그것이 다른 사람들을 당황시키고 때로 마음을 상하게 할 수도 있었다. 그렇지만 자신에게 진실하게 보이는 감정을 아버지만큼 존중하는 사람도 없었다. 아버지가 갑자기 빛나는 푸른 눈을 뜨고, 넋이 나간 상태에서 깨어나 자기 의견을 제시할 때면, 무시하기 힘들었다. 그 습관은 그 나름의 불편을 야기했는데, 특히 귀가 먹어서 자기 의견이 들리지 않는다는 사실을 깨닫지 못했을 때 그러했다.

"나는 사람들에게 싫증을 아주 쉽게 느낀다."라고 아버지는 늘 그러듯 정직하게 썼다. 대가족이 생활하는 집에서 불가피한 일이지만, 어떤 손님이 찾아와서 차를 함께 마실 뿐 아니라 정찬까지 머물려는 조짐을 보이면 아버지는 우선 머리칼을 한 줌 잡아 꼬았다가 풀면서 고뇌를 표현하곤 했다. 그러다가 버럭 소리를 질렀는데 자신에게 하는 말이기도 하고 하늘의 신들에게 하소연하는 말이기도 했지만 꽤 잘 들렸다. "아니, 왜 가지 않는 거지? 왜 가지 못하는 거야?" 하지만 그의 단순한 성품이 너무 매력적이라서(그는 "지루한 사람들은 지상의 소금이다."라고 또한 진실하게 말하지 않았던가?) 그 지루한 사람들은 돌아가는 일이 거의 없었고, 혹시 돌아갔다가도 그를 용서하고 다시 왔다.

아버지의 침묵에 관해서는 어쩌면 너무 많은 언급이 있었을 것이다. 그의 과묵함은 지나치게 강조되었다. 아버지는 명료한 사고를 좋아했고, 감상과 감정 분출을 싫어했다. 그렇다고 해서 그가 냉정하고 비정하거나, 일상생활에서 늘 비판적으로 단죄했다는 뜻은 아니다. 오히려 강렬한 감정을 느끼고 자기 감정을 힘차게 표현하는 능력이 있는 만큼 그는 이따금 무시무시한 벗이 되기도 했다. 가령 어느 부인이 여름철 장마 때문에 자신의 콘월 여행을 망쳤다고 불평했다. 하지만 아버지에게(스스로를 민주주의자라고 부른 적은 단 한 번도 없었지만) 장맛비는 농작물이 쓰러지고 가난한 사람이 망하는 것을 뜻했다. 아버지가 자신의 공감을 (부인에 대한 공감이 아니라) 아주 열렬히 표현하는 바람에 부인은 심란해했다. 그는 등반가와 탐험가에 대한 존중심을 농부와 어부에 대해서도 똑같이 느꼈다. 또한 아버지는 애국심에 대해 언급한 적이 거의 없었지만, 남아프리카 전쟁이 벌어지는 동안(모든 전쟁이 그에게는 가증스럽기 그지없었다.) 전장의 총소리가 들린다고 생각하며 잠을 이루지 못했다. 또한 자식이 사고를 당해 불구가 되거나 죽지 않은 이상 정찬 시간에 늦게 나타나는 것은 그의 이성이나 차가운 상식으로 도저히 납득할 수 없는 일이었다. 또한 아버지는 은행 잔고가 아주 풍족하게 남아 있어야 한다고 주장하며 열심히 계산했지만, 수표에 서명할 때 우리 가족이 아버지 말마따나 "무모한 짓을 저질러 파산"에 이르는 것이 아니라는 사실을 납득할 수 없었다. 아버지가 고령, 파산 법정, 윔블던의 작은 집에서(아버지는 윔블던에 아주 작은 집을 소유하고 있었다.) 대가족을 부양해야 하는 파산한 문인을 그려 낸 이미지들은, 그의 절제된 표현을 불평하는 사람들에게 아버지가 내키면 과장된 표현도 잘한다는 사실을 확인시키기에 충분했다.

하지만 불합리한 기분은 신속히 사라졌다는 사실에서도 증명되듯이 그리 깊지 않은 것이었다. 수표책을 닫으면 윔블던과 구빈원은 잊혔다. 어떤 우스운 생각이 떠올라 아버지는 빙그레 웃었다. 그러고는 모자와 지팡이를 집어들고 개와 딸을 불러 켄싱턴 가든으로 성큼성큼 걸어갔다. 어린 시절에 그는 그곳을 산책했고 형 피츠제임스와 함께 젊은 빅토리아 여왕에게 아름답게 절을 했고 여왕은 그들에게 무릎을 굽혀 절했었다. 그곳에서 서펜타인 연못을 돌아 하이드파크 코너로 걸어갔는데, 거기서 오래전에 그 위대한 공작에게 인사를 했었다. 그러고 나면 그는 집으로 돌아왔다. 그럴 때의 그는 조금도 무시무시하지 않았다. 그는 매우 소박했고 매우 쉽게 사람을 신뢰했다. 그의 침묵은 라운드 폰드에서 마블 아치까지 이어지기도 했지만, 그가 생각을 반쯤 소리 내어 말하는 듯이 신기하게도 그의 침묵은 시와 철학과 그가 아는 사람들에 대한 의미로 가득 차 있었다.

아버지 자신은 누구보다도 금욕적인 사람이었다. 그는 파이프 담배를 끊임없이 피웠지만 시가는 절대 피우지 않았다. 옷은 너무 낡아 웬만큼 봐 줄 수 없을 때까지 입었다. 사치를 부리는 죄와 게으름을 피우는 죄에 대해서 구식의 다소 청교도적인 관념을 갖고 있었다. 오늘날 부모 자식 간의 자유로운 관계는 아버지에게 용납될 수 없었을 것이다. 아버지는 가정 생활에서 어느 수준의 품행과 격식을 지킬 것을 요구했다. 하지만 자유가 자기 나름대로 생각하고 자신이 추구하는 바를 따를 권리를 뜻한다면, 아버지만큼 자유를 존중하고 자유를 완벽하게 요구한 사람도 없었다. 그의 아들들은, 육군과 해군을 제외하고, 스스로 선택한 직업을 따라야 했다. 그의 딸들도, 비록 여성의 고등 교육에 대한 그의 관심은 꽤 부족했지만, 똑같은 자유를 누려야 했다. 어느 순간에 그가 딸이 담배를 피운다고 신랄하게 질책했더라도(여성이 담배를 피우는 것은 그가 보기에 근사한 습관이 아니었다.) 그 딸이 화가가 되어도 좋을지를 물어보기만 하면 당장 아버지는 그녀가 자기 일을 진지하게 생각하는 한 힘닿는 대로 돕겠다고 확언했다. 그림을 특별히 좋아하는 것은 아니었지만 아버지는 자신의 말을 지켰다. 그런 종류의 자유엔 담배 수천 개비의 가치가 있다.

문학이라는 어쩌면 더 어려운 문제에서도 마찬가지였다. 오늘날에도 열다섯 살의 딸에게 무삭제판 책들이 즐비한 큰 서재를 마음대로 이용하도록 허락하는 것이 현명한 일일지 의심하는 부모들이 있을 것이다. 그러나 아버지는 그것을 허락했다. 어떤 사실들이 있는데 — 아주 간결하게, 몹시 부끄러워하며, 아버지는 그것에 대해 언급했다. 하지만 "네가 좋아하는 것을 읽어라."라고 아버지는 말했다. 그래서 나는 아버지가 "지저분하고 무가치한" 책이라고 부르기는 했지만 분명 아주 다양하고 수많은 아버지의 책들을 요청하지 않고도 손에 넣을 수 있었다. 좋아하는 책을 좋아하기 때문에 읽는 것, 찬탄하지 않는 책을 찬탄하는 척하지 않는 것 — 이것이 독서에 있어서 아버지가 가르친 유일한 교훈이었다. 되도록 적은 단어로, 되도록 명료하게 의도하는 바를 정확히 쓰는 것 — 이것이 글쓰기에 있어서의 유일한 교훈이었다. 나머지는 스스로 배워야 한다. 하지만 그 교훈이 학식과 경험이 풍부한 사람의 가르침이라는 것을 느끼지 못했다면 아주 철없는 어린애였을 것이다. 아버지는 자기 견해를 강요한 적도 없고 지식을 과시한 적도 없었지만 말이다. 아버지의 옷을 재단했던 양복쟁이가 자기 가게를 지나 본드 거리를 따라 올라가는 아버지를 보면서 "좋은 옷을 입고 있으면서도 그것을 알지 못하는 신사분이 저기 가시는군."이라고 말했다고 한다.

말년에 고독해지고 귀가 완전히 멀게 되면서 아버지는 때로 자신이 작가로서 실패작이라고 말하곤 했다. 자신은 "이것저것 두루두루 잘했지만 특출하게 잘한 것이 없다."라는 것이었다. 그렇지만 작가로서 실패했든 성공했든 아버지는 벗들의 마음에 자신을 뚜렷이 각인했다고 믿을 수 있다. 메러디스는 젊은 시절의 아버지를 보고 "단식하는 수도사로 변한 태양신 아폴로"라고 생각했다. 여러 해 후에 토머스 하디는 슈레크호른 산의 "여위고 고적한 사람"을 보며 생각했다.

그는
목숨을 걸고 수족의 위험을 무릅쓰며 그 산의 첨봉에
기어올랐지,
그 진기한 어둠과 예리한 빛, 강인한 성격에서
어쩌면 자기 성품을 닮은
어렴풋한 상상의 존재에 이끌려.

하지만 아버지가 가장 소중히 여겼을 찬사는(불가지론자였지만 누구보다 인간관계의 가치를 믿었으므로) 돌아가신 후에 메러디스가 바친 것이었다. "네 아버님은, 내가 알기로 네 어머니와 결혼할 가치가 있는 유일한 남자였단다." 로웰은 아버지를 "가장 사랑스러운 남자"라고 말함으로써, 오랜 세월이 지난 후에도 아버지를 잊을 수 없게 하는 자질을 가장 잘 묘사했다.

런던내기의 초상

진짜 런던내기를 단 한 명도 알지 못한다면, 상점과 극장에서 멀리 떨어진 골목길에 들어서서 주택이 늘어선 거리의 개인 집 문을 노크할 수 없다면, 런던을 안다고 말할 수 없다.

런던의 개인 주택은 얼추 비슷하다. 문을 열면 어둑한 현관이 있고, 그 어두운 현관에서 좁은 층계가 시작된다. 층계참에 이르면 이중 응접실이 있고, 이 이중 응접실의 활활 타오르는 벽난로 양쪽으로 소파가 두 개 있고 안락의자가 여섯 개 놓여 있으며 거리 쪽으로 긴 창문이 세 개 나 있다. 다른 집들의 정원이 내려다보이는 뒤쪽 응접실에서 무슨 일이 일어나는지는 추측해 봐야 할 문제다. 그러나 여기서 우리가 관심을 둔 곳은 앞쪽 응접실이다. 크로 부인은 늘 이 응접실의 난롯가 안락의자에 앉기 때문이다. 여기서 그녀는 살아 왔다.

여기서 그녀는 차를 따랐다.

그녀가 시골에서 태어났다는 것은 이상해 보이기는 하지만 사실인 듯하다. 런던이 런던답지 않은 여름철의 몇 주간 그녀가 한 번씩 런던을 떠나 있는 것도 사실이다. 그러나 그녀가 런던을 벗어나서 그녀의 의자가 비어 있고 그녀의 난로에 불이 꺼지고 그녀의 식탁이 차려지지 않을 때 그녀가 어디에 가서 무엇을 하는지는 누구도 알지 못하고 상상하기도 어려웠다. 아무리 엉뚱한 상상력을 발휘하더라도, 검은 드레스 차림에 베일을 두르고 모자를 쓴 크로 부인이 들판의 순무 밭을 거닐거나 암소들이 풀 뜯는 언덕을 오르는 모습을 그려 볼 수는 없다.

겨울에는 그 응접실의 난롯가에서, 여름에는 창가에서 그는 육십 년간 앉아 있었다. 그렇지만 혼자는 아니었다. 늘 맞은편 안락의자에 손님이 앉아 있었다. 첫 번째 방문객이 의자에 앉고 십 분도 채 지나지 않아 현관문이 열렸다. 육십 년간 그 문을 열어 준 퉁방울눈에 뻐드렁니가 난 하녀 마리아가 다시금 문을 열었고 두 번째 손님이 왔다고 알려 주었다. 이내 마리아는 세 번째 손님과 네 번째 손님의 도착을 알렸다.

크로 부인이 손님과 단둘이 마주 앉는 경우는 없었다. 그녀는 친밀한 만남을 싫어했다. 그녀가 누구와도 특별히 친한 적이 없었다는 것은 많은 안주인들이 공유하는 한

가지 특성이었다. 가령 구석의 장식장 옆에는 늘 나이 든 남자가 앉아 있는데, 그는 그 감탄스러운 18세기 장식장의 놋쇠 고리처럼 그 가구의 일부로 보였다. 그러나 그는 존이나 윌리엄이 아니라 늘 그레이엄이라고 불렸다. 때로 부인은 "친애하는 그레이엄"이라고 부르면서 그를 육십 년간 알아 온 지인으로 인정하는 듯했다.

사실 부인은 친밀함을 원하지 않았다. 그녀는 대화를 원했다. 친밀함은 흔히 침묵을 낳게 되어 있는데, 그녀는 침묵을 혐오했다. 이야기가 있어야 하고, 그 이야기는 여러 사람이 나누는 것이어야 하며, 온갖 주제에 관한 이야기여야 한다. 너무 깊이 파고들어서는 안 되고, 너무 기발해서도 안 된다. 어느 방향으로든 너무 멀리 나가면 누군가는 틀림없이 그 자리에 적합하지 않다고 느껴 찻잔을 똑바로 들고 앉아 입을 다물 것이기 때문이다.

그래서 크로 부인의 응접실은 회고록 작가들이 즐겨 묘사하는 유명한 살롱과는 공통점이 거의 없었다. 영리한 사람들도 종종 부인의 응접실에 왔다. 판사나 의사, 국회의원, 작가, 음악가, 여행가, 폴로 선수, 배우, 그리고 별 볼 일 없는 사람들도 왔다. 그러나 혹시라도 누군가 재기발랄한 말을 하면 이는 예의를 어긴 것으로 여겨졌다. 이는 갑자기 터져 나온 재채기나 머핀을 태워 버린 참사처럼 무시당하는 사고였다. 크로 부인이 좋아하고 널리 퍼뜨린 화제는 마을의 소문을 미화한 이야기였다. 그 마을은 런던이었고, 그 소문은 런던 생활에 관한 것이었다. 그러나 크로 부인은 그 방대한 대도시를 교회 하나에 대저택 하나, 스물다섯 채의 오두막이 있는 마을처럼 작은 곳으로 만드는 놀라운 재주가 있었다. 그녀는 연극이나 미술전, 재판, 이혼 소송에 관한 직접 얻은 정보를 하나도 빠짐없이 확보했다. 누가 결혼하는지, 누가 죽어 가는지, 누가 런던에 있고 누가 런던을 떠났는지 알았다. 그녀는 레이디 움플비의 차가 지나가는 것을 방금 보았다고 말하고는 전날 밤에 아기를 낳은 딸을 찾아가는 것이라는 추측을 덧붙였다. 시골 아낙네가 런던에서 내려오기로 되어 있는 존을 만나러 역으로 마차를 몰고 가는 지주의 아내에 대해서 말하듯이.

이렇게 지난 오십 년가량 관찰해 왔으므로, 그녀는 다른 사람들의 인생에 관해 놀라울 정도로 많은 정보를 축적했다. 가령 스메들리가 딸이 아서 비첨과 약혼했다고 말했을 때 크로 부인은 그러면 그의 딸은 파이어브레이스 부인의 재종손이 되고 어떤 의미에서는 번스 부인(부인의 첫 남편이 블랙워터 그랜지의 민친 씨이었으므로)의 조카딸이 되겠다고 즉시 말했다. 그러나 크로 부인은 고상한 체하는 속물이 아니었다. 부인은 관계들을 수집했을 뿐이고, 이 부분에 놀라운 재주가 있어서 자신이 수집한 자료에 가족적, 가정적 성격을 부여했던 것이다. 놀랍게도, 사람들이 알지 못하고 있을 뿐이지 실은 이십촌 친척간인 사람들이 수없이 많기 때문이다.

그러므로 크로 부인의 집을 방문할 수 있다는 것은 어떤 클럽의 회원이 되는 거나 마찬가지고, 매년 회비로 수많은 소문을 내야 했다. 어느 집에 화재가 나거나 배관이 터지거나 하녀가 집사와 달아날 때 많은 사람들의 머릿속에 "크로 부인에게 알려야지."라는 생각이 제일 먼저 떠올랐다. 하지만 이럴 때도 차별 대우를 준수해야 했다. 어떤 사람들은 점심시간에 달려갈 권리가 있다. 다른 사람들은 5시부터 7시 사이에 갈 수 있었는데 이들의 숫자가 가장 많으리라. 크로 부인과 정찬을 함께하는 특권을 가진 무리는 아주 적었다. 부자가 아니었기 때문에 그녀가 실제로 함께 식사한 사람은 그레이엄과 버크 부인밖에 없었을 것이다. 그녀의 검은 드레스는 약간 낡았고 다이아몬드 브로치는 늘 똑같았다. 그녀가 좋아한 끼니는 오후의 다과였는데, 다탁을 알뜰하게 꾸릴 수 있기 때문이었다. 그리고 쾌활한 다과 시간은 사람들과 어울리기 좋아하는 그녀의 기질에도 잘 맞았다. 그렇지만 그녀의 드레스와 장신구가 그녀에게 완벽하게 어울리고 그 나름의 스타일을 갖고 있듯이 그녀가 제공하는 것은 점심 식사이든 차이든 독특한 성격을 갖고 있었다. 특별한 케이크나 특별한 푸딩이 나올 텐데, 그것은 그 집안의 독특한 것이고, 늙은 하녀 마리아와 옛 친구 그레이엄 혹은 의자의 낡은 친츠 커버나 바닥에 깔린 오래된 카펫처럼 그 집안의 중요한 일부였다.

크로 부인이 어쩌다 외출했고 다른 사람들의 점심 식사나 다과회에 이따금 초대받은 것은 사실이다. 그러나 사교 모임에서 부인은 그저 자신이 쌓아 온 정보를 완성하기 위해 필요한 뉴스 쪼가리를 얻으려고 결혼식이나 이브닝 파티, 장례식을 들여다보는 듯이 은밀하고 단편적이며 불완전하게 보였다. 그녀는 누가 뭐래도 자리에 앉지 않았다. 그녀는 언제나 날아갈 준비가 되어 있었다. 그녀는 다른 사람들의 의자와 식탁과 어울리지 않아 보였다. 온전히 자신이 되려면 그녀의 친츠 커버와 장식장 그리고 그 밑에 선 그레이엄이 있어야 했다. 세월이 흐르면서 그녀가 외부 세계를 살짝 침범하던 일도 사실상 중단되었다. 그녀가 자기 보금자리를 촘촘히 채워 완벽하게 만들었기에 외부 세계는 거기에 깃털 하나도, 나뭇가지 하나도 덧붙일 수 없었다. 더욱이 그녀의 벗들은 대단히 충실했기에 그녀의 수집물에 보탤 뉴스 쪼가리를 무엇이든 전달해 주리라고 믿을 수 있었다. 그녀는 겨울에는 난롯가에, 여름에는 창가에 놓인 자기 의자를 떠날 필요가 없었다. 세월이 흐르며 그녀의 지식이 심오해지지는 않았어도(심오함은 그녀의 관심 분야가 아니었다.) 더욱 많은 것을 아우르며 완벽해졌다. 그래서 새로 상연된 어떤 연극이 흥행에 성공하면 크로 부인은 바로 다음 날에 무대 뒤에서 흘러나온 재미있는 소문을 간간이 섞어서 그 사실을 알렸을 뿐 아니라 1880년대와 1890년대에 상연된 다른 연극들의 첫 공연을 회상하면서 엘런 테리가 어떤 옷을 입었는지, 듀스는 무엇을 했는지, 친애하는 헨리 제임스가 뭐라고 말했는지를 덧붙일 수 있었다. 그리 주목할 만한 얘기는 아니었을 것이다. 그러나 그녀가 말하는 동안 지난 오십 년간의 런던 생활이 한 장 한 장 펼쳐지고 부드럽게 뒤섞이며 즐겁게 해 주는 것 같았다. 낱장은 많았고, 그 위에 그려진 유명 인사들의 그림은 밝고 찬란했다. 하지만 크로 부인은 결코 과거에 머물지 않았다. 과거를 현재보다 높이 올려놓는 일은 절대로 없었다.

사실 가장 중요한 것은 늘 마지막 장, 현재 순간이었다. 런던에서 즐거운 점은 런던이 늘 새로운 볼거리, 신선한 얘깃거리를 제공한다는 데 있다. 그러므로 눈을 뜨고 계속 살펴보고, 매일 5시에서 7시까지 자기 의자에 앉아 있기만 하면 된다. 자기를 둘러싼 손님들과 함께 앉아 있으면서 그녀는 이따금 마치 한 눈으로 거리를 지켜보고 한 귀로는 차 소리와 마차 소리, 창문 밑에서 외치는 신문팔이 소년의 고함을 듣는 듯이 창가에서 어깨너머로 새처럼 재빨리 흘끗 눈길을 돌릴 것이다. 자, 바로 이 순간에도 새로운 일이 일어날지 모른다. 과거에 너무 많은 시간을 할애할 수는 없다. 동시에 현재에 모든 관심을 쏟아서도 안 된다.

문이 열리고 이제는 아주 뚱뚱해지고 귀가 약간 먼 마리아가 새 손님이 왔음을 알려 줄 때 크로 부인이 하던 말을 중단하고 간절한 시선으로 올려다본 것은 무엇보다도 그녀답지만 약간 민망하기도 하다. 누가 들어올까? 그 사람은 대화에 무엇을 보태 줄까? 그러나 그들이 제공하려는 것을 이끌어 내는 그녀의 교묘한 솜씨와 그것을 공동의 저수지에 집어넣는 재주는 어떠한 해도 끼치지 않는다. 그 문이 너무 자주 열리지는 않았다는 것, 그 서클이 그녀가 지배할 수 있는 범위를 결코 넘어서지 않았다는 것은 그녀의 독특한 성취의 일부다.

따라서 런던을 단지 멋진 광경이나 시장, 궁정, 산업의 중심지가 아니라 사람들이 만나서 얘기를 나누며 웃고 결혼하고 죽고 그림을 그리고 글을 쓰고 연기하고 통치하고 법률을 제정하는 곳으로서 알기 위해서는 크로 부인을 꼭 알아야 한다. 바로 그녀의 응접실에서 그 방대한 대도시의 무수한 단편들이 결합하여 활기차고 이해할 수 있고 재미있고 유쾌한 전체를 이룬다. 여러 해 떠나 있던 여행자들, 인도나 아프리카 등 먼 곳을 여행하고 야만인들과 호랑이들 사이에서 모험하다 방금 돌아온, 햇볕에 마른 지친 사람들도 조용한 거리의 작은 집을 곧장 방문하면 단번에 문명의 중심으로 돌아올 수 있었다. 그렇지만 런던도 크로 부인을 영원히 살아 있게 할 수 없었다. 사실 어느 날 시계가 5시를 울렸을 때 크로 부인은 더 이상 안락의자에 앉아 있지 않았다. 마리아도 문을 열지 않았고, 그레이엄은 장식장 옆에서 떨어져 나왔다. 크로 부인은 죽었고, 런던은…… 아니, 런던은 지금도 존재하지만 다시는 똑같은 도시가 아닐 것이었다.

로저 프라이 추모 전시회

로저 프라이의 회화 전시회 개막 연설을 해 달라는 부탁을 받을 당시 나는 본능적으로 거절해야겠다고 생각했습니다. 회화 전시회의 개막은 화가나 회화 비평가가 맡아야 할 것 같았거든요. 그런데 다시 생각해 보니 로저 프라이 추모전이라는 이 특별한 전시회는 화가나 비평가가 아닌 사람이 개막 선언을 해도 적절하겠다 싶었지요. 로저 프라이는 그런 사람들, 즉 아웃사이더들이 그림을 보며 즐거워하도록 만드는 데 누구보다도 큰 기여를 했기 때문입니다. 저 역시 그런 경험을 했고, 여기 계신 분들도 같은 경험을 하셨을 거라 말해도 틀리지 않겠지요. 일반적으로 말하면, 우리 같은 사람들에게 그림이란 그저 벽에 걸린 물체일 뿐입니다. 고요하고 불가해한 무늬이자 문 잠긴 보물 창고지요. 학식 있는 사람들은 그 앞에서 걸음을 멈추고 그것에 대해 강의하며 그 그림이 이 시대나 저 시대, 이 유파나 저 유파, 이 대가나 그의 제자 중 하나의 작품이라고 말합니다. 그러면 우리는 잠자코 굽실거리고 따분해하면서 느릿느릿 그들을 따라가지요. 그런데 갑자기 그 흐릿한 그림들이 빛과 색채를 반짝이기 시작했습니다. 그러자 우리의 안내자인 그 점잖은 교수님들은 논란과 말다툼을 벌였고 서로를 (내 기억이 옳다면) 거짓말쟁이와 사기꾼이라고 욕하기 시작하고 엄청난 중대사에 대해 논쟁하는 살아 있는 사람처럼 행동하기 시작했지요. 대체 무슨 일이 벌어진 걸까요? 고대 미술품이 전시된 조용한 미술관에 이 활기와 열띤 얼굴, 이 소동과 소음을 일으킨 것은 무엇일까요? 바로 로저 프라이가 도버 거리에서 후기 인상파 전시회를 연 사건입니다. 세잔과 고갱, 마티스와 피카소의 이름이 갑자기, 뭐랄까, 램지 맥도널드나 히틀러, 혹은 로이드 조지의 이름처럼 맹렬한 토론과 격렬한 옹호를 일으켰습니다. 꽤 오래전이었지요. 그 분쟁의 먼지는 가라앉았습니다. 그러나 동일한 그림들은 결코 벽으로 돌아가지 않았지요. 그 그림들은 더 이상 고요하지도, 점잖고 지루하지도 않습니다. 그것은 우리가 더불어 살아가며 바라보고 웃고 사랑하고 토론하는 대상이 되었습니다. 이런 변화를 일으킨 사람이 다름 아닌 로저 프라이였다고 말해도 타당합니다. 물론 그는 글과 강연을 통해서 그런 변화를 일으켰습니다. 여러분 중 많은 분들이 그의 책을 읽었고 그의 강연을 들었겠지요. 그가 미술의 근원에 대해 얼마나 깊은 통찰력을 보여 주었는지를 여러분은 내가 설명할 수 있는 바 이상으로 잘 아실 겁니다. 그가 환등기 앞에 서서 길고 흰 막대기를 들고 이 선이나 저 선을 가리키며 얼마나 세밀하게, 그림 속에 깊이 침잠해 있던 특징을 놀랍도록 새롭게 드러내어 표면에 끌어 올렸는지 아실 겁니다. 그래서 우리는 그 그림들을 새롭게 보게 되었지요. 그가 강연하는 동안 여러분은 그렇게 느꼈을 테고 지금도 다행히 그의 책에서 그것을 찾아낼 겁니다. 그런데 나는, 가능하다면 그가 강연에서 어떻게 그런 일을 했는지를 어렴풋이나마 알려 드리고 싶습니다.

작년 여름 어느 날 밤에 내가 깊은 인상을 받았던 일을 기억합니다. 어느 친구의 집에서 만났을 때 누군가 그에게 그림 한 장을 보여 주며 의견을 물었지요. 그것이 드가의 그림 원본인지 아니면 대단히 교묘한 모조품인지를 물어본 것이었습니다. 로저 프라이는 그림을 의자 위에 올려놓고 앉아서 바라보았지요. 그의 눈은 신중하게 감식하며 훑어보았습니다. 의심할 바 없이 훌륭한 그림이었고 드가의 서명이 있었으며 드가 특유의 화풍으로 그려져 있었지요. 그는 전체적으로 보아 드가의 작품이라고 생각하는 것 같았습니다. 그런데 무엇인가에 어리둥절했지요. 뭐라 딱 집어 말할 수는 없지만 그를 망설이게 만든 것이 있었던 겁니다. 잠시 쉬려는 듯이 그는 고개를 돌리고 그 방의 다른 구석에서 벌어지던 토론에 끼어들었습니다. 미학의 추상적 문제에 관한 난해한 토론이었지요. 그는 자기 의견을 주장했고 다른 사람들의 주장에 귀를 기울였습니다. 그렇지만 이따금 그의 시선은 그 그림으로 돌아가서 그것을 느끼고 맛보고 나름의 발견을 향해 탐험하는 듯이 보였지요. 그러더니 잠시 멈추었다가 갑자기 그가 고개를 들고 말했습니다. "아니, 아니오. 저건 드가의 작품이 아닙니다."

그때 나는 그를 그토록 위대한 비평가로 만든 과정을 일순간 언뜻 들여다본 느낌을 받았습니다. 그가 미술 이론에 관한 추상적인 주장을 펼치는 동안 그의 눈은 그 그림을 훑어보며 찾아낸 성과를 취합하고 있던 것이지요. 그러고 나서 통합하고 포괄적으로 파악한 순간에 이르자 그의 마음이 결정된 것입니다. "아니오, 저건 드가의 작품이 아닙니다."라고 그가 말했지요. 그렇지만 그 판단이 어떻게 이루어졌을까요? 내가 보기에는 두 가지 상이한 자질, 그의 이성과 감수성의 결합에 의해서였습니다. 이성을 가진 사람은 많습니다. 감수성을 가진 사람도 많지요. 그러나 둘 다 가진 사람은 적습니다.

그 두 가지가 조화를 이루며 작용할 수 있는 사람은 더욱 적습니다. 그런데 그는 그렇게 한 것입니다. 그는 이성적으로 추론하는 동안 그것을 보았고, 보는 동안에 추론했지요. 그는 극도로 예민한 동시에 결연하리만치 정직합니다. 이 진실성, 이 정직성이 한편으로 그의 퀘이커[12]교도 혈통에서 유래한 것일까요? 아시다시피 그는 유명한 퀘이커 가문에서 태어났고, 나는 이 명석함, 이 냉철한 판단력, 현상 밑으로 그 기반까지 파들어 가는 이 투지가 퀘이커교도의 양육 방식에서 비롯된 자질이라고 때로 생각했습니다. 어떻든 그는 그저 느끼는 데 빠져들지 않습니다. 자기가 받은 인상을 점검하고 진실인지를 언제나 확인합니다. 다른 사람들의 견해를 (실로 그랬듯이) 뒤엎든지 자신의 견해를 바꾸든지 간에 그는 언제나 자신의 두뇌를 이용해서 자신의 감수성을 수정했습니다. 마찬가지로 중요한 것은, 그가 언제나 자신의 감수성을 통해 자신의 두뇌를 바로잡았다는 것이지요.

이제 그에 관한 이야기에서 내가 계속 말해도 좋다고 그가 허락할지 의심스러운 부분에 이르렀습니다. 미술에

12 17세기 영국 종교 혁명 과정에서 폭스가 창시한 분파로, 종교적 의식과 신학에 반대하며 개인의 영성과 영적 체험을 중시했다.

대한 그의 이해는 삶에 대한 이해에서 기인한 바가 크다고 말하고 싶지만 그가 상이한 것들을 뒤섞고 혼합하는 걸 싫어하는 사람임을 알기 때문이지요. 그는 왕립 미술원의 수많은 전시회를 강아지 그림이나 공작부인에 얽힌 일화의 그림으로 채웠던 허접함이나 모호함, 감상주의에 결연히 반대했습니다. 그는 회화를 모호하게 만들고 비평을 혼란시키는 스토리텔링의 분위기를 혐오했지요. 하지만 그의 비평이 뻣뻣하게 얼어붙지 않고 늘 성장하며 언제나 더 깊이 파고들고 더 많은 것을 포용하게 된 원인 하나는 그 자신이 삶의 아주 다양한 흐름을 헤치고 나아갔기 때문이라고 과감하게 말하겠습니다. 그는 관심사가 풍부하고 많은 것에 공감하는 사람이었습니다. 젊은 시절에 과학도로 훈련받았고 과학에 깊은 관심을 두었지요. 한편 시에서 끊이지 않는 기쁨을 얻었습니다. 프랑스 문학에 정통했지요. 그는 음악을 매우 사랑했습니다. 손가락으로 만지고 다루고 만들어 낼 수 있는 것이라면 무엇에든 매료되었습니다. 그는 옷감을 염색했고, 가구를 디자인했고, 부엌에 들어가서 요리사에게 오믈렛 만드는 법을 가르치기도 했습니다. 응접실에 들어가서는 안주인에게 꽃다발 묶는 법을 가르쳐 주었지요. 그림 감정가가 그의 의견을 들어보려고 그에게 그림을 가져왔듯이, 온갖 부류의 사람들이(그에게는 온갖 부류의 친구들이 있었지요.) 자신들의 인생을(우리가 수많은 기묘한 도안을 그리는 캔버스를) 그에게 가져가면 그는 그를 활기찬 비평가로 만든 그 희귀하게 혼합된 논리와 공감으로 그들의 혼란스러운 문제와 불행한 사건에 영향을 주곤 했습니다. 그는 그림을 다시 그리게 하듯이 인생을 다시 시작하게 했지요. 나도 상이한 것들을 혼합하고 싶지 않지만, 그래도 그의 내면에 수많은 관심사와 수많은 공감이 공존하고 있었기에 그의 가르침이 그토록 풍요롭고 신선했다고 생각합니다.

그러나 그의 비평이 흔히 보이는 비평과 달리 고정 관념의 반복이 되지 않았던 또 다른 이유가 있습니다. 그것은 물론 그가 늘 직접 그림을 그렸다는 것이지요. 그는 글보다 그림을 소중하게 여겼습니다. 오후에 빛이 스러져 어둑해질 때면 끙끙거리며 글을 썼고, 합승 마차 꼭대기나 3등 열차의 구석 자리에 앉아 글을 썼지요. 그러나 그림을 그리는 것은 자연스러운 본능이었고 기쁨이었습니다. 영국의 들판을 함께 거닐거나 차를 타고 이탈리아나 그리스의 시골길을 달리다가 그는 갑자기 멈추고 돌아보곤 했지요. "지금 저것을 기록해야겠소." 그는 이렇게 말하고 연필과 종이를 꺼내서 즉석에서 대략적인 스케치를 하곤 했습니다.

이 벽에 걸린 그림들 가운데 많은 것이 그 스케치의

결과입니다. 그는 직접 그림을 그렸기 때문에 자신이 글에서 다룬 많은 문제들을 자기 붓으로 끊임없이 맞닥뜨려야 했지요. 그는 그림을 그리는 데 얼마만 한 노고와 기쁨과 절망을 쏟아 부어야 하는지를 직접 경험을 통해 알았습니다. 그에게 그림은 완성된 캔버스가 아니라 제작되고 있는 캔버스였지요. 때로 승리로 끝나지만 패배로 끝나는 경우가 더 많은 그 투쟁의 모든 단계를 그는 매일매일의 전투를 통해 알았습니다. 직접 그림을 그렸기 때문에, 회화 작업의 복잡한 과정을 극히 예리하게 인식했습니다. 그런 연유로 내가 예술의 도덕성이라고 부르는 것에 대해 지고한 기준을 갖고 있었지요. 그림을 잘 그리는 것이 얼마나 어려운 일인지를 그는 누구보다도 잘 알았습니다. 그렇지 못한 그림을 대중에게 속여 넘기는 것이 얼마나 쉬운지를 누구보다도 잘 알았지요. 그런 까닭에 그의 비평은 대단히 통렬하고 기지에 넘치며 눈속임과 가식을 폭로하는 데 종종 대단히 신랄했던 것입니다. 또한 그런 까닭에 그의 비평은 작은 재능이라도 명예롭고 정직하게 사용한 예술가에 대한 존경과 찬탄으로 가득 차 있습니다.

그는 자기 그림에 결코 만족하지 못했을 거라고 나는 생각합니다. 그가 마땅히 누려야 할 성공을 결코 얻지 못했지요. 그랬더라도 그의 관심사와 활동은 전혀 영향을 받지 않았습니다. 그는 계속 그림을 그렸고, 계속 찢었고, 내던져 버리고는 다시 시작했지요. 그림에 대한 헌신은 세월이 흐르면서 점점 더 강렬해지는 듯했습니다. 그가 백 살까지 살았더라도 손에 붓을 들고 캔버스 앞에 앉아 있는 그를 보게 되었으리라고 나는 믿습니다.

그러므로 그는 여러분이 그의 그림들을 수집하여 전시한 것을 무엇보다도 좋아했을 겁니다. 이보다 흥미로운 질문을 불러일으킬 전시회는 없으니까요. 이 그림들을 보면서 우리는 화가가 비평가를 겸하는 것이 좋은 일인지 아니면 그것이 그의 창조력을 저해했는지 자문해 볼 수 있습니다. 화가가 자신의 재능을 온전히 발휘하기 위해서 어둑한 무지의 세계에 반쯤 침잠해서 살아야 할까요? 아니면 그 반대로 재능과 결합된 지식과 의식이 그를 더욱 과감하고 대담한 연구와 발견으로 이끌어 감으로써 그의 예술가적 생명을 연장하고 새로운 힘과 방향을 부여할까요? 영국의 다른 전시회에서와 달리 여기서는 그런 질문에 대답할 수 있습니다. 자기 예술의 문제에 대해 로저 프라이보다 잘 알거나 더 깊은 호기심과 더 큰 용기를 갖고 예술을 추구한 예술가는 없었다고 말해도 타당하겠지요.

그러나 지금 내가 언급한 문제들은 내 영역을 넘어선 것입니다. 그림 그 자체에 이르렀으니까요.

나는 로저 프라이의 그림에 대해 동료 화가나 동료 비평가가 평가하듯이 말할 수 없습니다. 그러나 아웃사이더로서 비전문적으로 말하건대 로저 프라이가 여기 있었다면 그의 전시회에 참석한 우리 모두를 똑같이 환영했으리라고 확신합니다. 우리의 직업이 무엇이든, 관심사가 무엇이든, 다만 열린 눈과 열린 마음을 갖고 즐기려는 기분으로 전시회에 오기를 요청했겠지요. 그는 예술에 대한 사랑이 대다수 사람들의 마음속에 살아 있다고 믿었습니다. 사람들이 그 사랑의 나래를 펼친다면 말이지요. 그는 예술에 대한 이해와 예술의 즐거움이 인생이 제공해야 할 가장 깊고 지속적인 기쁨에 속한다고 믿었습니다. 그렇다면 지금 나는 여러분에게 항해에 동참하기를 요청하고 있다는 느낌이 드는군요. 그가 위대한 지도자, 위대한 선장 중 한 명으로서 이끌어 가는 항해, 한 비범한 인간의 마음과 예술을 탐구하는 항해입니다. 이 전시회의 개막을 선언하며, 이에 큰 기쁨을 느낍니다.

여성의 직업

당신의 비서가 내게 여기 와 달라고 초청했을 때, 당신의 협회는 여성의 취업에 관심이 있다며 내 직업 경험에 대해 말해 주면 된다고 제안했습니다. 내가 여성인 것은 사실입니다. 내게 직업이 있는 것도 사실이지요. 그러나 어떤 직업 경험이 있는지는 말하기 어렵습니다. 내 직업은 문학인데, 다른 직업보다 문학에서는 무대에 오르는 배우를 제외하면 여성이 경험한 바가 적습니다. 다시 말해서 여성에게 고유한 경험은 적다는 뜻이지요. 왜냐하면 그 길은 오래전에 패니 버니와 애프라 벤, 해리엇 마티노,[13] 제인 오스틴, 조지 엘리엇이 닦아 놓았기 때문입니다. 많은 유명한 여성과 더 많은 무명의 잊힌

13 해리엇 마티노(Harriet Martineau, 1802~1876). 최초의 여성 사회학자로 일컬어지는 영국의 사회 이론가이자 작가.

여성이 내 앞에 존재했고 길을 평탄하게 닦고 내 걸음을 조절했습니다. 그러므로 내가 글을 쓰게 되었을 때는 나를 가로막는 방해물이 거의 없었지요. 글을 쓰는 일은 평판이 좋고 무해한 직업입니다. 펜을 휘갈긴다고 해서 가정의 평화가 깨지지는 않습니다. 가족의 자금을 축낼 일도 없지요. 10실링과 6펜스만 있으면 셰익스피어의 작품을 전부 쓸 종이를 살 수 있습니다. 그럴 마음이 있으면 말이지요. 작가는 피아노도, 모델도, 파리나 빈, 베를린도, 후견인이 되어 줄 안주인이나 바깥주인도 필요로 하지 않습니다. 여자들이 다른 직업에서보다 먼저 작가로 성공한 이유는 물론 종이가 저렴하기 때문이지요.

내 이야기를 하자면 간단합니다. 침실에서 펜을 잡고 있는 소녀를 그려 보기만 하면 됩니다. 그 아이는 10시부터 1시까지 펜을 왼쪽에서 오른쪽으로 옮기기만 하면 되었지요. 그러다가 아주 간단하고 돈도 별로 들지 않는 일이 생각났습니다. 글을 쓴 종이 몇 장을 봉투에 넣고 구석에 1페니 우표를 붙여서 길모퉁이의 붉은 우체통에 그 봉투를 넣는 것이지요. 그렇게 해서 나는 잡지 기고자가 되었습니다. 내 노력은 다음 달 첫날에 보상을 받았습니다. 편집인이 1파운드 10실링 6펜스라고 적힌 수표를 동봉한 편지를 보낸 것입니다. 내게는 의기양양한 날이었지요. 하지만 내가 전문직 여성이라고 불릴 자격이 얼마나 부족한지, 전문직 생활의 고투와 곤경을 얼마나 알지 못하는지를 알려 드리기 위해, 내가 그 돈으로 빵과 버터, 임대료, 구두와 스타킹, 혹은 정육점 계산서에 지불한 것이 아니라 밖에 나가서 고양이를 사 왔다는 것을 고백해야겠지요. 아름다운 페르시아 고양이였는데, 그 때문에 오래지 않아 나는 이웃들과 격렬한 논쟁에 휘말리게 되었습니다.

글을 써서 받은 보수로 페르시아 고양이를 사는 것보다 더 쉬운 일이 있을까요? 하지만 잠깐 기다리세요. 글은 무엇에 관한 것이어야 합니다. 내 글은 어느 유명한 남자의 소설에 관한 것이었다고 기억합니다. 그것을 쓰는 동안 책을 논평하려면 어떤 환영과 싸워야 한다는 것을 알게 되었습니다. 그 환영은 여자였지요. 그녀를 잘 알게 되었을 때, 나는 유명한 시 「집안의 천사」[14]의 여주인공 이름을 그녀에게 붙여 주었습니다. 내가 논평을 쓸 때면 그녀가 나와 내 글 사이에 끼어들곤 했지요. 나를 성가시게 하고 시간을 허비시키면서 몹시 괴롭혔기에 마침내 나는 그녀를 죽였습니다. 더 젊고 더 행복한 세대에서 자라난 여러분은 그녀에 대해

14 *The Angel in the House*. 빅토리아 시대 이상적인 가정을 묘사한 코번트리 패트모어(Coventry Patmore, 1823~1896)의 시.

들어 보지 못했을지 모릅니다. 집안의 천사가 무엇인지 모를 수도 있겠지요. 가급적 간단하게 그녀를 묘사해 볼까요? 그녀는 강한 공감력을 갖고 있습니다. 대단히 매력적이지요. 지극히 이타적입니다. 가정 생활의 어려운 문제를 해결하는 솜씨가 탁월합니다. 매일매일 자신을 희생합니다. 닭고기가 나오면 다리를 집습니다. 외풍이 들어오는 곳이 있으면 그곳에 앉지요. 간단히 말해서 자기 나름의 마음이나 소망이 전혀 없고 언제나 다른 사람들의 마음이나 소망에 공감하도록 생긴 여자입니다. 무엇보다도(이 말은 할 필요도 없지만) 그녀는 순결합니다. 그녀의 순결함은 그녀의 가장 큰 아름다움이라고, 그녀의 홍조는 그녀의 큰 기품이라고 여겨집니다. 당시 빅토리아 여왕의 말기에는 집집마다 천사가 있었지요. 내가 글을 쓰게 되었을 때 처음 몇 단어를 쓰자마자 그녀와 맞닥뜨렸습니다. 내가 글을 쓰는 종이에 그녀의 날개 그림자가 드리워졌지요. 그녀의 스커트가 사각거리는 소리가 방 안에 퍼졌습니다. 내가 유명한 남자의 소설을 논평하려고 펜을 손에 쥐자마자 그녀는 미끄러지듯 내 뒤에 와서 속삭였습니다. '얘야, 넌 젊은 아가씨야. 남자가 쓴 책에 관해서 쓰고 있구나. 공감을 보이렴. 다정하게 대하고. 아첨도 하고 속이려무나. 우리 여성의 온갖 기교와 간계를 발휘하렴. 네게 자기 나름의 마음이 있다는 사실을 누구도 알아차리지 못하게 하려무나. 무엇보다도 순결해야 해.' 그러고 나서 그녀는 내 펜을 잡아 이끌어 가려는 듯했습니다. 이제 내가 언급하려는 행동은 어느 정도 내 공이라고 인정합니다. 하지만 공정하게 말하자면, 그 공은 내게 일정한 수입(연간 500파운드라고 할까요?)을 물려줘서 내가 생계를 위해 순전히 매력에 의존하지 않아도 되게 해 준 훌륭한 조상들에게 돌아갑니다. 나는 몸을 돌려 그녀를 보고 그녀의 목을 움켜잡았지요. 온 힘을 다해 그녀를 죽였습니다. 내가 고발당해 법정에 선다면, 내 행동은 자기방어였다고 변명할 겁니다. 내가 그녀를 죽이지 않았다면 그녀가 나를 죽였을 테니까요. 그녀는 내 글에서 심장을 잡아 뽑았을 겁니다. 왜냐하면 내가 펜을 종이에 대는 순간 알았듯이, 자기 나름의 마음이 없다면, 인간관계나 도덕, 성에 관해 진실이라고 자신이 생각하는 바를 표현할 수 없다면, 소설에 대해서도 논평할 수 없기 때문이지요. 여자는 이런 문제들을 자유롭고 솔직하게 다룰 수 없다고 집안의 천사는 주장합니다. 성공하려는 여자는 상대를 매혹하고, 회유하고, (단도직입적으로 말하면) 거짓말을 해야 한다고요. 그래서 나는 그녀의 날개 그림자인지 빛나는 후광이 내 종이에 드리워지는 것을 느낄 때마다 잉크병을 들어 그녀에게 던졌습니다. 그녀는 여간해서는 죽지 않았습니다. 그녀의 허구적 성격이 그녀에게는 큰 도움이 되었지요. 환상을 죽이기는 실체를 죽이기보다 훨씬 어려우니까요. 내가 그녀를 해치웠다고 생각했을 때 그녀는 늘 되돌아왔습니다. 결국 나는 그녀를 죽였다고 우쭐해했지만 치열한 싸움을 벌여 와야 했습니다. 그 많은 시간에 그리스어 문법을 배우거나 모험을 찾아 세계를 방랑했더라면 더 좋았겠지요. 하지만 그것은 엄연히 실재하는 경험이었지요. 당시의 여성 작가에게 반드시 닥칠 경험이었습니다. 집안의 천사를 죽이는 것은 여성 작가가 해야 할 일이었던 겁니다.

내 이야기를 잇기로 합시다. 그 천사는 죽었습니다. 그러면 무엇이 남았을까요? 남은 것은 소박하고 평범한 대상, 잉크병을 앞에 두고 침실에 앉아 있는 젊은 여성이라고 말할 수 있겠지요. 다시 말해서, 허상이 제거되었으므로 이제 그녀 자신이기만 하면 됩니다. 아, 그런데 그녀 자신이란 무엇일까요? 다시 말해 여성이란 무엇일까요? 정녕 나는 모릅니다. 당신도 모를 거라고 생각합니다. 그녀가 인간이 재주를 부릴 수 있는 온갖 예술과 직업에서 자신을 표현할 때까지는 누구도 알 수 없겠지요. 실은 내가 여기 온 한 가지 이유는 그것입니다. 여성이 무엇인지를 여러분의 실험을 통해 우리에게 보여 주고, 그 극히 중요한 정보를 여러분의 실패와 성공을 통해 제공하는 여러분에게 경의를 표하려는 게지요.

자, 내 직업적 경험에 관한 이야기를 이어 가기로 합시다. 나는 처음 쓴 비평으로 1파운드 10실링 6펜스를 벌었고, 그 보수로 페르시아 고양이를 샀지요. 그러고 나서 야심을 갖게 되었습니다. "페르시아 고양이를 아주 잘 샀어."라고 나는 말했지요. 그렇지만 페르시아 고양이로는 충분하지 않습니다. 자동차도 있어야 하지요. 그래서 나는 소설가가 되었습니다. 신기하게도 사람들에게 이야기를 들려주면 사람들은 자동차를 줄 테니까요. 더 신기한 일은, 이야기를 들려주는 것만큼 즐거운 일은 세상에 없다는 것입니다. 유명한 소설에 대한 비평을 쓰는 것보다 훨씬 즐거운 일이지요. 그런데 여러분의 비서가 요구한 대로 소설가로서 내 직업 경험을 말하려면, 소설가로서 내게 닥친 아주 기이한 경험에 대해 말해야겠습니다. 그것을 이해하려면 여러분은 먼저 소설가의 마음 상태를 상상해 보아야 합니다. 소설가의 가장 큰 욕구는 가급적 무의식적 상태가 되려는 것이라고 말하더라도 직업상 기밀을 누설하는 행위가 아니기를 바랍니다. 소설가는 지속적으로 무기력한 상태를 내면에 일으켜야 합니다. 그는 인생이 지극히 조용하고 규칙적으로 진행되기를 바랍니다. 글을 쓰는 동안, 날마다 달마다 똑같은 얼굴을 보고 똑같은 책들을 보고 똑같은 일을 하기 바랍니다. 그 무엇도 자신을 둘러싼 환상을 하나도 깨뜨리지 않도록,

그 무엇도 상상력이라는 수줍음 많고 환영 같은 정신이 신비스럽게 호기심을 품고 주위를 돌아보거나 감지하고 갑자기 솟구치거나 돌진하며 발견하는 것을 방해하거나 불안하게 만들지 않기 위해서지요. 이런 상태는 남자이건 여자이건 똑같겠지요. 여하간 그런 무아지경 상태에서 소설을 쓰는 나를 상상해 보기 바랍니다. 펜을 잡고 앉아 있는 소녀를 눈앞에 떠올려 보기 바랍니다. 그 펜은 몇 분간, 아니 몇 시간 동안 잉크병에 담가지지 않습니다. 이 소녀를 생각하면 깊은 호숫가에서 물 위로 낚싯대를 드리운 채 누워 꿈속에 잠긴 어부의 이미지가 떠오릅니다. 그녀는 상상력이 우리의 무의식적 존재의 바닥에 잠겨 있는 세계의 온갖 바위와 틈새를 마음대로 훑어가게 내버려 두지요. 그러다 어떤 일이 일어납니다. 그건 남성 작가보다는 여성 작가에게 더 흔히 일어나는 일일 겁니다. 소녀의 손가락 사이로 낚싯줄이 재빨리 풀려 나가지요. 그녀의 상상력이 쏜살같이 달아났습니다. 가장 큰 물고기가 잠자고 있는 웅덩이, 심연, 어두운 곳을 찾아낸 게지요. 그러다 쾅 부딪히는 소리가 들립니다. 폭발이 일어난 겁니다. 거품이 일고 혼탁해집니다. 상상력이 뭔가 단단한 데 부딪힌 것이지요. 그녀는 꿈에서 깨어납니다. 실은 더없이 예리하고 곤혹스럽게 고통스러운 상태에 있었지요. 비유를 쓰지 않고 말하자면,

그녀는 무언가를, 몸에 관한 무언가를, 여자로서 말하기 적절치 않았던 열정에 관해 생각했습니다. 그것을 알면 남자들이 충격받을 거라고 그녀의 이성이 말했지요. 자신의 열정에 관해 진실을 말하는 여자에 대해 남자들이 뭐라고 말할지를 떠올리자 그녀는 예술가의 무의식 상태에서 깨어난 것입니다. 그녀는 더 이상 쓸 수 없었지요. 무아지경의 상태는 끝났습니다. 그녀의 상상력은 더 이상 나래를 펼칠 수 없었지요. 이것은 여성 작가들이 흔히 겪는 경험일 겁니다. 그들의 재능은 다른 성의 극단적 인습성에 가로막혀 저해됩니다. 이런 점에서 스스로에게 큰 자유를 허용하는 남자들이 여자들의 그런 자유를 극도로 혹독하게 비난하는 것을 깨닫거나 억제할 수 있을지 의심스럽습니다.

이 두 가지가 내가 직접 겪은 진정한 경험입니다. 내 전문직 생활의 두 가지 모험이었지요. 첫 번째로 집안의 천사를 죽이는 문제는 해결했다고 생각합니다. 그녀는 죽었지요. 그러나 두 번째로 육신을 가진 인간으로서 내 경험에 대한 진실을 말하는 것은 해결하지 못했다고 생각합니다. 지금껏 그것을 해결한 여성이 있을지 의심스럽지요. 그녀를 가로막은 장애물은 아직도 막강한데 — 그것은 딱히 정의하기도 아주 어렵습니다. 겉으로 보면, 책을 쓰는 것보다 간단한 일이 있을까요?

겉으로 보면, 남성보다 여성에게 더 큰 장애가 뭐가 있겠습니까? 속으로는, 사정이 매우 다르다고 생각합니다. 그녀에게는 아직도 싸워야 할 유령과 극복해야 할 편견이 많이 있습니다. 실로 앞으로도 긴 시간이 지나야 여성은 글을 쓰려고 앉았을 때 죽여야 할 유령이나 맞부딪힐 바위를 보지 않게 되겠지요. 여성의 온갖 직업 가운데 가장 자유로운 문학에서도 이러하다면, 여러분이 이제 처음으로 시도하는 새로운 직업에서는 어떨까요?

이런 문제들에 대해 시간이 있다면 여러분께 묻고 싶습니다. 실로 내가 나의 직업 경험을 강조한 것은 그것이 다른 형태로 나타나더라도 여러분의 경험이기도 하리라고 믿기 때문입니다. 명목상으로는 길이 열려 있더라도, 여자가 의사나 변호사, 공무원이 되지 못하게 방해하는 것이 없을 때라도, 많은 유령과 방해물이 불쑥 나타나서 그녀를 가로막습니다. 그것들에 대해 논의하고 정의하는 것은 대단히 가치 있고 중요합니다. 오로지 그렇게 함으로써 노고를 함께 나누고 어려움을 해결할 수 있기 때문이지요. 그 밖에도 우리가 이 강력한 장애물들과 전투를 벌이는 목적과 목표를 논의하는 것도 필요합니다. 그 목표는 당연한 것으로 받아들일 수 없고, 끊임없이 의문을 제기하고 검토해야겠지요. 얼마나 다양한 직업인지 몰라도 역사상 처음으로 수많은 직업에 종사하게 된 여성들이 둘러싼 여기 이 강연장에서 내가 보는 전체적 상황은 특히 흥미롭고 중요하게 보입니다. 여러분은 지금껏 오로지 남성들만 소유했던 집에서 자기만의 방을 갖게 되었습니다. 여러분은 큰 노고와 노력을 들여야 하지만 임대료를 낼 수 있게 되었지요. 여러분은 연간 500파운드를 벌고 있습니다. 그러나 이 자유는 시작일 뿐입니다. 그 방은 여러분의 것이지만, 아직 휑하니 비어 있습니다. 그곳에 가구를 비치하고 장식하고 공유해야 합니다. 여러분은 어떻게 가구를 비치하고 어떻게 장식할까요? 누구와 공유하고, 어떤 조건에서 공유하게 될까요? 이것이 가장 중요하고 흥미로운 질문이라고 생각합니다. 역사상 처음으로 여러분은 그런 질문을 던질 수 있으니까요. 처음으로 여러분은 스스로 그 질문에 답할 수 있으니까요. 나는 기꺼이 남아서 이런 질문과 답을 논의하고 싶습니다만 오늘 밤에는 안 되겠군요. 시간이 다 되어서 이제 마쳐야겠습니다.

연보

버지니아 울프 연보

최고의 지적, 문화적 혜택을 누리며 성장하다

1882년 1월 25일 영국 런던의 하이드 파크 게이트에서 태어났다. 본명은 애들린 버지니아 스티븐(Adeline Virginia Stephen)이다. 그의 아버지 레슬리 스티븐(Leslie Stephen)은 『영국 인명사전(Dictionary of National Biography)』을 편찬하고 명망 있는 《콘힐》을 편집한 당대 최고의 지식인이자 에세이 작가였다. 어머니 줄리아 스티븐(Julia Stephen)은 귀족적 배경을 지닌 인물로 버지니아의 집안은 소설가 헨리 제임스, 조지 메러디스, 윌리엄 새커리 등과 친분이 두터운 지적·예술적 동아리를 형성하고 있었고, 빅토리아 시대 문화와 교양의 중심이었다. 한편 이런 문화적인 가정조차 가부장적인 질서로 유지되는 것이 당대의 현실이었다. 훗날 울프는 자신의 회고록에서 "우리 집에는 빅토리아 시대와 에드워드 시대가 대치했다."라고 묘사했는데, 플라톤의 책을 읽으며 지적 자유를 누리는 에드워드 시대를 즐겼지만, 다른 한편으로는 오빠에게 이브닝드레스를 검사받는 빅토리아 시대가 공존했다는 뜻이었다.

1895년(13세) 5월 어머니가 사망했다. 처음으로 정신 질환이 발병했다.

양질의 교육을 받다

1896년(14세) 언니 바네사와 함께 이탈리아를 여행했다.

1897년(15세) 이복 언니인 스텔라가 결혼 직후 사망했다. 가족의 잇따른 죽음은 버지니아에게 큰 슬픔을 안겼다. 런던 킹스 칼리지에서 그리스어와 역사를 배우기 시작했다.

1899년(17세) 오빠 토비(Thoby)가 케임브리지의 트리니티 칼리지에 진학했다. 훗날 '블룸즈버리 그룹'의 전신격인 '한밤중의 모임'을 통해 리턴 스트레이치, 레너드 울프, 클라이브 벨, J. M. 케인스 등과 교류했다.

1902년(20세) 영국의 고전 학자이자 여성 인권 옹호자였던 재닛 케이스(Janet Case)에게서 그리스어를 배웠다.

블룸즈버리 그룹 결성

1904년(22세) 2월 아버지가 사망했다. 이탈리아 여행 후 두 번째로 정신 질환을 일으켜 세 달간 병석에 있었다. 스티븐 가의 네 남매 토비, 바네사(Vanessa), 버지니아, 에이드리언(Adrian)은 아버지의 빅토리아 시대를 상징하는 하이드 파크 게이트를 떠나 블룸즈버리로 이사했다. 버지니아는 브론테 자매가 살았던 하워스의 목사관을 여행하고 이 책에 수록된 「하워스, 11월, 1904(Haworth, November 1904)」를 썼다. 12월 W. D. 하우얼스 작품에 대한 서평이 《가디언》에 실렸다.

1905년(23세) 3월 네 남매가 블룸즈버리에서 파티를 주최하고 이후 '블룸즈버리 그룹'이라고 불리는 예술가 단체를 결성했다. '블룸즈버리 그룹'은 비공식적인 토론회를 통해 서로의 사상을 공유했던 작가, 철학자, 지식인들의 모임이다. 런던 몰리 칼리지에서 근로자들을 위한 야간 강의를 시작했다.

잇따른 슬픔과 문학에의 몰두

1906년(24세) 그리스 여행에서 돌아온 뒤 오빠 토비가 장티푸스로 사망했다.

1907년(25세) 화가인 언니 바네사가 평론가 클라이브 벨과 결혼하자 버지니아는 남동생 에이드리언과 함께 집을 떠나 이사한다. 후에 『출항(The Voyage Out)』으로 제목을 바꾼 첫 소설 『멜림브로지어(Melymbrosia)』를 집필하기 시작했다.

1909년(27세) 리턴 스트레이치가 청혼했으나 결혼이 성사되지는 않았다.

1910년(28세) 여성 참정권 운동에 참가한다. 두 달간 요양원에서 안정을 취했다.

1911년(29세) 터키를 여행했다. 동생 에이드리언과 브런즈윅 스퀘어로 이사했고 경제학자 J. M. 케인스, 디자이너 덩컨 그랜트, 공무원이자 작가였던 레너드 울프와 한 집에 거주했다.

레너드와의 결혼, 정신적 지지를 얻다

1912년(30세) 레너드 울프와 결혼했다. 레너드는 경제적으로 여유롭지 못했지만 아내의 작가적 커리어를 적극적으로 지원했으며 평생 밀접한 유대를 유지했다. 둘은 프로방스, 스페인, 이탈리아로 신혼여행을 떠났고 클리포드 인의 작은 아파트에 정착했다.

1913년(31세) 『출항』 원고를 탈고하고 출판사에 보냈다. 정신 질환이 악화되어 자살을 기도했다.

1915년(33세) 런던 남부 리치먼드의 호가스 하우스로 이사했다. 이부(異父)형제가 운영하던 덕워스 출판사에서 『출항』을 출간했다. 버지니아는 어린 시절 이부형제에게 성적 괴롭힘을 당한 적이 있었고 이것이 평생 트라우마로 남았다. 2월에 극심한 정신 이상 증세를 보였으나 11월에 회복했다.

1917년(35세) 남편 레너드와 수동 인쇄기를 사들여 호가스 출판사(Hogarth Press)를 운영하기 시작했다. 부부의 작품을 한 편씩 실어 출간한 『두 편의 이야기』에는 버지니아의 「벽에 난 자국(The Mark on the Wall)」과 레너드의 「세 유대인(Three Jews)」이 담겨 있다.

실험적인 작법으로 모더니즘의 시대를 열다

1919년(37세) 『밤과 낮(Night and Day)』을 출간했다. 이 소설은 정신 질환으로 요양하던 시기에 하루에 한 시간 반 동안만 글쓰기 시간이 허락된 환경에서 탄생한 작품이다. 아직 여성의 참정권이 보장되지 않던 시기를 배경으로 가부장제의 그늘에서 살아가는 당대 여성의 문제를 짚어 냈다.

1921년(39세) 『월요일이나 화요일(Monday or Tuesday)』을 호가스 출판사에서 출간했다. 왜가리의 비상으로 시작해서 귀환으로 끝나는 독특한 구성으로, 이때부터 전통적인 글쓰기 방식에서 탈피하여 본격적으로 실험적인 작품들을 집필하기 시작했다.

1922년(40세) 1월부터 5월까지 심장병과 결핵으로 고생했다. '제이콥의 방'이라는 공간을 통해 여성 인물들의 욕망을 드러낸 실험 소설 『제이콥의 방(Jacob's room)』을 출간했다.

1924년(42세) 케임브리지에서 현대 소설에 대해 강연하고 그 원고를 정리한 비평서 「베넷 씨와 브라운 부인(Mr Bennet and Mrs Brown)」을 간행했다.

1925년(43세) 의식의 흐름 기법을 발전시킨 대표적인 모더니즘 소설 『댈러웨이 부인(Mrs Dalloway)』을 출간했다.

1927년(45세) 프랑스와 이탈리아를 여행했다. 모더니즘 문학의 정수라 불리는 『등대로(To the Lighthouse)』를 출간했는데, 이 소설은 작가의 유년 시절을 그려 낸 자전적인 작품이다. 버지니아는 까다로운 학자 램지가 자신의 아버지이고, 그를 한결같이 내조하는 램지 부인은 어머니를 모티브로 했다고 밝히기도 했다.

1928년(46세) 귀족 청년 올랜도가 어느 날 갑자기 남성에서 여성으로 변한 뒤 수백 년을 살아온 일대기를 다룬 환상 소설 『올랜도(Orlando)』를 출판했다.

1929년(47세) 케임브리지 대학교에서의 강연을 토대로 에세이 『여성과 소설(Woman and Fiction)』을 완성하고 이를 『자기만의 방(A Room of One's Own)』으로 제목을 바꾸어 출간했다.

1931년(49세) 버지니아 스스로 '산문이면서도 시이고,

소설인 동시에 희곡'이라고 밝힌 독특한 형식의 『파도(Waves)』를 출간했다.

1937년(55세) 여성과 삶, 계급과 성의 문제를 파고든 장편 소설 『세월(The Years)』을 출간했다.

1940년(58세) 2차 세계 대전으로 런던이 거의 매일 공습을 당했고 버지니아의 집이 폭격을 맞았다.

1941년(59세) 3월 28일 재차 신경 발작이 올 것을 두려워해 스스로 목숨을 끊었다. 버지니아는 유서격의 편지를 통해 남편 레너드에게 고마움을 전했고 작가로서의 삶과 사랑 가득했던 결혼 생활에 자긍심을 표현했다. 7월 유작 『막간(Between the Acts)』이 출간되었다.

디 에센셜

버지니아 울프

1판 1쇄 펴냄 2021년 1월 20일
2판 1쇄 펴냄 2022년 1월 21일
2판 4쇄 펴냄 2024년 4월 12일

지은이 버지니아 울프
옮긴이 이미애
발행인 박근섭, 박상준
펴낸곳 (주)민음사

출판등록 1966. 5. 19.(제16-490호)
주소 (우편번호 06027) 서울특별시 강남구 도산대로1길 62(신사동)
강남출판문화센터 5층
대표전화 02-515-2000 | 팩시밀리 02-515-2007

홈페이지 www.minumsa.com

ISBN 978-89-374-7292-3 03840

#

소설x에세이로 만나는
'디 에센셜' 시리즈

조지 오웰

식민지 경찰에서 거리의 부랑자가 되었다가
베스트셀러 작가로 명성을 얻기까지
'가장 정치적인' 작가 오웰은 어떤 미래를 예언했나

#1984 #나는_왜_쓰는가 #코끼리를_쏘다

버지니아 울프

당대 최고 수준의 지적 문화를 향유하는 환경에서 성장했지만
그 역시 남자 형제에게 이브닝드레스를 검사받는 '여성'이었다
울프가 말하는 여성, 자유, 그리고 쓰기

#자기만의_방 #큐_식물원 #유산

다자이 오사무

'어떻게 살 것인가?'만큼 '어떻게 죽을 것인가?'에 천착했던
자기 파멸의 상징 다자이 오사무
그가 구했던 희망, 구애했던 인간에 대하여

#인간_실격 #비용의_아내 #여치

어니스트 헤밍웨이

작가는 혼자서 쓸 수밖에 없으며, 날마다 영원성의 부재와
마주할 수밖에 없다고 말한 어니스트 헤밍웨이
그가 바라본 바다, 그리고 인간의 고독

#노인과_바다 #깨끗하고_밝은_곳 #빗속의_고양이